PIEMME B

Marcello Foa

Il ragazzo del lago

PIEMME **BESTSELLER**

I Edizione Piemme Bestseller, marzo 2011

© 2010 - EDIZIONI PIEMME Spa
20145 Milano - Via Tiziano, 32
info@edizpiemme.it - www.edizpiemme.it

Anno 2011-2012-2013 - Edizione 1 2 3 4 5 6 7 8 9 10

*A Emilio,
l'amico indispensabile*

1

Quella sera Aimone si guardò allo specchio a lungo. I lineamenti del suo viso erano dolci, armoniosi, eppure virili; la sua bocca disegnata a forma di cuore da labbra soavemente carnose, il suo sguardo vellutato, ingenuo e insieme intrigante, gli occhi color nocciola illuminati da lampi di verde. Si pettinò all'indietro i capelli neri e ondulati. Era troppo giovane per essere un uomo e troppo vecchio per sembrare un bambino. Possedeva un'eleganza innata, come se avesse vissuto sempre nel bel mondo. Chissà, forse in un'altra vita...

Indossò una camicia bianca e non penò troppo per scegliere la cravatta: ne aveva una sola. Aprì l'armadio e prese il blazer blu, poi calzò i mocassini che aveva lucidato con foga, rendendoli splendenti. Quella non era una sera qualunque, ma la notte di Capodanno del 1938, la prima che Aimone trascorreva fuori casa; anzi, la prima che festeggiava davvero. Aveva sedici anni e mezzo e fino ad allora il suo veglione di san Silvestro si era risolto in una cena domestica come tante altre, solo più ricca e gioiosa, ma certo non elegante, né mondana. D'altronde cosa poteva esserci di mondano a Dongo negli anni Trenta? Era un paesino di tremila persone abitato da gente semplice, operai, contadini, autisti, massaie o al più commercianti, che trascorrevano il poco tempo libero in piazza, frequentando l'unico bar del paese, in un'Italia fascista e patriottica.

I ragazzini passavano l'ultimo dell'anno in famiglia, giocando a tombola, chiacchierando con i fratelli e i cugini, stretti attorno al fuoco crepitante di un camino alimentato senza sosta per combattere il freddo umido degli inverni sul Lago di Como.

Aimone, però, non era con loro. E le persone intorno a lui non parlavano italiano, bensì una lingua che lui conosceva appena, il tedesco. Erano ricche, sofisticate, altezzose. Si trovava a Oberhof, in Turingia, in piena epoca nazista, nel castello, trasformato in albergo di lusso, del principe Watzesky e della sua signora, una Hannover. Tutti lo riverivano come il figlio di un gran signore, ma suo padre non poteva certo vantare titoli nobiliari e nemmeno un cospicuo patrimonio familiare.

Il 31 dicembre rappresentava, per eccellenza, la notte del buon umore e del divertimento. E Aimone era lì, con loro, fremente.

Certo, avrebbe dovuto indossare lo smoking. Quando poche ore prima Hans, l'austero direttore dell'hotel, gli aveva chiesto sbrigativamente se ne possedeva uno, Aimone era arrossito: non sapeva nemmeno com'era fatto, uno smoking. Aveva tentato di ricordarsi se almeno suo padre lo avesse mai portato. Scosse la testa; il suo diniego rappresentava un grave inconveniente per il rigido protocollo dell'epoca. Solo supplicando Hans ottenne di assistere al ricevimento, sebbene defilato in un angolo in fondo allo scalone d'onore.

Si preparò con cura. Indossò una camicia bianca, stirata di fresco e i pantaloni senza risvolto, con la piega in mezzo; aggiustò il nodo della cravatta tre volte fino a quando non fu finalmente a posto; tirò le calze, di lana, in tinta, fin sopra il polpaccio. Aveva le guance arrossate dall'eccitazione, che il contrasto con il candore della pelle, appena velata da una peluria sottile e ancora inoffensiva, esaltava. Pensò intensamente a sua madre, la dolce Evelina. Gli sovvennero le sue raccomandazioni che tante volte aveva trovato pedanti e di cui invece ora le era riconoscente. Grazie a lei sapeva comportarsi sempre nel modo appropriato.

Aimone era pronto per il suo primo ricevimento. Maturo nell'aspetto, ingenuo nel cuore. "E se poi mi annoio?" pensò. "Meglio che porti il 'Corriere dei Piccoli'." Si guardò per l'ultima volta allo specchio. Ora era davvero perfetto: un giovane gentiluomo con un fumetto sotto il braccio.

Chiuse la porta della camera e scese rapidamente dalle scale di servizio. Entrò nella hall, rimanendo abbagliato dal suo splendore. Si accomodò su una sedia, in un angolo ai piedi di quel maestoso scalone, dagli stucchi dorati, e sul quale era stato steso un enorme, immacolato tappeto rosso.

Alle dieci in punto l'orchestra iniziò a suonare e sul ballatoio in alto apparve la prima coppia, introdotta dal maestro di cerimonia. Lui, un uomo sulla trentina, era in nero, con il farfallino, i revers in satin di seta e la camicia bianca a polsini doppi rivoltati verso l'esterno, chiusi con i gemelli di madreperla. Lei, un'affascinante bruna, in abito lungo di raso con un'acconciatura maestosa e al collo una parure di diamanti.

Altro che «Corrierino»! Aimone non riusciva a staccare gli occhi dalle coppie che sfilavano davanti a lui con la naturalezza di chi vive da sempre nel lusso e nella magnificenza.

Il maestro di cerimonia continuava a declamare i titoli degli ospiti: «Il principe e la principessa...». «Il duca e la duchessa.» "Mi sembra di essere alla Casa Reale" pensò Aimone, inebriato da quello spettacolo.

Poi ecco due donne, entrambe alte. Una, già avanti con gli anni, avvolta in un abito di pizzo viola e con le spalle coperte da una cappa di ermellino così lunga da sfiorare il pavimento; portava i capelli alla "uccello paradiso", trattenuti da un pettine di tartaruga tempestato di brillanti. La seconda, più giovane, sulla quarantina, indossava un vestito più attillato sfoggiando guanti di raso lunghi fin sopra il gomito. Il nero evidenziava i suoi capelli biondi e un abbagliante collier di pietre preziose. Una donna incantevole, dalle movenze superbe eppure, in qualche modo, spente, come se quel viso nobile e pallido nascondesse qualcosa di profondo, di segreto.

"Le due signore si assomigliano..." notò subito Aimone, che, nonostante l'età, era dotato di uno spiccato spirito d'osservazione "...probabilmente sono madre e figlia" ipotizzò.

Le due dame iniziarono a scendere, con studiata lentezza. La più giovane porgeva il braccio alla più anziana e salutava gli amici che riconosceva nel salone con un elegante cenno del capo. A metà della scalinata la madre, scrutando tra la gente, notò Aimone, sorridente ed estasiato. Lei strabuzzò gli occhi e impallidì. Strattonò il braccio della dama in nero, che in quell'istante guardava altrove.

Aimone si accorse che la donna anziana stava indicando proprio lui, con un discreto gesto della mano. La giovane voltò il capo, incuriosita e quando i loro due sguardi si incrociarono la sentì esclamare: «*Mein Gott...*».

Vide la bionda fermarsi, cercare con affanno il corrimano, ansimare, portarsi una mano al cuore e con l'altra aggrapparsi alla ringhiera, raddrizzando il busto nel tentativo disperato di restare in piedi. Poi la vide svenire e accasciarsi sui gradini, mentre la madre urlava: «*Elli! Elli! Was ist mit dir los?*», "Elli! Elli! Cosa ti succede?". Aimone fece qualche passo avanti, con l'intento di soccorrerla, ma subito si trattenne per non violare la promessa fatta ad Hans. "Chissà cosa le sarà successo, spero non sia nulla di grave..." pensò turbato.

L'orchestra smise di suonare. I camerieri soccorsero la donna, conducendola delicatamente nel salone, dove la adagiarono su un divanetto. Un signore con una valigetta rotondeggiante nella mano, sicuramente un medico, si affrettò verso di lei e, armeggiando con i sali, riuscì a rianimarla.

L'orchestra riprese a suonare e Aimone tornò a sedersi. Aveva appoggiato il suo «Corrierino» allo schienale della sedia. Lo afferrò, sfogliandolo rapidamente, ma lo chiuse subito. Tornò a fissare lo scalone, eppure il suo sguardo non era più estatico; come se un sottile, inspiegabile presagio si fosse insinuato nel suo animo, offuscando il piacere di quella sfilata di gala. Scorse il medico fermarsi a confabulare con Hans che, contrito, attendeva ragguagli sullo stato della signora. Il direttore dell'albergo subito dopo si guardò attorno. Sembrava cercasse qualcuno. Individuò Aimone e si diresse con passo deciso verso di lui. Il suo volto era grave, teneva il sopracciglio sinistro leggermente alzato e pareva scuotesse la testa, con le labbra affilate, la mascella serrata.

Aimone balzò di nuovo in piedi, sentì il cuore pulsare nelle tempie e le mani raggelare, senza riuscire a spiegarsi il motivo di quell'improvvisa agitazione. Hans si fermò davanti a lui a gambe divaricate. Lo prese per un braccio, ma senza stringerlo, poi gli passò una mano dietro la spalla e con un tono solenne annunciò: «Giovane amico italiano, quella donna si è sentita male a causa tua!».

«Per colpa mia?!» replicò Aimone, facendo un balzo indietro e puntandosi l'indice al petto. Per colpa sua? Aveva capito bene? Ammutolì di colpo, mentre i battiti ormai martellanti offuscavano la sua mente.

Che male poteva aver mai fatto, lui, Aimone Canape, sedicenne di Dongo, a quella facoltosa dama tedesca, che non aveva mai visto prima?

2

Certi saggi pensano che un nome possa racchiudere un destino. Se chiami tuo figlio Mario non invochi un grande avvenire, speri per lui una vita senza sussulti, normale, possibilmente prevedibile. Se scegli Dorino o Armando e vivi all'inizio del Novecento speri in un futuro appena più vivace, ma comunque nella norma. Con Vittorio, no. Chiami l'onore, l'orgoglio, la patria. Ma se scegli Aimone...

«Sai che è di origine tedesca?» gli chiedo mentre mi fa accomodare nel patio di casa su una poltrona in ferro battuto foderata con un cuscino rosa a strisce bianche, soffice ed elegante. «Deriva da *Heimat*, che significa "patria".» «Non lo sapevo» risponde Aimone scrutandomi con lo sguardo sorridente. «Strano, la mia famiglia non aveva legami con la Germania quando nacqui, nel luglio del 1922. Non ho mai saputo perché mi abbiano chiamato così.» È una bella giornata di primavera. Aimone respira profondamente, guarda il lago e si immerge nei ricordi.

Quando da bambino insisteva per conoscere la ragione di quella scelta, petulante come tutti i bambini, sua madre si limitava a dirgli che lo aveva sentito alla radio: lo portavano uno dei Savoia e il generale Cat. E suonava bene abbinato al loro cognome: Canape. Il nome giusto per un terzogenito.

Maschio, come i primi due. La femmina, tanto desiderata, non nascerà mai. Cinque tentativi, cinque maschietti.

Suo padre Antonio, ovvero Tonin come lo chiamavano tutti, era un bel fusto, dal volto rotondo, con dei baffi sottili e ben curati; uno dei quegli uomini che riusciva a squadrare la vita, prendendo poche decisioni, ma definitive.

Un giorno, quando era ancora ragazzo, andò a Gera Lario, a una manciata di chilometri da Dongo e incontrò Evelina; anzi, la signorina Quadroni, una mora dai tratti armoniosi. Bastò uno sguardo tra di loro. Non il colpo di fulmine, che passa veloce, stordisce e sovente inganna, ma la sensazione istintiva di un amore magico: l'incastro perfetto tra due anime.

Ogni domenica andava a trovarla in calesse, indossando il vestito della festa, il cappello a falde larghe calato in testa e facendo schioccare in aria la frusta con una teatralità a lui inconsueta, ma quanto mai propizia per affascinare quella ragazza e far sapere a tutti le proprie intenzioni, in quel paese che non era il suo.

Tonin era un ragazzo serio e anche un discreto partito: suo padre, un commerciante della zona, gli aveva lasciato un negozio di laterizi. Ma Evelina era la più bella di Gera Lario e il patrimonio di Tonin poca cosa in confronto a quello del figlio di un banchiere, che aveva perso la testa per quella fanciulla.

Si chiamava Egidio Mallone, ma Evelina non ricambiava le sue attenzioni. Sorrideva gentile, come nella sua natura; bella, solare, delicata, ma anche molto religiosa; recitava le preghiere del mattino e della sera, il *Te Deum*, il rosario, contribuiva alle offerte per i poveri. Ed era integra, refrattaria ai compromessi.

«Accetta la mia corte» la supplicava il Mallone. «Ti renderò ricca, ti tratterò come una principessa.» Ma lei svicolava graziosamente, lasciando interdette le amiche, che non capivano; se fossero state al suo posto, avrebbero accettato subito la corte. Evelina però era diversa e resisteva, fino a quando Egidio si presentò a casa sua. Gli aprì il padre, che era un falegname, di successo, ma pur sempre un falegname, e non poteva credere che quell'uomo facoltoso chiedesse la mano di sua figlia. Che opportunità! Che salto sociale!

«Evelina, quell'uomo ti vuole bene, ti adora. Se lo sposi non avrai problemi per il resto della vita» tentò di persuaderla. «Questa è una fiaba e tu devi viverla» le diceva la madre. «Egidio ti renderà felice fino alla fine dei tuoi giorni» rilanciava il padre, che però aveva educato troppo bene sua figlia: uno splendido, delicatissimo fiore, con un gambo d'acciaio. Era cresciuta in fretta e gli studi dalle suore avevano rafforzato la sua innata serietà. "Per tutta l'infanzia mi hanno insegnato a credere nel grande amore, perché ora mi chiedono di anteporre il calcolo ai sentimenti?" si chiedeva di notte, rosa dal dubbio. Il cuore le diceva: "Tonin", la mente, infida: "Egidio". Incominciò a immaginarsi nei panni della signora Mallone, mentre impartiva ordini alla servitù, preparando il tè alle dame dell'alta società lariana, ma questa prospettiva non la allettava. Il mondo di Egidio, sebbene luccicante e ai più desiderabile, le era estraneo. Lo sentiva falso e sapeva che se avesse accettato, avrebbe tradito se stessa. «Non ti voglio, sei troppo ricco» gli aveva sibilato qualche giorno prima, ma non era bastato a scoraggiarlo. Al contrario: più lei si negava, più lui la desiderava.

Ma ora doveva decidersi, una volta per tutte. Una sera pregò più intensamente del solito, osservò la luna piena che sorgeva dietro i monti, rischiarando il lago e le valli. Una luna romantica, una luna d'amore. Mai avrebbe voluto deludere suo padre e sua madre, ma sentì una voce, dentro di sé: "Quello giusto è Tonin". E il tumulto cessò.

Il no fu comunicato a Egidio. Il no definitivo, il no che fa male.

Il Mallone si mise a bere, ma il vino rese il mal d'amore ancor più dolente. L'alcol è infido, pesca nel torbido dell'anima, tradisce. "Mi ha umiliato. Non è giusto, non può finire così" pensava Egidio, che dopo qualche ora si presentò da lei.

«Ecco la dama più preziosa di Gera Lario» la schernì.

Barcollava, il suo alito puzzava.

«Quanto può valere il tuo amore?» la irrise. Infilò la mano nella giacca estraendo un fazzoletto colmo di monete. «Ecco la tua dote, Evelina» le disse con aria sprezzante. Strinse forte quel fazzoletto e glielo gettò addosso come si fa con una prostituta di strada. «Dimmi, può bastare?» Le monete caddero tintinnando, poi si accasciò su una sedia, esausto, finalmente sollevato, tristemente euforico. Si era vendicato.

Evelina avrebbe voluto urlare, ma la voce le si strozzò in gola tanta era la collera che saliva dal cuore. Nessuno l'aveva mai umiliata così. Se fosse stata debole sarebbe corsa via piangendo, ma era forte. Rimase lì, la schiena eretta, la testa alta. Raccolse il fazzoletto. Il Mallone era troppo ubriaco per cogliere il lampo negli occhi di una ragazza che in realtà non si era mai sforzato di conoscere. La sua mente era annebbiata, quella di Evelina infuocata. Lei provò a recitare una preghiera. Tentò di perdonare, come le avevano insegnato le suore. Era religiosa, ma pur sempre donna e di temperamento. Raccolse quel fazzoletto. Lo strinse. Fece due passi. Si chinò verso Egidio che la fissava inebetito. E glielo strofinò in faccia, con la foga che nasce dal disprezzo.

Poi l'inappuntabile, cattolicissima Evelina gli sputò addosso. Proprio lì, in mezzo agli occhi. E scappò via.

Il cuore le batteva forte. "Ho fatto bene a reagire così?" si chiedeva. "Sì" rispondeva la sua coscienza. "Ma ora che cosa accadrà? Che cosa devo fare? Dove posso andare?" Non poteva più restare in quel paese, né tollerare le attenzioni di un uomo che non sapeva rassegnarsi al rifiuto e che da galante era diventato invadente, manesco, forse pericoloso. Sebbene provocata, Evelina aveva dato scandalo e doveva scegliere: arrendersi alle convenzioni sposando Egidio o scappare a Dongo dal suo Tonin. Organizzarono in fretta la cerimonia nuziale, che però risultò strana, monca; in chiesa c'erano solo i parenti dello sposo. Trascorsero diversi mesi prima che la famiglia Quadroni perdonasse quella figlia orgogliosa e ribelle. Solo quando la videro felice, incinta, capirono che aveva avuto ragione lei.

Vittorio nacque nel 1919, Dorino nel 1920. Poi Aimone e Mario e Armando. Tutti belli, come i genitori. E molto amati. Andarono a vivere in una casa patriarcale del Seicento, chiusa in fondo a una via, vicino alla piazza principale del paese. Un solido edificio, con le mura spesse mezzo metro, ma certo non lussuoso. Come tutte le case dell'epoca non aveva riscaldamento e i servizi igienici si trovavano in fondo al cortile. Il portone d'ingresso a due ante, piccolo e senza fronzoli, si apriva su un corridoio dal pavimento in pietra. La porta di destra conduceva alla cucina, che serviva anche da soggiorno, l'unica stanza spaziosa, dotata di un grande, provvidenziale camino. In fondo, una scala di pietra portava alle camere dei piani superiori, molto piccole, quasi lillipuziane per i due genitori e i cinque fratelli.

La famiglia Canape era composta da sette persone; anzi, otto, considerando Ermanno, lo zio che divenne fratello.

E fratello lo era davvero, ma di Evelina. Era nato quasi fuori tempo massimo, un dono inaspettato per i coniugi Quadroni, a cui però la vita non sorrise a lungo. Se ne andarono entrambi troppo presto e a cinque anni quel bambino si trovò orfano, destinato a una casa per trovatelli o a essere adottato chissà dove, chissà da chi. Evelina lo conosceva appena. Quando era nato, lei era già sposata ed era già madre. Ma il suo istinto, l'istinto che non tradisce mai, non le dava tregua. Avrebbe potuto abbandonarlo?

Una sera, finita la cena, si sedette accanto a suo marito, di fronte al camino. Il busto eretto, le mani incrociate, la testa leggermente inclinata. «Tonin, mi piacerebbe che Ermanno venisse a vivere qui con noi» gli disse con tono dolce e insieme perentorio. «Se non lo facessi, morirei dal rimorso. Non ti chiedo null'altro che di ospitarlo. Mi occuperò io di lui e sono sicura che i ragazzi saranno felici di accoglierlo.»

Suo marito rimase in silenzio. La osservò a lungo. Non era più giovanissima; il suo corpo un tempo sinuoso era segnato dalle gravidanze; il volto aveva perso la freschezza di un tempo, ma era sempre bella, solare. Ed era ancora innamorata. Formavano una coppia armoniosa e per questo invidiata. Mai un pettegolezzo su di loro, mai una tentazione da parte di lui. Tonin era il capo della famiglia, ma lei il vero, insostituibile pilastro. Sapeva che quando Evelina chiedeva qualcosa, non era mai per capriccio. Appena sposati, Antonio avrebbe voluto vendere il negozio di laterizi, nella consapevolezza di essere molto diverso dal padre, un grande commerciante. È la legge della vita. I figli ereditano i soldi e le proprietà, ma quasi mai il talento; anzi, per una nemesi che l'uomo comune si ostina a ignorare, le loro attitudini sono quasi sempre diverse e talvolta opposte rispetto a quelle dei padri. Tonin agli affari preferiva la pesca, amava andare a caccia con i suoi adorati cani. Le sue relazioni sociali si limitavano a qualche partita a bocce con gli amici del paese e a quattro chiacchiere sul sagrato della chiesa, la domenica mattina dopo la Messa. Un uomo dai gusti semplici e rispettato, come tutti i Canape; ma il commercio non gli piaceva proprio, preferiva andare a lavorare alla Falck dove avrebbe condotto una vita monotona ma sicura. Fu Evelina a convincerlo a non vendere il negozio. «Me ne occupo io, basta che tu mi aiuti un po'.» Ed ebbe ragione: quell'attività commerciale sarebbe stata provvidenziale. In tempi di pace. E di guerra.

Ora tornava a implorarlo. Sapeva che suo marito non provava rancore nei confronti dei suoceri e conosceva il suo animo generoso. «D'accordo,» rispose «ma non voglio responsabilità. Ti occupi tu di Ermanno.» Lo accolse. E divenne il suo sesto figlio.

Anche quel pargoletto di cinque anni dovette adeguarsi alle ferree regole di casa Canape. Imparò a rifarsi il letto, a ringraziare il Signore quando si sedeva a tavola per la cena e ogni sera a recitare le preghiere sull'inginocchiatoio, sotto lo sguardo amoroso ed esigente di quella sorella diventata mamma: «Ave Maria, piena di grazia...». In casa non erano ammesse parolacce, né irriverenze.

«Quanto amore e quanta disciplina...» mi dice sorseggiando l'aperitivo in un calice di cristallo, mentre il sole buca le nuvole e illumina il suo volto ormai anziano ma ancora fresco, vitale. Parla allungando le vocali. Con il tempo ha imparato a fidarsi più dell'istinto che della ragione nel giudicare le persone. Lo conosco da tempo e tante volte abbiamo parlato del suo passato, ma ogni volta che il discorso cadeva sulla sua infanzia e sul periodo della guerra, Aimone dopo qualche frase si irrigidiva, cambiava argomento, come se quegli anni suscitassero in lui emozioni troppo intense per essere confessate.

Improvvisamente mi sento osservato. Alzo gli occhi e incrocio i suoi. Io sorrido, lui no. Capisco che mi sta giudicando, come mai prima d'ora. Sento il suo sguardo penetrarmi nell'anima.

«Sai che hai proprio un bel sorriso» mi dice. E ride. Poi torna serio: «Di te mi fido. Sento che è giunto il momento: ti racconterò la mia storia». La storia del ragazzo del lago.

Anche Aimone, come il padre, sapeva che Evelina raramente si sbagliava. E la amava profondamente. L'amore prodigioso tra una madre e un figlio, fatto più di gesti e di tacite intese che di parole. Avrebbe voluto ascoltarla, assecondare sempre il suo sguardo adorante e seguire quel filo che lo legava a lei e che con il passare del tempo, anziché sfilacciarsi, diventava sempre più solido, sempre più intenso. Ma Aimone, come tutti gli adolescenti, non voleva sentirsi diverso dagli altri, tanto più in una famiglia di maschi. E quando a quattordici anni dovette decidere se iscriversi al liceo, per la prima volta non seguì i consigli di Evelina, che tanto avrebbe voluto un laureato in famiglia, ma preferì imitare i due fratelli maggiori.

«Non continuerò gli studi» annunciò una sera, sorprendendo Tonin, ma non lei, che ne aveva colto il tormento e intuito la decisione. Sospirò con una piccola smorfia di disappunto, subito eclissata da un sorriso. Una madre, quella madre, non poteva portare rancore.

Tonin, invece, recitò fino in fondo la parte del padre austero. «Se vuoi smettere allora devi imparare un mestiere. Che cosa vuoi fare da grande?» gli chiese.

"Già, che cosa voglio fare?" pensò Aimone. Non se lo era mai domandato. Si guardò le mani, lunghe, affusolate, ben curate. «Aristocratiche» gli aveva detto un giorno un'amica di famiglia. Le mani di un ragazzo che cura e che ama se stesso, non certo da operaio, né da contadino. "Mi piacciono le stoffe, i bei vestiti. Adoro andare nel negozio di tessuti dello zio e guardare quel mosaico di colori sugli scaffali" rifletté.

«Il sarto» rispose, con impulsiva noncuranza.

«Sei sicuro? Non è un capriccio?» replicò il padre.

«Sì, sono sicuro» confermò Aimone.

Tonin gli trovò un posto da apprendista nell'atelier più importante della zona, ma a dodici chilometri da Dongo. Non c'erano autobus, né treni, l'unico mezzo di locomozione per un adolescente era la bicicletta. Dodici chilometri al mattino e dodici al pomeriggio, con qualunque tempo: neve, pioggia, vento, sole. Si svegliava prima dell'alba, vestendosi rapidamente, ma mai a caso. Alcuni ragazzini al mattino escono con gli occhi ancora pieni di sonno e infilano la camicia a metà nei pantaloni: davanti sì, dietro no. E non si accorgono se indossano un calzino blu e l'altro azzurro e nemmeno se le scarpe sono lucide o ancora incrostate di fango. Aimone, al contrario, abbinava i colori e le stoffe. Non per calcolo, ma per istinto. Bello e narciso, attento ai particolari. Si lavava la faccia anche se l'acqua era gelida, si pettinava meticolosamente e prima di scendere controllava allo specchio che il colletto fosse in ordine, il pullover ben tirato, le unghie pulite.

In cucina trovava la madre che, dopo aver acceso il fuoco, gli versava il latte in una ciotola e gli imburrava il pane. Aimone consumava la prima colazione con appetito e osservava Evelina mentre preparava il pranzo, frugale, che riponeva in un cestello di vimini, chiuso con due lacci e che Aimone, prima di inforcare la bicicletta, fissava sul portapacchi con un canestrello.

Poi partiva di buona lena percorrendo strade, viottoli e qualche scorciatoia, come quel sentiero che affiancava il giardino della villa dei conti Zanoletti, magnifica, irraggiungibile dimora per un ragazzo come lui, dove abitavano le contessine che ogni pomeriggio, nella buona stagione, si trovavano in terrazzo per il tè prima di cena. Sapevano chi era Aimone e presero a salutarlo.

«Ciao Aimone! Come stai? Ma come pedali bene...» erano molto gentili, le contessine. Una cortesia ammiccante. «Dai, fermati con noi» gli dissero un giorno. E quell'appuntamento divenne abituale. Aimone rimaneva a chiacchierare con loro, dieci minuti, un quarto d'ora. Sempre a distanza, loro sul balcone, lui sul prato, sudato e sorridente. Quelle ragazze appartenevano a un'altra classe sociale, troppo "su" per uno come lui; ma i loro sguardi maliziosi, le loro risatine compiaciute erano eloquenti. «Ti abbiamo visto sfrecciare questa mattina, come sei veloce, come sei forte» cinguettavano. "All'alba? A quell'ora il terrazzo era deserto" pensava Aimone. "Vuol dire che si alzano apposta per spiarmi."

Non accadde nulla, sua madre lo aveva educato troppo bene; il suo sguardo, però, smarrì l'innocenza del bambino. Su quel prato Aimone capì per la prima volta di piacere alle donne.

Non poteva immaginare che presto avrebbe smesso di pedalare per sentieri impervi e che non sarebbe mai diventato sarto. Suo padre ricevette una lettera imbucata a New York, da Francesco, lo zio d'America, l'unico dei fratelli di Tonin che alla morte dei genitori, anziché restare a Dongo, aveva venduto la casetta ricevuta in eredità emigrando in America. Pazzo, audace, scandaloso zio Cecchin. Eppure aveva avuto ragione lui. In pochi anni era diventato maître d'hotel all'Ambassador di New York. «Tonin, penso che uno dei tuoi figli debba fare l'albergatore» gli scrisse. «È un mestiere sicuro e permette di guadagnare bene. Secondo me il più indicato è Aimone. Fagli seguire un apprendistato e poi imparare le lingue straniere, non necessariamente l'inglese, che apprenderà rapidamente qui, vanno bene anche il francese o il tedesco. Quando è pronto mandamelo a New York. Vedi, caro Tonin, mio figlio ha scelto la carriera militare. Lo hanno preso in Accademia, desidera diventare pilota e degli hotel non gliene importa nulla. Ma io voglio qualcuno a cui trasmettere il mio sapere e, con il tempo, anche il mio posto. Credimi: Aimone è la persona giusta. Pensa al suo avvenire, segui il consiglio di un fratello che ti ha sempre voluto bene.»

Carriera in hotel? America? Mondi lontani, incomprensibili, per un uomo che amava il contatto con la natura e la vita semplice del paese. Cecchin ce l'aveva fatta, ma quanti avevano fallito e pativano la fame? Ne parlò a Evelina, che ne parlò ad Aimone. E Aimone ne parlò a se stesso. Una luce si accese; un lampo, nella mente e nel cuore. Non sapeva che cosa fosse un albergo a cinque stelle, ma il lusso lo attirava ed era intrigato dal mondo delle contessine Zanoletti: le tazze di porcellana inglese, le poltrone di velluto, le tovaglie di lino ricamate a mano, i maggiordomi eleganti e premurosi, l'eleganza civettuola della contessa. Sì, quel mondo gli piaceva. Sì, doveva seguire quel cammino. Ma come dirlo a suo padre?

Una sera, terminata la cena, bussò alla porta del soggiorno. «Ah, sei tu Aimone... che cosa c'è?» Aimone restò in piedi, con le braccia conserte. «Papà, voglio seguire il consiglio di zio Cecchin.»

«Non vuoi più fare il sarto. E perché mai?» rispose Tonin meravigliato.

«Non mi piace, voglio diventare albergatore e vengo a chiedere umilmente il tuo permesso» rispose suo figlio con voce tremante.

Tacque, Tonin. Tacque a lungo, davanti ad Aimone muto e immobile mentre il sole tramontava dando vita a una notte senza stelle. Capiva le sue ragioni, ma, da padre responsabile quale era, lo considerava troppo giovane per un'esperienza all'estero.

«Non andrai in America. Se non vuoi più fare il sarto, devi imparare un altro mestiere, uno vero. Farai il parrucchiere. Chiaro?» Aimone non avrebbe mai osato ribellarsi al padre e quella volta Evelina, che era sgusciata dalla cucina con il grembiule addosso, non venne in suo soccorso. Rimase in silenzio di fianco a suo marito.

Aimone prese a sforbiciare, a pettinare e a radere. Bene, naturalmente. Aimone era uno di quei ragazzi a cui riusciva facilmente qualunque attività intraprendesse. Ma più passava il tempo e più cresceva la voglia di seguire il consiglio dello zio Francesco. Alla gioia subentrò la malinconia, che presto lasciò spazio alla rabbia. La rabbia di un adolescente, che nemmeno le preghiere della sera riuscivano a placare; né le supliche di sua madre. Resistette qualche mese. «Papà, ti scongiuro, lasciami fare l'albergatore» gli disse una sera. «No» rispose Tonin che era un uomo tutto d'un pezzo e quando prendeva una decisione non la cambiava mai. Aimone chinò ancora una volta la testa senza far polemiche; perché era un bravo ragazzo. Ma la sua coscienza non trovava pace. Intuiva che se avesse ceduto sarebbe diventato uno dei tanti uomini senza sorriso che incontrava sulla piazza di

Dongo, rassegnati a una vita grigia senza passioni, senza gioia, senza altro orizzonte se non la vecchiaia. E tornò alla carica.

«Che io non senta questa richiesta un'altra volta!» lo anticipò Tonin irritato.

Ma Aimone insisteva. Due, cinque, dieci volte. Irriducibile. In piedi, le braccia conserte, il busto eretto. La sua voce non tremava più.

Una sera entrò per l'ennesima volta nella camera dei genitori, ma quella volta non disse nulla.

«Che cosa vuoi?» chiese il padre spazientito.

«Tu lo sai» rispose Aimone.

Tonin si voltò di scatto, ma il grido gli si strozzò in gola. Sua moglie era apparsa sull'uscio e lo fissava intensamente, come se gli dicesse: "Basta, ascolta il tuo istinto". Sentì dentro di sé una grande pace, la serenità che anticipa le decisioni giuste, sagge, quelle di cui non ci si pente mai. Capì che quello di suo figlio non era un capriccio, ma una chiamata, una vocazione. «E le vocazioni si assecondano» sussurrò Evelina.

La carriera di Aimone iniziò a Como, all'Hotel Metropole Suisse, dove Mancini, un cugino paterno, si era fatto strada, diventando maître d'hotel. «Vieni pure,» gli disse «ma devi portarti un materasso, un cuscino e le lenzuola. Dormirai in camerata con gli altri dipendenti e non avrai alcun trattamento di riguardo. Partirai da zero.»

«Va bene» gli disse Aimone fremente.

«Chiedi a tuo padre di comprarti le divise» precisò. «Quella per servire il caffelatte; a righine con i bottoni d'oro e le maniche corte per lavare le tazzine, bianca per portare i piatti sul servizio a mezzogiorno. Passeranno mesi prima che tu possa servire in sala...»

Mai gavetta fu più gioiosa, in quell'albergo, poi a Villa d'Este per poche settimane, infine di nuovo al Metropole Suisse. Aimone era il primo ad alzarsi al mattino, l'ultimo a coricarsi la sera. Sempre di buon umore, leggero, smanioso di dimostrare a suo padre che aveva avuto ragione.

Como: l'inizio di una vita e la città del primo amore.

Vittoria era fulva, slanciata, bellissima. E figlia di albergatori. Sua madre era francese, il padre donghese: possedevano il Petit Hotel Agnello. Una famiglia borghese. Aveva due sorelle, che però non le assomigliavano. Erano altezzose, scostanti. Vittoria no, era alla mano, diretta; non aveva bisogno di atteggiarsi per sentirsi importante.

La domenica veniva sovente a Dongo, dove abitavano le zie, che i Canape conoscevano benissimo. E ogni volta Aimone trovava un pretesto per avvicinarla. Un saluto appena accennato con la mano, i primi sorrisi, imbarazzati e compiaciuti. E gli sguardi, sempre più intensi. Lui la fissava, lei girava la testa, spiandolo con la coda dell'occhio; poi era lei a fissarlo e lui arrossiva. Fino a quando un giorno Aimone osò.

«Vittoria, ti piacerebbe fare una passeggiata in riva al lago?»

Lei cercò l'approvazione della zia. «Ma certo, cara, va pure. Aimone è tanto un bravo ragazzo...»

Camminando Aimone si fece coraggio e la prese timidamente per mano. Il cuore batteva all'impazzata e la mente era martellata da mille dubbi. "E se ora mi respinge? E se mi dà uno schiaffo? E se rovino tutto?" Ma lei non lo allontanò. Si lasciò condurre. Aimone aveva pensato mille volte alle frasi romantiche da dirle, ma in quei momenti non ne ricordava nemmeno una. E appena apriva bocca per sussurrarle: «Sai ti voglio bene» o semplicemente «come sei bella» sentiva il fiato strozzarsi in gola e la testa girare. Allora sorrideva, abbassava lo sguardo e continuava a camminare. Si sentiva inadeguato e sciocco. Fino a quando non si fermarono in un boschetto. Erano soli, lontani da tutti. Aimone pensò: "Ora o mai più". E per un attimo, solo per un attimo, riuscì a eclissare la propria timidezza. Tremando, avvicinò lentamente le sue labbra a quelle di Vittoria, pronto a ritrarsi e a scusarsi al primo cenno di resistenza, ma lei non lo respinse e, in quell'istante, ogni dubbio svanì. Vittoria gli accarezzò dolcemente la nuca, chiuse gli occhi e lo baciò. Lui arrossì, impacciato e felice. Iniziò così il loro tenero amore, costellato di incontri casti e fuggenti, a Como poi a Dongo, poi di nuovo a Como.

Una coppietta perfetta, ma improbabile. Aimone era un bravo ragazzo, ma comunque un apprendista lavapiatti e non poteva certo pretendere di fidanzarsi con una ragazza della buona società di Como. Quella relazione incantevole e splendente doveva restare clandestina.

3

La signorina Elsa Cassani aveva un segreto talmente segreto che non c'era nessuno all'Hotel Metropole Suisse che non sapesse. Aveva un amante; dettaglio sconveniente nell'Italia fascista. Non si era sposata e quella relazione, sebbene clandestina e, per la Chiesa, immorale, non scandalizzava nessuno; anche perché Elsa sapeva farsi voler bene. L'albergo apparteneva alla sua famiglia. I suoi due fratelli si occupavano della gestione e passavano più tempo negli uffici sul retro che in sala. A Elsa, invece, dei numeri non era mai importato nulla. Preferiva il contatto con i clienti, che apprezzavano le sue sorridenti premure. Era rotondetta e un po' goffa nei movimenti, ma tanto simpatica; con loro. Con i dipendenti, invece, meno. Li faceva filare, non le sfuggiva nulla. E poi: com'era difficile trovare un bravo cameriere... Agli impacciati ragazzi delle valli bisognava insegnare tutto, talvolta persino l'italiano. Elsa non tardò a notare Aimone, che invece faceva tutto con leggerezza, eleganza e si rivolgeva agli ospiti dell'hotel nei modi dovuti, non lesinando i complimenti alle dame anziane, che si perdevano negli occhi, belli e acerbi, di un ragazzino.

Elsa volle conoscere Evelina, che frequentemente si affacciava all'hotel, talvolta solo pochi minuti, per verificare che gli occhi di suo figlio fossero ancora quelli di un ragazzo felice. Non appena poteva, prendeva il piroscafo e attraversava il lago. Ogni pretesto era buono: una compera, una visita, una necessità imprevista... Poi prese ad attardarsi in albergo e le chiacchiere con la signorina Elsa divennero sempre più lunghe, sempre più intime, sempre più complici. Fu così che la proprietaria del Metropole Suisse le raccontò di suo nipote.

«Sta per partire per la Germania. Abbiamo concordato uno scambio con una grande famiglia di albergatori tedeschi. Noi ospitiamo qui uno dei loro figli, mio fratello manda da loro il suo, che è un adolescente come Aimone» disse Elsa, rosicchiando uno di quei biscottini al burro, appena sfornati, che addolcivano l'esistenza e arrotondavano la vita.

«È una splendida opportunità» esclamò Evelina fingendo entusiasmo. "Da ricchi" aggiunse tra sé e sé. Non era invidia, lo considerava solo un evento troppo distante dalla sua vita a Dongo, fatta di piccole cose e di una casa con sette uomini da mandare avanti. Elsa le raccontò che la prefettura non voleva rilasciare il passaporto. «È ormai prossimo al servizio militare e non potrebbe lasciare l'Italia, nemmeno per recarsi in un paese amico del Fascio, come la Germania nazista» spiegò. Ma i Cassani erano pur sempre i Cassani e l'Italia, anche con Mussolini, pur sempre l'Italia... Il prefetto trovò "miracolosamente" il modo per aggiustare tutto senza violare la legge, e far felice quella famiglia rispettata e influente.

Il passaporto arrivò quando mancavano pochi giorni alla partenza. Tutto era pronto: le valigie, le vaccinazioni, la prenotazione del treno. Ma quel giovane, nato con la camicia, iniziò a tossire, come capita ai primi freddi d'autunno sul Lario, e la febbre a salire.

«Influenza» sentenziò il medico. Ma dopo qualche giorno la tosse divenne incessante. Il ragazzo provava forti dolori al petto e sputava sangue. Il medico fu richiamato, urgentemente. E la diagnosi cambiò: «Polmonite con tubercolosi» disse con tono grave. «Non può partire.»

Bisognava annullare tutto oppure trovare un sostituto. Ma chi? Quel nipote era l'unico maschio in famiglia e nessuno tra i figli degli amici era interessato alla carriera alberghiera. "Perché non Aimone?" pensò Elsa, che ormai lo conosceva bene e sapeva che non avrebbe sfigurato in Germania; ma bisognava prima convincere Evelina e Tonin.

Attese con impazienza la visita dell'amica, che però non fu affatto lieta di ricevere quella proposta.

«Mio figlio in Germania? Non sa il tedesco. Ha sedici anni, è ancora un bambino...» farfugliò. Quello non era più un problema da ricchi, stava diventando il suo problema.

«Vedrai, sarà un'esperienza straordinaria» insisteva Elsa. «Starà nel castello dei Watzesky: sono persone molto perbene, sono nobili. Lo tratteranno benissimo.»

«E se poi scoppia la guerra? E se poi si ammala? E se poi le cose si mettono male?» Evelina tentennava.

«Non pensare a te stessa, pensa a lui...»

«Non lo so, non lo so» disse alzandosi di scatto. Per la prima volta si congedò bruscamente. Prese il piroscafo, entrò in casa, accese il camino in soggiorno e attese che suo marito rientrasse dal lavoro. Ma Tonin, che per un anno aveva tenuto testa ad Aimone, ora si defilava; come se non volesse un altro scontro con il figlio. Toccava a lei decidere, solo a lei.

A chi chiedere consiglio?

Mancini era l'unico che conoscesse quel mondo e quando seppe della proposta non ebbe esitazioni: «Evelina, vedo tuo figlio ogni giorno. Credimi, non è uno dei tanti, ha la stoffa. Non tagliargli la strada» le disse accomodandosi nella cucina di casa.

«Ma sono inquieta...» replicò lei.

«Non c'è nulla di cui spaventarsi. Aimone merita questa chance. Credi in lui, non ti deluderà.»

Ma il suo cuore restò in subbuglio. Evelina tentava di guadagnare tempo nella speranza che un imprevisto rendesse superflua ogni decisione: forse la miracolosa guarigione del nipote di Elsa... Oppure un'improvvisa opportunità di lavoro per Aimone o una disastrosa valanga che interrompesse per tutto l'inverno i collegamenti ferroviari tra l'Italia e la Germania. E invece, non accadde nulla.

Per una volta, nemmeno Aimone le fu di aiuto. L'idea di un soggiorno all'estero lo eccitava, sebbene di quel paese sapesse pochissimo, se non che era grande, potente e amico dell'Italia. Ma a Como c'era Vittoria: avrebbe mai potuto lasciarla? L'istinto gli diceva: parti. L'amore per Vittoria e l'affetto per la madre urlavano: resta. Il suo cuore si restrinse, la sua mente si offuscò, mentre quel dialogo continuava a tormentarlo. "Resta. No, vai. Anzi, resta. Sì, vai." Finì per tacere.

«Mamma, accetterò qualunque decisione tu prenda» le disse una sera.

Evelina pareva ormai decisa per il no, quando un giovane bussò all'uscio di casa, urlando trafelato: «Signora Canape, c'è una telefonata per lei». All'epoca esisteva un solo telefono in paese ed era pubblico. Corse, ansiosa, temendo di ricevere una brutta notizia.

«Pronto, sono Evelina...» sussurrò.

«Ho trovato la soluzione!» le rispose la voce gioiosa di Elsa. «Ho parlato con il console italiano di Lipsia ed è disposto a prendere la tutela di Aimone durante il soggiorno in Germania.»

Suo figlio, sotto l'ala protettiva del console, del governo, del Duce...

Evelina ripensò alla lettera di Cecchin, alla profezia di Mancini; pregò, si affidò alla Madonna e ai santi. Poi guardò Aimone e capì dal bagliore dei suoi occhi che quell'avventura lo intrigava sempre di più, lo eccitava.

"E una madre, una madre vera, non può essere egoista. Se lo amo davvero deve partire" pensò. Riprese il piroscafo, entrò nella hall del Metropole Suisse, si sedette al tavolino e questa volta fu lei ad avventarsi sui biscotti al burro che placano i tormenti dell'anima.

«Elsa, ho deciso. Aimone andrà in Germania» annunciò sospirando.

Ma occorreva fare in fretta. E i Canape non erano i Cassani e l'Italia era pur sempre l'Italia. Evelina e Tonin accompagnarono il figlio in prefettura, compilarono il modulo per ottenere il passaporto. E aspettarono diligentemente. Pochi minuti. La legge era chiarissima e non prevedeva eccezioni, per i normali cittadini. Richiesta respinta: la patria chiamava. Con un preavviso di due anni, ma chiamava.

Fine della storia.

O forse no, quando si è stati particolarmente gentili con certe signore non più giovanissime, ma ricche e famose. E Aimone con Dina Galli era sempre stato ineccepibile, sebbene nei primi giorni di apprendistato al Metropole Suisse non sapeva nemmeno chi fosse. E come avrebbe potuto? Quando i cartelloni dei teatri di tutta Italia annunciavano le *pièces* con la Galli, lui non era nemmeno nato. Dina, la grande Dina, non più giovane (sfiorava i sessanta), ma ancora molto popolare e piena di verve: pungente, ironica, una milanese vera. Pronunciava due battute in italiano e una in dialetto. Faceva divertire tutti in albergo, compiacendosi di essere ancora amata e ricercata; ma Aimone quella sera non reagì ai frizzi e ai lazzi.

«Che ti succede, bel moretto?» gli chiese.

Aimone le raccontò della Germania, dell'eccitazione per un'avventura straordinaria, e poi del passaporto negato dalla prefettura che spegneva ogni speranza.

Dina lo guardò di soppiatto. «*Ghe pensi mi*» gli disse in milanese. «Ci penso io.»

Il prefetto arrivò, felice di poter cenare ancora una volta con la famosa Galli, che ormai considerava un po' sua amica e che ogni volta gli svelava alcuni segreti del mondo degli attori, solleticando la sua borghesissima e pruriginosa curiosità.

Le baciò la mano, ossequioso, ma lei la ritrasse bruscamente. «È così che trattate i promettenti giovani di Como?» lo apostrofò girando la testa con sdegno, dandogli del voi come voleva il regime fascista.

«Non capisco...»

«Avete negato il passaporto a un giovane che lavora qui, l'Aimone, tanto caro, tanto bravo.»

«Ma io non ho negato nulla...» tentò di difendersi il prefetto, irritato da quell'inspiegabile contrattempo, che rischiava di compromettere un'amicizia preziosa e fonte di invidia nei salotti della Como bene.

"Ma chi è questo Aimone? E non sa la Dina che un prefetto ha altro da fare che occuparsi del rilascio dei passaporti..." pensò, prima di biascicare, imbarazzato: «Io non so davvero di cosa state parlando. Non so chi sia, questo ragazzo...».

«Ah, è così che vi prendete cura dei cittadini!» lo incalzò, drammatica e solenne. Poi cambiò improvvisamente tono, sapeva come trattare quel tipo di uomo. «Suvvia, una persona perbene come voi, non vi riconosco più, signor prefetto. È un problema così semplice...» Dopo averlo graffiato, lo blandiva. E il prefetto si ammansì. «Dite al signor Canape di venire domani mattina in prefettura alle dieci. Rimedierò a questa ingiustizia» annunciò solennemente alzando la voce, affinché tutti sentissero.

Dina alzò il calice e gli diede un buffetto sulla guancia. «Bravo, il mio prefetto!» Poi strizzò l'occhio al suo giovane amico. «Sorridi, bel moretto, sorridi per me...»

Il giorno dopo Aimone ebbe appena il tempo di salutare Vittoria, in pubblico. Le diede la mano, avvicinò il suo volto a quello della giovane, ma non poté nemmeno sfiorare quelle labbra rosse e frementi. Le diede due casti baci sulla guancia, mentre i suoi occhi umidi, commossi, urlavano la sua passione, il suo strazio, imploravano di aspettarlo, perché il loro era un grande, intramontabile amore e non sarebbe bastato un viaggio, per quanto lungo, a interromperlo. C'era lei, ci sarebbe stata solo lei, sempre lei, nella sua vita.

«Scrivimi, Aimone» sussurrò Vittoria con la voce soffocata dall'emozione.

«Ti scriverò, Vittoria» rispose Aimone, ricacciando in gola le lacrime.

Tornò a Dongo. Sua madre lo aiutò a preparare le valigie: un paio di maglioni, perché in Germania fa freddo. Alcune belle camicie, perché bisogna essere a modo in ogni occasione. Le divise da cameriere, perché si parte per lavorare e non per divertirsi. Aimone allineò sul letto anche le mutande, le calze, il blazer, il pantalone, il gilet, abbinando le tinte, come faceva abitualmente. Nella sua mente era già tutto predisposto. Sapeva che se fosse andato a passeggio in campagna avrebbe portato quel golfino all'inglese con quel pantalone di fustagno e che a cena avrebbe indossato una camicia rigorosamente bianca, facendo sbucare dal taschino della giacca il fazzoletto in tinta con la cravatta. Il gusto non si impara, non si eredita, non si costruisce. O ce l'hai o non ce l'hai. E ad Aimone non è mai mancato.

A cena, con il padre e con i fratelli dialogò con brio, mostrandosi di buon umore, nel tentativo di scacciare la malinconia dell'addio. Si ritirò in camera. Aveva dormito tante notti nel dormitorio del Metropole Suisse da aver smarrito il ricordo del silenzio e di casa sua, dove tutto era piccolo e intimo, come la sua stanza, decorosa, ma essenziale. Osservò il letto a baldacchino di noce chiaro, i comodini, l'armadio ormai vuoto e l'inginocchiatoio imposto da sua madre e che tante volte in cuor suo aveva odiato. Non quella notte. Si chinò e pregò, raccomandandosi a Dio.

Partì di buon mattino, come sempre in piroscafo, accompagnato dalla madre che, come ogni madre davvero generosa, fingeva di essere felice, sebbene il suo cuore fosse pieno di lacrime. Faceva freddo quella mattina.

«Ho scritto sul retro la frase che dovrai leggere a ogni

cambio di treno» disse Mario, il maître dell'hotel, mostrandogli il biglietto cumulativo da Chiasso fino a Oberhof emesso dalla Cit, Compagnia Italiana Turismo. Quel biglietto aveva la copertina blu e i tagliandi grandi e rosa, uno per ogni tratta.

«*Bitte, sagen Sie mir wo muss ich umsteigen*» Mario lesse ad alta voce.

«Che vuol dire?» chiese Aimone.

«La prego di dirmi dove devo cambiare binario. Ti servirà in ogni stazione. Ti ho comunque fatto preparare anche questo,» aggiunse Mario mostrandogli un piccolo quaderno «ti ho scritto le traduzioni di alcune parole importanti e delle frasi utili nella vita di ogni giorno. Mi sono fatto aiutare da una cliente tedesca... Non perderlo, mi raccomando, leggilo più volte durante il viaggio.»

«E ti serviranno questi» gli disse Evelina sospirando, mentre gli allungava un borsello piccolo e prezioso. «Sono marchi d'argento. Starai via a lungo... non si sa mai; ma, mi raccomando, non sprecarli inutilmente. Usali solo in caso di necessità.»

In quel momento il treno, sbuffando, entrò in stazione.

«Tutti in carrozza!» urlò il capotreno.

Aimone strinse vigorosamente la mano a Mario, poi abbracciò Evelina, dandole un lungo affettuoso bacio sulla guancia. Lei gli accarezzò la nuca con la mano destra, mentre con la sinistra lo stringeva, sempre più forte; e per un attimo Aimone pensò che non lo avrebbe lasciato partire, che l'avrebbe tenuto per sempre accanto a sé. Poi sua madre lo spinse via bruscamente; sembrava gli dicesse: "Non farmi più soffrire figlio mio, vai più in fretta che puoi".

Aimone ricacciò indietro il magone e come se avesse perfettamente letto i pensieri di sua mamma le disse: «No, non ti farò soffrire. Un figlio, un vero figlio, non fa mai soffrire la propria madre». Salì sul predellino e si voltò soave, come se quell'addio, anziché straziante, fosse davvero gioioso. Percorse il corridoio del vagone, si affacciò al finestrino e sorrise, agitando freneticamente la mano.

Poi, non appena il treno prese velocità, richiuse il finestrino e si lasciò cadere pesantemente sulla poltrona. Osservò la cappelliera di legno, la luce fioca delle lampade smerigliate, si lasciò stordire dal rumoroso dondolìo della carrozza. E improvvisamente si sentì vuoto, solo, smarrito. La tristezza che di fronte a sua madre era riuscito a trattenere, ora risaliva in gola, impetuosa. Aimone si rannicchiò sulla poltrona, facendosi piccolo piccolo. Aprì il «Corriere dei Piccoli», ma non riuscì a leggere nemmeno una riga. Le lacrime bagnavano i suoi occhi e il suo pianto, dapprima sommesso, divenne copioso. Singhiozzava, Aimone. Come un bimbo. Ripensò a casa sua, alle tavolate con i fratelli, al calore della sua casa forse non lussuosa, ma piena di vita e di affetto. "Mi manca già persino l'inginocchiatoio" disse tra sé e sé riuscendo, per un attimo, a sorridere. E poi tornava a pensare a sua madre, a Vittoria, e piangeva. Gli sfilarono le immagini delle galoppate in bicicletta per andare dal santo, le battute della Dina nel piccolo, felice mondo del Metropole Suisse, i baci di Vittoria; gli parve di sentire il sapore argenteo delle sue labbra. "Mi sarei dovuto accontentare della mia vita a Como e invece mi sono lasciato tentare da un'avventura senza senso. In Germania, io, da solo. Che follia!" disse tra sé e sé. Più pensava e più il rimorso agitava il suo cuore. "Sono stato un cretino" ripeteva. Avrebbe voluto fermare il treno, dirottarlo, costringerlo a tornare indietro. Ma filava veloce tra le cime delle Alpi sempre più alte e sempre più bianche.

«Mangia un biscotto, ragazzo, ti sentirai meglio.» Aimone sentì una voce di donna, ma non capì subito che quell'amorevole sollecitazione era rivolta a lui. Poi udì il rumore sordo dei biscotti che sobbalzano in una scatola di metallo a pochi centimetri dal suo orecchio. Alzò lo sguardo annebbiato dalle lacrime: vide un volto materno, rassicurante, e alle sue spalle quello impietosito di un uomo, che assomigliava vagamente a suo padre. Aimone si soffiò il naso, ricomponendosi. Prese un biscotto. Lo masticò lentamente, assaporandone la fragranza. Il suo petto smise di sussultare. Permise a quei signori, così perbene e gentili, di distrarlo e coccolarlo. Tutto gradualmente si aggiustò.

Dopo qualche ora di viaggio il treno si fermò. Aimone pulì la condensa dal vetro e guardò fuori.

ZOLL-DOGANA lesse su un cartello.

Nevicava. Vide un grande stendardo rosso con in mezzo una croce uncinata. "Buongiorno Germania!" pensò tra sé e sé, ma stranamente non provava paura. La malinconia sbiadiva man mano che il treno si avvicinava alla meta. Studiò ancora un po' i vocaboli tedeschi scritti sul quadernetto, dormì accovacciato sulla poltrona.

Il treno si fermò a Stoccarda, Aimone si infilò il cappotto e i guanti e la sciarpa. Scese trascinando il valigione, mentre gli altoparlanti gracchiavano parole gutturali, incomprensibili. I passeggeri lo superavano a passo spedito. Prese il biglietto con la copertina blu e i tagliandi rosa. Lo voltò. Doveva lanciarsi. Vide un controllore in uniforme, ma aveva lo sguardo così severo...

"No, lui no" pensò.

Poi un altro, ma stava parlando con un signore elegante e aveva i tratti del viso troppo duri, gli occhi di ghiaccio.

"No, lui nemmeno..."

Poi un terzo, né bello, né brutto. Normale, di una normalità che conforta.

«*Bitte...*» e recitò la frase vergata con grafia elegante da Mario. Funzionava. Trovò facilmente il binario giusto e dalla felicità diede una bella mancia al portabagagli ricordandosi del suggerimento di Mario: «Tieni sempre qualche moneta in tasca e non lesinare. A volte basta poco per trarsi d'impaccio». Salì, il treno si mosse e il viaggio continuò. Aimone cambiò a Wuerzburg, poi a Meiningen, giungendo a

Oberhof bassa, una stazione apparentemente immersa nel nulla.

Il suo traguardo era a pochi chilometri da lì, nella parte alta del paese. Secondo le indicazioni di Mario, avrebbe potuto proseguire con un autobus oppure con una slitta a cavallo. Notò infatti un cartello posto di fianco alla biglietteria: ZU HOCH OBERHOF, per Oberhof alta, e il bigliettaio di fronte a lui che, dopo averlo accolto con un fatidico: «*Bitte?*» attendeva un cenno di risposta.

Aimone contò i soldi nel portamonete. "Ho palanche a sufficienza..." pensò. Sulla corriera era stato altre volte, ma sulla slitta mai; e poi sulla neve... sotto quel cielo azzurro, tra gli alberi imbiancati di fresco...

"In fondo, che male c'è?" disse tra sé e sé, e rispose, fiero di aver già imparato a dirlo in tedesco: «Un biglietto per la slitta a cavallo!» senza sentirsi in colpa per quella piccola follia.

Nell'attesa che arrivasse la slitta, curiosò intorno. I suoi primi passi in terra straniera! Girò l'angolo e si fermò davanti a un piccolo emporio. Aveva già ceduto a una tentazione, avrebbe mai potuto resistere alle caramelle Mou? A quelle soffici caramelle, così rare a Dongo, e così buone che impastano la bocca e si attaccano ai denti? Erano lì sotto i suoi occhi, ammiccanti, sensuali. Lo attiravano dalla vetrina del negozietto e sembrava proprio gli dicessero: "Prendici Aimone, ti faremo felice. Siamo qui per te, siamo qui per consolarti". Aprì la porta energicamente, facendo vibrare i campanellini appesi sullo stipite. La gerente aveva le mani grassocce, i capelli grigi raccolti a coda di cavallo, due gote rosse su un viso già solcato dalle rughe. Vide subito quel ragazzo dall'aria smarrita, sicuramente venuto da lontano, e dopo averlo salutato gli chiese: «*Was willst du, Junge?*».

Aimone non era sicuro di aver capito bene e si limitò a indicare con l'indice della mano sinistra le caramelle Mou, mentre con la destra mostrava una moneta da cinque marchi d'argento.

«*Fuenf Mark! Wie viel Rahmbonbons?*»

Aimone la guardava e non capiva. Sorrideva e non capiva.

«*Willst du alle kaufen?*»

Faceva cenno di sì con la testa, giusto per cortesia, ma non capiva.

«*Bist du sicher?*» gli chiese aggrottando le sopracciglia. Poi ripeté, scandendo bene le sillabe per permettere al giovane straniero di comprendere. «*B-i-s-t d-u s-i-ch-e-r?*» "Sei sicuro?"

Ma Aimone continuava a guardarla inebetito, puntando le caramelle con la sinistra e alzando la moneta con la destra.

Quella signora grassa e gioviale sparì sul retro, riemergendo con due confezioni intonse di caramelle Mou. Prese pure quella in vetrina e la chiuse. Le impilò, le legò con lo spago e gliele diede, sfilandogli dalla mano la moneta da cinque marchi.

«Ma io voglio due sacchetti, non tutte le scatole!» tentò di obbiettare Aimone, ma con una voce così flebile e un tedesco così frammentato e mogio che la donna forse non lo udì nemmeno. D'altronde era troppo ben educato per imporsi e come avrebbe potuto spiegarsi meglio in quella lingua così ostica? Prendere o lasciare. Decise di prendere le tre scatole e ancora una volta non provò alcun rimorso.

Girò i tacchi e uscì, reggendo tra la pancia e la punta del naso quelle tre maestose scatole che sublimavano la golosità di un adolescente. Si sentiva ricco, già sazio e felice.

La slitta corse veloce sulla neve, mentre l'aria fredda e frizzante scoppiettava sul suo volto, tagliando il fiato e facendo lacrimare gli occhi. Il conduttore schioccava la frusta, spronando al galoppo un cavallo nero, massiccio e potente. Aimone non aveva mai provato la fresca euforia della velocità.

La slitta rallentò mentre il sole già tramontava dietro ai pini e si fermò di fronte alla grandiosa entrata di un castello, appena fuori dal paese. "Che posto fantastico..." pensò inghiottendo il suo stesso fiato. Quel castello sembrava aver preso forma da una favola della sua infanzia.

Scese, appoggiò la valigiona per terra sulla neve ancora fresca, poi reggendo in equilibrio le scatole di caramelle si avviò verso l'ingresso.

Fu subito raggiunto da un portiere, infagottato in un cappotto nero con il bavero verde, che, con aria decisamente scocciata, apostrofò qualcosa in tedesco indicandogli un'altra entrata.

«*Ja*» sussurrò Aimone che nuovamente non aveva capito nulla, se non che era poco consigliabile contraddire un uomo in divisa che impartiva ordini con piglio così autoritario. E si incamminò.

Non si accorse nemmeno che pochi istanti dopo un signore in giacca e cravatta si era affacciato al portone principale. Era il direttore dell'albergo, che voleva appunto sapere se il ragazzo italiano fosse arrivato.

«No, signor direttore» aveva risposto l'usciere strofinandosi le mani per combattere il gelo.

«Strano, avrebbe dovuto essere qui a quest'ora...»

«Ma allora è quello là! L'avevo scambiato per un fornitore...» aveva realizzato di colpo: indicava Aimone, che procedeva lentamente sulla neve per non scivolare, seguito dal conducente della slitta, il quale aveva accettato di portargli la valigia, in cambio di una buona mancia.

«*Herr*, Canape!» urlò il portiere, improvvisamente servizievole, precipitandosi verso di lui e scusandosi. Gli prese di mano le tre scatole di Mou, lasciandogli solo il «Corrierino» e lo accompagnò all'entrata principale.

Il direttore lo accolse con una vigorosa stretta di mano e gli disse una frase molto solenne che suonava come un caloroso benvenuto. Poi volle il suo passaporto: Aimone ricordò che andava consegnato al console italiano di Lipsia, suo tutore ufficiale.

Si guardò subito intorno: nemmeno a Villa d'Este aveva visto tanto sfarzo. Gli fecero cenno di accomodarsi su un divano e lì rimase altri lunghi minuti in contemplazione di quell'ambiente: gli stucchi alle pareti, il parquet intarsiato, i lampadari di cristallo, i tendaggi raffinati di velluto bordeaux che davano calore e gli specchi giganteschi che riflettevano la luce.

Fu svegliato da quel momento di pura estasi da un cenno del direttore, che lo pregava di seguirlo.

Presero un grande ascensore in ferro battuto, rétro e molto chic, con i sedili in legno a ribaltina e i vetri sui quattro lati. Percorsero un corridoio, camminando su un tappeto rosso e si fermarono di fronte a una porta sulla quale era stata appesa una targa in ottone che recitava la scritta PRIVAT.

Il direttore suonò. Al di là di quella porta si snodava un sontuoso appartamento. Il maggiordomo, rigorosamente in guanti bianchi, che era accorso al suono del campanello, abbandonò i due sull'uscio per un attimo e trottò al piano superiore ad avvisare che l'ospite era arrivato.

La principessa Hannover si affacciò quindi sul pianerottolo e scese le scale, sfiorando appena il corrimano, con solenne lentezza, mentre i suoi tre barboncini la precedevano abbaiando. Il loro era il pigro abbaiare dei cani da salotto, aristocratici come i loro padroni.

«Non preoccupi, no mordono» sussurrò il direttore, che masticava qualche parola di italiano.

Ma Aimone non lo ascoltava, era rapito da quella visione. "Sembra la regina" pensò.

Chinò il capo, le baciò la mano, con istintiva eleganza.

Lo scambio di convenevoli verbali fu invece decisamente più goffo: Aimone tentò del suo meglio recitando certe frasi di circostanza lette sul quadernetto, il direttore improvvisò altrettanto con il suo stentato italiano ma alla fine si capirono, o almeno Aimone capì che era davvero il benvenuto, e che di lì a poco il maggiordomo l'avrebbe accompagnato nella sua stanza.

Gli avevano riservato la suite del loro figlio, il giovane principe Watzesky. Aimone vedendola pensò subito alla sua stanzetta di Dongo: l'inginocchiatoio incollato alla scrivania, settanta centimetri tra letto e armadio sufficienti giusto per aprire le ante...

Quella suite, invece, aveva un'anticamera, con un piccolo salottino per ricevere le visite e nell'angolo un elegante scrittoio. La stanza era spaziosa, impreziosita da una boiserie di legno scuro e da un camino enorme, che i camerieri avevano cura di tenere sempre acceso, perché il principino non doveva prendere freddo... Il maggiordomo gli aprì anche la porta in fondo a sinistra. Dava sul bagno, grande, piastrellato, con i lavandini doppi, la vasca smaltata, la rubinetteria in ottone e sul comò quattro pettini, quattro spazzole e uno specchio. Quel bagno, tutto per lui?! E addirittura interno, non in cortile come a Dongo...!

«*Am Abendessen mit Jacke und Kravatte*» annunciò il maggiordomo bussando alla porta. Aimone aveva perso la nozione del tempo. Per quanti minuti era rimasto in piedi, in mezzo alla stanza, con in mano il «Corriere dei Piccoli», inebetito?

«*Herr* Canape*, am Abendessen mit Jacke und Kravatte. Um acht uhr, puenktlich*» ripeté il maggiordomo, stavolta frazionando meglio le sillabe. Quell'annuncio lo fece tornare in sé. E riuscì a distinguere alcune parole, tanto da capire il significato della frase: cena alle otto in giacca e cravatta. Aprì finalmente la valigia e iniziò a ordinare i vestiti nell'armadio. Tornò in bagno, versò l'acqua bollente nella vasca e vi si immerse voluttuosamente, lasciandosi cullare.

Scese in salotto con i capelli ancora umidi. La principessa gli presentò suo marito, il principe Watzesky, che era polacco di nascita, ma come ogni nobile del suo paese parlava un eccellente tedesco; poi lo introdusse a Herr Thomas, il medico del paese, e il volto di Aimone si illuminò, perché quel dottore cinquantenne calvo e gioviale parlava perfettamente italiano.

«Ho vissuto qualche anno a Roma e i principi mi hanno pregato di farle da interprete fino a quando non avrà imparato la loro lingua» gli spiegò.

Si accomodarono nella sala da pranzo e il mondo si rovesciò. Aimone Canape di Dongo, apprendista cameriere con la licenza di terza media, in quell'albergo sedeva al tavolo con una delle famiglie più influenti di Germania, coccolato e servito come un principe da coloro che in realtà erano suoi colleghi.

"La vita da ricchi è proprio piacevole" pensò.

Piacevole sì, ma con qualche obbligo.

Frau Noll, ad esempio, che sarebbe diventata la sua istitutrice. Si presentò dopo cena. Una donna senza mistero. Il suo fisico era corpulento, il suo piglio severo, il tono della sua voce cortese ma perentorio. La sua era una gentilezza che non ammetteva eccezioni e che Aimone assaporò sin dal mattino successivo.

Frau Noll alzava un cucchiaio e diceva: «*Was ist das?*».

«Un cucchiaio» rispondeva Aimone in italiano.

«*Nein! Kein "Kukkiaio!", das ist ein Loeffel*» lo bacchettava Frau Noll, che subito riprendeva: «*Und was ist das?*».

«Un coltello» di nuovo in italiano.

«*Nein! Ein Messer!*» Frau Noll non si arrendeva, né si sarebbe arresa.

«Abbia pazienza, ma deve imparare la lingua, prima di iniziare lo stage» lo rincuorava Herr Thomas. Aimone stava con Frau Noll tre ore prima di pranzo e tre ore al pomeriggio. Poi vagava per l'albergo, seguendo i preparativi della stagione natalizia ormai incombente o passeggiava per i boschi, senza fretta, senza ansia, cercando l'ispirazione e non appena la trovava rientrava in camera. Prendeva carta e penna e scriveva a Vittoria lettere d'amore, lunghe, languide, romantiche. Sulla busta indicava il nome e l'indirizzo della sua governante. La loro complice. E Vittoria rispondeva, estasiata. Sì, era sempre innamorata.

Poi arrivò Natale. E arrivò la notte di san Silvestro.

4

«Sì, Aimone, la duchessa Elli Steinlich si è sentita male a causa tua» ripeté Hans, il direttore, inasprendo il tono della voce. Aimone aveva inteso bene il significato di quella frase, che ora rimbombava nella sua testa come un pestello dentro una campana. Ripensò affannosamente alle settimane trascorse a Oberhof, scavò impetuosamente nel fondo della sua memoria, tentando di ricostruire le frasi, dette o sentite, i dettagli, i gesti significativi, eppure l'immagine di quella signora bella, triste ed elegante non compariva mai. Nemmeno di sfuggita, nemmeno per un attimo. No, non l'aveva mai vista prima, né l'aveva mai sentita nominare.

"Che male posso aver fatto a una donna che non conosco?" si interrogò di nuovo.

Sentì le vene pulsare sempre più rapidamente nel collo, ai polsi, sotto una camicia improvvisamente troppo stretta. Si sentiva in trappola, Aimone. Senza un perché. L'ansia crescente rendeva umide le sue mani e sempre più confusi il suo pensiero e le sue percezioni. Invocava uno sguardo di solidarietà, di comprensione: ma anche i volti amici, dei camerieri, degli inservienti, gli sembrarono improvvisamente ostili e i loro occhi percorsi da lampi di ironia, come se si compiacessero che fosse stato smascherato.

Gli sguardi dei clienti, per contrasto, parevano improvvisamente vuoti: persone senza volto si aggiravano intorno a lui.

«Vieni con me» gli intimò Hans.

Aimone si alzò e lo seguì a capo chino. Entrarono nel salottino privato del principe Watzesky. Le luci erano soffuse, il fuoco ardeva nel camino. Faceva caldo in quella stanza, l'aria odorava di sigaro e di cognac, sui tavolini di vetro brillavano vassoi d'argento colmi di frutta candita. Hans gli fece cenno di accomodarsi su una delle poltrone all'inglese, ricoperte di soffice pelle di daino. Aimone si sedette ma senza appoggiare la schiena, che mantenne rigida e leggermente inclinata in avanti, come un visitatore che ha fretta di partire e lascia intendere di potersi trattenere solo per pochi minuti.

«Aimone, quella donna si è sentita male guardando te» disse, finalmente in italiano, Herr Thomas, sbucando dietro la libreria.

«Guardando me?!?» replicò Aimone meravigliato.

«Sì... Sì, è così. Ma so che tu non hai colpa» precisò il medico.

«Eppure io continuo a non capire...» mormorò il giovane ospite italiano, con voce tremante.

«Non c'entri niente... eppure c'entri tutto» continuò Thomas ignorando lo smarrimento del suo giovane amico. «Come avrai già saputo, quella signora è una duchessa, si chiama Elli e in gioventù era sposata con un nobile siciliano. Formavano una delle coppie più belle e originali di Berlino. Lui era moro e parlava un tedesco buffissimo; senza commettere errori di grammatica ma con l'accento e la cadenza del suo paese. Era raffinatissimo, ossequioso, indolente e come molti nobili della sua terra, squattrinato. I soldi li aveva Elli, che invece era energica, puntuale, decisa. Tipicamente tedesca quanto lui tipicamente siciliano. La coppia era affascinante, ma improbabile e infatti non durò. Il principe tornò in Italia, ma nel frattempo avevano avuto un figlio, Rudolf, nato nel luglio del 1922.»

«Anch'io sono nato nel luglio del 1922...» lo interruppe Aimone.

Thomas trasalì. «Un'altra coincidenza... ragazzo mio...»

«Coincidenza?» chiese Aimone alzando finalmente gli occhi. Hans si avvicinò al soprammobile, prese una bottiglia di whisky e ne versò due dita. Aimone osservò la sua fronte ampliata da una calvizie pugnace, il suo viso roseo, ingentilito da due baffi neri striati di bianco e riscoprì l'uomo rassicurante che aveva imparato ad apprezzare in quel mese trascorso insieme. Si accorse che il tono della sua voce non era più seccato e nemmeno aggressivo, ma quieto, quasi affettuoso. Aimone sentì i battiti del cuore rallentare e i muscoli del corpo allentarsi. Non aveva più premura di andarsene, ma solo un acuto desiderio di saperne di più. Hans prese posto accanto a lui, sprofondando nel divano, bevve i due sorsi di whisky, si schiarì la gola tossicchiando e riprese il racconto.

«Rudolf era il figlio che ogni genitore vorrebbe avere. Sempre sorridente, volitivo, brillante; dolce con sua madre, leale con gli amici e un po' idealista. Aveva preso tutto dal padre. Non era biondo come i giovani tedeschi, ma moro, con gli occhi color nocciola e i capelli ondulati. Il suo aspetto non era propriamente ariano, ma negli ambienti dell'alta società tedesca il censo contava più del colore della pelle e il Führer dimostrava di apprezzare l'amicizia di Elli e della sua famiglia così influente. Quante volte aveva partecipato ai loro ricevimenti. E che persona brillante sapeva essere, Hitler, in società. Elli lo adorava. "Ecco finalmente un uomo che sa difendere le tradizioni" continuava a ripetere. "Bisogna aiutarlo, assecondarlo." Occorreva che anche le classi sociali elevate dessero il buon esempio. Quando Rudolf compì quindici anni, Elli non ebbe esitazioni. "Andrai nella Hitler Jugend. Sarai un giovane avanguardista" gli disse dandogli un bacio. "Dobbiamo dimostrare a Adolf la nostra amicizia."

Il ragazzo partì. E quell'esperienza nella Gioventù hitleriana gli piacque tantissimo. Si sentiva un patriota, un camerata e, soprattutto, un soldato. I fucili che usavano per le esercitazioni erano veri, come veri erano i camion, gli autoblindo, i carri amati. Era un giovane soldato in erba, che, come i suoi compagni di corso, sognava la guerra, giocava alla guerra.

Accadde tutto in un attimo quella fredda, umida, maledetta notte. Il capitano di turno decise un'esercitazione fuori programma e quando alle dieci di sera arrivò l'ordine di prepararsi a un combattimento nessuno di quei ragazzi osò protestare, sebbene sfiancati da una giornata estenuante. Rudolf uscì, mostrando il consueto zelo e camminò per un paio di chilometri nel buio, sotto una pioggia scrosciante. Il comandante diede ordini ai suoi "soldatini" di distanziarsi l'uno dall'altro, poi urlò: "Il nemico sta avanzando, prendete posizione!". Rudolf sapeva cosa fare. Impugnò il fucile e corse, curvo, lungo il ciglio della strada, scavalcò un avvallamento, sdraiandosi dietro un cespuglio, a gambe divaricate, con l'elmetto gocciolante calato sulla fronte e l'indice infilato nel grilletto. Nessuno avrebbe potuto vederlo, nemmeno il soldato alla guida del carro armato, che, disorientato dall'oscurità e dalla pioggia torrenziale, iniziò a spostarsi sul lato della strada. Rudolf doveva aver sentito il rombo sempre più vicino: forse non intuì nemmeno cosa stava per accadere o forse pensò che quella manovra fosse prevista e non avendo ricevuto nuove disposizioni rimase dov'era. Il carro armato proseguì in quella direzione, scese nel fossato e risalì, investendo il cespuglio. Rudolf non ebbe nemmeno il tempo di urlare. I cingoli schiacciarono la sua testa, triturarono il suo busto, appiattirono le sue gambe. Solo dopo qualche metro il soldato si fermò, allertato dalle grida imploranti dei camerati: "*Anhalten! Sofort!*". I militari raccolsero il corpo straziato di Rudolf, ma non ebbero il coraggio di mostrarlo a sua madre; tornò a casa in una bara sigillata.»

«Tutto questo è atroce, ma ancora non riesco a comprendere...» disse Aimone, tamponandosi delicatamente le gote luccicanti di sudore.

«Rudolf aveva la tua età... davvero non intuisci?» gli chiese Thomas.

Aimone scosse la testa, stringendosi nelle spalle come un bambino, e il medico, mosso da quell'espressione candida e smarrita, gli afferrò le mani con slancio istintivo e paterno. Aimone sentì i suoi polpastrelli grassocci premere sulle proprie dita lunghe e affusolate. Thomas lo fissò intensamente e parlando lentamente gli disse: «Aimone, Rudolf aveva la tua bocca, il tuo sguardo, il tuo naso. Era alto come te, bello come te, moro come te e il suo sorriso straordinariamente simile al tuo. Quando ti ha visto in fondo alla gradinata, la duchessa Elli ha creduto che suo figlio fosse tornato...».

L'angoscia evaporò dal cuore di Aimone e la mente, fino a quel momento confusa, si aprì nitida e splendente come il cielo sopra i monti dopo un temporale. Aimone era finalmente certo di non aver commesso nulla di male.

Il principe Watzesky aveva seguito la conversazione, in un angolo della sala, fumando il sigaro. «Herr Thomas, lei pensa che Aimone accetterebbe di conoscere la duchessa Elli e sua madre?» chiese sbucando dalla penombra. «È tardi e, nonostante questo imprevisto, è Capodanno! Potrebbe cenare con noi...» aggiunse. Il medico tradusse l'invito ad Aimone che rispose prontamente: «*Ich freu mich sehr! Aber...*».

«*Aber?*» chiese il principe.

«Però,» rispose Aimone in italiano «Hans continua a ripetermi che non posso accedere alla sala senza lo smoking e io non ce l'ho...» spiegò, arrossendo.

Ma importava davvero? Quella si era trasformata in una serata speciale, oltre ogni previsione. «Elli non ha sicuramente più voglia di mondanità. Ceneremo nel nostro privé» sottolineò il principe.

«Allora, sei pronto a incontrarla?» incalzò Herr Thomas.

«Io, sì, ma lei? Non vorrei che vedendomi si sentisse di nuovo male» mormorò con un filo di apprensione.

«Non devi preoccuparti; è stata Elli a chiedere di incontrarti. È impaziente di conoscerti» lo rincuorò il medico. «Andiamo...»

Si alzarono e si avviarono verso la porta, camminando su un elegante e soffice tappeto. Aimone si fermò d'un tratto, posando la sua mano sul braccio di Thomas.

«Cosa potrò dirle appena la vedo? Il tedesco è una lingua a me ancora ostica e quella donna è crollata davanti ai miei occhi. Vorrei tanto riuscire a farle capire quanto mi è dispiaciuto...»

Herr Thomas sorrise, e con indulgenza gli ripeté un po' di volte una frase, in tedesco.

Uscirono dal salottino. Elli li aspettava.

«Sono desolato di averle provocato un'emozione così intensa» disse Aimone chinandosi nel gesto di baciarle la mano. E poi rimase immobile, sguardo basso, a un passo da lei: lasciò che il silenzio dicesse il resto.

Elli gli accarezzò lentamente il volto. Si asciugò una lacrima, una sola. Un velato sorriso rischiarò i suoi occhi tristi. A tavola lo fece sedere al suo fianco e, per quella sera, non toccò cibo. Non smetteva di guardarlo, rapita: gli domandò chi fosse, da dove venisse, com'era arrivato fin lì; ma in realtà Elli non prestava attenzione alle risposte che Herr Thomas traduceva. Aimone parlava e sorrideva. La donna sognante lo fissava e a tratti sospirava. Prese in un impeto la mano del ragazzo, dapprima la strinse forte e poi l'accarezzò. Lasciò scorrere libere le dita sulla sua morbida guancia; poi tra quei capelli scuri, che baciò d'impulso.

Aimone provava un certo imbarazzo, ma non si ritrasse; percepiva il significato di quel comportamento. Nulla appariva morboso nei gesti di Elli: era l'affetto di una madre per un figlio che non c'è più.

Il mattino seguente Elli aprì la finestra e la stanza si riempì di luce. Osservò le nuvole alte e bianche rincorrersi nel cielo mosse dal vento d'alta quota, pareva scalciassero come puledri in libertà. Chiuse gli occhi e sentì sul viso il tiepido calore di un raggio di sole, inspirò a pieni polmoni l'aria di montagna. Si sentiva diversa. Per la prima volta da quando Rudolf era morto non provò l'impulso di richiudere le imposte e di tornare a letto, non provò più quel senso di pesantezza che rallenta il cuore e spegne l'anima. Elli era come rinata, di nuovo leggera e motivata. Aveva voglia di uscire, di muoversi, di vivere, di gioire. Con Aimone, solo con Aimone.

«Perché non andiamo a sciare?» gli chiese nella hall dell'albergo, aiutandosi coi gesti. Indossava i pantaloni neri e un girocollo rosa di cachemire, raffinatissimo.

«Ma io non ho mai sciato...» rispose Aimone con un filo di imbarazzo snocciolando il suo buffo tedesco.

«E allora è il momento buono per imparare!» esclamò Elli, che ordinò due slitte, una per sé e una per la madre. Scesero fino alla piazza principale del paese ed entrarono nel negozio di attrezzature sportive.

«Lo affido alle sue mani...» disse con soave noncuranza al commesso, sorpreso di rivedere Elli così in forma.

«Farò del mio meglio, come sempre» rispose, accompagnando Aimone nel reparto dedicato agli uomini. Prese le giacche più belle, i maglioni più caldi, i pantaloni più resistenti; gli fece indossare degli scarponi da montagna, che apparentemente non avevano nulla di anomalo, ma risultarono rigidissimi. Aimone tentò di camminare, ma perse subito l'equilibrio e dovette aggrapparsi al commesso per non cadere. Elli, che aveva seguito la scena, scoppiò in una risata. «Quegli scarponi servono a tenere ferma la caviglia» spiegò divertita, scuotendo la testa.

«Sicura? Non c'è altro modo?» rispose Aimone.

«No, non c'è» sussurrò il commesso, che gli chiese di allungare il braccio verso l'alto e misurò l'altezza dal palmo della mano fino a terra; poi sparì sul retro. Tornò poco dopo reggendo un paio di sci di legno chiaro, stretti e lunghissimi, che oltrepassavano la testa di Aimone di una trentina di centimetri. Li posò sul bancone e infilò uno scarpone nell'attacco a molla con la chiusura a ribaltina, che fece scattare producendo un rumore secco. Gli diede delle racchette, anch'esse di legno, con le rondelle di vetro, legate al gambo da quattro striscioline di pelle. Infine gli fece provare la cuffia di lana, che Aimone scelse in tinta con la giacca, e gli occhiali da sole, con le lenti marroni, spesse, chiuse sui lati da un triangolo di pelle nera.

Il giovane italiano era pronto per la sua prima sciata. Mancava solo un maestro.

«Meglio due, così imparerai prima» disse Elli, mentre la slitta li conduceva in cima alla pista, non lontano dall'hotel.

È facile dimenticare le proprie origini, quando si sale socialmente. E anche se tutto era accaduto di getto, Aimone aveva già saputo calarsi, perfettamente, in quelle nuove vesti. Con il tacito accordo dei principi Watzesky, l'apprendistato nell'albergo fu momentaneamente accantonato e al giovane italiano fu permesso di assaporare quell'insperata vacanza natalizia senza restrizioni di orario. Sembrava davvero l'erede di una delle famiglie più ricche di Germania e non solo nell'aspetto; aveva subito acquisito quei modi, quegli atteggiamenti eleganti, misurati, soavi, che distinguono le persone di rango. Era raffinato anche quando scendeva a spazzaneve per il pendio; appariva aristocratico mentre si fermava a parlare (sebbene ancora più a gesti che a parole) con gli altri ragazzi. E in passeggiata, non indossava più il cappotto pesante che si era portato da Como, ma, nelle giornate miti, la giacca in tweed, con gli stivali in pelle nera, i pantaloni alla zuava: abbigliamento chic, che gli aveva comprato Elli.

Lei e Aimone divennero inseparabili. Passavano assieme tutto il tempo, tranne che di notte. Alle otto del mattino si facevano servire la colazione, quindi uscivano, e tornavano per il pranzo. Aimone rimaneva al suo fianco anche durante i bridge o i tè con le amiche ospiti dell'albergo: tutte nobili o ricche, ovviamente, come Bertha Krupp, moglie del magnate dell'acciaio, una mora dal piglio severo, che come ogni donna davvero di classe non esibiva la propria ricchezza se non nelle occasioni ufficiali. Quando si sedeva nel salottino con Elli, Bertha indossava la fede, un anello di smeraldo e un paio di orecchini a goccia con una pietra scura contornata da brillantini; gioielli discreti, sebbene di gran valore. La sua sobria eleganza sottaceva una noncuranza per le preoccupazioni materiali tipica di chi vive da sempre nel privilegio. In quel mondo tutti erano consapevoli del proprio rango e seguivano le norme, immutabili e un po' noiose, dell'alta società. Le vacanze a Oberhof seguivano un rituale ben noto. Le signore si trovavano per il tè a metà pomeriggio, mentre i signori si riunivano dopo cena nel salottino del principe Watzesky sorseggiando liquori e fumando sigari Avana.

Aimone osservava i gesti, seguiva le conversazioni; si accorse ben presto che nessuno parlava di soldi, un argomento così volgare... superfluo per gente di quel calibro. E si adeguò a quella consuetudine, che peraltro gli permetteva di eludere eventuali domande sul patrimonio della sua famiglia.

Furono dieci giorni da sogno. Poi arrivò il momento del commiato.

«Tra poche ore io e mia madre rientreremo a Berlino...» gli disse Elli, prendendolo a braccetto, mentre tornavano in albergo a conclusione dell'ultima discesa sugli sci «...ma il nostro non è certo un addio. Tu ora sei parte di me.» La donna sorrise. Poi aggiunse, con la voce incrinata dall'emozione: «Tornerò presto da te».

«Sarà un immenso piacere rivederla» rispose Aimone, ringraziandola di nuovo per quella vacanza da sogno, imprevista come il loro primo, traumatizzante incontro. Il mattino seguente salutò Elli e sua madre, nella hall dell'albergo, mostrandosi allegro e premuroso, per alleviare la commozione che leggeva nei loro sguardi. Accompagnò il suo saluto con ampi movimenti della mano, sbracciandosi fino a quando la slitta non scomparve all'orizzonte. La sera si sentì improvvisamente solo e avvertì l'urgenza di rimanere in camera, per riordinare, dentro di sé, pensieri, impressioni e sensazioni di quelle incredibili due settimane. Si addormentò felice.

Ma al risveglio si rese conto che Frau Noll non si era dimenticata di lui. Riprese a studiare il tedesco. La sua istitutrice volle insegnargli l'etichetta: i titoli nobiliari, la deferenza, lo stile, quando fare il baciamano e quando no, come rivolgersi ai re e ai primi ministri. Particolari che Aimone, in quindici giorni da principe, aveva in buona parte già appreso: ma non ritenne elegante farglielo notare. Trascorreva delle buone mezz'ore a fingere interesse osservando quell'enorme ma impettita donnona mimare inchini reverenziali. In fondo si era affezionato a lei.

Hans, il maître d'hotel, lo chiamava spesso a sé. «Osserva quel che faccio. Imparerai tantissimo» e Aimone seguiva tutto, rapito, entusiasta. Hans era molto esigente con i dipendenti e curava con precisione maniacale i dettagli, ma senza angherie né prevaricazioni. Sapeva essere in ogni occasione un capo giusto, leale, capace di chiudere un occhio al momento opportuno e di ricompensare chi lo meritasse.

Aimone stava bene a Oberhof, pensava sempre meno a Dongo, sempre di più al lusso. Divenne amico dei principessini Watzesky e dei loro amici, che arrivavano all'hotel guidando scintillanti auto sportive.

Non appena Frau Noll lo lasciava libero, Aimone si accodava, adeguandosi alla giocosa spensieratezza dei figli di papà. Ma non era uno di loro; agli occhi di quei ragazzi di buona famiglia sarebbe rimasto, comunque, il giovanotto italiano che si esprimeva in un tedesco zoppicante; l'ultimo della compagnia, l'originale, il diverso. E dunque un bersaglio ideale per movimentare serate talvolta un po' noiose.

Aimone, nella sua ingenuità, non intuì nemmeno il piano che si stava facendo largo nella mente dei suoi amici, quando chiese che gli insegnassero qualche frase galante, di particolare effetto sulle ragazze.

Amava ancora Vittoria, ma lo sguardo di Ingrid lo turbava ed è difficile resistere al richiamo delle pulsioni quando hai sedici anni. Che classe, Ingrid: mora, slanciata, con seni prosperosi e un visino acqua e sapone sul quale spiccavano, come un capriccio, due labbra morbide color rosso ciliegio.

Sapeva che avrebbe accettato di danzare con lui al gran ballo dell'albergo, ma non poteva rimanere in silenzio sulla pista. «Solo poche frasi di classe, per fare bella figura. Sono o non sono un italiano?» insisteva con gli amici. «Dai, non posso mica chiedere queste cose a Frau Noll!» li supplicava e loro accettarono.

Sprovveduto Aimone. Era così impegnato a memorizzare le frasi, che non fece caso alle sbirciatine d'intesa di quei ragazzi.

«Ehi, farai un figurone» gli disse il più grande della compagnia, che sapeva recitare meglio degli altri la parte dell'amico devoto.

La sera dopo Aimone si presentò in pista, elegantissimo, con i capelli pettinati all'indietro. Si era messo, per la prima volta, la brillantina, che rendeva di riflesso ancor più scintillanti i suoi occhi. Ingrid era seduta al tavolo dei genitori. Aimone si avvicinò, salutò il padre e la madre.

«Posso avere l'onore di un ballo?» chiese porgendole la mano dopo aver accennato a un inchino. Inappuntabile, come sempre, la accompagnò in mezzo alla pista e la strinse con la mano destra. Lei si lasciava morbidamente condurre, compiaciuta dal contatto con quel corpo snello e aitante. Aimone avvicinò la bocca al suo orecchio e iniziò a sussurrare le frasi dolci che i suoi amici gli avevano suggerito. Pensava di dire: "Hai movenze da fata, mi ammalii" e invece sibilava: «Hai due tette che mi fanno impazzire». Era convinto di bisbigliare: "Che meravigliosa luce hai nello sguardo" e invece mormorava: «Chissà che meraviglia nascondi tra le gambe». Non riuscì a pronunciare la terza frase, Ingrid gli mollò due ceffoni, nel bel mezzo della pista.

L'orchestra s'inceppò perdendo un paio di battute.

«Che cosa ti ho detto? Che cosa ho fatto? Io volevo farti un complimento...» esclamò Aimone, ma lei era già corsa via, scuoteva la testa, con il viso nascosto tra le mani, mentre gli amici in un angolo della sala ridevano sguaiatamente, mimando la scena dello schiaffo.

Il padre entrò in pista come una furia, agguantò Aimone per un braccio e lo trascinò in disparte. «Adesso ti faccio vedere io, piccolo italiano insolente!» Si metteva male, ma Aimone, basito, si lasciava strapazzare, senza nemmeno accennare a una spiegazione. Cercò disperatamente con lo sguardo qualcuno che lo soccorresse, e incrociò quello di Hans, il direttore dell'hotel, che intervenne tentando di calmare il padre di Ingrid. «Aimone è un bravo giovane ed è educato. Non è da lui offendere una ragazza.»

Uomo d'esperienza e dotato di un buon spirito di osservazione, Hans aveva notato lo strano comportamento di quella combriccola di ragazzi nascosti in fondo alla sala, che si erano dileguati quando il padre era intervenuto.

D'istinto li rincorse e li bloccò all'ingresso.

«Dove andate tanto di fretta?» li interpellò con decisione.

«Abbiamo un invito altrove...» biascicò uno di loro, abbassando lo sguardo mentre due Mercedes decappottabili si fermavano di fronte all'entrata.

«Venite con me» intimò rabbiosamente Hans, che capì di aver interrotto la loro fuga.

I giovani tentarono di giustificarsi, ma le loro bugie ressero solo pochi minuti. Di fronte ai genitori di Ingrid confessarono: «Abbiamo insegnato ad Aimone alcune volgarità facendogli credere che erano complimenti galanti». Ammisero d'essersi burlati di lui. «Però doveva essere uno scherzo, solo uno scherzo. La colpa è nostra».

Il direttore dell'hotel rientrò in sala e riferì l'accaduto al suo giovane allievo italiano, che era rimasto seduto, affranto in un angolo. "Quei bastardi dei miei amici" pensò Aimone, che però continuava a non darsi pace. Si avvicinò a Ingrid, le prese la mano, gliela baciò e in un tedesco stentato disse: «Non avrei mai voluto dirti frasi del genere, mai offenderti. Hai fatto bene a darmi quei ceffoni. Potrai mai perdonarmi?». Sebbene incolpevole, Aimone invocava il perdono della ragazza, come un vero gentiluomo. Lo ottenne, strappando anche la comprensione dei genitori.

Aimone era stato la vittima inconsapevole di quei giovani ricchi e viziati. E le vittime, si sa, vanno consolate. Divenne il coccolo dell'albergo e naturalmente di Ingrid.

5

Gennaio volò via rapidamente, venne febbraio e un marzo insolitamente tiepido. Aimone trascorreva le giornate tra lo studio della lingua e l'apprendistato all'hotel, ma nel tempo libero continuava a sciare, incurante dei consigli della gente del posto, che lo invitava a non scendere dalle piste nelle ore pomeridiane. «Ormai si può sciare solo al mattino, quando il fondo è ghiacciato, dopo pranzo no, la neve diventa troppo pesante» gli ricordavano tutti, ma Aimone non aveva scelta – doveva rispettare gli orari imposti da Hans e da Frau Noll – e pur di praticare quello sport, che ormai lo appassionava, si avventurava anche in prossimità dell'orario di chiusura, sui prati scoscesi, ricoperti di un manto che aveva perso il suo bianco candore. "Questa è l'ultima discesa!" pensò un pomeriggio di inizio primavera, affrontando la pista grigia e sfatta. Prese una curva troppo veloce su una cunetta alta e infida, gli sci si bloccarono sui sassi nascosti sotto la neve, ma la molla degli attacchi a ribaltina non scattò. *Crac*: sentì un'acuta fitta alla caviglia sinistra e subito dopo un altro *crac*, lancinante a quella destra. Le caviglie si ruppero e il soggiorno a Oberhof perse la sua magia.

Aimone finì ingessato su un letto di ospedale, lindo e abitato da infermiere energiche e ben organizzate, che però non si attardavano a chiacchierare con lui. Solamente Frau Noll si affacciava regolarmente alla sua stanza, portando in dono qualche libro; la principessa Watzesky, presa dai suoi impegni mondani, passò a salutarlo solo un paio di volte, mentre i suoi amici, già rientrati in città, non seppero nemmeno della sua disavventura.

Bloccato in quella posizione, Aimone non poteva far altro se non passare il tempo a fissare il soffitto, bianco e muto sopra la sua testa. Le ore si muovevano pigramente e, giorno dopo giorno, nel suo animo si fecero largo la tristezza e un sentimento di abbandono.

Smarrite le sicurezze da rampollo aristocratico, Aimone tornò a sentirsi il ragazzino di Dongo. Ripensò intensamente alla madre; proiettava sul muro il suo profilo deciso e la immaginava, sempre veloce e precisa, nelle sue faccende domestiche o impegnata nel negozio di laterizi. Rivedeva il lago rinascere nei colori della primavera e avvertiva da lontano il primo tepore del sole, che dava tregua al camino di casa loro. Immaginò la sua famiglia a tavola: chissà che si raccontavano, chissà cosa dicevano di lui, figlio e fratello lontano.

E rileggeva instancabilmente le lettere di Vittoria come unica fonte di emozione e di conforto. Nemmeno per un istante il suo cuore aveva cessato di pulsare per lei, eppure quelle lettere erano diventate, progressivamente, sempre più rare. I primi mesi ne riceveva una ogni due giorni, poi una alla settimana, poi una ogni due... E il tono, sebbene sempre molto affettuoso, gli era sembrato via via più distaccato. Aimone non ci aveva badato troppo. "Sarà molto impegnata, come d'altronde lo sono io" si era detto a cuor leggero durante le euforiche giornate al castello dei Watzesky.

Ma sul letto di un ospedale dove nulla accadeva, un dubbio sottile andò a posarsi accanto al pensiero di Vittoria.

E una nuova lettera arrivò. Aimone aprì la busta con trepidazione.

«Mio caro Aimone...» Gli bastarono poche righe per avvertire una stretta al petto, poi allo stomaco. Nella sua mente risuonavano quelle frasi. «I miei genitori hanno scoperto la nostra relazione... questa storia non può continuare, Aimone. Non ha futuro. Mio padre non mi permetterà mai di sposarti... il mio cuore gronda dolore, ma non ho scelta... Perdonami amore mio.» Si sentiva confuso, pensò di non aver capito bene. Si stropicciò gli occhi e la rilesse d'un fiato. Aveva inteso bene, la sua dolce e soave Vittoria lo liquidava.

Reclinò la testa con lo sguardo umido, la mente vuota. Tutto era fermo, immobile dentro di sé. La lettera scivolò dalle sue dita, svolazzando fino al pavimento. Poi Aimone rialzò il busto, di scatto. Allungò la mano sul comodino, prese una risma di carta, e iniziò a scrivere, furiosamente: la supplicava di non lasciarlo, urlava ancora una volta il suo grande amore, il suo strazio per quell'addio inaspettato. Una lettera bella, intensa, di un adolescente innamorato.

Stava per chiuderla nella busta, quando un sussulto lo assalì. "Sono o non sono un uomo?" si disse mentre la rabbia saliva. "Vuole lasciarmi? Allora io non mi prostro ai suoi piedi. Se ne pentirà." Accartocciò il foglio e lo buttò via. Sebbene affranto, ferito, era pur sempre un Canape, orgoglioso come un Canape.

«E Vittoria si è pentita sul serio» racconta facendomi accomodare in una delle sue sale da pranzo; la più intima, illuminata da una grande vetrata che si apre sul giardino e sui monti del Lario. Sopra la tovaglia di lino bianco, ricamata a mano, brillano posate d'argento; il servizio è di raffinata porcellana inglese. L'ambiente ricorda quello seducente e delicato del piccolo hotel di lusso.

Quando parla di lei, Aimone non riesce a contenere i suoi movimenti, altrimenti così posati e ancora estremamente eleganti.

Diventa rosso in viso, agita le mani verso il cielo e scuote la testa. Sembra rivivere, a distanza di anni, quell'affronto. Intuisco quanto non l'abbia ancora accettato.

Di certo quella delusione lo ha segnato profondamente, condizionando per il resto della vita il suo rapporto con le donne.

Vittoria era un'acerba ragazza borghese, suo malgrado troppo sensibile al benessere materiale. I suoi genitori non avevano scoperto proprio nulla, era stata lei a imboccare un'altra strada, incapace di resistere al corteggiamento di un giovane di poco fascino ma ricchissimo, uno dei rampolli più quotati della città. Si ritrovò in una situazione analoga a quella vissuta da Evelina, qualche anno prima. Anche il suo cuore doveva avere urlato di passione, ma Vittoria, al contrario della signora Canape, non aveva saputo ascoltarlo. Tra l'amore vero e quello di comodo scelse la sicurezza economica e infatti si fidanzò con il partito migliore.

Rivide Aimone solo nel gennaio del 1941, proprio il giorno del suo rientro in Italia, dopo oltre due anni di vita in Germania. Aimone aveva smarrito l'aspetto da ragazzino, era diventato un uomo. La barba incolta dopo un lungo viaggio e l'esperienza lontano da casa, lo rendevano ancora più virile e affascinante. Sceso dal treno a Como, realizzò che il pullman e i piroscafi diretti a Dongo erano già partiti: avrebbe quindi dovuto trascorrere una notte in città. E allora si diresse all'Hotel Agnello. Si ritrovò di colpo di fronte a Vittoria: alla reception dell'hotel c'era proprio lei.

Fu sciocccata quanto lui da quell'incontro improvviso. «Ma sei l'Aimone!!» aveva quasi urlato, mentre lui era rimasto immobile a scrutare il suo viso, riconoscendo quello sguardo dolce e intrigante che per notti e notti aveva sognato. Lei si era sciolta in un abbraccio dal calore intenso, capace di regalare ad Aimone la sensazione che fosse ancora innamorata di lui.

Il facchino lo accompagnò in camera. Dopo nemmeno un minuto sentì bussare alla porta. Era Vittoria. «Aimone, co-

me stai bene. Sei diventato un uomo.» Avvicinò la porta allo stipite; la richiuse. Si appoggiò alla porta reclinando il capo all'indietro, sciogliendosi i capelli con sensuale lentezza.
"Cosa cercava Vittoria? Il perdono con un bacio? Riscopriva forse l'amore, o ritrovava l'inganno?"

Nessuno dei due disse più nulla, nessuno dei due fece più nulla. Furono attimi surreali. E poi l'orgoglio ferito di Canape si risvegliò. Riaprì con decisione la porta, masticando duramente una frase, che forse gli uscì o forse no: «Bambina... prima chiedi il permesso al tuo ingegnere».

Dopo tre giorni Vittoria lo raggiunse a Dongo. Venne a bussare a casa. «Scendi, Aimone,» lo chiamò la madre «la signorina Vittoria è venuta a trovare la zia e vuole salutarti.»

«Facciamo una passeggiata?» gli chiese quando gli fu davanti, con un fare timido e confuso da bimba sperduta; ma così sperduta, che Aimone non poté sottrarsi dall'accompagnarla.

Percorsero insieme gli stessi sentieri, calpestarono gli stessi prati di una volta. Aimone spiava le sue labbra domandandosi cosa avrebbe provato baciandole, adesso. Ma il profumo di lei non era forte quanto l'ostinatezza di lui a resisterle.

E poi Aimone snocciolò una frase che sciolse ogni incanto. «Mi hai tradito, hai tradito il mio amore,» le disse adirato agguantando un sasso da terra e lanciandolo contro un tronco «...ma io non voglio ferirti come tu hai ferito me e non voglio neanche illuderti. Se vuoi possiamo continuare a vederci, ma io non mi privo delle mie avventure, perché tu non meriti la mia fedeltà.»

Vittoria non tentò più di tornare da lui, si sposò con l'ingegnere; ma quello non fu un matrimonio felice.

«Io all'epoca ero un apprendista cameriere e lei non avrebbe mai potuto immaginare quanta strada avrei fatto, né che ricco lo sarei diventato pure io» ricorda Aimone, lanciando per un attimo lo sguardo oltre il vetro, oltre i monti, oltre il cielo. «L'ho rivista dopo una ventina d'anni. Venne a trovarmi qui, nella mia villa, con suo figlio. Le dissi: "Vedi Vittoria, avresti dovuto credere in me". Poi feci portare una bottiglia di Dom Pérignon. Lei alzò il calice mormorando qualcosa che al momento non afferrai. Mi sono domandato tante volte cosa avesse cercato di dirmi; forse frenata dalla presenza del figlio si era rimangiata le sue parole. Rimugino e fantastico su quella frase muta ancora oggi, ma di una cosa oramai sono certo: Vittoria si era pentita, eccome, se si era pentita.»

6

Arrivò l'estate. Un'estate fresca e piovosa che sfiorì nella guerra.

Il primo settembre del 1939. Bastò una cannonata sulla guarnigione polacca a Danzica. Cadde la Polonia e la vita dei tedeschi cambiò.

Ma non per tutti e certo non al castello dei Watzesky a Oberhof, dove ogni evento sembrava accadere come sempre. La guerra non toccava l'élite, non la spaventava, non turbava abitudini, privilegi e vizi. Dinnanzi al lussuoso ingresso del castello, autisti in livrea si susseguivano e da auto scintillanti scendevano eleganti dame che continuavano a trascorrere lunghe settimane di vacanza, ripetendo riti e consuetudini ancorati nel tempo e che il nazismo non aveva modificato, semmai rafforzato.

In pubblico Hitler predicava la supremazia della razza ariana, scoraggiava il contagio delle culture straniere, sia quella cosmopolita di stampo anglosassone sia quella frivola e idealista d'impronta francese. I caffè letterari e l'allegra vita mondana degli anni Venti, anche in Turingia, erano stati inghiottiti da un governo che aveva militarizzato la vita sociale. Era, quella, la Germania delle adunate oceaniche che non prevedeva svaghi, libertà, divertimenti se non pianificati da Goebbels. La gioia doveva essere collettiva, come il dolore o la speranza. Tutto era soggiogato alla propaganda, sia a quella palese che a quella occulta.

Erano gli anni in cui i tedeschi, come gli americani, scoprivano il fascino del cinema; un mezzo d'espressione che il regime nazista incoraggiava, ma subdolamente, orientando il pubblico verso un certo tipo di pellicole di svago. Quando le proiezioni d'aperta propaganda non attiravano più, ecco arrivare sugli schermi film epici, come l'epopea di Giovanna d'Arco, o storie struggenti d'amore impersonate da Grethe Weiser o Zarah Leander, che, sebbene fosse svedese, era una delle attrici predilette da Goebbels, grazie alla sua personalità forte, romantica e appassionata. Il pubblico piangeva, si emozionava, si divertiva e, senza rendersene conto, dunque senza resistenze, assorbiva i messaggi manipolatori di Hitler, che così forgiava l'identità nazionale attorno ai principi nazisti. I ragazzi iniziarono a sognare un futuro a passo d'oca, le ragazze a coltivare l'ideale di una femminilità al servizio della patria e a frequentare i corsi della BDM (Bund Deutscher Maedel), l'unione delle giovani tedesche, dove imparavano a essere spose discrete, mogli fedeli, madri prolifiche nel nome del Reich, per migliorare la razza e aumentare il numero dei servitori della patria.

Questo lo schema che pubblicamente Hitler propinava al popolo. Ma quella non era la realtà che Aimone viveva tra i boschi incantati di Oberhof. La sua rimaneva, immutabilmente, la Germania dell'aristocrazia, dei nobili e dei grandi industriali, che Hitler nei primi anni Trenta aveva sapientemente blandito, sebbene inizialmente non gli fosse stata amica. Nella Repubblica di Weimar le élite si erano dimostrate tradizionaliste, fedeli all'ideale di Bismarck e socialmente conservatrici. Consideravano Hitler un parvenu, un gretto demagogo, e per questo avevano appoggiato, alle elezioni del 1932, Paul von Hindenburg anziché lui. Non potevano certo vedere di buon occhio un leader politico che attizzando il mito del popolo, della razza e della terra, infiammava il desiderio di vendetta di una classe media – il cui benessere era stato decimato dall'inflazione degli anni Venti – e puntava sul desiderio di riscatto dei contadini, dei reduci della Grande Guerra, degli abitanti delle piccole e medie città, scacciati dal mondo, umiliati dal mondo. Quella era la massa che avrebbe poi sostenuto, compatta e convinta, l'avanzata della Wehrmacht in Polonia, urlando «*Heil Hitler*», con il braccio teso verso il cielo e negli occhi il bagliore ipnotizzante della propaganda.

L'aristocrazia si convertì al nazismo solo quando Hitler divenne cancelliere. Cambiò etichetta politica, ma restò uguale a se stessa, con il beneplacito del Führer al quale convenne permettere a quelle famiglie nobili, e soprattutto ricche, imparentate con i grandi nomi dell'industria tedesca, di continuare uno stile di vita non propriamente ariano.

Tutto ciò che era vietato al popolo veniva concesso ai Krupp, ai Porsche, agli Henkel e ai Messerschmitt. E alle loro signore, con cui Aimone trascorreva il suo tempo.

Non più come semplice stagista: era il sosia del figlio di Elli e il giovane italiano prediletto dalla principessa Hannover.

Quando serviva a tavola, veniva trattato con la benevola, borghesissima accondiscendenza riservata a un ragazzo che rinuncia temporaneamente ai propri privilegi per imparare il mestiere dell'albergatore, dando prova di inconsueta, lodevole umiltà.

Frau Noll aveva fatto un buon lavoro: gli aveva insegnato il tedesco sofisticato delle classi colte. L'ambiente signorile sublimava l'istintiva eleganza dei suoi gesti.

Mentre gli aerei della Wehrmacht bombardavano le città polacche, quelle dame trascorrevano i pomeriggi facendo gite in calesse e pic-nic sull'erba o, nelle giornate uggiose, sfogliando riviste femminili di alta gamma come «Die Dame», che proiettava un'immagine diversa da quella tratteggiata dalla propaganda del regime. Sebbene formalmente si adeguasse agli austeri canoni imposti dal governo, «Die Dame» dedicava pagine intere alle ultime tendenze della moda internazionale e dei grandi sarti francesi o americani, come Chanel, Schiaparelli, Molyneux, Mainbocher, Patou, Grès e Worth, scordandosi persino che alcuni di loro erano ebrei. Quei capi da sogno erano banditi nelle boutique di Berlino, persino in quelle più rinomate, ma potevano essere facilmente copiati da un sarto di fiducia. I loro profumi erano francesi, le loro pettinature sempre più audaci ispirate alle star del cinema, persino alla scandalosa Marlene Dietrich; per i cappelli prediligevano il rosa e l'azzurrino con le velette sempre meno caste e sempre più sensuali, come il loro trucco.

Le signore che trascorrevano ore nei saloni dell'Hotel Watzesky non avevano nulla da invidiare alle gran dame di Parigi, di Londra, persino della lontana New York; e le loro chiacchiere erano altrettanto frivole e manierate.

A un giovane come Aimone, il nazismo appariva straordinariamente mondano.

L'amicizia con Elli rinforzava quell'impressione.

7

Elli era rientrata a Berlino, ma la sua felicità appassì quasi subito.

Smise ben presto di scherzare, di ridere, di respirare l'aria del mattino a pieni polmoni. Avvertiva nuovamente, nel cuore, quel senso di vacuità che conduce all'apatia e nel corpo, nelle gambe, nelle braccia quella pesantezza che rende faticoso ancorché inutile il gesto più semplice.

Trascorreva lunghe ore al buio. Così, senza motivo.

Una sera, l'ennesima dopo averla aspettata inutilmente in sala da pranzo, sua madre batté un pugno sul tavolo, così forte che fece tremare i bicchieri di cristallo. Persino il maggiordomo, abituato a controllare le proprie emozioni, sobbalzò per quel gesto inaspettato e mascolino. L'anziana signora si alzò di scatto da tavola e percorse spazientita, con inconsueta rapidità, gli enormi spazi che separavano la sala da pranzo dalle stanze della figlia.

Elli era stesa sul letto, in abiti da camera.

«Fino a quando pensi di andare avanti in questo modo?» le chiese con severità, ma il suo sguardo mal celava la dolcezza di una madre in ansia.

Elli non si voltò nemmeno. Rimase distesa sul fianco, continuando a fissare il vuoto. Inarcò lievemente le spalle, mormorando: «Tu, mi vedi?» e liberò quel po' di fiato che le restava in gola.

«Che significa: "Tu mi vedi"? Elli, certo che ti vedo, e con questo?»

«...pensa se non mi vedessi, mamma, se non mi vedessi più...»

«Cosa stai cercando di dirmi, Elli...» sospirò sua madre, tentando di rimuovere il disagio con il rumore di una frase, sonora quanto inutile. Inutile perché l'animo di sua figlia aveva imparato a conoscerlo, ancor di più, nel dolore, e aveva capito, benissimo, le ragioni del suo stato.

Elli passava ormai ore e ore, perdendo la cognizione del tempo, a pensare a Rudolf e ad Aimone. Ad Aimone e a Rudolf, senza più riuscire a distinguerli. Chi era morto? Chi era vivo? Che importa, erano fisicamente uguali. E sopravvivevano in un solo corpo.

Quante volte in quei mesi sua figlia in lacrime le aveva rovesciato addosso quella domanda schietta e ustionante: «Che ne sai tu mamma? Che ne sai di quello che si prova? Tu non hai mai perso un figlio...» e lei aveva chinato il capo, stringendo gli occhi, poi accarezzandola, muta, perdonando la sua innocente crudeltà. Quanto enorme fosse il suo dolore, di madre nel vedere la propria figlia in quelle condizioni, e di nonna per aver perso la musica, i colori, la nuova vita che suo nipote Rudolf aveva portato in casa, nessuno avrebbe potuto misurarlo.

Fingendosi inconsapevole, pungolò la figlia con una nuova domanda, tentando di scuotere il suo torpore.

«Ma a Oberhof stavi bene, perché qui no?»

Elli si girò, come se le parole di sua madre avessero acceso una fiammella nella sua spenta anima, e sollevò la schiena appoggiandola ai cuscini.

«Mamma, io non stavo bene a Oberhof, io stavo bene perché avevo incontrato Aimone. Lo so, mi sto illudendo: il mio vero figlio non tornerà più. Ma preferisco cullarmi nelle braccia di un'illusione piuttosto che vivere nella disperazione.»

«E allora, portiamolo qui a Berlino...» la solleticò sua madre.

Non che Elli non ci avesse già pensato, anzi. Molte volte aveva immaginato Aimone mentre girava per le stanze di casa sua, ma quel pensiero felice inciampava sempre sugli stessi due gradini: le reazioni di suo marito e l'eventuale rifiuto del giovane italiano.

Elli si era sposata, in seconde nozze, con lo stilista Joseph Steinlich, un uomo affascinante ma dal temperamento imprevedibile. Istrionico, stravagante, eppure molto concreto nella sua professione come nella vita privata; dolce e premuroso e nel contempo irascibile; disponibile e un attimo dopo autoritario. A Elli non erano mai piaciuti gli amori semplici.

Joseph sarebbe rientrato a giorni dopo un lungo soggiorno all'estero; sua moglie gli aveva scritto più volte, raccontandogli della notte di Capodanno e di Aimone, ma aveva ottenuto delle risposte che non sapeva bene interpretare. Sicuramente non aveva letto nelle parole di Joseph un accorato appoggio e una vera comprensione; anzi, le era parso che suo marito avesse dato connotazioni molto diverse al suo entusiasmo e alle sue emozioni di donna, che erano in realtà, e lei lo sapeva bene, la rievocazione di puri sentimenti materni, null'altro.

Aimone a Berlino era un sogno spigoloso e complesso. Sua madre la faceva troppo facile, lei che non era capace di andare in profondità nelle cose.

«Far venire qui Aimone, mamma, lo vorrei, certo, non sai quanto. Ma credo che Joseph non approverebbe. E temo che Aimone possa rifiutare.»

L'anziana donna si sedette sul letto della figlia. La guardò: quant'era confusa, insicura e fragile. Leggeva i suoi rovelli interiori come se fossero stati scritti su un libro per bambini. A caratteri chiari, grandi, con parole semplici ed essenziali. E con parole semplici ed essenziali si espresse, sicura di usare la chiave giusta.

«Hai appena detto di preferire l'illusione alla disperazione; per quell'illusione puoi quindi correre qualche rischio. Se Joseph ti ama, capirà. E quando vedrà Aimone, capirà ancora meglio. E poi guardati, dentro di te e intorno a te, pensa a tutto ciò che hai da offrire a quel ragazzo. Perché mai Aimone non dovrebbe venire?» e uscì dalla stanza per lasciar spazio alle riflessioni della figlia, che improvvisamente si alzò dal letto, vestendosi con inconsueta solerzia.

Elli arrivò a Oberhof come sulle ali di quel pensiero; il viaggio le era volato, era sembrato durare un attimo. Oltrepassando il sontuoso ingresso del castello dei Watzesky rivide se stessa nel momento della partenza, qualche mese prima: ancora effervescente e piena di brio. Era un'altra donna. O meglio: due donne differenti, ma identiche nell'aspetto fisico, erano passate di lì, in momenti diversi, in direzioni opposte. La sua felicità era evidentemente rimasta in quel luogo, doveva riprendersela.

Bussò alla stanza di Aimone. E un ragazzo, con le guance sbarbate di fresco, aprì.

«Aimone, buongiorno... sono tornata...» abbassò lo sguardo solo per un attimo, come per cercare il filo perduto del discorso. «Sei già cambiato... eppure non è passato molto tempo... Aimone, ti vorrei parlare. Puoi raggiungermi nella hall?»

Aimone era rimasto molto sorpreso da quella visita inaspettata, e non sapeva se dirsi più felice di rivedere Elli o più turbato. Gli ultimi eventi lo avevano un poco indurito: l'ospedale e la solitudine coatta, l'addio di Vittoria e le sue bugie, pure l'improvvisa e inspiegabile partenza di Frau Noll. E poi anche la barba che cresceva ostinatamente: si sentiva meno ragazzo e più uomo. Si vestì con la consueta classe e scese nella hall. Scorse Elli in un salottino, lo stesso in cui l'aveva condotta il medico la fatidica notte di Capodanno, e ritrovando nel suo sguardo quella stessa luce languida, notando il suo pallore, Aimone, per un attimo, si intenerì di nuovo. Si sedette di fronte a lei ed Elli gli prese le mani, con delicatezza.

«Io e mia madre ti vogliamo molto bene. Lo sai, vero?»

«Sì, Elli, e te ne sono molto grato.»

«Tra qualche mese dovrai tornare in Italia e non hai ancora visto nulla della Germania oltre gli splendidi boschi di questa zona... Berlino è una città meravigliosa, grande, piena di gente e di cose. Perché non vieni a stare con noi, per qualche tempo?»

«Ne sarei davvero onorato, Elli, e ti ringrazio, ma ho promesso a mia madre e ai principi Watzesky che sarei rimasto qui...»

Elli fu così piacevolmente colpita dalla parlantina in tedesco di Aimone, da sorvolare in un primo momento sul senso della risposta. L'istante dopo invece realizzò: il ragazzo le aveva forse appena detto che sarebbe dovuto rimanere a Oberhof? Dovette chiamare a sé tutta la determinazione di cui era capace.

«Non essere sciocco... Ormai a Oberhof non hai più nulla da imparare. Nella capitale invece avresti l'opportunità di conoscere la vera Germania e di fare esperienza in un altro hotel. Conosciamo i proprietari dei più grandi alberghi di Berlino. Devi solo scegliere quello che preferisci.»

«Ne sarei lusingato, ma sono minorenne e sotto tutela. Non posso tradire la parola data. Forse è meglio che concluda lo stage e torni in Italia...» le rispose Aimone ma con un piglio meno deciso, come se la sua mente stesse già considerando quella prospettiva. Intendeva però rimanere fedele una volta di più alla parola data a sua madre. E poi anche la principessa Hannover si era affezionata a lui e in quell'albergo si trovava davvero bene; iniziava a sentirlo un po' suo.

E come ogni adolescente che non sa scegliere, lasciò che fossero gli altri a decidere per lui. Si lasciò cullare dal fato, che aveva sempre più le sembianze di Elli, la quale insisteva, non capiva, non accettava la ritrosia di quel ragazzo troppo diligente.

«Aimone, non puoi farmi questo. Devi venire, devi stare con noi. Sei così crudele da far soffrire una persona che ti vuole bene?» Nulla avrebbe potuto fermare quella donna improvvisamente rinata e molto decisa. Nulla la fermò. Parlò all'ambasciatore italiano di Berlino, che chiamò il console italiano di Lipsia, il quale salì immediatamente in auto e andò al castello.

Si presentò davanti ad Aimone, senza nemmeno togliersi il cappotto. «Egregio signorino Canape, in qualità di suo tutore legale le ordino di partire per Berlino» gli intimò il console, non lasciando ad Aimone, che in cuor suo aveva una gran voglia di dire di sì, nemmeno il tempo di tentare un'ultima blanda opposizione. «Provvederò io ad avvertire i suoi genitori» lo rassicurò.

Aimone ora si sentiva davvero sollevato. Non era toccato a lui prendere quella decisione, in un certo senso gli era stata imposta e dunque non contrastava più con il suo senso del dovere. Evelina e Tonin avrebbero capito, ma come dirlo ai principi Watzesky?

«Ci penso io» si offrì il console.

«Grazie, ma me la devo cavare da solo» rispose Aimone, che decise di risolvere subito la questione.

Uscì dalla stanza, ripercorse il lungo corridoio al primo piano, fermandosi di fronte alla porta con il cartello PRIVAT. Bussò e i cani abbaiarono, pigramente, come la prima notte. La principessa Hannover apparve dietro di loro, Aimone si inchinò, le baciò la mano, le raccontò brevemente della sua partenza per Berlino e aggiunse: «Sono molto addolorato di dover lasciare questo paradiso. Quando sono arrivato mi sentivo un pulcino smarrito, mi avete spalancato la vostra famiglia, permettendomi di imparare il tedesco e l'arte del vostro mestiere. Potrò mai sdebitarmi?».

La principessa Hannover sorrise, visibilmente commossa.

«Non devi ringraziarci, Aimone... Hai portato letizia nella nostra vita con un garbo che ti fa onore...» e con il palmo della mano gli rialzò delicatamente il viso, accarezzandogli la guancia.

«Porterò lor signori per sempre nel cuore» disse Aimone, con voce tremante per l'emozione. Quella frase gli era uscita così, d'istinto. Ma non voleva concludere tra le lacrime.

«E naturalmente porterò nel cuore anche i vostri adorabili cani» aggiunse, stavolta ridendo. Commovente e spiritoso, come gli aveva raccomandato Frau Noll, che purtroppo non era riuscito nemmeno a salutare.

«Le mie amiche ti rimpiangeranno, ma in fondo è giusto così. Elli ti vuole tanto bene e ti farà vivere un'esperienza fantastica.»

«Non dubito, principessa.»

«Ma ci rivedremo in Italia, tu, Elli e io non appena la guerra sarà finita» lo congedò la principessa.

«Ne sono sicuro» ripeté gioiosamente Aimone.

Non poteva immaginare che il destino avrebbe deciso altrimenti.

Aimone salì in camera e ripeté gli stessi gesti che aveva compiuto l'anno prima, ma al contrario. Piegò le camicie, i pullover, le giacche, che nel frattempo erano diventate tre, e le ripose nella valigia. Buttò nel cestino il «Corriere dei Piccoli», simbolo di un ragazzo che non c'era più e di un'Italia che gli apparteneva sempre meno. Aimone non aveva più bisogno di aggrapparsi al suo passato, contava solo il futuro. Fece scorrere l'acqua nella vasca e vi si immerse voluttuosamente, tentando di immaginare Berlino. Non aveva mai visto una capitale. Com'era quella del Reich? Bella e solenne come dicevano fosse Roma?

Il viaggio durò cinque ore.

Alle diciannove in punto il treno arrivò a Berlino.

Era già buio, faceva freddo e la stazione appariva immersa in una nebbia, fitta, grassa, che nemmeno i lampioni giallastri riuscivano a bucare. Aimone intravvedeva appena le strutture che costeggiavano i binari, poteva a malapena scorgerne i mattoni e intuirne le volte. Belle, bellissime...? Ma no, brutte, bruttissime! Tutto ciò che riusciva a scorgere gli sembrava grigio, informe e tetro. Si sentì di nuovo piccolo, un piccolo e smarrito giovane italiano nel cuore di un paese straniero. Berlino non l'aveva accolto con la vivacità di Oberhof, dove il paesaggio, fra i monti, la neve e il cielo terso, aveva un'aria familiare.

"Mi hanno detto di cercare il maggiordomo" pensò. Scese con cautela, trascinando il valigione. "Non so nemmeno come si chiama e qui non si vede niente."

Camminò per una decina di metri, poi in fondo al binario scorse la sagoma di una donna, grande, maestosa e sinistra. La luce alle spalle lasciava in ombra il viso. Passo dopo passo Aimone individuava qualche dettaglio in più. La donna aveva il turbante di lana; dunque non poteva essere giovane. Sulle spalle indossava una cappa di pelliccia con i manicotti lunghi fino alle ginocchia; dunque era ricca. Ma stava immobile con le braccia conserte. Dunque era antipatica. O forse no.

«Aimone! Finalmente sei arrivato!» Ma era la madre di Elli!, ed era simpatica... Perlomeno lo sarebbe sempre stata con lui, mentre con la servitù lo era decisamente meno, come la maggior parte delle gran dame della sua generazione, del resto, che trattavano dispoticamente i collaboratori domestici.

"Potrei essere io al loro posto" pensò Aimone che in cuor suo non approvava affatto quei modi brutali. L'anziana dama batté due volte le mani e il maggiordomo, che si era perso nella nebbia, si precipitò a prendere la valigia.

«Vi prego di seguirmi alla vettura» disse con ossequio. Aimone sorrise, la madre di Elli no, nemmeno rispose e iniziò a camminare. Il giovane Canape la seguì, lanciando un'occhiata di umana solidarietà al maggiordomo. Scesero le scale, lentamente, la nebbia era sempre più fitta. Aimone vide spuntare il frontale maestoso di un'auto bellissima, con due enormi fanali cromati davanti al radiatore e sulla punta del cofano una statuetta argentata di un angelo, anzi, di un uomo chinato in avanti con due ali. Quell'auto era immensa, nera, lucente, con le maniglie in ottone, gli interni in pelle e i rivestimenti intarsiati di radica. I posti dietro erano spaziosi, molto confortevoli e separati con un vetro da quelli anteriori. Non ne aveva mai vista una così bella. Non sapeva che quella era una Rolls-Royce e non si immaginava che non era affatto gradita al regime di Hitler, che le aveva vietate per favorire le marche tedesche. Ma alla famiglia di Elli nessuno aveva mai chiesto di rinunciare a quel lusso.

L'autista era in giacca e cravatta con il berretto a visiera e i guanti neri; scese e aprì delicatamente la portiera. Aimone si ritrasse: «Prima lei, signora».

«Sei davvero beneducato, ragazzo mio» disse la madre di Elli, che salì sul predellino e si sedette sul lato destro, facendo cenno al suo giovane ospite di accomodarsi al suo fianco. Il maggiordomo, che nel frattempo aveva caricato la valigia nel baule, si affacciò porgendo alla signora e al giovane ospite una splendida, calda, morbidissima coperta di visone, poi si sedette di fianco all'autista.

La vecchia allungò il bastone e diede due colpetti sul vetro. «Klaus, portaci a casa!»

La Rolls si mosse lenta, maestosa.

"Viaggio in quest'auto meravigliosa guidata da uno *chauffeur* in divisa, accompagnato da un maggiordomo premuroso, coccolato dalla madre di Elli e per proteggermi dal freddo posso rannicchiarmi sotto una pelliccia. Che cosa posso chiedere di più dalla vita?" pensò Aimone.

Aveva diciassette anni e non poteva immaginare che la vita gli avrebbe riservato molto di più, nella gioia e nel dolore.

8

La Rolls-Royce si fermò sotto il porticato di un palazzo.

«Ecco, siamo arrivati» disse la madre di Elli.

Aimone pulì la condensa sul vetro e guardò fuori. Scorse un'entrata maestosa e ben illuminata. I due uscieri in divisa si precipitarono ad aprire le portiere dell'auto e senza nemmeno bisogno di chiamarli, tre facchini sbucarono dal nulla mettendosi a disposizione. Tre facchini per una valigia, roba da grande albergo!, e infatti quel palazzo, arioso ed elegante, aveva l'aspetto di un hotel, ma curiosamente la facciata era sgombra da insegne luminose. Aimone percorse pochi metri su un tappeto rosso e varcò l'ingresso; si tolse il cappotto, affidandolo a un cameriere in livrea azzurra, che, quasi svolazzando, sparì rapidamente dietro una tenda. Il giovane Canape girò lo sguardo a destra e a sinistra cercando di identificare il banco del concierge, inutilmente perché mancava, e non udì il consueto brusio dei clienti provenire dai saloni interni. L'atmosfera di quell'albergo gli apparve surreale, pensò che neanche il castello dei Watzesky fuori stagione sarebbe stato altrettanto tranquillo.

Il primo suono che lo scosse da quel torpore, fu un'armoniosa voce di donna.

«Sono così felice che tu sia con noi!» esclamò Elli, che dal fondo del corridoio gli veniva incontro. Indossava un abito da gala nero, come quello della notte di Capodanno a

Oberhof, e portava al collo una parure di brillanti. Bella ed elegante, era appena tornata da un ricevimento al palazzo imperiale. Camminava con impeto e gli sorrideva, ma ad Aimone parve più rigida rispetto ai loro incontri in montagna.

La sua voce troppo alta, quasi in falsetto, gli suonò sgradevolmente falsa.

"Certo, in vacanza era più spensierata" pensò tra sé e sé, quasi giustificandola; ma quando le fu vicino riconobbe gli stessi occhi trepidanti e intuì che nulla era cambiato tra di loro. Quel contegno formale rientrava nel rituale dell'aristocrazia a cui, nei giorni successivi, imparò a adeguarsi, e che non permetteva a conti, principi e duchesse, di mostrare i propri sentimenti in presenza del personale.

«Povero Aimone, sarai stanco per il viaggio» disse Elli, mantenendo un tono fatuo e salottiero.

«Un po'» rispose Aimone, svelando finalmente il suo sorriso.

La duchessa lo prese sotto braccio conducendolo graziosamente verso una delle grandi porte che si affacciavano sulla hall, mentre il maggiordomo e i camerieri si ritirarono nelle stanze interne. «Desideravo tanto venirti a prendere alla stazione, ma la cerimonia al palazzo imperiale era davvero importante e non potevo proprio mancare» gli spiegò, accentuando il rammarico. «Riuscirai a perdonarmi?» gli chiese.

«Ma certo che ti perdono, Elli! E comunque sappi che sono stato accolto meravigliosamente alla stazione» replicò Aimone, allungando uno sguardo d'intesa all'anziana signora.

«Mio marito ti aspetta» gli sussurrò e Aimone intuì un'ombra sul volto di Elli; un'ombra appena accennata, come se quell'incontro a lungo agognato la turbasse. Spesso, a Oberhof, gli aveva parlato di suo marito, descrivendo divertita la sua esuberante eccentricità. «Vedrai, andrete molto d'accordo» aveva proclamato più volte, ma ora che entrambi erano lì, separati appena da una porta, temeva che la sua profezia potesse risultare falsa. Conosceva bene Joseph e aveva intuito la sua titubanza nel credere che Rudolf potesse avere un sosia. Infatti si era persuaso che lei avesse esagerato e, depressa com'era, proiettato su un ragazzo qualunque, purché italiano, tutte le fantasie di madre affranta.

Quando finalmente si decise ad aprire la porta, Aimone vide un uomo sulla quarantina, molto elegante, in piedi, tra due quadri a olio raffiguranti squarci parigini. La luce delle candele dondolava dolcemente, illuminando il suo viso, dagli zigomi sporgenti e la fronte spaziosa, incorniciata da boccoli biondi, venati di bianco. Il suo naso era dritto e la mascella volitiva, ma a palesare la sua personalità erano soprattutto gli occhi, accesi e sprezzanti, capaci di mettere a disagio tutti, anche Aimone, che in quell'istante capì l'inquietudine di Elli.

Herr Steinlich posò il bicchiere di cognac su un tavolino e si diresse verso di loro. I suoi passi scricchiolavano sul parquet; la sua bocca disegnava un sorrisino velato di ironia, che sembrava dire: "E ora vediamo chi è davvero il celebre Aimone!".

Ma non appena fu vicino all'ospite italiano, il suo volto smarrì la superbia. Joseph guardò la foto di Rudolf, posata sulla credenza, e Aimone; di nuovo l'immagine del giovane morto e poi ancora Aimone.

Portò una mano alla guancia e, impallidendo, esclamò: «*Unglaublich!*». Trattenne il respiro per qualche secondo mentre il suo sguardo si ammorbidì; poi si avvicinò a Elli, la prese con garbo per un braccio, tossì, cercò di riprendere tono e smalto, e le disse: «È davvero incredibile, Elli. È proprio uguale al povero Rudolf».

Quando si girò verso Aimone per tendergli la mano, notò che il ragazzo era rimasto immobile, paralizzato. Lo sguardo puntato verso la credenza, ipnotico.

Aimone a labbra socchiuse era stato completamente rapito dall'immagine racchiusa in quell'elegante cornice d'argento. Sì, aveva già visto, a Oberhof, una foto di Rudolf;

gliel'aveva mostrata Elli, la teneva sempre in borsetta. Ma era piccola, e il ragazzo a figura intera si scorgeva poco: la somiglianza comunque c'era.

Ma quel grande ritratto con il primo piano del viso non lasciava dubbi né spazio all'immaginazione.

Elli intervenne gioiosa per sedare quell'atmosfera così tesa.

«Dobbiamo festeggiare!» esclamò; suonò un campanellino e ordinò al cameriere di portare una bottiglia di champagne. «Al tuo soggiorno a Berlino!» disse Herr Steinlich alzando il calice. «Evviva» gridò Elli, che però subito si accorse dell'ora ormai avanzata. «Si sta facendo tardi e tu, Aimone, avrai una fame da lupo. Vieni, ti mostro la tua camera.» Il ragazzo era disorientato, a tutto pensava tranne che all'appetito e si lasciò trascinare in quegli immensi spazi. «Vieni, ti mostro i saloni» gli disse Elli. «Ecco, qui ricevo le amiche.» In quell'enorme stanza, le pareti, altissime, erano ricoperte da una raffinata boiserie di legno chiaro ornata con stucchi d'oro; al centro scintillava un grande lampadario di cristallo, che illuminava i divani di raso, le bianche statue di marmo e tanti tavolini di vetro in stile veneziano, in un'atmosfera raffinata e femminile. Poi Elli lo condusse nella sala dei ricevimenti, capace di ospitare oltre duecento persone, sontuosa, quasi imperiale e Joseph gli fece dare un'occhiata nel fumoir per soli uomini, con la libreria in noce, disposta su due livelli, munita di una scala a chiocciola per raggiungere gli scaffali sul soppalco.

Aimone li seguiva estatico e insieme sbigottito, trovando solo l'audacia di domandare: «Meraviglioso Elli, ma quante stanze avete?».

«Centocinque» rispose Elli con noncuranza.

«Centocinque?!?» sobbalzò Aimone.

«Sì, caro amico, centocinque» ribadì la duchessa. «Ma certo non riusciremo a visitarle tutte oggi. La cena ormai sarà pronta. Sbrighiamoci a raggiungere camera tua.»

Salirono accompagnati dal maggiordomo al primo piano e

percorsero un lungo corridoio, ma via via che avanzavano, Elli pareva ritrarsi. «Ecco la stanza, spero sia di tuo gradimento» annunciò con una voce inspiegabilmente velata di tristezza, aprendo quella porta.

Aimone si perse con lo sguardo; la sola anticamera era grande quanto la cucina di casa sua a Dongo. L'atmosfera era ovviamente lussuosa, ma al contempo leggiadra. Il maggiordomo gli mostrò il bagno, spazioso e attrezzatissimo. "Altro che stanza! Mi sembra un appartamento" pensò Aimone. "E se quello a Oberhof era bello, questo è principesco!"

Si voltò per condividere con Elli il suo entusiasmo, ma si accorse che la donna non l'aveva seguito ed era rimasta all'ingresso, appoggiata contro lo stipite della porta. «Apri l'armadio, Aimone, troverai dei vestiti. Ora sono tuoi. Ti aspetto tra mezz'ora in sala da pranzo» disse con voce tremante e subito si voltò, allontanandosi malinconica.

Aimone spalancò le ante. Sul primo scaffale erano riposti due pigiami di cotone morbidissimo e due di flanella, una vestaglia estiva e una invernale, mutande e canottiere di prima qualità. Nei cassetti trovò una ventina di camicie di ottima fattura. Ne provò una, gli andava a pennello. Prese una giacca di cachemire, la indossò: era perfetta. Vide che accanto al letto erano allineate le pantofole con lo stemma della famiglia, gli andavano anche quelle.

"Come ha fatto Elli da Berlino a indovinare le mie misure con tanta precisione?" pensò ingenuamente ammirandosi allo specchio. Ma guardando le pantofole si accorse che erano usate, le voltò: la suola era leggermente lisa. E la giacca non aveva le tasche cucite. Le camicie, benché immacolate, non erano nuove. Allora capì che quello era il guardaroba di Rudolf. Tutto lì era di Rudolf, il letto sul quale era seduto, la scrivania di radica, quella magnifica camera, che dopo essere rimasta chiusa per mesi riprendeva vita. Capì di colpo il malessere di Elli.

Poi seguirono giorni di letizia. «Non andare a lavorare subito in albergo, resta con noi. Approfitta di questa occasione per conoscere Berlino» ripeteva Elli, respingendo le richieste del suo giovane ospite, che diligentemente chiedeva di iniziare al più presto lo stage in un albergo.

«Me lo hai promesso...» le ricordava.

«Non c'è nessuna fretta» rispondeva divertita la duchessa.

«Ma non è corretto, ho l'impressione di tradire la parola data ai miei genitori» provava a insistere, ma Elli respingeva facilmente le sue rimostranze.

«Sei nostro ospite, non preoccuparti di nulla!» Aimone, temendo di sembrare scortese e comunque lusingato da quelle attenzioni, finì per cedere. I primi giorni Elli lo accompagnava in giro per la città e quando non riusciva gli lasciava a disposizione un'auto con l'autista e pure un accompagnatore personale.

Aimone non tardò ad abituarsi a quella vita. Ogni mattina apriva l'armadio e sceglieva un capo diverso. Talvolta si cambiava più volte nell'arco della giornata a seconda della circostanza, in giacca e cravatta per le visite ai musei, in giacca in tweed all'inglese o velluto a coste larghe per le passeggiate in campagna.

«Sono stata invitata a un ricevimento al Sans Souci, il palazzo imperiale. Ti piacerebbe accompagnarmi?» gli chiese Elli una sera.

«Ma io non ho il frac e nemmeno lo smoking...» rispose Aimone imbarazzato. «Allora rimediamo subito!» esclamò. Aimone aveva già sentito quella frase, a Oberhof quando le svelò di non aver mai sciato e come allora Elli decise di portarlo in un negozio.

Diede ordine al maggiordomo di far preparare la Rolls-Royce. Viaggiarono per pochi minuti, fermandosi davanti a una vetrina, che però era molto più sontuosa di quella del negozio di attrezzature sportive in Turingia. L'insegna recitava: LESE UND WOLFE, Aimone non sapeva che era la più rinomata sartoria di Berlino, l'equivalente di Caraceni a Roma, dove, naturalmente, la duchessa fu accolta con tutti gli onori.

«Ho bisogno di un frac e di uno smoking per il mio giovane ospite italiano...»

Due sarti condussero Aimone nel camerino. Non si era mai fatto fare un vestito su misura, dopo appena due giorni trovò nell'armadio sia il frac sia lo smoking, con le camicie, il farfallino bianco e quello nero e, abbinate, scarpe nere lucidissime.

La duchessa e l'accompagnatore personale preparavano per lui programmi sempre diversi: una visita al museo, la scoperta di un quartiere, una passeggiata al Tiergarten, l'impeccabile parco nel cuore di Berlino, o sulla Unter den Linden, il viale più prestigioso della capitale. Era Aimone che decideva quando alzarsi al mattino e a che ora rientrare, purché prima di cena. Il personale, numerosissimo, lo trattava non come un ospite, ma come se fosse, davvero, il figlio della padrona. Una cameriera era incaricata di riordinare la sua camera ed era sempre a sua disposizione. Se si sedeva in salotto il maggiordomo si avvicinava subito per chiedergli se desiderasse qualcosa da bere. Poteva girare liberamente in tutta la casa e fu così che si accorse di quante persone prestavano servizio. C'erano gli autisti, i meccanici, gli uscieri, le lavandaie e le stiratrici, due cuochi, numerosi camerieri, le guardie all'entrata, gli addetti alla manutenzione dell'immobile: un elettricista, un idraulico, due muratori, un imbianchino, persino una governante che si occupava solo dei cani della madre, curandoli come fossero dei bambini. E nel garage, oltre alla Rolls, Elli disponeva di cinque Mercedes per ogni evenienza: berline, sportive, decappottabili. Viveva in una reggia e lui era il principe. Conduceva un'esistenza dolce, dolcissima a stretto contatto con le élite di un regime temuto in tutta Europa eppure straordinariamente mondano.

Fu al Sans Souci che vide per la prima volta Hitler, da lontano e per pochi minuti, ma sufficienti per osservare un uomo molto diverso da come appariva in pubblico: sembrava affabile, trovava il tempo di stringere la mano al suo interlocutore e di scambiare con lui due parole.

«Pensa, si ricorda il nome di mia madre e di mio figlio. E a ogni ricorrenza non manca di farmi pervenire un pensiero» gli spiegò Elli, tornando a casa a tarda sera.

«Guarda questo vaso, me lo ha regalato per il mio compleanno» esclamò trepidante. «E questo quadro lo abbiamo ricevuto per Natale!» Quei doni, in realtà sovente di scarso valore economico, erano molto graditi dall'aristocrazia, soprattutto quando venivano accompagnati da un biglietto scritto di pugno dal Fürher. Il dittatore capace di arringare le folle e infiammare l'odio per gli ebrei, sapeva essere accomodante con un'élite che, pur rappresentando lo 0,2% della popolazione, possedeva gran parte della ricchezza nazionale. Le sue premure erano tali che aveva fatto redigere dai suoi collaboratori una lista delle personalità influenti, indicando professione, titolo nobiliare o di studio, giorni di nascita, nomi dei familiari. A ogni incontro riusciva così a essere molto personale, proiettando l'illusione di un rapporto esclusivo, quasi intimo.

In pubblico Hitler spingeva all'estremo discorsi volgari, violenti, populisti, eppure l'alta società continuò a non attribuire eccessiva importanza a quei proclami. Il rapporto fra il Führer e il popolo era un evento distante, troppo distante per poterlo veramente considerare e comprendere; per gli aristocratici tedeschi il nazionalsocialismo prendeva altre forme: era quello tangibile, rappresentato dai momenti vissuti in privato a contatto con il Führer stesso e con gli alti gerarchi, in un'unione che era sostanzialmente d'interesse.

Implacabile nell'imporre il rispetto delle regole al popolo, Hitler accordava "trattamenti individuali" sul pagamento delle imposte. A beneficiare di quei privilegi esclusivi non furono solo i grandi industriali, ma anche intellettuali e persone dello spettacolo.

Ancora due Germanie: una dura, guerriera, egualitaria, l'altra mondana, privilegiata, snob. La prima scorreva agli occhi di Aimone, come il paesaggio da un treno in corsa, talvolta bello, talaltra brutto, sempre fugace: vedeva solo la seconda. A rimanere impressi nella memoria di un giovane di Dongo erano le Mercedes, le Rolls-Royce, il palazzo da centocinque stanze, e la bella gente che passeggiava con i cani nei giardini della capitale con distaccata eleganza, mentre i cannoni della Wehrmacht massacravano i polacchi.

«Ho saputo solo dopo che cosa fosse davvero il nazionalsocialismo» racconta Aimone mentre Patrizia, la sua premurosa assistente, ci serve il secondo nella saletta da pranzo della villa di Dongo, versando nei calici di cristallo un delizioso vino della Valtellina. «A quell'epoca ero un ragazzo che non seguiva la politica e l'ambiente che mi circondava era così abbagliante: mi parevano tutti cortesi e manierati. Come avrei potuto indovinare la verità?»

«Aimone, eppure gli ebrei erano discriminati e la propaganda del regime implacabile» osservo.

«Sì e quando l'ho scoperto sono rimasto sconvolto, domandandomi come possa essere rimasto estraneo a vicende così mostruose, ma quasi mai a Oberhof o in casa di Elli avevo sentito parlare di ebrei. Nobili e ricchi discutevano d'altro; chi approfittò delle espropriazioni non lo veniva certo a rivendicare in pubblico e sicuramente non ne avrebbe parlato di fronte a un giovane italiano. Quel mondo era salottiero e perbenista. Avevo diciassette anni e mi sembrava di vivere una fiaba.»

9

Ad Aimone Berlino parve infinita. Seduto sul sedile posteriore della Mercedes, vedeva sfilare imponenti viali costeggiati da parchi immensi, sontuosi palazzi, ristoranti, negozi. Attraversò a piedi piazze che gli sembravano vaste quanto l'intera Dongo, attorniate da cattedrali, chiese, musei, edifici storici. La città più grande che aveva visto sino a quel momento era stata Como. Elli seduta al suo fianco gli indicava i luoghi e i nomi, con la stessa naturalezza con cui gli aveva mostrato la sua casa dalle centocinque stanze. «Guarda Aimone, laggiù c'è il castello di Charlottenburg...» «Questa parte della città è chiamata l'Isola dei Musei.» «Qui siamo a Wannsee, vedi? Abbiamo un lago anche noi berlinesi...»

Aimone rientrava il tardo pomeriggio a casa della duchessa compiaciuto e abbagliato.

Alle prime visite della città seguirono presto i programmi per l'intrattenimento serale.

Elli e Joseph lo portavano al Wintergarten, il teatro dell'opera della capitale, dove avevano un palco riservato: sovente ad ascoltare Wagner, che era, come Elli volle sottolineare, il compositore preferito da Hitler. Oppure al ballo del Berliner Staatstheater, ma anche allo Zooplast ad ascoltare il jazz o lo swing, sebbene questi generi fossero stati ufficialmente banditi dalle SS.

Dopo qualche settimana la duchessa Steinlich riscoprì il

piacere di organizzare feste e banchetti sontuosi nella sua magnifica dimora; ciò nonostante la guerra continuasse. Nemmeno i primi razionamenti scoraggiarono infatti quella donna ricca e suo malgrado viziata. Contava solo la sua felicità, che aumentava ogni volta sempre di più nel mostrare Aimone alle sue amiche, sussurrando compiaciuta «è il nostro ragazzo...» e suscitando immancabilmente reazioni di gioioso stupore.

«Cara, ha persino il *savoir-faire* del tuo povero figlio» cinguettavano le gran dame, mentre il giovane italiano si esibiva in un impeccabile baciamano.

«Ora non ci sono più dubbi: al mondo esistono i sosia» osservavano gli amici di Elli, grandi industriali o nobili.

Lei era orgogliosa e raggiante.

Una sera lo prese a braccetto, lo condusse nel suo salotto privato, pregandolo di sedersi sulla poltrona.

«Ti sei divertito questa sera, Aimone?» disse prendendogli la mano.

«Certo, come sempre!» rispose con entusiasmo.

«Piaci a tutti i miei amici e io sono molto fiera di te...»

«Grazie, Elli.»

«...fiera come una madre...» aggiunse la duchessa interrompendo la frase a metà.

Aimone ebbe l'impulso di ritrarre la mano.

«Che cosa vuoi dirmi, Elli?»

«Ci penso da tanto tempo. Tu non sei mio figlio ma è come se lo fossi e allora...»

«Allora?»

«Allora mi chiedo: perché da domani non mi chiami Mamma Elli?»

Aimone tacque, improvvisamente smarrito. Quella richiesta, pur lusinghiera, lo turbava. Ripensò alla sua Evelina, alla sua grazia, alla sua dolcezza, sentì il suo amore che nemmeno il tempo e la distanza avevano attenuato. Guardò Elli e in quel momento capì che le voleva molto bene e che le era infinitamente grato per quella vita da sogno, ma non poteva mentire al suo cuore. La duchessa non era sua madre e lui non era Rudolf, per quanto gli assomigliasse. Tentò di trovare le parole giuste. «Elli, sono pronto a chiamarti con tutti i nomignoli che desideri e sono disposto a fare di tutto pur di farti felice» le parlava sorridendo, e la voce tremava; sentì l'imbarazzo impadronirsi delle sue gote. «Ma...»

«Ma?» lo sollecitò lei con un tono intriso d'inquietudine.

«Ma di mamma ne ho una sola ed è rimasta a Dongo.» Lo aveva detto, vide il volto di Elli tingersi di un pallore quasi mortale, ma continuò a parlare. «Se per interesse o per compiacerti accettassi la tua richiesta non sarei sincero. Ti chiamerei mamma senza provarlo davvero. È questo che vuoi?»

Rimasero in silenzio, un silenzio profondo che ad Aimone parve interminabile, poi Elli sollevò il capo e il suo sguardo riprese a luccicare.

«No, Aimone. La tua risposta non mi rende felice, ma rispetto i tuoi sentimenti. Tua madre deve essere una donna eccezionale ed è molto fortunata ad averti. Mi sono chiesta come avrebbe reagito Rudolf in una situazione analoga. Come madre sarei stata molto orgogliosa se, al tuo posto, avesse risposto come te.» E gli diede un bacio.

La vita dorata continuò come prima. Aimone non aveva nessun'altra preoccupazione se non quella di divertirsi, come un figlio di papà. Senza pensare alle spese, senza limiti di alcun tipo. Voleva provare a giocare a tennis? In poche ore trovavano un istruttore privato, e per lui, maglietta, pantaloncini e racchetta. Desiderava fare un giro in auto? Poteva scegliere su quale Mercedes farsi condurre. Si comportava come un principino, ma sentiva crescere dentro di sé un disagio indefinito, eppur tenace. E di notte una vocina interiore iniziò a parlargli. Lui tentò di ignorarla, ma nel buio della stanza rimbombava nella sua testa, rincorrendolo anche in sogno.

Quella vocina lo costrinse a riflettere. "Questa vita è meravigliosa, ma se continua così quando tornerò a casa e i miei mi chiederanno se ho imparato il mestiere, che cosa risponderò? Che il maître d'hotel non lo so ancora fare, ma che in compenso conosco alla perfezione i posti più belli di Berlino e il galateo dell'alta società?" Si accorse che non poteva più tacere e una sera a cena trovò il coraggio di affrontare gli Steinlich.

«Non sto imparando nulla» disse, scuro in volto.

«E qual è il problema?» rispose Elli.

«Quando mi avevi convinto a venire a Berlino, mi avevi promesso che avrei fatto uno stage» le ricordò con un tono improvvisamente aggressivo.

«Vuoi imparare qualcosa? Ti fa onore, ma inizia a perfezionare il tuo tedesco. Se vuoi ti trovo un maestro, privato naturalmente» tentò di blandirlo.

Sebbene non ideale, quella soluzione aveva l'indubbio merito di placare il senso di colpa di Aimone, che infatti accettò.

Il corso delle giornate cambiò. Al mattino studiava, ma al pomeriggio continuava a svagarsi, facendo sport o visitando i luoghi e le mostre che gli venivano proposti dal suo accompagnatore personale. Spesso la sera usciva con Elli, suo marito e sua madre, che continuavano a considerarlo come un figlio virtuale. Ancora cinema, teatro al Metropol e in Nollerdorf Platz, all'Opera, agli spettacoli di cabaret. Durante i ricevimenti in casa Aimone era sempre seduto al tavolo principale; parlava poco, ascoltava molto, sorrideva spesso. Era premuroso con tutti, ma mai servile. E questo lo rendeva simpatico, anche ai tanti ospiti in divisa, come il generale Albert Kesselring, uno degli amici più intimi degli Steinlich, che, quando era a Berlino, non mancava di salutare la sua cara amica Elli. Aveva fama di comandante implacabile in guerra, non esitò a bombardare Varsavia e poi nel 1940, il centro di Rotterdam, a tappeto. Ma in privato apprezzava gli svaghi lussuosi e lo spensierato buon umore della duchessa.

Una conoscenza che si rivelerà provvidenziale per Aimone, qualche tempo dopo, lontano da Berlino.

La vocina interiore riprese a tormentarlo, ogni notte di più. Le lezioni di tedesco erano ormai inutili. Aimone leggeva alla perfezione, parlava fluidamente senza commettere errori e usando un linguaggio forbito. Persino l'accento italiano, che divertiva i suoi amici a Oberhof, era quasi scomparso. La sua lieve intonazione straniera semmai si era trasformata in un vezzo; pareva uno di quei nobili abituati a viaggiare per il mondo, dall'aspetto sempre più simile a quello del dandy aristocratico. Un conte, un duca, un marchese. Le sue mani curatissime, senza l'ombra di un callo e dalle unghie immacolate, non lasciavano dubbi sul rango di appartenenza; parlando le muoveva con soave rotondità senza agitarle in modo sgraziato e teatrale come fanno in molti. Coltivava modi di atteggiarsi e di esprimersi sempre più sofisticati. Perfetta la sua andatura, elegante e nel contempo decisa, perfetto il suo inchino per il baciamano: un manierato gesto del braccio, una delicata torsione del busto, e poi immobile per qualche secondo a capo chino: non un alito di vento spostava quei capelli imbrillantinati, pettinati con cura.

E lui, sempre più bello. Una bellezza naturale, mediterranea; virile e al contempo morbida, seducente; esaltata da quei lineamenti insolitamente armoniosi e da quelle labbra voluttuose che le donne gli invidiavano. Aimone sapeva di piacere. Che altro avrebbe potuto desiderare dalla vita?

Ma quando la sera spegneva la luce, quell'imperturbabile vocina non gli dava tregua. Provava a ignorarla. Si girava sul fianco destro, poi su quello sinistro, stava a pancia in giù poi in su. Accendeva la lampada sul comodino e iniziava a leggere, fino a quando le palpebre non crollavano, ma quando si risvegliava, era sempre lei, la prima, a farsi sentire; gli suonava due rintocchi al cuore, come a dirgli: "Vai pure a divertirti, a vivere la tua vita da miliardario... ma ricordati che questa è una finzione, è una fuga. Tu non sei né un conte, né un duca, né un marchese e prima o poi dovrai rendertene conto. Vai Aimone, fatti incantare da Berlino. Balla, passeggia, divertiti, illuditi di essere davvero Rudolf. Ma io ti aspetto qui ogni notte fino a quando non ti deciderai ad ascoltarmi".

Non dovette attendere a lungo, la vocina. Aimone era un ragazzo con senno e giudizio, era il figlio di Evelina e di Tonin dai quali aveva attinto valori come il rispetto, la morale, l'obbligo di mantenere la parola data, il senso del dovere e del peccato; valori forti di una famiglia cattolica della Lombardia di inizio Novecento. E sebbene Aimone non avesse un'indole particolarmente religiosa e cedesse facilmente alle lusinghe della vanità, non riusciva a dimenticarli. Erano parte di sé.

Una notte si svegliò di soprassalto, sudato. Accese la luce e vide il suo volto nello specchio, quello vero, di un ragazzo di provincia, che aveva in tasca il diploma delle medie inferiori e che prima di tentare la carriera alberghiera aveva pensato di diventare sarto in un paesino sperduto sul Lago di Como.

"Ma chi sei tu? Ma cosa stai facendo? Cretino!" inveiva fra sé e sé: "Come fai a paragonarti a questa gente? Questo non è il tuo mondo! E cosa farai quando tornerai a Dongo? Chiederai a tuo padre di assumere una cameriera personale e di comprare una villa, magari quella dei conti Zanoletti, per permetterti di beneficiare di un appartamento personale? Ti lamenterai con lui perché la casa non ha il riscaldamento centralizzato? Perché non potrai più fare un bagno bollente ogni giorno? Perché dovrai pulirti le scarpe da solo e nel tuo armadio ci saranno due giacche anziché dieci?" e a quel punto staccò lo sguardo dalla sua immagine riflessa nello specchio. Tornò a sedersi sul letto e a riflettere. No, così non poteva andare avanti. L'indomani avrebbe chiesto a Elli di procurargli un lavoro. Spense la luce, si sdraiò e sentì d'improvviso il cuore leggero, leggero. La vocina aveva vinto e si quietò.

«A che ora scende la duchessa, stamane?» chiese al maggiordomo, il mattino seguente.

«Alle nove, signorino.»

«Può gentilmente dirle che devo parlarle urgentemente?»

Attese in sala, per mezz'ora, seduto accanto a una statua di marmo bianco raffigurante una dea greca, sereno, senza arrovellarsi nell'ansia, senza provare imbarazzo: sapeva d'aver preso la decisione giusta, affidandosi all'istinto oltre che alla mente. Nessun dubbio, quindi nessun tormento.

«Che cosa succede Aimone?» gli chiese Elli, con l'amorevole apprensione di una madre, mentre il timido chiarore di un'alba lenta e velata s'impadroniva della stanza.

«Qui mi piace moltissimo e devo tutto a te» rispose Aimone, picchiettando con la punta della scarpa sul pavimento «eppure io non posso continuare a vivere una vita come questa. A casa mia tutto è troppo diverso: io non sono un duca e non vivo in una grande città come Berlino. Un giorno rientrerò in Italia e non posso deludere le aspettative dei miei genitori. Il maestro di tedesco non mi basta più. Io voglio lavorare, Elli, voglio imparare il mestiere di albergatore.»

La Steinlich gli parve improvvisamente smunta, vide sul suo volto il pallore dell'angoscia, udì le sue parole accorate.

«Aimone, ti capisco, ma ti prego di non essere così severo con te stesso. Non gettare ogni cosa al vento. Sei ancora giovane; fermati a pensare a questo soggiorno a Berlino. Non è forse un periodo particolarmente felice della tua vita? Magari è irripetibile, approfittane finché puoi. Dammi retta: la vita ti riserverà prove, dolori, delusioni che nemmeno la ricchezza potrà lenire. I periodi di piena serenità sono così rari: quando arrivano afferrali, stringili forte, e vivili intensamente...»

Aimone tacque. Sentiva che c'era una parte di verità nelle parole di Elli. Chissà cosa gli avrebbe riservato l'avvenire? Non era meglio vivere davvero e fino in fondo il presente? Ma la verità più grande era l'altra: non poteva rientrare a casa portando con sé solo il ricordo di due anni dorati e la capacità di parlare un tedesco superlativo. Ormai non era più un ragazzino.

«Elli, hai ragione, ma io devo pensare a come guadagnarmi la vita non appena sarò rientrato in Italia.»

Dentro di sé, la donna rabbrividiva. Pensando al periodo d'immensa gioia di Aimone a Berlino, aveva la piena consapevolezza che coincideva con il suo. Abbassò il capo e poi riprese a parlare, apprensiva e dolente: «Hai portato felicità in questa casa, Aimone. Avevo smesso di vivere dopo la morte di Rudolf e sono rinata grazie alla tua presenza. Non pensi che la tua famiglia possa già sentirsi fiera di te... anche solo per questo? Io te ne sono così grata; e lo sai, voglio renderti felice. Con me basta chiedere per ottenere, qualunque cosa. Ma ti prego, non lasciarmi...».

La duchessa osservò Aimone, scoprendo con dolore che il suo volto era rimasto impassibile. La risposta non tardò.

«Elli, non voglio deluderti, non voglio ferirti, ma non puoi chiedermi di ignorare la voce della mia coscienza. Potrò... continuare a vivere qui, sarò sempre a Berlino, ma anziché passeggiare con il mio accompagnatore personale, trascorrerò le giornate in un hotel. Com'è giusto che sia. Ti supplico, pensa al mio futuro.»

Il tono di Aimone era affettuoso, ma fermo; il suo sguardo limpido e penetrante. Elli non lo aveva mai visto così determinato e tacque, ricoprendo la stanza con un pesante silenzio. Poi accennò un sorriso. Capì che quello non era il sussulto passeggero di un giovanotto, bensì uno slancio autentico che non andava tradito. Si avvicinò a lui, gli diede un bacio sulla fronte, stringendolo a sé. «Se è questo che vuoi, sarò felice di aiutarti» gli sussurrò all'orecchio, con malinconica, rassegnata complicità, pensando che perderlo in parte sarebbe stato sicuramente meno doloroso che perderlo del tutto.

Ci vollero solamente tre giorni per trovare l'hotel giusto. La duchessa conosceva davvero tutti a Berlino. Gli propose i tre alberghi più belli: l'Esplanade, lo Splendide e il Kaiserhof; Aimone doveva solo decidere quale gli piaceva di più. Era un ragazzo a modo, ma con un ego sviluppato e con la consueta propensione al lusso. La sua era una modestia "luccicante", ieri come oggi. Avrebbe potuto accontentarsi di un buon albergo? Elli gli aveva dato l'opportunità di scegliere. E lui scelse il più importante, il più rutilante, il più famoso: il Kaiserhof, nel centro della capitale, a pochi passi dalla Cancelleria, nel cuore del potere nazionalsocialista.

Non sapeva che proprio in quei saloni Hitler, negli anni Venti, ancora sconosciuto, aveva iniziato il corteggiamento alle élite aristocratiche e industriali, con il sostegno della contessa Viktoria von Dirksen. Per compiacerla e conquistare un'aristocrazia che usava vestirsi di tutto punto anche per leggere il giornale, Hitler accettò di indossare il tight, pur non avendone né la classe né la prestanza. Eccolo: camicia bianca dal collo rigido, inamidato e a punte ripiegate, giacca nera con un solo bottone davanti e due code lunghe. In testa la bombetta, che gli dava un aspetto buffo, vagamente ridicolo.

In quell'albergo Adolf aveva cementato il rapporto con Joseph Goebbels, personaggio carismatico che avrebbe rivestito il ruolo di "Grande Manipolatore" del popolo tedesco; e sempre al Kaiserhof aveva stabilito, nei primi anni Trenta, la sua residenza.

Quell'hotel esclusivo di Berlino era considerato il simbolo dell'ascesa del Führer. E divenne, per Aimone, il luogo dove tener fede a una promessa.

10

La promessa di imparare il mestiere di maître d'hotel Aimone non l'aveva data solamente ai suoi genitori. Anche a Cecchin, lo zio d'America, che proprio in quei giorni moriva d'infarto, facendo svanire il sogno e la promessa di un'eredità spettacolare, di cui Aimone era rimasto all'oscuro.

«L'ho appreso tanti, tanti anni dopo» ricorda e ora ne ride forse perché, suddito del suo capriccioso destino, ricco lo è diventato lo stesso, senza l'aiuto di nessuno. «A metà degli anni Trenta, quando arrivò a Dongo quella lettera di Cecchin in cui mi invitava ad andare a lavorare con lui a New York, mio padre me ne lesse solo la prima parte. Pensando, e credo non abbia avuto torto, che ero troppo giovane per sapere la verità; riteneva che mi sarei montato la testa.

Mio zio infatti scriveva che se avessi accettato la sua proposta mi avrebbe ceduto la sua quota-parte all'Ambassador, dove lavorava e di cui era diventato azionista. Non me l'avrebbe regalata: avrei dovuto lavorare con lui per vent'anni, riscattandola progressivamente. Era molto saggio: riteneva che così avrei avuto il tempo di maturare. Mi aveva spianato la strada: sarei diventato miliardario, almeno in teoria. La realtà, si sa, è sempre diversa. Elli aveva proprio ragione quando sottolineava che nessuno, per quanto saggio, può prevedere con certezza il futuro...» sorride Aimone, scuotendo lievemente la testa. «Ma il fatto più curioso fu per me apprendere come zio Cecchin fosse riuscito a realizzare quel capitale...

Mio zio aveva, sì, fatto carriera in fretta. Ma come maître d'hotel non si diventa facoltosi. Fu il destino ad aiutarlo, un destino che, forse e chissà, aiuta chi ha il coraggio dell'onestà. In quel grand'hotel di New York si svolgevano conferenze e incontri d'affari, a cui partecipavano banchieri e grandi industriali. Le riunioni più riservate si tenevano in salette appartate, e fu proprio al termine di una di queste che mio zio rinvenne una valigetta sotto un tavolo. La aprì. Guardò dentro. La richiuse. Di scatto. Sicuramente gli tremarono le mani: era piena di mazzette da cento dollari. La riaprì con cautela per guardare meglio il contenuto: oltre al denaro c'era un sacchetto, di quelli da gioielleria, verde pallido, di feltro, con i lacci. Li sciolse: dentro c'erano molte pietre preziose. Diede un'occhiata alla tasca interna: trovò titoli azionari e molti documenti. Un patrimonio. Una miniera. Una tentazione. Era solo, nessuno lo aveva visto. Avrebbe potuto farla sparire o svuotarla, ottenendo in un minuto più soldi di quanti ne avrebbe potuto guadagnare in un'intera vita. Ma era una persona perbene, con dei principi, non si sarebbe improvvisato ladro e tra l'altro provava un sentimento di gratitudine verso gli Stati Uniti, paese che gli aveva permesso di realizzare il suo sogno. Agì d'istinto. La richiuse e si incamminò a passo rapido, quasi correndo, verso la porta del direttore dell'albergo. Bussò e gli consegnò la valigia. L'uomo d'affari che l'aveva smarrita era nel frattempo già partito per un'altra città, con il treno. A detta del direttore, era una persona di solito molto accorta, eppure in quell'occasione fu straordinariamente sbadata. Solo dopo alcune ore si era reso conto di non averla con sé. Immagino la scena: un lampo, raggelante; un'occhiata densa di panico sotto il sedile del treno, sulla cappelliera, un'inutile corsa in corridoio. Chissà dove l'aveva dimenticata, in taxi, in albergo... e viaggiava in aperta campagna.

Appena arrivato a Washington, l'uomo, che ormai doveva essersi rassegnato al peggio, chiamò l'albergo di New York. E apprese l'inaspettata, trionfale notizia. Quando tornò a riprendersi la sua valigetta e tutto il suo prezioso contenuto, chiese chi gliel'avesse ritrovata: "Mister Canape" rispose il direttore. Allora volle conoscere mio zio. Lo invitò a salire nella sua suite, lo fece accomodare dopo avergli stretto forte la mano e gli consegnò una busta che Cecchin non aprì subito: gli era bastato tastarla per capire che conteneva tante banconote. La ricompensa era generosa. Poi il business man volle offrirgli un un sigaro e i due iniziarono a chiacchierare. Mio zio gli raccontò la sua vita, com'era arrivato in America dal Lago di Como; gli narrò dell'eredità del padre che lui, giovane italiano di buona lena, aveva deciso di investire nel viaggio della speranza e di quanto amasse quel nuovo paese; gli espresse il suo desiderio di una vita migliore purché conquistata con merito. Parlava con trasporto, zio Cecchin. Ed era davvero una gran bella persona. Doveva essere piaciuto tanto, tantissimo, anche a quel potente uomo d'affari che, dopo aver assaporato un sorso di whisky, gli chiese: "Signor Canape, le piacerebbe possedere una quota dell'Ambassador?".

"Ne sarei lietissimo, ma come potrei? Non posso certo permettermelo..."

Il miliardario sorrise: sapeva che un pacchetto azionario dell'hotel era in vendita.

"Venga a trovarmi domani" replicò, congedandolo.

Il mattino seguente mio zio si presentò e fu accolto con queste parole: "Signor Canape questa busta è per lei, la apra". Conteneva i certificati azionari dell'albergo. "Ora sono suoi" e li regalò a mio zio, che divenne milionario, in un attimo, senza rubare. Trovò moglie, una donna americana, che gli diede due figli. Il maggiore aveva scelto la carriera militare, la ragazza non era interessata a seguire le orme del padre. Sua moglie sapeva che il marito aveva in progetto di destinare il pacchetto azionario dell'albergo a un nipote italiano rimasto a Dongo, ragazzo che lei non aveva mai conosciuto, ma zio Cecchin non aveva lasciato un vero e proprio testamento... Quindi dopo la sua morte, la donna vendette la quota e ne intascò il ricavato.»

«E non provi rabbia, Aimone?» gli chiedo.

«No. Davvero, no. Si vede che era giusto così. A Berlino avevo vissuto da ereditiere, ma solo assumendo i panni di qualcun altro. Ero il sosia di Rudolf, ma solo un sosia: il mio destino doveva essere diverso. Era scritto così. Non ho rimpianti. Ormai il mestiere mi era entrato nel sangue.»

«Benvenuto tra noi, caro amico italiano!» esclamò Herr Klunz, un simpatico signore di mezza età molto elegante, dal viso roseo e rotondo.

Tutti lo salutavano nell'albergo: i clienti con un sorriso compiaciuto, il personale con inquieta riverenza. Agli uni riservava un sorriso, agli altri un'occhiata esigente, talvolta di rimprovero. Herr Klunz era direttore e proprietario del Kaiserhof e vi trascorreva tutto il tempo.

«Herr Klunz, sono molto felice di questa opportunità, che considero irripetibile. So quanto sia legato alla famiglia della duchessa; in realtà io sono un giovane apprendista con un'esperienza limitata, ma tanto desideroso di imparare. La prego di non accordarmi alcun privilegio» gli disse Aimone, sorprendendo piacevolmente quell'uomo ricco e influente.

«Se è quello che desideri...» rispose Klunz. «Che cosa hai fatto finora?»

«Il cameriere con servizio in sala.»

«Bene, da lì ricomincerai. Ma preparati, qui gli orari sono lunghi e faticosi. Si finisce a tarda sera.»

E questo rappresentava un primo problema. Aimone era ancora minorenne e sotto la responsabilità indiretta di Elli, che a sua volta rispondeva al console italiano, il quale continuava a essere il tutore ufficiale. Come avrebbe fatto a rientrare da solo, in piena notte, dopo il lavoro?

«Ti mando l'autista» lo rassicurò subito Elli.

Aimone lavorava come cameriere nelle sale da pranzo del Kaiserhof e la sera tornava a dormire in una reggia da centocinque stanze, sedendosi sul sedile posteriore di una Mercedes guidata da un signore più anziano di lui in guanti e berretta. Una situazione paradossale, che lo metteva a disagio nei confronti del personale e con se stesso. "Cretino, non dimenticare chi sei davvero" continuava a mormorare la vocina. Aveva deciso di tornare a essere il ragazzo semplice di Dongo, per quanto possibile o perlomeno di provarci. Dopo appena due giorni capì che quella condizione di apprendista a cinque stelle era intollerabile.

«Non sarebbe meglio che restassi a dormire lì, almeno in settimana?» tornò alla carica con Elli e con Klunz. Ma sorse un secondo problema. Contrariamente al Metropole Suisse di Como, l'hotel non disponeva di stanze per i dipendenti, che a fine servizio rientravano a casa propria.

«Allora ti affitto una camera» cinguettò la Steinlich, soave, spensierata. «Al Kaiserhof, naturalmente.» Per lei i soldi non erano un problema, men che meno se doveva spenderli per far felice Aimone.

«Con tutto il rispetto, Elli... questa soluzione è ancora più assurda!» sbottò. «Di giorno servo i clienti e la sera vado a dormire in una stanza vicino alla loro? E al mattino, a colazione, cosa faccio? Prima scendo come cliente in giacca e cravatta, poi salgo, mi cambio e mi ripresento vestito da cameriere?»

Elli immaginò la scena e scoppiò a ridere. La sua ilarità contagiò Klunz, che provava crescente simpatia per quel giovane, ostinato italiano. Come direttore d'hotel era abituato ad assecondare i capricci dei rampolli dell'alta società, mentre aveva davanti a sé un ragazzo che, per quanto manierato, lo supplicava di privarlo dei privilegi. Perché Aimone voleva tornare a essere Aimone e sapeva che il sogno, prima o poi, sarebbe finito.

«Sei proprio un bravo ragazzo» mormorò Klunz, lisciando i baffi già bianchi che ingentilivano il suo volto. «E forse ho trovato la soluzione.»

Il giovane Canape avrebbe alloggiato al Kaiserhof, ma in una stanza privata, su in mansarda, lontano dagli sguardi dei clienti, di fianco a quella del maître d'hotel. «È una camera modesta» lo aveva avvertito; ma modesta non era affatto: adornata con tappeti e quadri preziosi, disponeva di una radio, persino del telefono oltre che del bagno personale. Aimone otteneva il lusso anche quando non lo cercava. E gli piaceva, eccome se gli piaceva.

Gli piace ancora oggi. Il giovanotto che al Kaiserhof si sforzava di essere nuovamente un semplice ragazzo di Dongo, in realtà era già stato plasmato dalla bella vita degli aristocratici. Ma forse gli anni trascorsi a Berlino non lo hanno, semplicemente, cambiato: hanno saputo far emergere l'altra sua dimensione, quella di un uomo elegante, di buon gusto, scaltro negli affari quanto sfortunato con le donne sebbene bello, ambito, corteggiato.

Fu lì che imparò l'arte del servire. Hitler, una volta conquistata la cancelleria, elesse l'albergo a sede di incontri ufficiali e di ricevimenti. Aimone vide molti potenti dell'epoca. Industriali come Max Ilgner della IG Farben, banchieri come Hans Pilder della Dresdner Bank di cui non immaginava né la ricchezza, né l'importanza; principi ereditari, ambasciatori di paesi stranieri che il regime sapeva sedurre, coinvolgendoli nella spensierata vita mondana delle élite. Gli stessi aristocratici prediligevano quell'hotel per le loro grandi serate, talvolta con cena a buffet, adeguandosi a una tendenza che iniziava a diffondersi in quegli anni, talaltra, nelle occasioni più importanti, con cene sedute, seguendo un protocollo rigoroso.

Tutto era calcolato al secondo, come questo menu del

1939. Inizio alle otto in punto. Dieci minuti per l'entrata – granchio con maionese e asparagi; otto per il brodo in tazza, diciotto per il piatto principale – oca al forno con patate rosolate, insalata di lattuga e cetriolo; sette minuti per l'intramezzo, sette per il formaggio e radicchio; otto per la frutta. Poi, un quarto d'ora per lasciare la sala da pranzo e trasferirsi nel salotto dove venivano serviti in piedi dolcetti raffinati, pasticcini, caffè, liquori, sigarette e, agli uomini, sigari. Alle nove e venti inizio di uno spettacolo di canto, con musiche (e interpreti) rigorosamente tedeschi: l'immancabile Wagner, Schumann, Schubert, un po' di Strauss, un tempo prediletto e poi caduto in disgrazia.

Nelle occasioni più importanti veniva sfoggiato il servizio più pregiato, d'oro massiccio. Forchette d'oro, coltelli d'oro, cucchiai d'oro. Anche in tempi di guerra, soprattutto in tempi di guerra. Nell'autunno 1939 la popolazione civile iniziava a subire i primi blandi razionamenti dei beni di consumo. Per sostenere lo sforzo bellico, diceva la propaganda. Ma al Kaiserhof nulla cambiava, all'insegna dello sfarzo. Come poteva la potenza che conquistava l'Europa con sconcertante facilità, mostrarsi parca di fronte agli alleati e al mondo? Le posate d'oro servivano a suggellare la ritrovata grandezza imperiale.

Arrivò Galeazzo Ciano, genero del Duce e suo ministro degli Esteri, per incontrarsi con Joachim von Ribbentrop, capo della diplomazia di Hitler. E Aimone era lì in servizio, ma dietro le quinte. Herr Klunz faceva rispettare la gerarchia e quell'occasione era troppo importante per mandare allo sbaraglio un giovane apprendista. L'albergo era pieno di agenti in divisa e in borghese, per garantire la sicurezza di quegli incontri diplomatici, ma anche, forse soprattutto, per sorvegliare quel patrimonio, nel timore che qualche posata sparisse. Aimone chiese di poter seguire la preparazione fino all'ultimo dettaglio. Ammirò l'eleganza delle composizioni floreali e i piatti di raffinatissima porcellana dipinta a mano, gioendo per quel *savoir-faire* incredibile. Ne rimase stregato. Sì, quello era davvero il suo mondo.

Scoprì di essere l'unico italiano rimasto tra i dipendenti dell'hotel. La guerra era appena iniziata e tutti erano rientrati per servire la patria. Qualcuno lo disse a Ciano, che chiese di conoscerlo. Una stretta di mano, veloce. Due battute di cortesia.

«Come ti chiami?» gli chiese Ciano, sgranando gli occhi azzurri, lieto di trovare un connazionale nel cuore di un regime nazista, che segretamente non stimava e di cui diffidava sempre più.

«Da dove vieni? Ti trovi bene?» poi il saluto: «Viva l'Italia, viva il Duce».

Sì, «viva l'Italia, viva il Duce», rispose Aimone, come tutti gli adolescenti della sua generazione, sebbene suo padre a casa parlasse raramente di politica e non fosse certo un ammiratore del fascismo.

Il regime in quegli anni sembrava ancora forte e il Duce inavvicinabile. Per Aimone era già stato un onore poter trascorrere due minuti con il genero di Mussolini, che rivide qualche giorno dopo, in compagnia del ministro degli Esteri sovietico Molotov. Non poteva immaginare che ben altri incontri lo attendevano.

11

E intanto Berlino cambiava. Divenne più cupa. Triste come lo sguardo dei suoi compagni di lavoro: i camerieri, i facchini, i cuochi, che per tanto tempo si erano sentiti privilegiati. Lavoravano al Kaiserhof, l'albergo prediletto da Hitler. I più anziani lo avevano conosciuto di persona, i più giovani lo avevano visto ai ricevimenti e nel febbraio 1939 quando scelse i saloni dell'albergo per pronunciare un discorso davanti a quattrocento lavoratori provenienti da tutta la Germania. Tante volte avevano visto passare la sua auto e quelle di Göring, del capo delle SS Himmler, di Goebbels. Bastava affacciarsi a una finestra, perché la Cancelleria sorgeva proprio di fronte al Kaiserhof, sulla Wilhelmplatz. Ma quella situazione propizia non bastava più, nell'estate del 1940, a tenere alto l'umore dei suoi compagni di lavoro.

«Aimone, ieri mi hanno dato queste» gli disse Franz, il cuoco, un omone sui cinquant'anni, troppo vecchio per andare al fronte, troppo giovane per chiedere la pensione, troppo grasso per contribuire alla causa del Reich se non ai fornelli dell'albergo. Gli mostrò due tessere. «Una serve per il cibo, l'altra per gli abiti. Stanno razionando tutto.» Tessere a scalare. «Hanno un valore di cento, ma devi stare attento a non arrivare troppo in fretta a zero. Ieri ho comprato una giacca e me ne hanno sottratti trenta» gli spiegò. «Non è facile mantenere la famiglia, mi capisci?»

Aimone annuì, ma per cortesia. Pensava che i crucci di Franz non fossero molto diversi da quelli di suo padre a Dongo, che tante volte la sera aveva visto chino sulla scrivania a fare i conti di casa davanti al librone nero in cui annotava qualunque spesa, talvolta sorridendo perché gli affari andavano meglio del previsto, talaltra passandosi la mano nei capelli e inarcando le sopracciglia, ma senza mai dire nulla ai figli; perché quelle erano questioni che spettavano a lui, pilastro e orgoglio della famiglia. E sebbene tutti sapessero che dietro le quinte era Evelina che lo influenzava e lo guidava, in pubblico e davanti ai ragazzi, l'apparenza era salva; in casa Canape il capo famiglia era Tonin.

Nella sua mente di adolescente, Aimone vedeva Franz come suo padre. Non immaginava che cosa fosse la guerra, che cosa significasse provare la fame, soffrire, lottare. Della guerra conosceva solo i racconti epici della radio tedesca, che ascoltava ogni sera nella sua camera, su in mansarda, seduto in poltrona, calzando le pantofole con lo stemma nobiliare che furono di Rudolf o le immagini dei cinegiornali trasmesse nelle sale prima del film. Immagini retoriche, di straordinario impatto propagandistico. La guerra era giusta, era buona, era santa, perché Dio era con loro e contro gli ebrei, contro i polacchi e gli altri popoli europei che osavano opporsi alla straordinaria espansione del Reich. E Hitler era un capo infallibile, carismatico, lungimirante, che con il suo fulgido esempio indicava la via per il trionfo della razza ariana.

Ad Aimone nessuno aveva mai razionato i pasti e quando, nel fine settimana, rientrava nel palazzo dalle centocinque stanze, gli sembrava che nulla fosse cambiato. Elli era quella di prima, felice e spensierata quando stava con lui, frivola e spiritosa quando riceveva i suoi amici, grandiosa e di manica larga quando organizzava le feste. La Berlino di Aimone si snodava tra il Kaiserhof e la sontuosa dimora di Elli, avanti e indietro seduto sul sedile posteriore di una limousine guidata dall'autista. E da quella visuale il regime gli doveva essere sembrato fortissimo, popolare. Come quel 17 luglio 1940 sulla Wilhelmplatz. Quante persone ci saranno state? Mille, diecimila, centomila? Una folla immensa, esultante. Hitler era apparso al balcone del primo piano della vecchia Cancelleria con a fianco Göring. Non c'era, prima, quel balcone: l'aveva voluto aggiungere lui stesso dopo aver visto quello di Mussolini a piazza Venezia e sondato l'effetto che produceva sulle folle. Il balcone del Duce, il balcone del Führer.

In pochi mesi, la Wehrmacht aveva conquistato, oltre alla Polonia, la Danimarca, la Norvegia, i Paesi Bassi, il Belgio e, soprattutto, la Francia. Quello era un 17 luglio di festa, un 17 luglio imperiale. Un impressionante tappeto di teste si stendeva ai piedi del Führer, che quasi nessuno in realtà riusciva a vedere: era un puntino marroncino minuscolo, ma bastava la sua voce diffusa dagli altoparlanti a far scorrere un brivido nella schiena dei tedeschi, stregati da un uomo che avrebbero dovuto odiare, ma che avevano imparato ad amare. Un magnete del male.

I boati della folla e quelle notizie trionfali non bastarono a rincuorare Franz, il cuoco troppo grasso per servire il Reich, che era un padre responsabile, sapeva fare i conti e aveva vissuto la Prima guerra mondiale: si ricordava di quanto ingannevoli e fatui potessero essere quei bollettini di guerra. E infatti il bilancio non rientrava più. «In guerra c'è sempre un conto da pagare» disse ad Aimone, asciugandosi il sudore dalla fronte nella cucina del Kaiserhof. Il suo prudente pessimismo si dimostrò fondato. La notte del 25 agosto Aimone sentì un boato, poi due, poi tre. Si alzò, corse alla finestra e vide dei bagliori in lontananza. La periferia di Berlino era stata bombardata dagli inglesi, quale ritorsione ai primi raid tedeschi su Londra. Sentì le sirene delle ambulanze e l'inutile crepitare delle mitragliette sparate dai soldati per strada verso il cielo, verso le nuvole, nel puerile tentativo di colpire aerei che non riuscivano nemmeno a vedere e che volavano a quote fuori dalla portata dei loro fucili di ordinanza. Per quanto incredibile, Berlino non era dotata di un sistema di difesa antiaereo; nemmeno Hitler aveva immaginato che la capitale del Reich potesse venire attaccata. Tentò di rimediare, dando ordine di costruire decine di torrette, ma intanto la città era stata ferita. Franz aveva paura, Aimone aveva paura, anche Elli, per la prima volta, ebbe paura. Forse anche Hitler.

Il governo decise l'oscuramento della capitale. I lampioni furono spenti, alle auto fu vietata la circolazione, anche a quelle dei vip, se non in casi di estrema necessità. Aimone nei fine settimana doveva farsi portare a casa prima del tramonto e ripartire dopo l'alba. Negli appartamenti e negli alberghi le luci potevano essere accese solo se le persiane erano completamente chiuse e le tende ben tirate. Elli decise di lasciar chiuse, anche durante il giorno, gran parte delle finestre della sua immensa abitazione, per comodità. Una parte della casa perse quindi vita, divenne buia, tetra, come un tumore che si insinua nel corpo e prepara l'avanzata. Nulla sarebbe tornato come prima, nemmeno al Kaiserhof, dove Herr Klunz, da uomo previdente quale era, predispose le misure da seguire nell'eventualità di un bombardamento.

Convocò sia il personale che i clienti dell'albergo. «In caso di allarme aereo dovete correre immediatamente nel rifugio» disse scandendo lentamente le parole, affinché tutti capissero.

«Seguitemi, vi mostro la strada.» Percorsero un lungo corridoio di calcestruzzo grigio e freddo. Arrivarono a un bivio.

«Giunti a questo punto non dovete sbagliarvi» avvertì Klunz. «Il nostro rifugio è a sinistra, la porta di destra è vietata ai civili. Non sbagliatevi, andate a sinistra.»

"Cosa ci sarà dall'altra parte?" si chiese Aimone, che provò a sbirciare in fondo al corridoio: vide dei soldati di guardia, con il fucile a tracolla. Gli sembrò un posto ben sorvegliato, nulla più.

Era – ma lui non lo sapeva – il bunker di Hitler. O meglio: il primo bunker di Hitler, costruito nel 1936, in coincidenza con i Giochi Olimpici, sotto la Vecchia Cancelleria, e noto ai suoi fedelissimi come il *Vorbunker*. Dopo i primi bombardamenti, il Führer diede ordine all'architetto del regime Albert Speer di progettarne un altro moderno e ultrafortificato, il *Führerbunker*, da collegare a quello vecchio; ma i lavori, iniziati alcuni mesi dopo, terminarono solo nel 1943. In quel 1940 Hitler usava ancora quello vecchio.

Aimone tornò in camera, accese la radio, ma la spense subito. Prese carta e penna e scrisse una lettera ai genitori, per la prima volta meno entusiasta del solito. Non voleva che si preoccupassero, ma non poteva nemmeno negare che la situazione era cambiata. Descrisse le sue giornate, lo stupore per i primi bombardamenti, «ma continuo a essere felice. Non corro alcun rischio» li rassicurava.

Sebbene al lavoro fosse sempre sorridente, diligentissimo e sveglio, molto più sveglio dei suoi colleghi tedeschi, Aimone divenne guardingo come un felino, pronto a scattare al primo segnale di pericolo. Quando finiva di lavorare anziché riempire la vasca da bagno e trascorrere lunghi minuti immerso nell'acqua, iniziò a prediligere le docce. Non camminava più a piedi scalzi, nemmeno quando, come in quell'estate berlinese, il caldo si faceva sentire: per fuggire, le scarpe erano sicuramente più indicate, meglio indossarle sempre e, di notte, averle a portata di mano. «Le scarpe sono sporche, non metterle mai vicino al letto!» quante volte glielo aveva ripetuto sua madre, quando, ragazzino, rientrava in casa dopo aver giocato nell'erba o camminato nel fango e per pigrizia o, in inverno, perché il pavimento di una casa riscaldata solo dal camino era troppo freddo, saliva sino in camera senza toglierle, talvolta senza nemmeno pulirle. Lontano da casa aveva rispettato rigorosamente quei consigli, come tutti i ragazzini beneducati, che davanti ai genitori ripetono all'infinito gli stessi errori, gli stessi vizi: "Non tenere i gomiti sul tavolo, non parlare con la bocca piena..." ma appena fuori di casa si comportano esemplarmente. In quella mansarda Aimone riponeva le scarpe sempre nell'armadio, ma dopo il 25 agosto prese l'abitudine di lasciarle sotto il letto, per poterle infilare rapidamente, anche in piena notte, al buio. Il suo sonno divenne leggero, sempre più leggero.

E una sera la sirena suonò. Poco dopo il calar del sole. Un ululato lungo. L'ululato che ti penetra nell'anima e che annuncia il pericolo. Angosciante, opprimente. Aimone indossava una camicia bianca sbottonata, i mocassini da passeggio e un paio di pantaloni di cotone attillati. Troppo attillati. Aprì la porta, si precipitò fuori. Klunz era stato perentorio: «Niente ascensore». Doveva scendere cinque piani a piedi. «Usate la scala di servizio.» Ma Aimone si lasciò guidare dall'istinto e imboccò lo scalone d'onore. Andò giù come un siluro, facendosi largo fra i clienti, pensando a se stesso, solo a se stesso. Proprio lui, il gentile, inappuntabile, nobile Aimone diede una spallata a un cliente, ignorò le signore anziane che affannosamente si appoggiavano al corrimano e che in tempi normali si sarebbe fermato ad aiutare. Saltava a destra e a sinistra, con l'agilità dei suoi diciott'anni: due, tre, quattro gradini per volta. Sentì *craaac* proprio nel fondoschiena. La cucitura del pantalone non aveva retto.

"Chissenefrega" ebbe pure la capacità di pensare. "Tanto non devo vedere nessuno di importante e sotto le bombe chi vuoi che faccia caso al mio sbrego."

Arrivò nei sotterranei come una freccia, imboccò il corridoio di cemento, lungo, grigio e freddo. Corse ancora più veloce, ancora più veloce. Aveva i capelli scompigliati, sentiva il cuore scoppiargli in gola, ma non rallentava. «Più forte, più forte» disse a voce alta forse senza rendersene conto, e iniziò mentalmente a invocare la protezione di Dio, di Gesù, della Madonna. «Padre nostro che sei nei Cieli...» «Non voglio morire, non voglio morire.» «Voglio rivedere mia madre, la mia famiglia, l'Italia.» Più correva e più l'angoscia aumentava, annebbiandogli la mente. «Imboccare la porta a sinistra» lo aveva istruito Klunz, ma in quei frangenti un ragazzo non ragiona, si lascia guidare dalla paura e dall'istinto di sopravvivenza. Vide che quella di destra era aperta e non c'era nessuno in coda, contrariamente a quella di sinistra. La imboccò, senza esitare, lasciandosi scappare un sorriso contratto per aver raggiunto la salvezza.

Ma subito si sentì urlare contro un durissimo: «*Halt! Verboten!*».

«Fermo! Accesso vietato!» strepitò di nuovo un militare. Inutilmente, perché Aimone era lanciato come un atleta sul traguardo e si era già infilato oltre l'entrata. Qui si sentì addosso, di colpo, quattro mani d'acciaio, due da una parte e due dall'altra, che lo afferrarono al volo, sollevandolo in aria.

«Dove credi di andare...» gridò una voce.

«Questa zona è riservata, non ti azzardare a venire qui...» inveì una seconda.

«Chi sei? Cosa vuoi?» aggiunse il primo urlandogli sotto il naso. Aimone cercò di liberare il collo da quella morsa per girare la testa e guardare in faccia l'uomo: un viso enorme, occhi di ghiaccio, denti ingialliti e alito pesante. Una divisa che olezzava d'umidità. Bisbigliò: «Sono un apprendista italiano dell'Hotel Kaiserhof, cercavo il rifugio dei civili. Devo essermi sbagliato...» riuscendo persino a essere conciliante.

L'istante dopo percepì alle sue spalle un rumore di passi in avvicinamento, sempre più distinto, sempre più netto, e infine da quei passi emergere una voce raggelante: «Che-cosa-succede-qui?».

I soldati di guardia all'ingresso sbatterono i tacchi, gridando all'unisono: «*Heil Hitler!!*». Con la mano sinistra stringevano Aimone; la destra era protesa in avanti.

Aimone provò a voltarsi. Lo tenevano fermo per il collo e

faticava a muovere la testa. Aveva il mento puntato verso il basso. Distinse tra altri piedi un paio di stivali neri, lucidissimi. Poi provò a salire con lo sguardo: sopra quegli stivali, pantaloni marroni, poi una giacca d'alto ufficiale; contorcendo gli occhi con un ultimo sforzo provò a mettere a fuoco il viso dell'uomo: due baffi neri, decisi. La berretta calata sopra la fronte. No, possibile? Davanti a lui, immobile, a gambe divaricate era il Führer in persona?

«Questo giovane lavora al Kaiserhof e ha sbagliato entrata» disse uno dei due soldati con tono improvvisamente servizievole, e inconsapevolmente allentò la presa, cosa che permise allo sbigottito Aimone, se non altro, di raddrizzare la testa. «Dice di essere un italiano...»

L'uomo dagli stivali neri si avvicinò al ragazzo. Lo fissò, a un palmo dal naso, studiandolo in un attimo. Aimone ebbe l'impressione d'essere stato perforato dal suo sguardo. E poi subito ordinò: «Lasciatelo entrare».

I due soldati, meravigliati, mollarono la presa. Aimone si stirò le spalle, e subito i suoi occhi liberi di scrutare cercarono una conferma. Sì, la sagoma di quell'uomo era inconfondibile.

«Vieni con me» gli disse il Führer.

Aimone barcollando un poco si scansò e cedette il passo. Voleva camminare dietro di lui, per buona educazione, certo, ma soprattutto perché, improvvisamente, fu assalito da un pensiero: lo sbrego nei pantaloni.

"Che figura faccio se se ne accorge? Un'occasione del genere e guarda come sono vestito." Man mano che la paura svaniva, che il suo istinto di sopravvivenza poteva abbassare la guardia, la sua concentrazione si spostava sull'abbigliamento. Stava a un passo da Hitler e pensava: "Questa camicia è troppo sportiva, non ho nemmeno una giacca, i pantaloni sono da spiaggia mica da ricevimento e sono anche rotti! Se almeno mi fossi pettinato...". Com'è strana la mente umana: avrebbe potuto emozionarsi, approfittare di quell'occasione per chiedergli chissà cosa, osservare tanti altri dettagli del suo volto e del suo modo di atteggiarsi, e invece Aimone era, prima di ogni altra cosa, tormentato dal suo aspetto inadeguato. Davanti a uno dei protagonisti della storia pensava all'etichetta, maledicendosi per non essere nella tenuta adatta e si sentiva, a causa di ciò, terribilmente a disagio.

Il Führer lo fece sedere accanto a lui.

«Come mai sei qui?» gli chiese con inaspettata gentilezza. Sussurrava appena le parole, avvicinando la testa a quella di Aimone, come fanno i gentiluomini durante le serate nell'alta società.

«Sono ospite della duchessa Elli Steinlich e sono venuto in Germania per imparare il mestiere di maître d'hotel».

«Ah Elli, la conosco bene. È una gran dama. E come ti chiami, giovane italiano?» insistette, premuroso, reclinando leggermente il viso, quasi a cercare i suoi occhi, visto che Aimone li teneva puntati verso il pavimento.

«Aimone Canape.»

«Canapè come la *chaise-longue*...»

«I tedeschi mi fanno sempre questa battuta quando apprendono il mio nome. Anche Lei...» osò Aimone. Hitler ridacchiò, compiaciuto.

"Non l'avevo mai visto sorridere" pensò Aimone. Nei filmati ufficiali dava l'impressione di essere una persona austera, rigida. Il suo sguardo era venato dal rancore e svelava una personalità priva di umorismo e di sentimento. Un uomo glaciale. Berlino tremava sotto il fragore delle bombe e Hitler stava lì a chiacchierare amabilmente con un giovane italiano fermato sull'uscio del bunker, che non aveva mai visto prima e che mai più avrebbe rivisto.

D'un tratto il Führer smise di parlare con Aimone, si alzò e si appartò per conferire con i suoi uomini. La sua voce riprese a essere metallica, perentoria, autoritaria. Dava ordini e non tollerava di essere contraddetto, né di ricevere cattive notizie. Quando era contrariato esplodeva in una collera spaventosa. Rosso in faccia, pronunciava frasi con una violenza inaudita, che annichiliva moralmente chiunque fosse davanti a lui. Se la prese con un ufficiale che impallidì e si congedò da lui ripetendo a capo chino «*Jawohl, Mein Führer*, mi scusi *Mein Führer*».

Tornò quindi a sedersi e come per incanto si tramutò nella persona amabile di prima.

«Dimmi ragazzo, da dove vieni?»

«Dal Lago di Como.»

«So che è una zona meravigliosa.»

«Sì, lo è.»

«E la Germania ti piace?»

«Sì, ne sono innamorato, mi piace moltissimo. Prima di venire a Berlino sono stato ospite del conte Watzesky e della principessa Hannover nel loro castello di Oberhof, in Turingia, e ho conosciuto la signora Krupp.»

«Sei iscritto alla Gioventù fascista?»

Domanda imbarazzante, Aimone non era mai stato un balilla alla scuola di Dongo, ma non poteva certo dirlo a Hitler. Come cavarsela? Non rispose né sì, né no.

«Tutti gli italiani sono balilla!» gli uscì d'istinto.

«Bene, bene» rispose il Führer, Aimone era riuscito a ingannarlo. «E hai fatto il servizio militare?»

«Quando sono partito dalla Germania non avevo ancora l'età. Servirò la patria al mio ritorno.»

«Bene, bravo.»

«Non ho mai capito se recitava o se questo sdoppiamento della personalità fosse davvero un fatto così naturale» spiega Aimone seduto al tavolo sempre più assorto nei suoi pensieri. Il suo cane lupo Kim, al di là della vetrata della sala da pranzo, scodinzola, abbaia, lo fissa, implorandolo di lasciarlo entrare, ma Aimone non se ne accorge nemmeno. «Se penso alle atrocità che ha commesso e al dolore che ha provocato a milioni di persone, rabbrividisco. L'Olocausto, sei milioni di morti, le torture delle SS, il martirio di Berlino, l'occupazione dei paesi stranieri. Quell'uomo era il Male assoluto. Ma nonostante sappia di cosa sia stato capace, serbo il ricordo di una persona piacevole. Fu gentilissimo con me; si mostrava interessato a tutto quello che dicevo, anche se non mi era difficile intuire che in realtà non gliene importava proprio nulla; ci dicevamo solo grandi banalità. Mi colpì molto anche la semplicità con cui si atteggiava, quasi fossimo alla pari.

Forse fu indotto a comportarsi così dalla mia amicizia con Elli. Forse pensava che fossi anch'io un nobile e dunque agiva di conseguenza. Ma quando mi fece entrare nel bunker non sapeva chi fossi. Decise d'istinto. E poi, raccontando il fatto ai miei colleghi più anziani dell'Hotel Kaiserhof, ho appreso che l'atteggiamento tenuto con me non era occasionale. Hitler aveva fatto la stessa impressione a loro, dunque a gente semplice. Chissà, forse in quel modo esprimeva un recondito desiderio di sentirsi amato e comportandosi così poteva illudersi d'esserlo davvero. Ma soprattutto, ancora oggi, sono scioccato dal ricordo dei suoi scatti d'ira alternati a momenti di grande cortesia. Com'è possibile che una persona possa sdoppiare così la propria personalità? Che mistero...»

Il Führer si appartò una seconda volta con i suoi collaboratori e Aimone si rese conto di essere di troppo. Attese che Hitler tornasse verso di lui, quindi si alzò e, usando una delle formule che gli aveva insegnato Frau Noll a Oberhof, gli disse in perfetto tedesco: «Mi scusi, Herr Führer. Lei mi ha onorato della Sua presenza, ma non voglio disturbarla oltre. La ringrazio, serberò un magnifico ricordo di questo incontro».

«Grazie, tanti auguri a lei.»

Aimone si avviò verso l'uscita camminando lentamente, a passetti stretti stretti tenendo i glutei contratti nel tentativo di nascondere lo sbrego dei pantaloni, ma udì la voce del Führer: «Alt!».

"Che è successo? Che cosa avrò fatto? Ecco... si sarà accorto che ho i pantaloni rotti..." zampillò di nuovo un filo d'ansia dentro di lui. Ma poi Hitler gli disse: «Ragazzo, mi ricordi il suo nome».

«Aimone Canape.»

«E risiede all'Hotel Kaiserhof, vero?»

«Giusto.»

«Bene, arrivederci» e rivolgendosi al suo attendente disse: «Prenda nota».

Il mattino seguente, quando aveva già preso servizio, fu raggiunto da uno dei portieri.

«Aimone, il direttore la prega di scendere subito da lui» gli disse.

«Ma perché? Cosa è successo?»

«Non lo so, mi ha detto solo di convocarla.»

Scese, trafelato. Entrò nello studio di Herr Klunz, dopo aver bussato, e lo trovò in compagnia di un ufficiale della Wehrmacht.

«Questo signore è un assistente del Führer e ha chiesto di vederti.»

«Lei è il signor Canape?»

«Sì, sono io.»

«Il Führer mi ha incaricato di consegnarle personalmente questo pacco, con i suoi cordiali saluti» e gli porse la busta.

Aimone salì in camera, la aprì. Era il libro con le fotografie della vita di Hitler, con dedica. *Für Aimone Canape, zu Erinnerung.* Ad Aimone Canape, come ricordo. Firmato Adolf Hitler.

12

Il signor Klunz era gentilissimo, la signora Klunz adorabile, la figlia dei signori Klunz un mistero. Esisteva? Sì, a quanto pare esisteva. Ma dove? E perché tutti eludevano l'argomento non appena si accennava a lei? Custodiva forse un segreto?

Aimone aveva imparato a non intromettersi negli affari altrui: Frau Noll era stata molto rigorosa nel trasmettergli alcuni princìpi, che lui facilmente aveva assorbito, non essendo pettegolo di natura. Ma curioso sì, terribilmente curioso.

Durante i primi tre mesi di servizio al Kaiserhof, la misteriosa figlia dei Klunz non l'aveva vista nemmeno una volta. Strano. Perché non si mostrava mai in pubblico? Chissà, era troppo brutta? O aveva un difetto fisico? Aimone iniziò a fantasticare sul suo conto. Non era più un ragazzino e da quando la storia d'amore con Vittoria era finita, si era concesso più di una scappatella, sempre con ragazze tedesche che gli erano sembrate molto più romantiche di quelle italiane e decisamente più disinibite, soprattutto se a corteggiarle era un giovanotto così diverso dai loro connazionali. Il suo non era semplicemente il fascino di un ragazzo straniero: Aimone esprimeva una seduzione genuina e per questo irresistibile, manifestava con garbo la sua fantasia e il suo umorismo, aveva modi leggiadri e ammalianti insieme, ispirava simpatia e fiducia, e, per quanto ricchi e aristocratici, i ragazzi tedeschi raramente riuscivano a rivaleggiare con lui.

Eppure, viste dal profondo del suo animo, erano storie senza vera passione, che scorrevano via, a volte soddisfacendo le esplosioni ormonali di un diciottenne e null'altro, a volte intenerendolo immensamente; ma, sempre, incapaci di contagiare il suo cuore. E se qualcuna si innamorava, lui era costretto a essere sincero, anche per non illuderla: non voleva procurare a nessuna il medesimo dolore, acuto e straziante, che l'aveva divorato dopo l'abbandono di Vittoria. E allora preferiva troncare prima che la relazione andasse troppo oltre.

Nonostante le avventure romantiche, tollerate da Kurt, il maître d'hotel, che avrebbe dovuto controllarlo ma che chiudeva volentieri un occhio, talvolta anche due, talvolta anche le orecchie, Aimone non sapeva distrarsi dalle fantasie sulla figlia dei Klunz.

Iniziò a raccogliere elementi sul suo conto, strappando qualche confidenza a Kurt, per primo: lavorava al Kaiserhof da tanti anni e gli dava l'impressione d'essere l'uomo che tutto sapeva, ma molto taceva. Lo circuì con tatto, e la sua prima risposta gli fece mancare il fiato.

«È bellissima, Aimone, è bellissima...» sussurrò con gli occhi vivi eppur sfuggenti.

"Bellissima?" Lo era davvero? E perché mai una ragazza bellissima dovrebbe nascondersi?

«Ma... abita a Berlino?» riprese Aimone.

«No, non abita a Berlino.»

«E allora, dove abita?» lo incalzò fremente Aimone, incapace di imbrigliare la sua curiosità, ma Kurt alzò lo sguardo, cercando l'orologio a pendolo, e glissò.

«Si è fatto tardi, ne parleremo un'altra volta.»

Quando pensava di essersi esposto troppo, il maître d'hotel interrompeva la discussione, ma a distanza di pochi giorni il suo giovane allievo italiano, e ora amico, tornava implacabilmente alla carica.

«Ma come si chiama?»

«Irma.»
«E quanti anni ha?»
«Un paio più di te.»
«Ma perché non viene mai qui?»
«Torna, ma solo d'estate, a Natale e a Pasqua.»
«E cosa fa nella vita?»
«Studia, all'università, pare.»
«Come "pare"?»

Aimone era inarrestabile e Kurt, quella sera, complice un brandy di troppo, appariva meno resistente del solito.

«A Losanna, in Svizzera, in una villa stupenda sulle alture con una vista mozzafiato sulla città, pare...»
«E cosa studia davvero?»
«Segue un corso di letteratura, francese, pare...»
«Ma perché sempre "pare"?»
«"Pare", perché nessuno di noi è mai andato a trovarla e non se ne sa di più.»
«Ma tu ne sai di più, Kurt. Dai, fai sempre così. Nascondi la verità...» Aimone tentava l'affondo.
«No, non ne so di più. Questa vicenda intriga perché quando si parla di Irma, i Klunz si irrigidiscono e non rilanciano mai la discussione, se non con frasi convenzionali. Ma in fondo è un problema loro: a noi cosa importa?»

Non mentiva, Kurt. Non conosceva altri dettagli. E in fondo aveva ragione: quella vicenda non riguardava altri se non i genitori di Irma.

Così il giovane Canape, circondato da ben più tangibili e concrete attenzioni, abbandonò gli interrogatori sulla misteriosa ragazza; la sua curiosità era stata per il momento appagata e smise di pensare a lei, se non di tanto in tanto, giusto per tenere in allenamento la fantasia.

Era sicuramente più proficuo concentrarsi su un lavoro che gli regalava molte soddisfazioni: Aimone guardava, aiutava, imparava, cresceva professionalmente.

I banchetti sontuosi si susseguivano; nemmeno i primi bombardamenti sulla città erano riusciti a intaccare l'etichetta di quelle cerimonie. E lui era diventato impeccabile nel servire a tavola: si muoveva con grazia dentro e fuori la cucina, dislocata nei sotterranei e quindi collegata alla sala dei banchetti con una doppia rampa di scale. Occorreva salire e scendere dimostrando grandi doti di equilibrio, sia portando in sala i vassoi per il servizio, sia riportando le stoviglie sporche; e Aimone si dimostrava sempre perfetto.

Una sera come tante altre, stava servendo a tavola in occasione di una festa privata. Tutto, dal menu agli addobbi floreali, era stato meravigliosamente curato e lui, come d'abitudine, con abile maestria, stava portando in sala un vassoio con cinque piatti d'argento, appena preparati dal cuoco. Saliva a passi rapidi la rampa di servizio, una ragazza scendeva. In questi casi è sempre il cameriere ad avere la priorità, ma lei, evidentemente, stava pensando ad altro. Lo scontro fu inevitabile e tutto finì rovinosamente per terra: vassoio, piatti, portata e posate, sporcando ovunque. Ad Aimone non era mai capitato un inconveniente del genere.

«Brutta scema, guarda che disastro mi hai fatto fare!» sbottò in italiano.

Accorsero gli altri camerieri e il direttore di sala. Aimone era fuori di sé e cercò di discolparsi: «Mi spiace tanto, ma è stata quella rimbambita a tagliarmi la strada...». Era talmente furioso da non accorgersi che quella ragazza "scema" era bellissima e nemmeno che il direttore di sala, anziché mostrarsi contrariato, sorrideva bonariamente, cercando di minimizzare l'accaduto: «Non preoccuparti, ora rimediamo, non è successo nulla di così grave...».

Aimone però non riusciva a calmarsi e continuava a imprecare, di nuovo in italiano.

«Questa stupida di una tedesca, non aveva nient'altro da fare che passeggiare con la testa fra le nuvole dalle parti della cucina? Che oca...»

La ragazza, che aveva assistito alla scena quasi senza reagire, si avvicinò ad Aimone e con estrema cortesia provò a scusarsi.

«Ha ragione a essere arrabbiato. Sono stata sciocca, è colpa mia» e detto questo, senza aspettar replica, risalì le scale tornando al punto da dove era partita. Appena svoltò l'angolo, il direttore di sala, alzando le spalle, abbozzando una smorfia che doveva assomigliare a un sorriso e allargando le braccia gli disse: «Eh... che ci vuoi fare, è la figlia del padrone...».

«La figlia del...? Irma! È lei, Irma!» esclamò Aimone dandosi una manata sulla fronte. «Oh, buon Dio. Ho insultato la giovane Klunz!»

L'ira svanì, sostituita dal rimorso.

"Ma guarda quanto sono stato scemo, due volte scemo, tre volte scemo..." ripeteva tra sé. "E ora, chissà cosa racconterà a suo padre. Che figura, che figura..."

Era così turbato da non accorgersi che l'atteggiamento degli altri nei suoi confronti non era cambiato, che nessuno lo rimproverava di alcunché e che in fondo Irma si era scusata.

Il fine settimana Aimone rientrò come di consueto nella casa dalle centocinque stanze e come di consueto Elli lo accolse con gioia. Si sedettero in un angolo del salotto, il più intimo. La duchessa si fece portare del tè con i pasticcini. Aimone le raccontò l'accaduto, ma la Steinlich scoppiò a ridere. Lui parlava, e lei sghignazzava.

«Cosa c'è di tanto divertente, Elli?»

«Scusami Aimone se rido... è che io so già tutto! Irma ha preso informazioni sul tuo conto e quando ha saputo che eri mio ospite, e che sono stata io a introdurti al Kaiserhof, si è precipitata qui e mi ha fatto molte domande sul tuo conto...»

«Domande... su di me?» chiese meravigliato Aimone.

«Sì, su di te. Quanti anni avevi, cosa facevi, da dove venivi.»

«E cosa ti ha detto sullo scontro?»

«Che non era successo nulla di grave. Anzi, mi ha confidato di essere contenta di quanto avvenuto.»
«Contenta?»
«Sì, almeno ha conosciuto un ragazzo bellissimo, anzi il più bello che abbia incontrato in vita sua.»
«Ha detto così? Sei sicura, Elli?»
«Sì sono sicura, Aimone. Non ha mai visto nessuno bello-come-te!»
Svaporata la rabbia, dissipata l'angoscia, sbocciò pazzo e travolgente il desiderio... era già amore? Irma, Irma dai capelli biondi, occhi languidi e celesti, un sorriso angelico, il volto candido e luminoso come la neve appena caduta e baciata dal sole...
Aimone aveva davanti a sé Elli, i pasticcini e la tazza di tè, ma già si era proiettato in un'altra dimensione, galoppava sui pensieri come un principe verso la più dolce delle chimere.
Avrebbe toccato quel sogno con mano molto presto.

La bellezza di Irma aveva davvero un carattere particolare; era discreta e abbagliante nello stesso tempo. Immacolata, ideale, pura: una giovane donna solare e spontanea, che si truccava pochissimo e malvolentieri e sorrideva spesso, ma senza malizia. Non era una seduttrice, Irma, ma nemmeno più una ragazzina. Aveva tre anni più di Aimone. Lui diciotto, lei ventuno.
E a ventun anni, pensava Aimone, una ragazza non si accontenta più di tenere carezze e frasi sospiranti, per quanto ne avesse pronte per lei un'infinità.
Iniziarono a frequentarsi, a conoscersi meglio. Lei parlava con eleganza e ironia, lui sarebbe rimasto immobile per ore ad ascoltare la musica della sua voce. Lei gesticolava, lui non riusciva a smettere di guardarle gli occhi e domandarsi per quale magia cambiavano continuamente colore; a volte viola, a volte di un intenso blu, a volte celesti e limpidi. Aimone era rapito da lei, eppure non riusciva a sentirsi sereno

La terza più fantasiosa e vivace.

«Non sono mai stata così bene» gli sussurrò in un orecchio, stringendo il suo corpo sudato e appagato contro quello di Aimone. E poi rimasero muti, come se la felicità avesse inghiottito le loro parole, abbracciati e sognanti sotto le lenzuola.

"Questo è l'uomo della mia vita" pensò Irma.

"Questa è la donna della mia vita" pensò Aimone.

Irma presentò il suo nuovo fidanzato agli amici e Aimone iniziò a scoprire l'altra Berlino; quella dei locali notturni, frequentati dai figli di papà e dalle loro splendide ragazze. Andavano a sentire il jazz, a ballare lo swing, anche se il regime ufficialmente lo proibiva; la vita era diversa per l'aristocrazia. Fuori la guerra e dentro feste sfrenate, in cui tutti fumavano, tutti bevevano, tutti si divertivano.

Aimone e Irma non si lasciavano mai. Ridevano, ballavano, ma sempre tenendosi mano nella mano, lo sguardo perso uno negli occhi dell'altra. E verso l'una del mattino si congedavano, in apparenza. Era il loro rituale segreto. Si ritrovavano dietro l'angolo e tornavano nella villa alle porte di Berlino dove Aimone spesso improvvisava una cenetta a lume di candela a base di aragosta e champagne; e dopo, su in camera: si addormentavano abbracciati.

Aimone ormai passava tutto il suo tempo libero in villa. Elli era al corrente della loro relazione; era stata lei a propiziarla, ma non si doleva di vedere meno colui che continuava a considerare un figlio. Anzi, riteneva provvidenziale quella storia d'amore, di cui già immaginava il lieto fine: se si fosse sposato, Aimone non sarebbe più rientrato in Italia e lei lo avrebbe avuto vicino per sempre.

Il ragazzo di Dongo si sentiva sempre più lontano da Dongo.

Ma un giorno recapitarono ad Aimone un messaggio. Era firmato da Santino, un suo compaesano di mezza età, che lavorava come operaio a Berlino e che quell'anno era riuscito a rientrare in Italia per le vacanze estive. Evelina ne aveva approfittato per affidargli un pacco da consegnare ad Aimone. Ingenua Evelina. Pur avendo capito che suo figlio era ospite di famiglie benestanti che lo trattavano con molto riguardo, non si immaginava certo che il suo tenore di vita potesse essere così sfarzoso. «Mio figlio, grazie al Cielo, non ha problemi in Germania» rispondeva agli amici e ai parenti che chiedevano sue notizie. E pensava potesse avere ancora bisogno di pullover per l'inverno, di mutande, di canottiere e, in tempi bellici, di qualche conserva. Aveva sistemato il tutto con cura in una scatola di cartone, che aveva ricoperto di carta grezza e rinsaldata con lo spago, passato sui quattro lati e legato a croce.

Aimone aveva pregato Santino di portargli quel pacco a casa di Irma, di domenica, l'unico giorno in cui il compaesano disponeva di qualche ora libera.

Santino arrivò di fronte al cancello in tarda mattinata.

«Desidera?» gli chiese il portiere con supponenza, dopo aver squadrato quell'uomo dall'aria malmessa. Santino lanciò una rapida occhiata oltre il cancello, e si ritrasse.

«Mi scusi, devo essermi sbagliato» rispose. Quella era una casa da miliardari, non poteva essere quella di Aimone. Cercò il biglietto nella tasca, per verificarne l'indirizzo. Lo rilesse lentamente. Eppure, nessun errore, la via e il numero erano giusti.

"E cosa faccio adesso?" pensò. Si sentiva terribilmente a disagio, avrebbe voluto andare via, ma aveva dato la sua parola a Evelina.

Si aggiustò la giacca di velluto, con le toppe sui gomiti, tentò di sistemarsi i capelli, a mani nude, pulì con il fazzoletto le scarpe impolverate. Si fece coraggio e suonò di nuovo. Il portiere riapparve.

«Ancora lei. Che cosa vuole?»

«Cerco un giovane italiano, il signor Aimone Canape. Sono suo amico e devo consegnargli un pacco, abita qui?»

«Sì... il signor Canape ora vive qui...» rispose interdetto il custode. Com'era possibile che il fidanzato della signorina Klunz avesse amicizie di così basso livello? «Aspetti qui» gli disse. Santino attese qualche minuto. Poi in fondo al viale vide un uomo vestito di nero. Era il maggiordomo, che, avvicinatosi, lo salutò con un fare un po' più conciliante. «Buongiorno, spero abbia fatto buon viaggio. Abbia la compiacenza di seguirmi. Il signorino Aimone la sta aspettando.»

Era una giornata d'estate, ma fredda, umida. Un'estate tedesca. Un fuoco di legna di quercia scoppiettava nel camino, Aimone e Irma chiacchieravano amabilmente in salotto sorseggiando un brandy, quando fu introdotto il visitatore.

«Santino! Come stai?» esclamò il giovane Canape, alzandosi in piedi. «Sei stato molto gentile a essere venuto fin qui! Ti presento la mia fidanzata Irma.»

Santino le strinse la mano, intimorito, abbassando lo sguardo.

«Dai, accomodati con noi!» lo incoraggiò Aimone.

Le pareti erano di legno scuro, gli stipiti intarsiati alla francese, alle pareti quadri a olio e acqueforti, Santino non aveva mai visto una casa privata così lussuosa e stentava a riconoscere Aimone, che ricordava ragazzino, vestito con la semplicità di tutti i donghesi, e che lì si presentava, invece, con una camicia di lino bianca e foulard azzurro piegato sotto il colletto, i capelli pettinati all'indietro e imbrillantinati, le mani curatissime.

«Grazie, Aimone, ma non posso rimanere con voi... Mi aspettano in città» farfugliò sotto voce. «Ecco il pacco preparato da tua madre.»

Aimone lo prese sorridendo, intenerito dalle intenzioni della sua Evelina. «Grazie... ma ti prego, rimani con noi qualche minuto ancora.»

«No, non posso, davvero» rispose Santino sempre più confuso e spaesato, come un poveraccio al cospetto di un ricco signore.

«Consentimi almeno di ringraziarti» disse Aimone, che chiamò il maggiordomo chiedendogli di andare a prendere in cantina una bottiglia di champagne.

«Questo mio caro amico è venuto fin dall'Italia da parte di mia madre e vorrei esprimergli la mia riconoscenza.» Poi chiese, rivolto a Irma: «Tu sei d'accordo, vero?».

«Ma certo, mi sembra il minimo» rispose lei, leggiadra.

Santino rimase in piedi, sorridendo imbarazzato. Notò i divani in pelle, i tavolini di cristallo, pensò che non aveva mai bevuto champagne, ma prese la bottiglia, salutò e se ne andò. Sull'uscio si voltò e guardò Aimone, che per età avrebbe potuto essere suo figlio, e provò un'intensa ammirazione per lui: un compaesano aveva fatto carriera.

Rimasto da solo, Aimone aprì il pacco, tagliando lo spago che lo avvolgeva.

Estrasse una a una le cose che sua madre aveva riposto, e i suoi movimenti diventarono, oggetto dopo oggetto, sempre più lenti. Dentro una busta di stoffa c'erano tre paia di mutande; gli scappò un sorriso ironico, scosse la testa. Non avrebbe più indossato mutande del genere, di lana grezza, così lunghe, con il tassello a tripla cucitura aperto su un lato. Poi un pigiama, largo e pesantissimo, sicuramente più adatto a combattere le notti umide di Dongo appena intiepidite da un unico camino, ma superfluo in quelle stanze ben riscaldate. Poi due camicie e una sciarpa di lana morbida, fatta a mano, a maglia, di quel colore così particolare, una sfumatura fra il viola e il blu. Avvertì un brivido, era il colore prediletto di sua madre. Sotto il pacco trovò una scatola più pesante, con un paio di barattoli in vetro: una marmellata d'albicocche, una conserva di funghi. I frutti estivi della sua terra e quelli d'inizio autunno. Aimone vide le instancabili mani di Evelina gettare zucchero nel pentolone dove ribollivano le albicocche, e tagliare il prezzemolo per unirlo all'aceto. Ebbe una stretta al cuore e una lacrima, improvvisa, gli rigò il viso.

Irma tornò a Losanna, Aimone riprese a lavorare e a rientrare, per il fine settimana, a casa di Elli che, essendo amica dei Klunz, era sempre aggiornata sui fatti di casa loro.

«Sai Aimone, il papà di Irma è al corrente della vostra storia d'amore e ne è molto contento» gli disse. «È la sua unica figlia e le vuole molto bene. Ma c'è un problema...»

«Quale problema?» si allarmò Aimone.

«Non ne vuole sapere di continuare la carriera di albergatrice.»

«Lo so, me l'ha detto tante volte...»

«Per questo il signor Klunz è particolarmente felice della vostra relazione. Non solo perché tu sei un giovane esemplare... Se le cose dovessero continuare come tutti pensiamo, la tradizione di famiglia potrebbe proseguire. Sai cosa significa?»

Aimone sorrise, sì, sapeva bene cosa significava. Era fidanzato con una ragazza bellissima, ricca, e aveva davanti a sé la prospettiva di diventare il direttore del più lussuoso albergo di Berlino: albergo che dopo qualche anno sarebbe probabilmente diventato solo suo. Cosa avrebbe potuto desiderare di più?

L'inverno avanzava, Natale era alle porte. Irma sarebbe rientrata presto a Berlino, per le vacanze. Per quattro mesi lui aveva intensamente pensato a lei, lei aveva intensamente pensato a lui, di giorno e soprattutto di notte. Quattro mesi di desiderio, di lettere appassionate, di languide telefonate. La lontananza aveva reso ancora più intenso il loro amore e ora tutto avrebbe ripreso vita. Di nuovo vicini. Trascorsero il Natale insieme. Herr Klunz stravedeva per Aimone e lo trattava già come un genero; giorno dopo giorno iniziò a svelargli i segreti del mestiere. Aimone non si perdeva una parola. Poi scappava da Irma, in villa. Al pomeriggio, alla sera, in salotto di fronte al camino sempre acceso. Da soli. Al centro del mondo. Del loro mondo, che nessuno avrebbe potuto spezzare, se non loro stessi. Un mondo perfetto. O quasi.

Fecero l'amore e Irma, quella notte, trovò il coraggio di dirgli la verità. Una verità che sconvolge.

«Aimone, devo confidarti un segreto» sussurrò chinando il capo.

«Ti ascolto, amore, a me puoi dire tutto...» rispose sorridendo. La strinse e le diede un bacio sulla fronte.

«Vivo in Svizzera...»

«Lo so, sei a Losanna per frequentare l'università» la interruppe Aimone.

«Non esattamente... Aimone, questa è la versione ufficiale. Io studio davvero, ma la vera ragione del mio trasferimento è un'altra. Nessuno ne è al corrente qui a Berlino, a parte pochi amici davvero intimi. Nemmeno Elli lo sa...» aggiunse Irma.

Aimone la osservò. Taceva. Pensava. Tentava di intuire. Invano.

«...ma a te non posso più tenerlo nascosto.» Tacque Irma per un secondo o forse dieci o forse cento. Poi con un fil di voce gli confessò: «Aimone, io sono già mamma di una bambina».

Lui si sentì mancare. Provò un improvviso e acuto dolore alle tempie, sentì l'anima soffocare, il sangue ribollire e una lama trafiggergli il cuore. La vista si annebbiò. La sua mente si oscurò. Era stato raggirato? Dalla sua Irma, la sua meravigliosa Irma? Esplose con una rabbia cieca.

«Mi hai tradito, Irma! Mi hai ingannato!» urlò e le diede due sberle. Istintive, forti, cattive, su quel viso incantato che aveva giurato di riempire solo di baci e di carezze.

«No, Aimone, ma cosa dici... Mia figlia, ha quasi tre anni! Ti amo, come non ho mai amato nessun altro...» gridò spezzata da un pianto disperato, cercando di abbracciarlo.

Ma lui la respinse.

Irma si accasciò su una poltrona. E raccontò tutto d'un fiato, senza guardarlo, singhiozzando.

«È... accaduto alla festa dei miei diciotto anni. Era una festa magnifica. Io indossavo un abito bianco, mi sentivo bellissima e felice. Avevo invitato i miei compagni di scuola e gli amici di famiglia. C'era anche lui, Otto. Aveva undici anni più di me. Non era più un ragazzo, era un uomo, il figlio del miglior amico di mio padre, il nostro banchiere di fiducia. Lo conoscevo pochissimo, sebbene lo avessi visto tante volte durante la mia infanzia; quando ero bambina non mi guardava nemmeno, ma quella sera scoprì in me una donna. Perse la testa. Mi fissava senza sosta, mi invitò a ballare più volte. Io ero lusingata da quelle attenzioni e sapevo che ai miei e ai suoi genitori quell'improvvisa simpatia faceva molto piacere. Cosa può desiderare di meglio un padre se non che la propria figlia vada in sposa al figlio del suo migliore e ricchissimo amico? Bevve tanto, Otto, fino a ubriacarsi. E bevvi molto anch'io. Non ero abituata; mi sentivo su di tono e stordita. Mi girava la testa, mi appoggiai a lui, che mi disse: "Andiamo a prendere una boccata d'aria in giardino, ti farà bene". Sembrava rassicurante, il maledetto. Camminammo fino al muro di cinta. La musica si affievolì. Lontani dalla villa nessuno ci vedeva e nessuno poteva sentirci. Mi baciò sulla bocca e non mi piacque, ma non dissi nulla: ero una ragazza perbene e non osavo ribellarmi. Mi baciò sul collo. Sentii la sua mano che scendeva lungo il mio corpo. Strinse la mia vita, i miei fianchi, alzò la gonna: "Otto, cosa stai facendo?", ma era troppo ubriaco. "Sì che ti piace. Sei come le altre, piace a tutte" rispose ridendo sguaiatamente. Il suo alito puzzava di alcol, la sua camicia di sudore. Provai a respingerlo, ma era troppo forte e quel tentativo di resistenza lo eccitò ancor di più. Strappò le mie mutandine, gettandomi sull'erba. Mi bloccò le mani, mi baciò di nuovo sulla bocca, entrò dentro di me, si mosse ritmicamente, lo sentii gemere, tremare, rilassarsi e poi accasciarsi soddisfatto. Lo avevamo fatto, lo aveva fatto. Non ero più vergine. E me ne vergognavo. Non dissi nulla a mio padre, né a mia madre, ma dopo un mese le mestruazioni non vennero e il mio ventre iniziò a crescere. Ero incinta. Raccontai tutto a mia madre. Mio padre, infuriato, chiamò il suo amico, che obbligò Otto a offrire nozze di riparazione, che però rifiutai. Non lo amavo, lo odiavo. E non volevo nemmeno abortire. Fu così che nacque l'idea del soggiorno all'estero. A Losanna potevo trascorrere in tranquillità gli ultimi mesi di gravidanza. Nessuno mi avrebbe vista con il pancione, nessuno avrebbe saputo di mia figlia.»

Ora tutto era chiaro agli occhi di Aimone, tutto filava. Gli imbarazzi dei Klunz, il soggiorno misterioso...

«Aimone, ti prego perdonami...» lo implorò Irma. «Aiutami, senza di te non posso vivere.»

«Oggi, mi sarei comportato diversamente...» mormora Aimone, alzandosi con lentezza dalla poltrona. Si è accorto finalmente del suo cane Kim. Lo fa entrare nella sala da pranzo, gli ordina: «Seduto!» poi l'accarezza e gli dà un pezzettino di carne.

«Ma allora avevo diciott'anni e reagii di impulso. I valori a quei tempi erano diversi: l'onore, la fiducia, la fedeltà. Chi avrebbe accettato di sposare una giovane che aveva un figlio nato da una relazione clandestina con un uomo più vecchio di lei? Inimmaginabile, inaccettabile. Non mi fermai a riflettere che quella povera ragazza era stata brutalmente sedotta e che proprio per questo meritava ancor di più il mio amore e la mia comprensione. Scattai con cattiveria, ammorbato dall'ira, reagendo con l'intolleranza tipica di un diciottenne. Certo, avrei potuto ingoiare il rospo e barattare il mio onore con la direzione del Kaiserhof. Ma, sebbene non fossi ricco, ero diventato orgoglioso, e diciamolo, pure un po' altezzoso. Nonostante fossi fuori di me, non avrei accettato alcun compromesso...»

Ad Aimone ora luccicano gli occhi. Vittoria e Irma, due grandi amori, due grandi fallimenti.

«Ne ho avuto un terzo, dopo la guerra. Era una ballerina d'avanspettacolo. Bella, affascinante. Un tipino, piena di pretese, che io stupidamente accontentavo. E la sposai...»

Si ferma qualche secondo, ma non credo per prendere fiato. Ammiro la sua capacità di narrare a fiume ogni avvenimento, ogni dettaglio, di trasmettere ogni impressione, ogni sentimento. È impetuoso e quando si arresta è solo per digerire le emozioni più forti. Riprende: «...ma stavamo parlando di Irma. Sì, urlai di nuovo che non l'avrei mai perdonata. Lei si era gettata fra le mie braccia, supplicandomi, ma la spinsi via; ero furioso e cieco, sconvolto, amareggiato, tradito. Sì, capisco che può sembrare assurdo, ma mi sentivo, soprattutto, tradito...».

Aimone afferrò la giacca dal divanetto, impugnò la maniglia della porta, che aprì rabbiosamente e se ne andò via, lasciando Irma in lacrime, sul tappeto della camera da letto. Lì era iniziata la loro passione, lì sarebbe finita.

Dormì una notte, due, tre quattro. Nella sua mansarda, facendo scorrere i ricordi.

Una lunga notte, due lunghe notti, tre, quattro.

Ma quel rancore, profondo e radicato, non passava.

Perse il sorriso. Divenne cupo, triste.

"Non posso più rimanere a Berlino" pensò un mattino. "Voglio tornare a casa."

Andò da Elli, nella sontuosa dimora dalle centocinque stanze che ora lo lasciava indifferente. Irma si era precipitata da lei, raccontandole l'accaduto, supplicandola di aiutarla, di provare a far ragionare Aimone.

Ed Elli ci provò, ma invano. Aimone Canape era irremovibile, i suoi lineamenti avevano assunto una rigidezza tale da renderlo irriconoscibile. Aveva preso la sua ferrea decisione e la comunicò alla duchessa.

«Cara Elli, ritengo che gli scopi del mio soggiorno in Germania siano stati raggiunti. Parlo il tedesco correntemente e ho imparato l'arte del mestiere.»

«Non essere sciocco, Aimone. Se non vuoi restare qui per amore, rimani almeno per interesse. Pensa al Kaiserhof, può essere tuo...»

«Non mi interessa.»

«Pensa a me, io ti considero come un figlio...»

«Ma io non sono tuo figlio. Ho solo una madre, si chiama Evelina, abita a Dongo e non la vedo da oltre due anni» replicò seccamente. Non si era mai rivolto così alla duchessa, che si mise a piangere. Ma nemmeno le lacrime lo intenerirono.

La Steinlich cercò allora di guadagnare tempo. «Aspetta un po', vedrai che ti passa» gli diceva. Ma Aimone insisteva, ogni giorno.

«Dammi il passaporto, ne ho diritto.»

«No, non te lo do. Io rispondo solo al console di Lipsia» si impuntava lei.

Lui ribelle, lei ostinata. Fu la madre di Elli, la saggia donna che aveva imparato a leggere dentro l'animo delle persone, a convincere sua figlia: «Aimone ci ha portato tanta felicità, ma va aiutato e rispettato. Se vuole tornare a casa, non abbiamo alcun diritto di impedirglielo. Bisogna fare quello che è giusto».

Elli tacque, guardò a lungo fuori dai vetri. La madre si mise alle sue spalle, in piedi, altera eppur angelica, e le accarezzò i capelli.

La duchessa rifletté una notte e un giorno.

Il mattino successivo, a colazione, Aimone trovò una busta sul piatto. La aprì: era il suo passaporto.

«Finita la guerra ho cercato di riprendere contatto con loro» sospira Aimone, accarezzando ancora la testa di Kim. «Ho scritto molte lettere. Nessuna risposta. A distanza di anni ho fatto un altro tentativo, incaricando addirittura un avvocato di Berlino, mio cliente all'albergo di Livigno, di effettuare accurate ricerche.

Mi sentivo a disagio, volevo essere riconoscente verso chi mi aveva fatto del bene. Ero partito con una ferita aperta a causa di una delusione amorosa, ma provavo un sincero e profondo affetto per i conti Watzesky, per Elli, soprattutto, e per sua madre. Ero molto grato ai Klunz, volevo bene anche a loro, e certo, a Irma, alla quale avrei dovuto chiedere scusa. Mi sarebbe piaciuto invitarli in Italia, trascorrere qualche giorno di letizia con loro.

Poi ho saputo: sono morti tutti sotto i bombardamenti. Non si è salvato nessuno, non si è salvato il Kaiserhof.

Se fossi rimasto, sarei morto anch'io.»

13

Aimone lasciò la Germania insieme al 1940. Se ne andava via un anno, si girava pagina. Trascorse un mesto Capodanno in viaggio. Era partito dall'Italia ragazzino con una valigia; da giovanotto tornava, portandone sette. Rivide sua madre, quella vera: si riposò dalla stanchezza e dal peso di tutte le emozioni, che pure aveva trasportato, negli occhi di Evelina: la strinse a sé in un lungo abbraccio tra la gioia e il pianto.

Evelina non aveva l'eleganza di Elli, le sue mani non erano curate, il suo corpo appesantito da cinque gravidanze non aveva certo le fattezze delle dame di Berlino: tutto nel suo aspetto esprimeva una vita dura, tra la cucina e il negozio, che Aimone aveva probabilmente dimenticato. Ma gli occhi di sua madre erano quelli di sempre, e la luce, la grinta, la dolcezza che sapevano esprimere rappresentavano il più meraviglioso messaggio di bentornato.

Eppure non bastò per compensare il disagio che assalì Aimone.

La memoria ingigantisce e deforma, soprattutto se vissuta con gli occhi di un bambino. Quando a Berlino pensava alla sua famiglia, Aimone proiettava nella sua mente l'immagine di una casa grande, con un corridoio lunghissimo, la scala larga, la cucina immensa e le stanze più che abitabili. I Canape del resto non erano poveri, bensì dignitosamente borghesi; persino invidiati a Dongo. Ma ora, Aimone si aggirava fra quelle stanze stranito, soffocato. Non solo perché era cresciuto lui: i parametri a cui si era abituato erano ben diversi.

Niente cancelli dorati, parchi ed entrate maestose: l'uscio della dimora familiare, al numero sette di via Aureggi era una porta che si affacciava sulla strada; semplice, quasi nascosta, come tutte le case nei vicoli dei paesi sul Lago di Como. Suo padre non aveva bisogno di un autista, perché non possedeva l'automobile. In casa non giravano né cuoche, né camerieri, né maggiordomi. Faceva tutto Evelina con l'ausilio, un paio di volte alla settimana, di una signora per stirare e per le pulizie più pesanti.

Aimone iniziò a vivere quel ritorno a casa come una diminuzione sociale. Non disse nulla a sua madre, né a suo padre, per non offenderli; di giorno fingeva letizia, ma la sera, da solo in camera, non riusciva a prendere sonno, accendeva la luce, provava a leggere un po', la spegneva e, disorientato, rimaneva con gli occhi sbarrati. La riaccendeva, la rispegneva e piangeva. A dirotto, soffocando i singhiozzi nel cuscino.

"La mia casa è un tugurio" pensava. Quando scendeva dal letto doveva fare attenzione a non picchiare il piede contro la scrivania e poi contro l'armadio. La sua camera aveva una sola finestra e piccola, non tre o quattro come a Berlino. Mangiava in cucina e non in sala da pranzo, usando piatti banalissimi, anziché la porcellana raffinata a cui era avvezzo. Per andare alla toilette doveva infilarsi un maglione e quando apriva il rubinetto, scorreva acqua gelida; per fare il bagno bisognava far bollire l'acqua sul fuoco e poi versarla nella vasca.

"Non riesco più a adattarmi alla mia casa, a questa vita" diceva tra sé e sé mentre lacrime copiose macchiavano la federa.

«Aimone, cos'è quella faccia? Sembri stravolto» gli chiedeva al mattino Evelina.

«Niente mamma, dormo male. Non sono più abituato al freddo umido del lago, ma è solo questione di giorni» la rassicurava. Mentendo.

Diceva: «Sono proprio felice di essere qui» e in cuor suo pensava: "Quanto vorrei tornare a Berlino".

Finché una mattina, otto giorni dopo il suo rientro, un uomo in divisa e dall'aria contrita si presentò a casa. Chiese di parlare con il signor e la signora Canape, che lo ricevettero in soggiorno. Si sentì un urlo acuto, straziante, interminabile. Aimone spalancò la porta e vide sua madre accasciata tra le braccia di suo padre, che la guardava impietrito. L'ufficiale teneva il cappello in mano e fissava il pavimento.

«Sono desolato,» mormorava «sono desolato...»

Vittorio Canape, il primogenito, era morto in guerra. Il primo donghese a cadere nel conflitto mondiale, il fratello maggiore che Aimone amava profondamente e che era coraggioso e saggio e giusto. Aimone continuò a piangere quella sera, ma pensando solo a lui. Cercò di rivivere l'ultima volta che l'aveva incontrato, ricordò le tante volte che, da bambino, lo aveva protetto nel cortile della scuola, dalle angherie dei compagni più grandi. Da adulto non era cambiato; sempre generoso, aitante, bello, Vittorio. E ora? Non l'avrebbe più rivisto.

Aimone pianse anche quella sera, ma pensando a lui, soltanto a lui. Cos'erano, in fondo, il fasto dei palazzi berlinesi, l'opulenza di un'élite ormai irraggiungibile e la vacuità di quel mondo, davanti al dolore, lancinante, di un saluto senza ritorno? C'era ben altro nella vita: la vita stessa, la sua, quella vera. La malinconia per Berlino sbiadì rapidamente, appassì, fino a scomparire del tutto.

Vittorio se n'era andato da eroe. Era imbarcato sulla corazzata Giulio Cesare, quando un aereo italiano precipitò in mare al largo del golfo di Napoli. Una squadra di salvataggio, di cui Vittorio faceva parte, provò a raggiungerlo con una scialuppa, ma arrivati sul punto dell'impatto capirono che il velivolo era appena affondato. «Chi se la sente di andare sotto a vedere se i piloti sono ancora vivi?» chiese il capitano.

«Io» rispose subito Vittorio.

Si calò in acqua. Riemerse sorreggendo il primo pilota, svenuto ma vivo. Tornò sotto, riuscì a estrarre il secondo, ma troppo tardi.

Aveva dimostrato gran coraggio, Vittorio, ed era riuscito a salvare una vita. Lo elogiarono, lo premiarono e la Giulio Cesare rientrò in porto a Napoli.

«Goditi la libera uscita, te la sei meritata» gli disse il suo superiore.

Quella sera, sulla nave, il turno di picchetto spettava a due marinai partenopei, che imprecavano contro la malasorte: «Siamo qui a un passo da casa e non possiamo nemmeno salutare i nostri genitori... Quando mai li rivedremo! Proprio oggi doveva cadere il nostro turno di guardia...».

Vittorio si impietosì. In fondo, non teneva tanto a quell'uscita. «Se il comandante è d'accordo, prendo io il vostro posto» si offrì.

Il superiore non fu sorpreso da quella richiesta. Ormai aveva imparato a conoscere bene il Canape, sapeva che era un cuore d'oro, uno di quei soldati che pensava sempre prima agli altri e poi a se stesso.

Era l'8 gennaio del '41 e si prospettava, per lui, una serata monotona.

I due ragazzi scesero sulla banchina, si voltarono a salutare Vittorio sventolando il berretto.

«Andate tranquilli, divertitevi!» urlò lui dall'alto.

Dopo pochi minuti, suonarono impetuose le sirene d'allarme. Vittorio udì, netto, il rombo dei cacciabombardieri inglesi, poi il sibilo lontano delle bombe che cadevano su Napoli; infine quello vicino degli ordigni che colpivano il porto. La Giulio Cesare era ancorata, grande, ben visibile e quasi sguarnita in quelle ore di libera uscita. Un obbiettivo perfetto. Le prime due bombe sfiorarono appena lo scafo e si inabissarono in acqua, la terza colpì di striscio la fiancata, esplodendo sulla banchina. Uno sfregio, niente più che uno sfregio per una corazzata di quel calibro, ma capace di uccidere. Sì, di uccidere un uomo, un solo uomo: Vittorio. Fu raggiunto al dorso da una scheggia di ferro che gli squartò la schiena. Vigliacca la morte che non ebbe nemmeno il coraggio di guardarlo in volto, di reggere il suo sguardo incredulo, di affrontare apertamente la purezza di un uomo integro. Vittorio sentì solo una fitta, sbarrò gli occhi in un'espressione più di sorpresa che di dolore. Allargò le braccia e cadde in avanti, senza più vita.

Tutto questo raccontava l'ufficiale, mentre consegnava a Tonin la lettera d'encomio: il Duce ringraziava il suo valoroso e altruista combattente. Evelina svenne, si ammalò, rimase a letto per due giorni. Due giorni di lacrime e raggelanti silenzi. E, nel dolore, Aimone rinsavì: "Mio padre e mia madre ora hanno bisogno di me" si disse, cercando respiro e ricordi sulla riva del lago a pochi passi da casa.

Le sue unghie iniziarono a sporcarsi, i suoi capelli a spettinarsi. Prestava meno attenzione a ciò che indossava e non si indispettiva più se i pantaloni non erano in tinta con il pullover. Ricominciò a essere orgoglioso della propria casa, che non era principesca, ma nemmeno tanto piccola; e soprattutto, era piena d'amore: trasudava l'amore che Evelina sapeva trasmettere alla sua tribù di soli uomini, da sempre, incessantemente, ignorando difficoltà e dispiaceri.

Vittorio non c'era più e sebbene Aimone fosse il terzogenito, sentiva che toccava a lui assumere un ruolo di primo piano. Da un nome all'altro. Da un destino all'altro; da quello crudele e definitivo di Vittorio, a quello benevolo ma incompiuto di Aimone.

Vittorio aveva vissuto poco, ma intensamente e se n'era andato in gloria. Che avrebbe fatto di lui il futuro?

Aimone passava tutto il suo tempo accanto a una donna affranta, sua madre; l'accarezzava mentre piangeva e la stringeva forte a sé, nei momenti in cui il ricordo del figlio scomparso era struggente. Evelina nel calore degli abbracci di Aimone ritrovava, a sprazzi, un sorriso: «Tesoro mio, quasi non ho avuto il tempo di guardarti. Quanto sei cambiato, quanto sei cresciuto, quanto sei bello...». E lui, non aveva avuto modo di raccontarle, se non sommariamente, la sua incredibile avventura in Germania. Non era ancora riuscito a trovare le parole giuste da dire al momento appropriato. I primi giorni temeva di apparire enfatico e si preoccupava che la malinconia per il lusso di Berlino potesse trasparire insieme al disagio che aveva provato al rientro. E dopo, con la tragica morte di Vittorio, Berlino era diventata un evento sempre più lontano e sbiadito; e ogni personaggio incontrato aveva progressivamente perso magia.

Intorno a lui, ora, si muovevano invece figure semplici, primarie: la madre, i fratelli; il padre, con il quale raramente aveva vissuto momenti di complicità ma che aveva sempre rispettato.

E in quei giorni duri, difficili, ammirava la capacità di Tonin di recitare fino in fondo la parte ingrata dell'uomo capace di nascondere le emozioni. Non una lacrima di fronte ai figli, schiena dritta, testa alta; una maschera irrigidita dal dolore e dignitosa.

Aimone stava facendo del suo meglio per essere di conforto ai genitori e d'esempio ai fratelli. Si sentì improvvisamente maturo, improvvisamente uomo.

Ma in tempo di guerra gli uomini, maturi o immaturi che siano, partono per il fronte; e dopo poche settimane, Aimone Canape ricevette la chiamata di leva.

Destinazione: Croazia, al fianco delle truppe tedesche.

Aimone lesse la cartolina e pensò subito a Vittorio, che ormai era diventato il suo modello; sorrise anziché disperarsi, immaginando come si sarebbe comportato lui in quella circostanza. Erano bastati pochi giorni per trasformarlo. Non era più il sedicenne ingenuo di provincia, che aveva lasciato il paese un paio di anni prima, e nemmeno il giovanotto sofisticato di Berlino; da quel momento sarebbe stato un soldato, il fratello di un martire, di un eroe, e intendeva essere all'altezza del suo ricordo.

Ma Evelina era pur sempre Evelina, il fiore delicato che aveva incantato Tonin e che nei momenti più difficili mostrava un temperamento d'acciaio.

Aveva appena perso un figlio, non avrebbe potuto accettare di veder morire anche il secondo. E che figlio: Aimone, il predestinato, il raffinato Aimone, che le sue amiche le invidiavano. Evelina doveva impedire a ogni costo che proprio lui andasse in prima linea. Smise di piangere e iniziò a lottare, chiedeva consigli, implorava aiuto, sempre con grazia, ma tenacemente; fino a quando un conoscente si ricordò di una legge militare che consentiva a chiunque avesse avuto un congiunto caduto in combattimento di non essere spedito al fronte. Ma bisognava far domanda, al più presto, perché, nel frattempo, Aimone era partito. Evelina ringraziò il conoscente, trovò un amico che aveva un amico nell'esercito, il quale a sua volta convinse un amico, più alto in grado, a firmare immediatamente la domanda di trasferimento. Burocrazia all'italiana, a suo modo efficiente.

14

La missione nei Balcani durò pochi giorni, la recluta Canape venne spedita a Milano, caserma di piazzale Perrucchetti, artiglieria ippotrainata. Cavalli e cannoni, cannoni e cavalli in uno spazio immenso alla periferia nord-ovest del capoluogo lombardo, nebbioso d'inverno, afoso e tormentato dalle zanzare d'estate, ma straordinariamente tranquillo. In quel 1941 rischiava poco, certo meno che in Croazia o su una nave da guerra.

Quando Aimone arrivò alla caserma, la luce del giorno sfumava nella notte, decorando di riflessi rossastri il cielo grigio e triste di Milano. «Sono a vostra disposizione!» disse, mettendosi sull'attenti davanti al comandante, che aveva il capo chino su un documento e si accorse appena della sua presenza. Barendson, si chiamava, colonnello Barendson. Aveva il naso aquilino, la fronte alta, che rendevano il suo profilo netto, quasi tagliente, in singolare contrasto con la dolcezza del suo sguardo e il colorito roseo di un viso quasi fanciullesco. «Che cosa sai fare, giovanotto?» gli chiese finalmente, sollevando appena lo sguardo.

«Ho trascorso oltre due anni in Germania ad apprendere il mestiere di maître d'hotel» rispose Aimone impettito.

«E lo hai imparato?»

«Direi di sì, signor comandante, e spero mi darete presto l'occasione di dimostrarvelo.»

Barendson prese la sua lettera di presentazione e la lesse rapidamente.

«Mmm, il fratello di un eroe...» mormorò, eppure il giovane davanti a sé non aveva né l'atteggiamento né l'aspetto del militare, che brama il combattimento e la gloria. I suoi tratti erano delicati, le sue maniere posate e il suo eloquio elegantemente ossequioso.

«Sei stato distaccato alla Perrucchetti senza limiti di tempo, dunque dovrai sopportarmi a lungo... tanto vale iniziare subito. Risponderai delle tue azioni direttamente a me. Presentati domani mattina alle otto per le consegne» gli disse, congedandolo con un cenno della mano.

Aimone dormiva in camerata, con gli altri ragazzi, come ai tempi dell'Hotel Metropole Suisse. Ma pur avendo buoni rapporti con tutti, raramente contribuiva alla loro goliardia. Non gradiva certi scherzi e non riusciva a condividere l'ardente attesa dei suoi commilitoni per una vera azione di guerra. Quei ragazzi non immaginavano che sarebbe stata ben diversa dalle imprese epiche narrate dalla propaganda del Duce e che avrebbe portato sangue, dolore, mutilazioni, spesso la morte. Aimone, invece, conosceva già la guerra. Aveva sentito cadere le bombe su Berlino, provando l'impotenza di chi viene bersagliato di notte dal cielo, aveva già vissuto il dolore lacerante per la scomparsa di un fratello, un dolore che nessuna medaglia poteva lenire.

Barendson impartiva ordini con toni perentori, che non ammettono repliche né obbiezioni, ma per quanto si sforzasse di mostrarsi autoritario, la sua severità non appariva del tutto credibile, certo non ad Aimone che intuiva un'indole buona, ragionevole, forse addirittura saggia.

Il colonnello, a sua volta, osservava attentamente il comportamento del nuovo arrivato e sebbene si sforzasse di mantenere le distanze, com'è d'uso tra un alto ufficiale e una recluta, lo prese in simpatia. Il giovane donghese era straordinariamente preciso nell'eseguire gli ordini; si rivelò attento alle sfumature e ai dettagli. "Si vede che ha studiato in Germania. Non ho mai incontrato nessuno altrettanto meticoloso..." pensò Barendson, che peraltro si divertiva in sua compagnia. Le premure di Aimone lo mettevano di buon umore e i dialoghi raramente erano banali. Ben presto pensò che tenendolo sempre al suo fianco sarebbe stato più facile spezzare la monotonia dei rituali di caserma e la solitudine delle serate trascorse nel reparto degli ufficiali.

«Prepara i tuoi bagagli» gli disse una mattina.

Aimone impallidì. «Bagagli?!... Devo partire?... E per andare dove?...»

«Ricomponiti, Canape» gli rispose Barendson, sfoggiando un sorrisino ironico. «Da oggi non dormirai più nella camerata. La stanza di fianco alla mia è libera. Prendine possesso... Ma mi raccomando, la sera non russare, non lo sopporto.»

«Non sentirete nulla, signor colonnello» replicò Aimone, mettendosi sull'attenti con lo sguardo colmo di gratitudine.

Basta poco per cambiare un uomo. Il servizio militare, ad esempio. Se gli avessero proposto quella stanza a Berlino l'avrebbe rifiutata sdegnosamente, a Dongo l'avrebbe giudicata inadeguata, a Milano gli sembrava bellissima. Disponeva di un armadio di faggio chiaro, segnato dal tempo e dalle frasi d'amore incise dai soldati con il temperino; una scrivania miserella bucata dai tarli, una sedia rigida e scomodissima; come letto quattro assi su altrettanti piedistalli e un materasso sfondato. C'era anche un comodino traballante e macchiato dalle bruciature di sigaretta. Il pavimento appariva anonimo, gelido, con qualche piastrella traballante e alle pareti, un tempo bianche, ora sfumate di grigio, non erano appesi quadri, ma soltano un crocifisso e una foto del re Vittorio Emanuele III con i baffetti, l'aria minuta e lo sguardo smarrito, che, per quanto si sforzasse, non riusciva a mascherare il disagio per quel ruolo contrario alla sua indole di piemontese piccolo e riservato.

Ma quella camera disadorna era preferibile allo stanzone delle reclute, ammorbato giorno e notte dagli odori di sudata umanità dei suoi commilitoni. Aimone non avrebbe più sentito i loro lazzi né i loro olezzi e non avrebbe dovuto più preoccuparsi di difendere i suoi scarsi effetti personali dalle sgradite incursioni dei soliti ignoti. Scoprì le virtù del silenzio, che vissuto nella giusta dimensione non conduce alla solitudine o all'afflizione, ma permette di scoprire la parte segreta di noi stessi. Eleva l'animo e rafforza lo spirito, aiuta a sopportare le difficoltà, qualunque difficoltà, anche torture che Aimone, allora, nemmeno immaginava.

In Germania aveva imparato a sciare, ma non a cavalcare e proprio in caserma ebbe l'opportunità di rimediare. Barendson gli impartiva lunghe, pazienti lezioni, al termine delle esercitazioni militari. Dapprima al lunghino, poi al passo tenendo le redini, dopo qualche settimana al trotto, infine al galoppo.

Le lezioni rappresentavano un piacevole passatempo per entrambi, a cui ne seguirono altri. Le partite a carte, le serate trascorse assieme ascoltando la radio e, soprattutto, le cenette preparate dal suo giovane allievo. Aimone aveva memorizzato le ricette di Franz, il cuoco grasso del Kaiserhof. Certo, gli ingredienti non erano da ristorante a cinque stelle; la cambusa della caserma non disponeva di spezie, né di condimenti di qualità: la materia prima era piuttosto grezza, ma con un po' di fantasia riusciva a preparare piatti saporiti, di gran lunga superiori al solito rancio. Non appena Barendson si convinse del suo talento lo nominò direttore della mensa degli ufficiali e il contributo di Aimone alla gloria della patria risultò molto apprezzato.

I due divennero inseparabili. Il giovane Canape accompagnava il colonnello ovunque, tenendosi però un passo indietro, per rispetto nei confronti di un superiore. Con il trascorrere dei mesi il rapporto era cambiato, tingendosi di un'amicizia sorridente e sovente complice. A quell'epoca ogni ufficiale possedeva un servizio d'argento personale, con le iniziali incise, che, secondo le regole della caserma, doveva essere sempre pronto all'uso, dunque impeccabilmente lucido, benché in realtà venisse impiegato solo in occasione di visite importanti o di ricorrenze solenni.

Barendson si fidava ciecamente di lui. «Tieni, questa è la chiave della cassaforte» gli disse un pomeriggio. Aimone obbedì con solerzia, recandosi più volte alla settimana nel suo ufficio, apriva la cassaforte che conteneva oltre al servizio del suo comandante anche quelli degli altri ufficiali. Si sedeva al tavolo e iniziava a strofinare, solo, senza controllo. Sarebbe stato facile far sparire qualcuno delle decine di cucchiaini d'argento, ma Evelina gli aveva insegnato il valore dell'onestà, che guida e reprime la tentazione, anche se forte e l'occasione propizia. "Rubare? Mai. Nemmeno se, una sera di fine estate, l'Italia, si dovesse capovolgere!" pensò Aimone.

I mesi passarono velocemente alla caserma Perrucchetti, seguendo gli stessi riti – le esercitazioni, le cavalcate, le partite a carte, le cene –, ma in un clima via via più cupo. La guerra non aveva portato i trionfi promessi, bensì sconfitte, povertà e disperazione. Il Duce appariva sempre più debole e isolato, così debole da indurre il piccolo re a pilotare la sua destituzione e il suo arresto, il 25 luglio 1943, formalmente su iniziativa dal Gran Consiglio del fascismo. Il governo fu affidato al maresciallo Pietro Badoglio, che subito ribadì l'alleanza con i tedeschi, ma in gran segreto iniziò a trattare la resa con gli angloamericani e la sera dell'8 settembre 1943 colse tutti di sorpresa. Alle 19.43 la radio trasmise un annuncio urgente, letto dallo stesso Badoglio.

«Il governo italiano, riconosciuta l'impossibilità di continuare l'impari lotta contro la soverchiante potenza avversaria, nell'intento di risparmiare ulteriori e più gravi sciagure alla nazione ha chiesto un armistizio al generale Eisenhower, comandante in capo delle forze alleate angloamericane. La richiesta è stata accolta.

Conseguentemente, ogni atto di ostilità contro le forze angloamericane deve cessare da parte delle forze italiane in ogni luogo. Esse però reagiranno a eventuali attacchi da qualsiasi altra provenienza.»

Anche Barendson ascoltò quell'annuncio, si precipitò nello studio, sperando che fossero giunti disposizioni da Roma; non trovandole sollecitò il centralino a chiamare il comando generale del Corpo d'Armata. Non bisognava più combattere gli americani? E cosa intendeva Badoglio dicendo che l'esercito avrebbe reagito ad attacchi di altra provenienza? Si riferiva ai tedeschi o solo ai partigiani? Ma anche a Roma non ne sapevano nulla, il governo aveva preso una decisione storica, dimenticandosi di allertare l'esercito e gli altri organi dello stato. La confusione regnava sul cielo d'Italia. In pochi secondi il nemico era diventato amico e l'amico nemico.

Il colonnello capì che non c'era tempo da perdere.

«Aimone, vieni qui subito!» urlò. Arraffò le proprie cose, avendo cura di lasciare in camera gli effetti militari: abbandonò, quindi, la divisa, mostrandosi per la prima volta in abiti civili. Vedendolo così, nessuno avrebbe potuto immaginare che quell'uomo, dall'aria mite e rassicurante, potesse essere un alto graduato dell'esercito.

«Vai nel mio studio e apri la cassaforte» gli disse porgendogli le chiavi. «Togli tutta l'argenteria. È troppo ingombrante per essere portata con noi, ma non possiamo nemmeno lasciarla qui. Trova un posto dove nasconderla... È il mio ultimo ordine... Posso fidarmi di te?» gli chiese.

«Certo, signor colonnello» rispose Aimone, che, stordito, stentava a mettere a fuoco la situazione. Il suo superiore stava abbandonando l'Arma e lo invitata a fare altrettanto.

«Fai in fretta, poi scappa, non tornare più qui. Vai a casa, vai dove vuoi, pensa a salvare se stesso! Hai un vestito civile?» insisteva Barendson.

«No, signor colonnello. Sono stato trasferito qui dalla Croazia e da allora vivo in uniforme» mormorò Aimone.

«Procuratelo, chiedi a qualcuno qui intorno. Dai retta a me, fai in fretta» lo implorava.

«D'accordo, d'accordo... Farò come dite voi, ma quando potrò rivederla? E dove?»

«Non lo so, Aimone. Ci rivedremo alla fine della guerra. Cercami, sai dove abito. Io cercherò te, a Dongo» disse Barendson che abbracciò la sua giovane recluta e poi gli diede una virile pacca sulle spalle.

«Vai ragazzo, vai...»

«Buona fortuna, colonnello.»

«Buona fortuna, Canape.»

Aimone afferrò una borsa e si precipitò nello studio. Aprì la cassaforte: era piena, nessuno degli ufficiali aveva pensato di ritirare il proprio servizio, ma quel sacco era troppo piccolo per accoglierla tutta. La richiuse e corse nelle stanze da letto, ormai disabitate, cercando una valigia abbastanza capiente. Ne trovò due, tornò in studio e le riempì freneticamente. Sudava, per l'ansia più che per il caldo.

Come tanti patrimoni, anche quello risultò ingombrante.

Aimone attraversò il cortile, trascinando faticosamente le valigie fino al cancello d'entrata. Un pensiero frenò il suo slancio. "E se qualcuno mi controlla? Rischio la pelle o la corte marziale con l'accusa di furto aggravato o, chissà, di tradimento e diserzione..."

Ma quale corte marziale? E chi comandava davvero in Italia? In caserma regnava già l'anarchia, nessuno rispettava più le procedure, nessuno. Tutti urlavano, correvano verso l'uscita come volpi in fuga da un bosco in fiamme. Aimone camminò tenendo lo sguardo puntato a terra, sforzandosi di non dare nell'occhio, attraversò il cancello, ormai spalancato, e si trovò immerso nel caos di piazzale Perrucchetti, dove capì che a piedi, con quelle valigie così pesanti, non sarebbe andato lontano.

Barendson gli aveva detto di nasconderle. "Ma dove?" si chiese Aimone. "In caserma? Assurdo! Prima o poi qualcuno le potrebbe trovare e, comunque, come farei a recuperarle? Dovrei scavare una fossa, in un campo qua vicino. Ma come? Dove trovo una pala a quest'ora? E se qualcuno mi vede? E se qualcun altro nota la terra smossa e si mette a spalare dopo di me?" Ogni ipotesi gli pareva impraticabile. Più pensava e meno risolveva.

Si guardò in giro e vide un palazzo di fronte alla caserma, procedette spedito verso l'entrata bussando energicamente al gabbiotto del custode: finalmente apparve una persona dai grandi occhi che ad Aimone parvero sinceri. Decise di fidarsi, spiegò chi fosse e che veniva da parte del colonnello Barendson.

«Posso affidarvi queste valigie? Solo per qualche giorno, il tempo di organizzarmi »

«Ma certo» rispose l'uomo, sorridendo bonariamente. «Se non ci si aiuta tra noi, di questi tempi... Certo così non potete circolare per la città. Venite nell'atrio, vedo se riesco a procurarvi qualche vestito.»

"Che brava persona, che uomo gentile. È bello poter contare su persone così" pensò Aimone.

Il portiere salì per le scale e ricomparve dopo qualche minuto, reggendo una tuta da lavoro e un paio di ciabatte. «Me le ha date un inquilino» sussurrò. Come tenuta era improbabile, ma comunque preferibile a una divisa militare. Aimone entrò in bagno e si cambiò.

«Grazie, siete molto cortese» disse stringendogli calorosamente la mano. «Sono certo che il colonnello Barendson saprà dimostrarvi la sua riconoscenza.»

«Non c'è di che. Abbiate cura di voi e non temete per le valigie, qui sono al sicuro» rispose il custode, che ripeté, mormorando: «Se non possiamo aiutarci tra di noi...».

Aimone si voltò un'ultima volta e salutò con un cenno della mano l'uomo dagli occhi grandi e indulgenti. Si incamminò lungo la via Novara, persuaso di aver fatto la cosa giusta, poi tagliò per i campi dirigendosi verso nord. Dopo qualche chilometro, lungo la provinciale, fu affiancato da un camion rosso, ammaccato e ansimante. L'autista rallentò e, forse impietosito, si fermò. Aimone riuscì così a raggiungere Como; da qui non fu difficile far meta a Dongo.

«Mamma, mamma, sono tornato!» gridò entrando in casa. Aveva la barba lunga, non dormiva da quasi due giorni; i capelli erano sporchi e il volto macchiato di fuliggine. Sua madre non lo vedeva da due anni.

«Figlio mio, sei tu...» esclamò meravigliata Evelina. «Lasciati guardare... sei diventato un uomo!» Ritrovava quel figlio per la seconda volta. Lo abbracciò, forte, sperando in cuor suo di non vederlo più partire.

Aimone rimase chiuso in casa per tre giorni.

"Sono un disertore, adesso verranno a cercarmi" pensava. In un'Italia spaccata in due, anche la gente doveva schierarsi o dalla parte dei tedeschi, che occuparono il Nord Italia, o da quella degli avanzanti americani. Doveva scegliere tra il bene e il male, tra la fedeltà al passato littorio e la speranza in un futuro diverso. Eppure tutti sembravano essersi dimenticati di Dongo, dove la situazione restò tranquilla per qualche giorno e Aimone assaporò l'illusione di un'esistenza finalmente normale. Finché il senso del dovere non lo riportò alla realtà. Le valigie! Aveva promesso a Barendson che le avrebbe nascoste e sebbene il portiere gli ispirasse fiducia, non poteva certo lasciarle lì a lungo.

"Devo tornare a Milano" pensò. Operazione rischiosissima: se la polizia militare lo avesse arrestato, sarebbe finito subito dentro e poi di nuovo arruolato. Ma non poteva tradire la parola data al colonnello e decise di affrontare il viaggio approfittando della complicità di un amico, che lo riportò a Como. Qui Aimone si mischiò a un gruppo di anziani manovali su un camion, sporcandosi il volto di calce e calandosi sul capo un cappellaccio. Partì e fu fortunato, non trovarono posti di blocco, arrivando agevolmente fino a piazzale Perrucchetti.

Aimone si tolse il cappello, si pulì il volto con uno straccio, sistemandosi i capelli con le mani per rendersi riconoscibile; poi bussò al gabbiotto della portineria.

«Buongiorno! Sono il Canape. Ci siamo visti la sera dell'8 settembre, vi lasciai due valigie pesanti... sono tornato a riprenderle» esordì sfoderando un gran sorriso.

Riconobbe il custode, ma non il suo sguardo. Dov'era finita la persona onesta e premurosa che lo aveva accolto pochi giorni prima? Gli occhi che lo fissavano, adesso, esprimevano una raggelante ostilità.

«Qui non ci sono valigie» lo aggredì il custode.

«Forse non mi riconoscete, sono venuto qui in divisa e voi mi avete procurato una tuta e le ciabatte. Ricordate?» rispose Aimone ancora cordiale.

«Io non vi ho procurato proprio niente» lo interruppe il portiere.

«Ma non è possibile!» esclamò Aimone alzando la voce.

«Io non vi conosco e non ho tempo da perdere con voi. Andate via o vi denuncio per diserzione» sibilò l'altro agitando il pugno.

«Non potete fare così. Le valigie non sono vostre e dovete ridarmele!» urlò Aimone.

Il custode si alzò di scatto, estrasse la pistola dal cassetto e gliela puntò proprio lì, all'altezza degli occhi.

«Vai via o sparo» gli intimò gelidamente.

Aimone era disarmato, il cuore gli batteva all'impazzata. Spaventato, confuso, non seppe far altro se non alzare le braccia, e sussurrare: «Calma, calma..., d'accordo... vado via» e indietreggiò lentamente, senza smettere di fissare l'uomo che pochi giorni prima aveva creduto amico e che ora lo minacciava di morte.

Aprì la porta, sempre a lenti passi indietro, e proseguì così sino al marciapiede, fin quando sentì sulla schiena il rincuorante tepore dei raggi del sole. Allora si voltò e corse via.

«Chissà che fine ha fatto quell'argenteria...» mormora Aimone, tentando di convincermi ad accettare il bis di brasato e polenta. «Allora non capivo il valore delle cose...» riprende, riempiendomi il bicchiere «...a quei tempi non ero un antiquario!»

Oggi invece lo è; non di professione, ma per passione. Ha un occhio infallibile e le collezioni di pezzi raccolti in cinquant'anni lo dimostrano.

«Ricordo soprattutto le posate: davvero bellissime, probabilmente dell'Ottocento. Roba da museo, che peccato...» si rammarica.

«E Barendson, che fine ha fatto?» gli chiedo respingendo un altro affettuoso assedio gastronomico: vuole farmi assaggiare un formaggio d'Alpe prodotto in esclusiva per lui da un contadino amico. Insiste, come sempre. E cedo, come sempre; ma baratto per la mezza porzione.

«Terminata la guerra, ho provato a rintracciare il colonnello, a Milano. Ho scritto all'indirizzo che mi aveva dato, ma non mi ha mai risposto. Ho tentato di trovare il suo nome sull'elenco telefonico, niente. Sparito, inghiottito dal vortice della guerra. Un'altra persona a cui non ho mai più potuto dire grazie per il bene che mi ha fatto.»

15

Dongo non rimase a lungo fuori dal mondo. E Aimone scoprì presto che l'esercito non si era scordato di lui e nemmeno dei compaesani che l'8 settembre del '43 avevano scelto la libertà. Per quanto dimezzata, l'Italia della Repubblica di Salò chiamava ancora. La diserzione ha un prezzo che in tempi di guerra può essere molto alto. Che cosa sarebbe accaduto se fosse tornato in caserma o, peggio ancora, se i repubblichini lo avessero catturato? Sarebbe finito di fronte a un plotone di esecuzione con gli occhi bendati o lo avrebbero costretto ad arruolarsi di nuovo? E dove lo avrebbero mandato? Nel 1941 era riuscito a evitare il fronte grazie a quel codicillo militare, ma ora? Quali leggi vigevano nel Nord Italia? Troppi dubbi, troppe domande. Una sola certezza: non voleva più servire la patria, né il Fascio. Decise di passare dall'altra parte, con l'assenso di suo padre e la complicità di sua madre, persuasi che non sarebbe stato difficile tenerlo nascosto, tanto più che non si era mai occupato di politica. Al luccichio degli ideali, veri o presunti, il loro figlio aveva sempre preferito quello del lusso. Le adunate oceaniche non gli avevano mai procurato emozioni, ma una sera trascorsa in un grande albergo, in compagnia di gente ricca e altolocata, sorseggiando champagne, sì. A chi poteva interessare la sua sorte? "Lo scorderanno in fretta" pensarono i Canape. E così il ragazzo che aveva vissuto lussuosamente nel cuore della Berlino nazista, pranzato con Kesselring, trascorso un quarto d'ora nel bunker con Hitler e che, tornato in Italia, aveva servito fedelmente il Duce e il re, dopo aver pianto la morte di un fratello caduto in guerra; ora optava per la clandestinità.

Per una volta, però, Tonin ed Evelina si sbagliarono. L'Italia era cambiata e il nuovo regime tutt'altro che disposto a dimenticare. La debolezza lo rese aggressivo, irascibile, vendicativo. Sebbene Aimone non ne fosse del tutto consapevole, il suo gesto assumeva un significato profondamente politico. Si era schierato e ora doveva salvare la pelle.

Fu suo padre a organizzare la latitanza.

«Il primo posto dove verranno a cercarti sarà qui a casa...» disse la sera dopo cena, alla famiglia riunita attorno al tavolo della cucina. Dopo tanti anni di matrimonio lui ed Evelina continuavano a formare una coppia perfetta, l'uno complementare all'altra. Lei solare, sorridente, intuitiva, ma dotata di un temperamento d'acciaio capace di sorreggerla nei momenti difficili. Lui riservato, un po' burbero, senz'altro meno affascinante della moglie, ma solido, lungimirante, freddo.

«...e non puoi nemmeno restare a Dongo. Controlleranno le case dei nostri parenti, dei nostri amici. Molti nostri concittadini continuano a essere fascisti convinti e non esiterebbero a tradirti» continuò.

«E dunque?» chiese Aimone, che iniziava a rendersi conto delle conseguenze della sua scelta e sentiva crescere dentro di sé l'inquietudine.

«Andrai a Dorio, dall'altra parte del lago. Lì non ti conosce nessuno. Un mio lontano cugino ti terrà nascosto a casa sua. Preparati, partirai questa notte.»

Aimone salì in camera; Evelina lo seguì. Aprirono insieme l'armadio, come accadde cinque anni prima per il viaggio in Germania, ma non prepararono la valigia. Non si fugge con la valigia. Infilarono in un sacco a tracolla un paio di pantaloni, qualche camicia, calze, mutande, due pullover. Ancora una volta Aimone era costretto ad allontanarsi da sua madre e ancora una volta lei lo abbracciò, prima di vederlo sgusciare nella notte. Tonin uscì in perlustrazione qualche minuto prima di Aimone, che attese in un angolo di via Aureggi, fino a quando non sentì un fischio di via libera provenire dal lago. A passo veloce, ma senza correre, raggiunse il molo. Suo padre lo salutò con una stretta di mano e un abbraccio appena accennato, apparentemente distaccato. Aimone rispose come piaceva a Tonin, con dignità, mostrandosi virile e dunque soffocando la malinconia che già offuscava il suo cuore. Poi salì su una barca a remi, assieme al cugino di Dorio e partì, lasciandosi inghiottire dal silenzio di un cielo senza luna. Il cugino pagaiava con movimento sicuro e metodico, senza parlare. Anche Aimone taceva e sentì l'immensità della natura, la sua forza segreta, la magia dell'oscurità che eleva lo spirito. I suoi occhi non vedevano altro se non le fioche luci che a malapena disegnavano i confini dei paesi, eppure tutto gli parve chiaro e luminoso, dentro di sé. Capì per la prima volta di appartenere a quei luoghi, a quella terra, a quelle acque e che lì sarebbe sempre ritornato. Donghese era nato, donghese sarebbe rimasto.

Ma intanto doveva fuggire sull'altra sponda del lago.

Aimone si ambientò rapidamente nella casa del cugino, il quale aveva una famiglia; persone semplici, ma simpatiche e ospitali, che si prodigavano per rendere piacevole il suo soggiorno. Le giornate trascorrevano quiete e un po' monotone, ma sopportabili, ravvivate di tanto in tanto dalle visite dei suoi familiari, che, a turno, attraversavano il lago, senza peraltro suscitare sospetti, visto che andavano a trovare dei parenti. Chiunque arrivasse – il padre, la madre, uno dei fratelli – portava con sé vestiti lavati, qualche libro e, immancabilmente, i dolcetti di Evelina.

I primi tempi, di tanto in tanto, Aimone usciva la sera tardi per camminare all'aperto, ma dopo qualche settimana le incursioni dei repubblichini divennero sempre più insistenti, con retate e irruzioni improvvise nelle case. Tirava una brutta aria sull'Alto Lario e Tonin decise che era meglio farlo tornare.

«I questurini sono già venuti più volte a controllare casa nostra. Sanno che Aimone non c'è e ormai è poco probabile che vengano di nuovo; dunque lo nasconderemo qui» annunciò a Evelina, che annuì, senza nemmeno chiedersi se quella fosse davvero la scelta migliore. Si fidava di suo marito e provava un desiderio fortissimo di trascorrere un po' di tempo con Aimone, talmente intenso da spegnere qualunque remora. E così, a distanza di quattro mesi, Aimone risalì sulla barca a remi del cugino, riattraversò in silenzio il lago, sbarcò al molo dove fu accolto dal padre, e insieme si incamminarono per i vicoli di Dongo. Evelina li stava aspettando, fremente. Aveva spento le luci di casa e lasciata socchiusa la porta. Vide un'ombra avvicinarsi, una sagoma dalle movenze rapide ed eleganti: anche nell'oscurità, Aimone era inconfondibile. Si infilò veloce dentro casa e dopo di lui Tonin. Baciò sua madre sulla guancia, le sorrise, e quatto salì in camera, buttandosi subito a pancia in giù sul suo letto. Si addormentò sorridendo, senza nemmeno infilare il pigiama, troppo felice di essere nuovamente lì.

Le sue lunghe giornate, le serate, che trascorreva per lo più nella camera da letto, venivano allietate dalle premure di sua madre e dalle visite serali di Dorino, di Tonin e dei pochi, fidatissimi amici al corrente della sua presenza. Ma dopo qualche settimana il peso della solitudine iniziò a farsi sentire. Aimone apriva la finestra della sua stanza e vedeva gli stessi tetti e la solita porzione di montagne. Sbirciava dietro le tende di quella dei suoi genitori e il suo sguardo si fermava su un condominio anonimo sull'altro lato della strada.

Il suo corpo iniziò a ribellarsi. Aveva accumulato un fremente bisogno di lasciar esplodere le energie di un ventenne, di correre, magari ballare, di corteggiare una ragazza e di innamorarsi, ma nulla di tutto questo gli era consentito. Pure la sua mente stava appassendo. Aimone camminava in lungo e in largo per la stanza, al più, talvolta, su e giù per le scale di casa. Leggeva, chiacchierava, mangiava, dormiva, che fuori splendesse il sole o piovesse, che le notizie di guerra fossero positive o negative. Si alzava al mattino e sapeva che avrebbe ripetuto gli stessi gesti, preso le stesse precauzioni, in uno stanco rituale, fine a se stesso. La noia comparve per la prima volta nella sua vita, sempre più insistente, fino a trasformarsi in apatia.

Fu il dottor Pollini ad accorgersi che la sua mente stava sprofondando in un male oscuro. «Perché non mandi Aimone da noi di tanto in tanto, ovviamente di nascosto? Cambiare aria gli farebbe bene, lo vedo così avvilito...» propose a Tonin, che di Pollini si fidava. Oltre a essere un buon vicino di casa, era uno dei suoi migliori amici. Acconsentì.

Di tanto in tanto, la notte, Aimone poté quindi fare qualcosa di diverso: scendere in via Aureggi e, dopo una manciata di metri, infilarsi nel loro portone. Non che la vita familiare dei Pollini fosse così dissimile da quella dei Canape. Più o meno sentiva le medesime chiacchiere, gli stessi commenti; anche lì era costretto a parlare sotto voce, ma dalle loro finestre poteva vedere la gente che andava e veniva dalla piazza, rimanendo a orecchiare i loro discorsi. Conosceva quasi tutti i compaesani; più volte ebbe la pulsione di scendere in strada, unirsi a loro, raccontare della Germania e di piazzale Perrucchetti; quanto avrebbe voluto sgattaiolare giù e baciare le ragazze, scherzare con loro. Ma doveva limitarsi a guardare, dietro una persiana socchiusa, rallegrandosi quando udiva una sana risata. Rara, perché a quei tempi, coloro che avevano voglia di scherzare erano davvero pochi.

Fatta eccezione per i bambini, che, nella loro innocenza, non realizzavano cosa stesse accadendo in Italia e in Europa, continuando a giocare alla guerra con beata, incosciente o forse saggia spensieratezza, anche quando giungevano in paese notizie tragiche.

Forse, a quell'età vedi la morte per quella che è: un fatto naturale, che rientra nel ciclo della vita. Ma quando superi i dieci anni, la tua coscienza inizia a scoprire l'attaccamento, la paura, l'afflizione e sebbene ogni adulto sappia che nessuno vive in eterno, inizi a respingere l'idea dell'addio, ad allontanarlo dalla tua mente come se bastasse non pensarci per evitarlo, nella speranza, inconfessata ma presente, che la morte possa dimenticarsi, se non di te, perlomeno dei tuoi cari. Ma arriva, sempre. E quando colpisce ti coglie impreparato, ti strapazza. E non capisci la leggerezza dei bambini di fronte al lutto, dimenticando che anche tu eri come loro, incosciente o, forse, più saggio.

Nel 1944 nessuna famiglia di Dongo poteva dirsi davvero serena. Chi aspettava notizie dal marito partito per la Russia, chi piangeva i caduti, chi trepidava per un fratello partigiano nascosto sui monti del Lario, e chi, come Aimone, scappava per non indossare la divisa dell'esercito repubblichino.

E nei paesi, si sa, bisogna sempre diffidare dei chiacchieroni.

Erano trascorsi oltre tre anni dal ritorno di Aimone dalla Germania, ma qualcuno sussurrò al comandante del piccolo distaccamento militare tedesco a Dongo, che un giovane del posto sapeva parlare la loro lingua. Cercavano un interprete? Aimone Canape sarebbe stato perfetto. Qualcun altro insinuò che, sebbene latitante, si nascondeva proprio lì, al numero sette di via Aureggi.

E i tedeschi non lasciarono intentata quell'opportunità. Bussarono al portoncino di casa Canape di buon mattino. Evelina aprì e si trovò davanti quattro soldati dalla spalle larghe e i visi squadrati.

«Dov'è vostro figlio?» le chiesero con prepotenza.

«Non lo so. Da settembre non abbiamo più sue notizie...»

rispose Evelina, che si sforzava di sorridere, ma con la voce tremante.

I quattro irruppero in casa impugnando le mitragliette. Uno si precipitò nel cortile interno che portava al bagno. Evelina fece altri due passi indietro appoggiando la schiena allo stipite dietro la porta della cucina, con estrema naturalezza, come se volesse permettere ai tedeschi di entrare. Proprio lì era appeso un grembiule liso e unto. Non potevano immaginare, i nazisti, che non si trovasse lì per caso. Se lo avessero alzato avrebbero scoperto un interruttore; ma non lo alzarono. Cercavano una persona, non un marchingegno. E quello era l'interruttore della salvezza: lo aveva voluto Tonin dopo l'8 settembre. Premendolo squillava un campanello al piano di sopra, nella stanza di Aimone, dal suono flebile, stentato. Uno di quei lacrimosi campanelli che nella vita di tutti i giorni servono a poco, perché nessuno riesce a sentirli. Ma Aimone viveva chiuso in camera, in silenzio, sempre all'erta. E quel giorno, quando sua madre lo premette con la schiena, lo udì distintamente.

Spalancò la porta, fece due passi in corridoio, aprì la portafinestra e, appena uscito sull'angusto terrazzino che sua madre usava per stendere i panni, accostò i battenti dall'esterno. Tante volte aveva immaginato di dover percorrere quel cammino, saltando da un tetto all'altro. Ora doveva farlo davvero e non poteva sbagliare. Appoggiò un piede sulla ringhiera, mise una mano sulla grondaia e saltò sulle tegole di casa sua. Raggiunse le mura esterne del palazzo adiacente, che era un paio di metri più alto di quello dei Canape, e di slancio vi salì sopra; camminò chino, aiutandosi con le mani per non scivolare sulle falde assai inclinate, raggiunse il punto più alto, e senza cambiare postura, ridiscese dalla parte di via Roma. Era a metà percorso ma non era quella la parte più difficile. Per salvarsi avrebbe dovuto saltare sul tetto del palazzo, al di là della strada. Un balzo nel vuoto di quasi due metri. Senza rincorsa. Piegò le gambe e spinse con tutta la forza. Era giovane, magro, atletico: riuscì ad atterrare senza perdere l'equilibrio, nonostante la pendenza. Si arrampicò per un paio di metri, spinse la finestra di un abbaino. Le ante si aprirono. Entrò, le richiuse e si accovacciò, sbirciando fuori con molta cautela. Passò un minuto, un altro, un altro ancora. Nessuno apparve sui tetti; i tedeschi non lo avevano visto, non lo avevano seguito. Il piano di Tonin aveva funzionato. E sua zia era stata di parola, quando aveva promesso che avrebbe lasciato sempre socchiusa quella finestra, giorno e notte, con il sole e con la pioggia, nel caso suo nipote avesse avuto bisogno di rifugiarsi lì.

Aimone tornò a casa dopo una settimana. Di notte, come sempre, dopo il passaggio della ronda, radendo i muri. Pochi metri di libertà, attorno all'isolato, nel buio. Via di nuovo in camera, a pensare a se stesso, al mondo, al nulla. Con l'angoscia nel cuore. I nazisti sarebbero tornati?

Sì, i nazisti tornarono, dopo un paio di settimane, al mattino. Ma questa volta con i cani. Evelina aprì e indietreggiò spaventata in cucina, si appoggiò al grembiule appeso alla parete e il campanello squillò, ancora una volta. Aimone scattò in piedi, andò in corridoio, ma i cani avevano fiutato la sua presenza e si misero ad abbaiare. Sentì i passi pesanti dei nazisti che salivano sulla scala di pietra, che era lunga appena due rampe. Non c'era tempo da perdere, uscì sul terrazzino, ma non riuscì a richiudere i battenti. I soldati, vedendo la finestra spalancata si precipitarono sul balcone. I cani abbaiavano furiosamente, saltando verso l'alto. Avevano sentito il suo odore e lo stavano braccando. Aimone ripeté lo stesso percorso, ma con il cuore che batteva nelle tempie. Saltò sul primo tetto, poi sul secondo, ridiscendendo verso via Roma. Doveva fare in fretta, ma le tegole erano bagnate dalla pioggia caduta nella notte e lui indossava dei mocassini con la suola di cuoio. Caricò il peso sulla gamba destra e si lanciò, ma atterrando, quel maledetto mocassino lo tradì. Aimone scivolò, battendo con la faccia sul tetto.

Sentì il suo corpo scivolare verso il basso, tentò di aggrapparsi a un filo di ferro, non ci riuscì. D'istinto afferrò un comignolo scrostato, che resse il suo peso, provò un dolore improvviso, atroce, che rimbombò nel suo cervello. Dolore di carne trafitta, appena sopra il ginocchio. Guardò in basso, vide che un pezzo di grondaia si era infilato nel muscolo della coscia sinistra. Rimase sospeso nel vuoto, con una gamba a penzoloni, l'altra incastrata nel ferro arrugginito. Il sangue iniziò a gocciolare sulla bancarella di un fruttivendolo, tingendo il sacchetto di mele di una signora. Pioggia rossa, calda e densa. La donna alzò lo sguardo spaventata e vide un ragazzo sospeso nel vuoto.

«Ahhhh!!! Ahhh!!» urlò, con voce acuta. Il fruttivendolo che aveva visto tutto, le saltò addosso, tappandole la bocca con la mano.

«Zitta, per carità! È uno dei nostri! È Aimone che scappa dai tedeschi» le sussurrò in un orecchio e la spinse nel negozio, affidandola a sua moglie, che la portò subito sul retro. L'ortolano tornò in strada brandendo uno straccio, che strofinò energicamente sul selciato, poi coprì con un telo la frutta sporca di sangue. Guardò in alto, ma la sagoma non penzolava più nel vuoto.

Aimone era riuscito a sfilare la grondaia dalla coscia e a issarsi sul tetto facendo leva sulle braccia. Strisciò con una fatica immensa fino all'abbaino, aprì la finestra e si buttò dentro, lasciando dietro di sé una scia di sangue, che per fortuna si confuse con il rosso scuro delle tegole bagnate. Continuò a sputare sulla ferita, come se bastasse la saliva a cicatrizzarla, ma il sangue sgorgava copioso. Il sangue è vita e Aimone sentiva che gli stava scivolando via. Si tolse la camicia, la legò appena sopra la ferita e strinse con le poche forze che gli rimanevano. Era sdraiato per terra con la mente sempre più annebbiata; vide l'interruttore del campanello, sopra il letto, ad appena due metri da lui; un altro campanello della salvezza, installato per avvertire la zia della sua presenza. Doveva schiacciarlo, ma gli sembrò lontanissimo. Provò a sollevare il busto. Ricadde sulla schiena.

Non voleva arrendersi, non poteva finire così. «Sì, ce la faccio, ce la devo fare» mormorò. Pensò a sua madre, a suo padre, a quanto fosse bella la vita, nonostante la ferita, nonostante i nazisti. Sentì i cani che abbaiavano sul tetto di fronte e quell'ultimo sussulto di paura gli diede l'energia per buttarsi sul letto, a pancia in giù, e allungare la mano, con una fatica immensa. Sfiorò appena il pulsante, poi vide la camera girare vorticosamente, sprofondare nella nebbia, infine nell'oscurità.

Il salto nel vuoto aveva disorientato i cani, che iniziarono a girare in tondo, incapaci di seguire le sue tracce. Nessuno dei soldati era riuscito a vederlo. Un giovane caporale dell'esercito tedesco, afferrò il binocolo e iniziò a scrutare i tetti circostanti. "Non può essere andato lontano, se è qui vicino, lo scopro" pensò. Si spostò a destra e a sinistra. Nulla, non si muoveva nulla. "Vale la pena di continuare la caccia sui tetti di Dongo? E se poi davvero il ragazzo non fosse stato nell'appartamento?" si chiese. Per esserne certo avrebbe dovuto saltare sul tetto del palazzo di fronte. Guardò in basso, c'erano dieci metri di altezza. Ma il cane lo avrebbe seguito? Decise di lasciar perdere.

La zia di Aimone era una vecchina minuta, dal viso dolce e i modi gentili. Udì il campanello e subito si precipitò nell'abbaino. Il pavimento era diventato rosso, come il letto e Aimone giaceva lì, esanime.

"Oh, mio Dio, è morto" pensò.

Gli toccò il polso, il cuore batteva. Provò a chiamarlo, ma suo nipote non rispondeva e una cupa disperazione si impadronì della sua anima. Tornò nel suo appartamento, riempì un secchio d'acqua, prese dei tovaglioli puliti e una bottiglia d'aceto. Risalì; passò delicatamente un panno bagnato sul viso di Aimone, che aprì gli occhi e iniziò a gemere.

«La gamba, la gamba...» Il laccio improvvisato sembrava

aver fermato l'emorragia, ma bisognava disinfettare la ferita e in fretta. La zia prese l'aceto e lo buttò sulla ferita. Bruciava maledettamente, l'aceto. Aimone accennò a un urlo, che subito soffocò nel palmo della mano, risvegliato da quella fitta.

«Zia, cosa mi hai versato sulla ferita?» sibilò.

«Aceto...»

«Serve a poco, ci vuole l'alcol» mormorò Aimone.

«Ma io l'alcol non ce l'ho in casa» piagnucolò la vecchina, sentendosi assurdamente in colpa.

«Trova qualcuno che te lo dia, chiama un medico, ma fai presto... Ti prego, zia!» la sollecitò.

La vecchina ridiscese nel suo appartamento, si sentiva confusa, impotente. Non sapeva cosa fare. Si affacciò al balcone pensando di andare a chiamare il suo medico, che abitava un paio di case più in là, ma vide passare due tedeschi, poi altri due. Cercavano Aimone. E allora uscì sul pianerottolo e decise di affidarsi al Fato. Suonò alla vicina, che era più giovane di lei, ma che, abitando lì da poco tempo, non conosceva bene. E se fosse stata una delatrice? Ma non aveva scelta. La donna aprì, spettinata; indossava un grembiule liso, le sue mani erano arrossate e corrose dalla lisciva, gli occhi neri e limpidi come la notte d'estate trasmettevano fiducia. La zia, guardandoli, sentì d'istinto che poteva fidarsi.

«Mio nipote è su nell'abbaino, ferito... I tedeschi volevano catturarlo, ora ho bisogno d'aiuto... bisogna disinfettare la ferita» sussurrò infilandosi nel suo appartamento, per non farsi udire dai vicini. La donna chiuse energicamente la porta. «Ho capito. Aspettatemi qui» le disse la vicina, che andò in bagno e camminando si sfilò il camice. Afferrò una bottiglia di alcol, poi entrò in camera, riapparendo con un lenzuolo, che strappò a strisce aiutandosi con i denti.

«Ora possiamo andare» mormorò, legandosi i capelli a coda di cavallo. Sbirciò dallo spioncino e salirono con passi felpati ma veloci fino all'abbaino.

Aimone rantolava. La vicina gli sollevò il capo, porgendogli uno dei lembi strappati.

«Ora soffrirete molto. Tenetela in bocca e stringete i denti» gli disse. Aimone obbedì. Sentì la gamba infiammarsi e scoppiettare, come il legno secco nel fuoco di un camino, gli occhi gli si riempirono di lacrime, urlò, ma sempre a denti stretti. Poi l'incendio parve spegnersi, vide la donna fasciargli la ferita, quattro volte, molto stretta. Era emaciato e i suoi occhi arrossati, ma vivo.

«Papà e mamma saranno in pena per me. Zia, avvertili che sono qui, rassicurali» sussurrò Aimone, che reclinò dolcemente la testa, cadendo in un sonno profondo.

E la zia, vincendo ancora una volta la paura, ubbidì. Uscì, girò intorno all'isolato, sbucò in via Aureggi e si avviò con passo lento verso il numero civico sette. "Chi potrebbe sospettare di una vecchina minuta dal viso dolce e i modi gentili?" pensò, ma quando vide che casa Canape era piantonata da un soldato tedesco, sobbalzò.

«Alt! Dove andate? Cosa volete?» le chiese in un italiano stentato ma severo, un ragazzone alto un metro e ottanta, dagli occhi chiari e la faccia dura, con l'elmetto calato in testa.

«Sono la sorella del signor Antonio Canape e vengo a trovare mio fratello» rispose la zia con sicurezza, meravigliandosi del proprio coraggio.

Il soldato la guardò con sufficienza, le fece aprire la borsa, rovistò dentro per un paio di secondi. «*Schön gut, So, die Tante.* Come dire in italiano: *tsia*?»

«Sì, zia» confermò lei abbozzando un sorriso.

«*Ja*, zia... Ah, ah, ah» rise. «*Sie konnen himein gehen.* Entrare prego.»

«Grazie» rispose lei, obbedendo senza indugiare.

La zia abbracciò Tonin ed Evelina e si mise a parlare del più e del meno, poi quando fu sicura che nessuno potesse sentirla, mormorò: «Aimone è da me, su nell'abbaino. È vivo, ma è ferito alla gamba. Bisogna che lo veda un medico».

Un medico fidato, naturalmente.

Fu la cugina Amelia a trovarlo. «È uno dei nostri» tranquillizzò tutti.

Ma cosa significava "dei nostri"? Aimone era un disertore, ma non aveva mai preso le armi contro i fascisti, né i tedeschi; eppure era come se l'avesse già fatto, come se fosse già, ma ancora non lo era, un partigiano. Il medico arrivò qualche ora dopo nell'abbaino, gli curò la ferita, ma ritenne che fosse tardi per dargli i punti.

«Mi è rimasta una brutta cicatrice» spiega Aimone, alzando il pantalone per mostrarmela. Brutta, ma senza conseguenze. Ancora oggi, passati gli ottantasette anni, cammina perfettamente; è scattante, dinamico. E poi, gli dico sorridendo, le cicatrici sono misteriose, incuriosiscono, intrigano sulle spiagge in tempi di pace.

Ma l'Italia di allora non era affatto spensierata, né bene stante e i suoi abitanti avevano altre priorità, meno affascinanti eppure vitali.

16

La ferita smise di bruciare e dopo dieci giorni Aimone mosse i primi cauti passi nell'abbaino. La situazione in paese sembrava tornata alla normalità e casa sua, a quanto gli riferì sua zia, non era più piantonata. In fondo era solo un renitente alla leva, non un bombarolo in fuga. E i tedeschi lo cercavano per usarlo come interprete, non per punirlo per attività sovversive; non avrebbero sprecato altro tempo ed energie per dargli la caccia. Probabilmente lo immaginavano in fuga sulle montagne o nascosto in un casolare isolato; invece Aimone non aveva mai lasciato il centro di Dongo e si preparava a raggiungere l'unico nascondiglio dove verosimilmente non lo avrebbero più cercato.

«Non posso lasciarlo a lungo da mia sorella. È anziana e ha già corso fin troppi rischi» disse Tonin a sua moglie.

«Mandiamolo in montagna, lì sarà al sicuro...» mormorò lei.

«È ferito, non può correre e secondo il medico ha bisogno di cure per almeno altri venti giorni. Non possiamo proprio mandarlo lassù...» la dissuase Tonin.

«Dalle mie amiche!» esclamò Evelina. «Le mie amiche si sono offerte di ospitarlo! Pensaci bene: non hanno alcun legame di parentela con noi e nemmeno con i partigiani. Sono donne perbene, che ogni mattina vanno a messa, pacifiche e benvolute... insospettabili...»

Suo marito sorrise, ma senza condividere il suo entusiasmo. «Ringraziale di cuore, il loro è un gesto molto bello, ma non posso accettare...»

«E perché?»

«Perché se accadesse qualcosa non me lo perdonerei. Pensa, cara, se poi venissero scoperte... È giusto far correre ad altri un rischio così alto?»

Evelina scosse la testa. «E allora?»

Suo marito guardò fuori dalla finestra e mentre sul viso si impresse un'espressione solenne le disse: «Facciamolo tornare qui».

«Qui?!? Dopo quel che è successo?»

«Sì, qui. I tedeschi hanno già perquisito la casa più volte e ci tengono d'occhio. Sai, l'altro giorno mi hanno seguito: speravano che li portassi nel nascondiglio di Aimone... Se lui riuscisse a rientrare senza farsi vedere chi potrebbe pensare che sia ancora in casa sua?»

«Sei sicuro, Tonin?» chiese Evelina con la voce cigolante.

«Sono sicuro, amore mio. Spetta a noi proteggerlo, non a mia sorella, né alle tue amiche. A noi, solo a noi. Domani notte lo riportiamo qui.» Ed Evelina acconsentì, senza tuttavia sentirsi davvero serena, come se quello stratagemma, in apparenza infallibile, celasse un'insidia, che la mente non contemplava, ma l'istinto già percepiva, seppur in maniera confusa.

Il sole, avvolto in un velo di nebbia, si assopì dietro i monti, lasciando che l'oscurità avvolgesse dolcemente Dongo. A mezzanotte Aimone aprì la porta dell'abbaino, scese le scale con estrema cautela, un gradino alla volta appoggiandosi sulla gamba sana, mentre sua zia tentava di sorreggerlo con le sue gracili mani. Attese il passaggio della ronda, poi l'arrivo di suo padre e zoppicando, passetto dopo passetto, con il supporto di un bastone rientrò a casa, per la terza volta.

Ma le precauzioni imposte dai suoi genitori si prospettavano soffocanti. Aimone non poteva scendere in cucina, né in soggiorno, nel timore che i passanti potessero vederlo sbirciando dalla finestra. Le sue incursioni a pianterreno si limitavano al bagno nel cortile, chiuso tra quattro mura; poi subito tornava di sopra, dove leggeva, chiacchierava con i fratelli, pranzava, ascoltava la radio. Dormiva. Si svegliava e ricominciava a far nulla. E il male oscuro si insinuò di nuovo nella sua mente. La vita a cui si era furiosamente aggrappato sul tetto penzolando nel vuoto scorreva come acqua sulla roccia, lasciandolo indifferente. Aimone non vibrava più, non si emozionava più, non sperava più.

"Devo trovare il modo di distrarlo" pensò Evelina, che era amica di Bice Lolla, la figlia del banchiere, apprezzata non solo per il suo indiscutibile rango sociale, né per la sua innegabile simpatia, ma anche per la sua bravura come maestra di musica. E i Canape possedevano un pianoforte a muro, scordato, che nessuno suonava più da tempo, ma ancora funzionante; si trovava in una stanza che, sebbene si affacciasse sul cortile, era al riparo da sguardi indiscreti.

"Perché no? La musica fa bene all'anima..." pensò Evelina, che si fidava della Bice. La pregò soltanto di tenere porte e finestre chiuse. Riaccordato il piano, cominciarono le lezioni, ma faceva caldo sul lago quel mese di luglio, senza un filo di vento; il caldo che si appiccica addosso, anche in una casa del Seicento con i muri spessi cinquanta centimetri, e rende insofferenti. Quando, un giorno, il sudore gocciolò dalla fronte fino alla tastiera, Aimone sbottò. Si alzò, aprì la finestra e continuò a suonare.

«Aimone... è pericoloso» disse Bice.

«Non ne posso più! Tu continua, non preoccuparti» reagì lui ed Evelina, per una volta, lo lasciò fare. "Perché no?" pensò, innocentemente. "Che male c'è se qualcuno sente suonare il pianoforte? Da quando in qua è vietato far musica?"

Ma Dongo è piccola; tutti sanno tutto (o quasi) di tutti. E non tutti erano amici dei Canape; certo non la sarta Rina, che pur essendo nata a Brescia, viveva lì da tanti anni, dove si era conquistata la fama di gran pettegola, in perfetta armonia con il suo aspetto. I suoi capelli neri, striati di bianco, spuntavano sotto il foulard in ciocche unte e spesse, nascondendo una fronte bassa e tenace. La punta del naso, arcuato, sembrava toccasse le labbra sottili della sua bocca piccola e sghemba. Non parlava, mitragliava parole a una velocità strabiliante, senza mai prendere fiato. In due minuti era capace di raccontare ciò che sapeva e anche quello che non sapeva, ma che immaginava con tale veridicità da convincersi che fosse vero, accompagnando la sua narrazione da lapidari giudizi, sempre negativi, tranne che sul Duce e il Fascio, naturalmente; perché Rina era una fascistona, convinta e irriducibile; ma brava nel suo mestiere.

Prestava servizio in diverse famiglie, tra cui anche quella dei Pollini. Quella mattina di luglio arrivò alle nove e, come di consueto, si piazzò in cucina in compagnia di Olivia, la cuoca di casa. Rammendava con le sue dita agili e incallite e intanto chiacchierava. Alle dieci udì il pianoforte. Un solfeggio, poi un altro. Frequentava quell'appartamento da anni, ma non aveva mai sentito nessuno far musica in quella zona, né a quell'ora.

"Chi poteva essere?" si chiese Rina. Pensò fosse un ragazzino, ma con quel caldo, erano tutti al lago a fare il bagno o su ai giardini del Merlo a giocare. Affilò l'udito, il solfeggio pareva provenire dal piccolo e chiuso cortile di casa Canape. Un mistero. E il mistero, per una pettegola, è come il dolce per un goloso a dieta: irresistibile.

"Forse Olivia, sa" mormorò tra sé e sé.

«Oh, un piano, chissà chi lo sta suonando...» disse, con noncuranza.

«Ah sì, non ne ho idea» rispose distrattamente la sua amica.

La sarta sbirciò fuori dalla finestra, che però si affacciava sulla strada. Alzò lo sguardo, notò, sopra la credenza, un lucernario che dava proprio sul cortiletto di via Aureggi, ma per sbirciare da lì avrebbe dovuto prendere una scala.

Guardò l'orologio ed esclamò, con voce melosa: «Oh, com'è tardi! Olivia, non vai a far la spesa questa mattina? Che cosa aspetti, fa già così caldo. Se resti qui ancora un po' non troverai più nulla». E Olivia, l'ingenua Olivia, abboccò.

«Che sbadata, sono già le undici! Hai ragione, Rina, vado subito» rispose la cuoca, che si tolse il grembiule, si guardò allo specchio, arrangiandosi frettolosamente i capelli con le mani. «Sarò qui tra un quarto d'ora» disse prima di richiudere la porta.

La sarta era sola in casa, verificò dalla finestra del salotto che la cuoca si fosse incamminata verso la piazza, tornò in cucina, cercò la scala nello sgabuzzino, ma qualcuno l'aveva spostata. In quell'istante il solfeggio riprese e Rina non riuscì a trattenersi. Salì sulla sedia, poi sul tavolo in marmo, senza nemmeno togliere gli zoccoli di sughero. Appoggiò le mani sullo stipite, allungando il collo fino a raggiungere il vetro sporco del lucernario. Guardò e sorrise maleficamente.

Al ritorno di Olivia si sforzò di mascherare la sua trepidazione, continuando a cucire e a chiacchierare. Attese con impazienza che l'orologio a pendola del salotto battesse le dodici e fulmineamente si congedò da Olivia, ma anziché filare a casa o fermarsi al mercato, le sue gambe piene, dai polpacci grossi e venosi, la condussero in caserma, dove annunciò trionfante di aver visto Aimone. «Potete smettere di cercarlo sui monti, è nascosto in casa sua.»

Alla stessa ora Bice terminò la lezione di pianoforte.

«Ci vediamo domani!» disse, uscendo da casa Canape.

«Buona giornata, Bice» rispose lui, a cui la musica aveva restituito brio e buon umore.

Evelina, come di consueto, gli portò il pranzo in camera, ma si fermò con lui solo pochi minuti; ridiscese in cucina per preparare il pranzo al padre e ai fratelli.

Non si accorse che i tedeschi avevano circondato l'isolato

e quella volta, anziché bussare, sfondarono la serratura, chiusa con una sola mandata. Uno di loro bloccò Evelina alla parete del corridoio, lei tentò di divincolarsi, ma quell'uomo la strinse forte, tenendola lontana dalla cucina, lontana dall'interruttore della salvezza. Gli altri soldati si precipitarono al piano di sopra. Aimone udì il trambusto, si alzò, aprì la porta, ma subito la richiuse: i cani lupi abbaiavano ed erano già in cima alla scala. Il cuore gli pulsava in gola, la mente era confusa. Fece un passo a destra, uno a sinistra. Aprì la finestra e per un attimo pensò di saltare giù, ma vide che per strada c'erano altri soldati. La casa era circondata e lui in trappola. Aprì l'armadio: era stretto, e allora si buttò sotto il tavolo, facendosi piccolo, piccolo come un bambino che gioca a nascondino. Ma quella mattina, maledettamente afosa, nessuno urlò «liberi tutti». Lo trovarono rannicchiato con le mani sul capo e gli occhi impauriti.

«*Raus!*» intimò il soldato puntandogli il mitra sotto il naso. Aimone uscì lentamente, l'altro lo strattonò via e lo perquisì rapidamente. Poi lo spinse nel corridoio e lo condusse al piano di sotto stringendogli il braccio. Evelina aspettava in corridoio, pallida, le labbra improvvisamente livide, gli occhi disperati; afflitta dal senso di colpa per non essere riuscita a premere il campanello della salvezza.

«Figlio mio, no!» urlò gettandosi verso di lui, per abbracciarlo, per baciarlo, per tenerlo accanto a sé qualche secondo in più. Non piangeva, ma guardando i soldati nazisti invocava pietà, la pietà di una madre, stringendo Aimone tra le sue braccia, avvinghiandosi a lui.

«*Fertig! Fertig!*» urlò, un soldato.

«Basta! Via! Via!» ripeté in italiano tentando di strappare quell'abbraccio, ma Evelina non mollava. Appoggiò la testa al petto di suo figlio e strinse un po' di più, come se con quell'abbraccio, tenero e disperato, potesse condividere la sua sorte. Ma i tedeschi non si commossero. «Ora basta! Basta!» urlò il soldato con occhi sprezzanti. Afferrò il calcio del fucile con le sue mani nerborute e la colpì violentemente sulla spalla. Le mani di sua madre allentarono la presa, il suo corpo scivolò lentamente a terra; i suoi occhi si riempirono di lacrime e la sua voce, dolce, angelica, si spense in un lamento soffocato. «Aiuto, aiuto...»

Aimone sentì il cuore esplodere di rabbia e la furia impadronirsi del suo corpo: «Mamma, no!!!» urlò.

Si liberò con uno strattone e si avventò a testa bassa su quell'uomo in divisa che aveva osato picchiare sua madre, che l'aveva bastonata come un cane. Sua madre! Un fiore divino, sacro, intoccabile. Sua madre che tanto amava. Sua madre, che venerava. Come aveva osato!

«Bastardo! Metti giù le mani!» gridò, con lo sguardo incendiato dall'ira. Aimone, il pacifico, gentile, raffinato Aimone afferrò il collo di quel militare e iniziò a stringere. Il volto del tedesco si fece paonazzo, ma Aimone non allentò la presa. Strinse forte, sempre più forte, determinato e furioso, come se volesse chiudere lì, nel corridoio di casa sua, la partita con quel nazista crudele. Trascorsero cinque interminabili secondi, poi sentì la canna di un fucile sulla sua schiena e un ordine perentorio: «*Lass ihn los sofort oder ich tote dich*».

Sua madre non capì quelle parole, ma Aimone sì. «Lascialo subito o ti uccido» gli aveva intimato qualcuno alle sue spalle. E come d'incanto il raptus svanì. Le sue mani lasciarono il collo dell'uomo, che tossendo, rialzò il busto. Aimone notò che aveva i gradi, era un ufficiale ed era furente. «Portatelo in piazza» ordinò. Non ebbe nemmeno il tempo di voltarsi per un ultimo saluto a sua madre. Gli diedero due sberle, lo ammanettarono e lo spinsero fuori. Sua madre restò sola, in un angolo; pianse Evelina, maledicendo se stessa per non aver ascoltato l'istinto quando Tonin decise di riportare a casa il loro figlio.

La posizione di Aimone era divenuta improvvisamente pesante. I tedeschi non lo consideravano più un interprete clandestino, ma un partigiano che aveva tentato di strozzare un ufficiale della Wehrmacht, compiendo un reato grave, che meritava una punizione esemplare.

«Al muro!» urlò il tenente.

Aimone camminava con il fucile puntato alla schiena, ammanettato ma a testa alta. Per strada incrociò un'amica d'infanzia che portava a passeggio il suo bebè di tre mesi, fasciato stretto e con la cuffia in testa, come si usava allora, e lei vedendolo in quello stato ebbe un mancamento.

I tedeschi lo portarono di fronte al Municipio, poi a tre di loro venne dato l'ordine di prepararsi a fare fuoco. Aimone aveva paura, ma non urlava; tremava ma non piangeva; guardava dritto negli occhi gli uomini che si apprestavano a togliergli la vita, ma non provava rimorso per quel che aveva fatto. Suo fratello Vittorio si era sacrificato per la patria su una nave da guerra nel golfo di Napoli, lui sarebbe morto per aver difeso sua madre picchiata da un soldato: quale causa più degna? Si rammaricava solo per l'abbigliamento: indossava dei pantaloncini corti, le ciabatte e una camicia sbottonata.

Inimitabile Aimone. Chiunque avrebbe pensato ad altro in quei momenti, non lui: riteneva che quella tenuta fosse indecorosa per un condannato. Frau Noll gli aveva insegnato quanto fosse importante vivere con stile, lui pensò che bisognava anche morire con classe, in qualunque circostanza, soprattutto se tragica come quella. Era convinto che un vero gentiluomo dovesse affrontare il plotone di esecuzione indossando una giacca con la camicia bianca e la cravatta nera.

In pochi istanti ripercorse la sua vita; pensò alla sua infanzia in una casa modesta, ma felice e colma d'amore, al primo bacio di Vittoria, al viaggio da Como a Oberhof, all'accoglienza dei principi Watzesky, alla notte di Capodanno in cui conobbe Elli, alle ore di passione con Irma, all'amicizia con il colonnello Barendson. Trovò bella persino la noia degli ultimi mesi e si commosse, ancora una volta, pensando a sua madre. E ora la sua esistenza stava per finire, volgarmente, in braghette e ciabatte.

Chiuse gli occhi in un silenzio vasto e surreale.

"Ora sentirò una raffica. Poi più nulla. La mia anima se ne andrà" disse tra sé e sé, chiudendo gli occhi. Il cuore batteva all'impazzata, nella gola, alle tempie, nello stomaco, ma anziché il crepitio dei fucili, si alzò un grido di donna. «Aimoneeee! Noooo!» Riaprendo gli occhi riconobbe sua cugina, che continuava a gridare dal balcone di un palazzo allungando le mani nel vuoto, come se potesse raggiungerlo e fermare tutto, mentre a pochi metri da lui, davanti al tabaccaio, decine di donghesi aspettavano di poter ritirare la stecca di sigarette, a cui avevano diritto una volta al mese. Tra quegli uomini c'era anche suo padre Tonin, che si staccò dalla coda, correndo verso Aimone, in un silenzio angosciante, rotto solo dal grido disperato della donna: «Aimoneee! Aimoneee!». Molti donghesi seguirono il vecchio Canape, mentre i soldati tedeschi, ormai pronti, puntarono i fucili, aspettando l'ordine di aprire il fuoco. La cugina tacque, sopraffatta dall'emozione. Il comandante alzò lo sguardo, accorgendosi che una folla li aveva circondati. Cinque militari contro decine di civili. Capì che Dongo non avrebbe tollerato e non lo avrebbe perdonato. Intuì che se avesse sparato un solo colpo, sulla piazza non sarebbe rimasto solo il corpo di Aimone. Si chiese se lui e i suoi uomini sarebbero usciti vivi da lì. E cosa avrebbe detto ai suoi superiori: ho giustiziato un uomo e provocato un'insurrezione per lavare un'offesa personale? L'ufficiale taceva, mentre il suo pomo d'Adamo saliva e scendeva, incessantemente.

Aimone cercò gli occhi di suo padre per lanciargli un ultimo saluto. Sentì la bava schiumare in bocca e poi scivolare sul mento, ma riuscì a trattenere le lacrime.

Voleva apparire degno di fronte a Tonin, che, tenendo la mascella serrata, lo guardò impietrito.

"Cosa aspettano a sparare? Perché prolungano la mia sofferenza?" pensò Aimone ormai completamente frastornato. Richiuse le palpebre aspettando di udire «Fuoco!». E invece colse queste parole in tedesco. «Giù i fucili. Portate il prigioniero al comando.»

Dalla folla si levò un brusio di sollievo; Tonin, stordito dall'emozione, si sedette sui gradini del Municipio, seguendo con lo sguardo suo figlio, mentre veniva condotto verso il quartier generale dei tedeschi, che conosceva bene; sorgeva infatti nella casa di un suo amico confiscata dai nazisti dopo l'8 settembre.

I soldati chiusero Aimone in una stanza con le tapparelle serrate e la finestra sbarrata, nonostante il caldo. Era lì, al riparo da orecchie indiscrete, che regolavano faccende come quelle. Iniziarono a interrogarlo. Domande e ceffoni, ceffoni e domande.

«Dove si nascondono i partigiani?»
«Non lo so, io non sono un partigiano.»
«Ma allora perché ti nascondevi?»
«Perché ero renitente alla leva.»
«Bugiardo!» E giù botte.
«Non sono un bugiardo, vi sto raccontando la verità!»
«Parla o finirai male. Smettila di prenderci in giro» e giù pugni.

Ma Aimone non mentiva. Non sapeva nulla dei combattenti, non li aveva frequentati, non sapeva chi fossero i capi. Come avrebbe potuto svelare un segreto che non conosceva?

Lo tennero sveglio tutta la notte, senza dargli tregua. Ma lui non mollava, non si contraddiceva, ripetendo sempre la stessa versione. Finché, all'alba, la porta della cella si aprì e apparve il comandante, che non era una persona ordinaria, come i suoi sottoposti, ma un borghese ben istruito. Ascoltando Aimone si sorprese.

«Lei parla il tedesco dei grandi signori... Com'è possibile?» esclamò.

Aimone gli raccontò dei suoi due anni trascorsi in Germania e delle sue amicizie altolocate.

«Questo cambia tutto, signor Canape! Sono certo che finiremo per intenderci.» Il comandante vide improvvisamente in lui non più un partigiano ferocemente antinazista, ma un potenziale collaboratore: un giovane italiano che ammirava l'alta società tedesca non poteva essere trattato alla stregua di un nemico. Capì che con le lusinghe e un certo galateo avrebbe ottenuto ciò che le torture e le minacce non sarebbero mai riuscite a strappare.

Aimone, esausto, fece sì con la testa. "In fondo se mi chiedono solo di fare l'interprete, di tradurre qualche documento, non è così grave" pensò.

«Bene, bene, Canape. Lei e io, faremo grandi cose!» gli disse il comandante dandogli una pacca sulla spalla. «Ma dovrà darmi credito...»

«Farò quel che dice...» mormorò il ragazzo, che non aveva più nemmeno la forza di alzarsi. Il suo corpo era segnato dai pestaggi, come la sua anima, che da leggera si era fatta nebbiosa. Due soldati lo alzarono di peso e lo portarono alla caserma dei questurini, buttandolo in malo modo dentro una cella, su una branda, ma lasciandolo, finalmente, da solo.

Cinquantacinque anni dopo, Aimone fa il contrappunto a quel "sì" con la testa. La scuote leggermente nell'opposta direzione. Come a dire: no, no...

Quando rievoca quei momenti entra in uno stato di trance. Rivive nella mente ogni particolare. Minuto per minuto, sensazione per sensazione. Ti afferra il braccio, lo stringe, allenta la presa. Ti fissa negli occhi come se fossi non l'amico in visita, ma quell'ufficiale tedesco: ti odia, ti sfida, ti implora, si lascia andare.

«In ventiquattro ore ero stato catturato, mia madre picchiata col calcio di un fucile, avevo quasi strozzato un ufficiale tedesco per vendicarla, ero stato messo al muro di fronte a un plotone di esecuzione, infine malmenato per una notte intera» procede, con le lacrime che lottano per non sbocciargli dagli occhi. Commosso, svuotato come allora.

Nonostante tutto, è consapevole d'aver sempre avuto la Dea Bendata dalla sua.

«Lo so, sono stato fortunato per tutta la vita... tranne che in amore!» giura, abbozzando finalmente un sorriso.

«Ho l'impressione che anche nei momenti più difficili, tutto sia stato scritto e il mio destino nettamente tracciato, nel bene come nel male ma sempre per raggiungere di nuovo il bene. Se non avessi saputo il tedesco, non avrei capito l'ordine del soldato e sarei stato ucciso. Se la sarta non fosse andata immediatamente dai questurini, mi avrebbero arrestato nel pomeriggio e dopo pranzo non ci sarebbe stata quella folla sulla piazza... e senza l'attrazione di quella folla forse mia cugina non sarebbe uscita sul balcone. Solo coincidenze? Perché mio fratello è morto facendo un favore a due coscritti che conosceva appena e io me la sono sempre cavata?» Mi guarda, con piglio deciso, questa volta riconoscendomi. È tornato ad appartenere al presente.

«...però non ho mai tradito, nemmeno dopo aver fatto quel "sì" con la testa.»

17

Quello stesso pomeriggio, Giulio Semprini, segretario del Fascio di Dongo, convocò Tonin, nel suo studio privato, dopo aver liberato segretarie e funzionari. Lo stimava da sempre per la serena dignità con cui aveva palesato la sua distanza nei confronti del regime, senza tuttavia assumere posizioni massimaliste ed evitando, pertanto, di apparire come un resistente o un nemico. Il *sciùr Canape*, sebbene un po' burbero e di indole solitaria, era un uomo equilibrato, che nel Ventennio aveva trattato tutti, anche i fascisti più accesi, con equità.

Semprini era al corrente delle accuse rivolte ad Aimone. Certo, avrebbe potuto attendere semplicemente gli eventi: nessuno gli avrebbe rimproverato alcunché. Nell'Italia del 1944, il potere di un capo fascista era inferiore a quello di un comandante tedesco, che da alleato era diventato occupante e vero puntello di ciò che restava del regime mussoliniano; ma avrebbe potuto tacere? In quel momento decise di non rispondere al Duce né all'Italia, ma solo alla propria coscienza, in omaggio a un amico leale.

Accolse Tonin aprendosi in un sorriso, gli strinse vigorosamente la mano e lo fece accomodare su una sedia. Semprini girò intorno alla scrivania sedendosi sulla sua poltrona, ma senza appoggiare il dorso allo schienale. Rimase in punta di natica, con i muscoli delle gambe irrigiditi, proteso in avanti; parlava a voce bassa, masticando le parole nella sua mascella ossuta.

«La situazione di tuo figlio è seria» mormorò con fare guardingo, voltandosi a destra e a sinistra, come se fosse in un luogo pubblico anziché nel proprio ufficio.

«Quanto seria?» chiese Tonin, alzando il sopracciglio sinistro.

«Molto seria. I tedeschi lo accusano di essere un partigiano. Mi hanno riferito che ha aggredito un ufficiale della Wehrmacht e sono convinti che Aimone conosca i combattenti nella zona e sappia dove si nascondono» continuò il segretario del Fascio con tono grave.

«Mio figlio non sa nulla! È rimasto nascosto per quasi un anno e non ha mai preso parte ad azioni con i partigiani» esclamò Tonin. «E lo sai bene anche tu!» aggiunse fissandolo dritto negli occhi.

«Sì, sì, lo so. Ma i tedeschi sono molto arrabbiati... mi hanno lasciato intendere che se Aimone non collabora rischia grosso. Mi hanno raccontato quel che è successo oggi in piazza, avvertendomi che la cosa potrebbe ripetersi...» replicò Semprini, quasi bisbigliando.

«Come ripetersi? Che cosa intendi?» urlò Tonin.

«Non gridare, per l'amor del cielo! Senti, a te non posso proprio non dirlo...»

«Cosa? Cosa?» lo incalzò l'altro con la voce trepidante.

«Tuo figlio sarà processato e rischia la fucilazione» esclamò Semprini che, sentendosi sollevato, si lasciò cadere indietro, sprofondando nella poltrona, dove però non restò che pochi istanti.

Tonin, anziché ringraziarlo, si sporse in avanti, lo agguantò per il bavero con le sue mani larghe e muscolose. Nei suoi occhi luccicava uno sguardo fiero e selvaggio, uno sguardo spietato e istintivo. Sollevò il Semprini, come se fosse un bambino, e lo tirò verso di sé, bruscamente, fino a quando il suo naso non fu a pochi centimetri dal viso dell'uomo. Sentì il suo respiro ansimante, lesse la paura nelle sue piccole pupille, poi disse con voce ferma, senza concitazione: «Tocca mio figlio e ti ammazzo». Lo fissò ancora per qualche secondo, continuando a tenerlo sollevato a mezz'aria sopra la scrivania, come per accertarsi che il Semprini avesse inteso bene, incurante del suo grado e del suo ruolo.

Poi lo spinse indietro, facendolo cadere pesantemente sulla poltrona. Tonin si alzò, ma non appariva trafelato come se sapesse già che il capo dei fascisti non avrebbe reagito, né lo avrebbe fatto arrestare. Uscì, senza salutare e chiudendo la porta in modo così energico da farla sbattere.

Nemmeno quel rumore scosse Semprini, che restò seduto fissando il vuoto. Era stato aggredito, eppure non riusciva a sentirsi offeso. E non solo perché comprendeva lo stato d'animo del Canape; il suo era un presagio profondo e ineludibile. Persino Tonin si era ribellato a un'autorità che evidentemente non intimoriva più i suoi concittadini. Quel giorno capì che il clima in paese era cambiato e di non essere più al sicuro nella sua Dongo. Semprini ebbe paura.

Tonin, invece, appariva sempre più determinato. Doveva sapere chi aveva tradito suo figlio. Corse in casa, entrò nella camera con il pianoforte, si affacciò alla finestra e capì subito che Aimone era stato visto o dai tetti – ma era improbabile che qualcuno potesse muoversi senza essere visto in pieno giorno – o dalla finestrella nella cucina di Pollini, il suo fraterno amico. Possibile che il traditore fosse lui o qualcuno della sua famiglia? Il Pollini trascorreva le giornate alla filanda, al mattino non era mai in casa. I suoi figli e sua moglie nemmeno a parlarne: per loro Aimone era come un fratello e poi non erano stati loro a ospitarlo qualche settimana prima?

Ma doveva esserne certo, uscì per strada e bussò dal suo vicino. Pollini gli aprì, gli tese la mano, la strinse con forza, la tirò a sé, lo abbracciò. Aveva saputo e soffriva con lui, per lui, per Aimone.

«Ma qualcuno che frequenta la tua casa ha tradito mio figlio» gli disse Tonin, con imbarazzo, spiegando la ragione dei suoi sospetti.

Pollini impallidì e si appoggiò alla parete.

«Un traditore? In casa mia? Che disonore...» mormorò, asciugandosi la sua bianca fronte, madida di sudore. «Ma dobbiamo assolutamente scoprire chi è. Vieni, andiamo di là» aggiunse, con voce graffiata.

Camminò fino alla cucina, dove Tonin gli mostrò la finestrella.

«Ecco, è sicuramente da lì che qualcuno ha visto Aimone al pianoforte. Hai una scala a portata di mano?»

«No, è in cantina» rispose Pollini, chiudendosi nelle spalle.

«E allora la spia non può che essere salita sul tavolo» borbottò Tonin, che si chinò osservando con attenzione la superficie.

«Guarda!» esclamò, in controluce erano ancora visibili le impronte di due zoccoli. «Chi c'era in casa ieri mattina?»

«Olivia, credo insieme alla sarta, come accade spesso...» rispose il Pollini, che con un urlaccio chiamò la cuoca.

«Guarda queste impronte, gli zoccoli sono tuoi?» la aggredì. «Sei salita sul tavolo ieri?»

L'Olivia era una donna semplice e onesta, che da anni dedicava se stessa a quella famiglia benestante, amando i figli del Pollini quanto e forse più di una madre. Era la loro confidente, la loro tutrice, un'anima immacolata. Il solo sospetto la umiliava intimamente. «Come potete dubitare di me dopo tutti questi anni di servizio?» gridò portandosi le mani al volto, mentre le lacrime scorrevano sul suo viso pieno e rubicondo. «Come potete dubitare di me?» ripeté. «Io non ho fatto nulla di male, ho solo lavorato come ogni giorno. Io non salgo sui tavoli! Io non faccio la spia!» La sua era la fierezza che non mente e parla al cuore.

Calò un silenzio imbarazzante, interrotto dalla voce del Pollini. «Calmati Olivia, io ti credo, e scusami se sono stato troppo brusco. Questa faccenda ha sconvolto anche me. Ma allora chi può essere stato? Raccontaci cos'è successo ieri mattina...» provò a consolarla.

«Nulla è successo, signor padrone, nulla. Una mattinata come tante altre» rispose l'Olivia soffiandosi il naso.

«Qualcuno ha suonato alla porta?»

«No, eravamo solo io e la Rina, come sempre...» disse, interrompendo la frase a metà. Sì, qualcosa era successo. La sarta l'aveva indotta a uscire di casa con la scusa della spesa. Rina era rimasta sola, in cucina per pochi minuti, ma sufficienti per salire sul tavolo. E portava gli zoccoli. Ed era fascista. Ed era un'impicciona. Lo raccontò a Pollini e a Tonin. Improvvisamente fu tutto chiaro.

Uscirono per strada, camminando rapidamente verso la casa della sarta, che era appena rientrata dal servizio pomeridiano presso un'altra famiglia. Fu un incontro breve e drammatico. Rina negò tutto, negò l'evidenza, senza riuscire a convincere Pollini, che non potendo denunciarla – lei era dalla parte dei tedeschi, dei fascisti e dunque della giustizia – le diede il benservito.

«Non farti più vedere a casa mia» le intimò.

Olivia si piazzò davanti a lei. «Sei una strega. Mi hai mandato apposta a far la spesa, vero? E sei una vile traditrice» urlò. E le diede due ceffoni, che la sarta incassò senza reagire. Si accovacciò sulla schiena, farfugliò qualche frase, poi tacque, abbassando la testa, senza riuscire a sopprimere il rossore che avanzava sul suo viso acido e maligno. Rimase in quella posizione, fino a quando udì la porta d'entrata richiudersi.

Era una giornata fresca, il sole pareva dondolarsi sulle onde del lago, mentre i boschi erano percorsi da sbuffi di vento, che mormoravano lietamente tra gli alberi e i cespugli. Tonin imboccò il sentiero, salendo verso i monti, dove, al riparo da sguardi indiscreti, incontrò uno dei capi dei partigiani, che conosceva bene, così come quello dei fascisti.

«Tonin, se vuoi a quella lì pensiamo noi» gli disse quell'uomo dalla barba ispida, di piccola statura, con il collo corto, che pareva incastrato tra le spalle larghe e possenti. Le sue unghie erano nere, le sue dita callose, i suoi capelli sporchi. Puzzava come tutti gli uomini costretti a vivere nei boschi e il suo spirito era indurito dalla sofferenza, dall'odio per i tedeschi, per i fascisti.

«Ci pensiamo noi» ripeté, passandosi la mano, ben tesa, da sinistra a destra all'altezza della gola, mimando uno sgozzamento.

Ma Tonin, anche se sconvolto per Aimone, era pur sempre Tonin. Desiderava che quella donna venisse punita, ma non al punto da toglierle la vita.

«Non voglio che le facciate del male, deve vivere nell'angoscia, come viviamo io e la mia famiglia in queste ore» disse con calma e sembrava che riflettesse a voce alta.

«Se questo è il tuo desiderio...» rispose il partigiano. Durante la notte, nonostante il coprifuoco, nonostante le ronde, una mano misteriosa dipinse sulla facciata della casa della sarta una scritta con la vernice nera. Era una scritta molto grande. «Spia attenta, hai finito di vivere.» Altre frasi apparvero sulle mura di Dongo. «A morte i traditori!» «Abbasso il fascio, viva la libertà.» Tutti dovevano sapere e tutti, al mattino, seppero. La Rina smarrì la voglia di curiosare nella vita degli altri, di incontrare gente, di spettegolare. Si chiuse in casa per giorni, improvvisamente fragile, impaurita. Voleva essere dimenticata da tutti. Tonin aveva raggiunto il suo obiettivo.

E uscì anche Aimone, ma per andare da una cella all'altra; da quella improvvisata del comando tedesco a quella della caserma dei questurini, dove, peraltro, risultò essere l'unico ospite.

Evelina dormì poco quella notte. Si svegliò alle cinque, scese in cucina. Prese una cesta di vimini, la riempì con alcuni frutti, la torta che aveva fatto la sera prima, i biscotti appena sfornati, appoggiò sul fondo una bottiglia di vino e una d'acqua. Si spazzolò i capelli, li raccolse, si lavò il viso e s'incamminò verso la chiesa. Sul sagrato trovò la Regina e la Granzella, le amiche di sempre. Aveva chiesto ai frati di recitare un *Te Deum*, l'inno di ringraziamento al Signore. Suo figlio era in carcere, lei era stata picchiata, ma anziché chiedere a Dio: «Perché fai questo proprio a me?» si affidava a lui, invocava la sua Misericordia.

«*Salvum fac populum tuum, Domine...*» recitavano i frati, in chiesa.

«Salva il tuo popolo, Signore» ripeteva Evelina, sottovoce, seduta sui banchi.

«Guida e proteggi i tuoi figli.

Ogni giorno ti benediciamo,

lodiamo il tuo nome per sempre.

Degnati oggi, Signore,

di custodirci senza peccato.

Sia sempre con noi la tua misericordia:

in te abbiamo sperato.

Pietà di noi, Signore,

pietà di noi.

Tu sei la nostra speranza,

non saremo confusi in eterno.»

Teneva il capo chino, eppure l'ansia del giorno prima era svanita, provava dentro di sé una forza insolita, profonda e incrollabile. Aveva accettato la morte di Vittorio ed era pronta ad affrontare quella prova confidando nel disegno divino. «Proteggi i tuoi figli, Signore... Sia sempre con noi la tua misericordia... Pietà di noi, Signore» quelle frasi risuonavano nella sua testa. Più le ripeteva, più si sentiva serena, fiduciosa, e i suoi sentimenti scorrevano placidi come un grande fiume verso il mare a fine primavera.

Tornò a casa, prese il cesto, e con le amiche si avviò verso la caserma.

Alle sette del mattino suonarono al portone.

«Sono la madre di Aimone Canape» disse Evelina. Il questurino aprì. Si aspettava di trovare una donna disperata, vestita a lutto e invece accolse tre dame sorridenti che portavano cibo e vino, come se quella fosse una giornata di gioia. E che cibo: prelibatezze profumate, in un'epoca di razionamento...

Il questurino si rivolse al superiore. «Che devo fare, signor comandante? Posso farle entrare?»

I parenti avevano diritto di visitare un detenuto e quello non era un vero carcere, non c'erano orari, né regole precise. Il capitano osservò dalla finestra le tre donne, incrociate centinaia di volte per le strade del paese e che avevano la reputazione di signore a modo e certo non pericolose.

«E va bene, ma solo per pochi minuti» sospirò, allargando le braccia.

Il soldato perquisì la cesta e le borse delle tre donne, poi le condusse da Aimone. «Ma solo per pochi minuti» si raccomandò.

La luce dell'alba si affacciò sul davanzale e i raggi obliqui del sole illuminarono lo squallore di quella cella, arredata con una sedia, un tavolaccio sbilenco, una branda su cui era posato un materasso sgualcito e maleodorante, senza lenzuola, con appena una pulciosa coperta di lana. Evelina abbracciò Aimone, pulì amorevolmente le ferite, lo baciò sulle guance.

«Sto bene, mamma; non preoccuparti» tentò di rassicurarla. Lei e le sue amiche ebbero appena il tempo di sedersi, quando furono richiamate dal secondino.

Obbedirono, naturalmente, ma dopo mezz'ora il campanello della caserma suonò di nuovo. Era Tonin. «Voglio vedere mio figlio» disse.

«Attendete qui» rispose il soldato di picchetto, che ancora una volta chiese lumi al comandante. Aveva lasciato passare la madre, poteva escludere il padre?

Entrò anche Tonin, portando un materasso pulito, dono bizzarro e ingombrante, ma quanto mai gradito.

Dopo due ore il campanello suonò per la terza volta: era lo zio diventato fratello con un sacco in cui Evelina aveva infilato una camicia e un paio di pantaloni stirati. E il secondino non chiese più il permesso, lo lasciò entrare direttamente.

Il mattino seguente il ciclo delle visite riprese; un ciclo che il comandante, a norma di regolamento, non avrebbe dovuto permettere, ma aveva detto di sì il primo giorno, come faceva a dir di no adesso? La famiglia Canape portava ogni mattina una cesta e tanto buon umore in quella cella, che di giornata in giornata diventava sempre più accogliente; parlavano sempre a voce alta e mai di politica, affinché il soldato di picchetto, seduto in corridoio, potesse sentirli, sgomberando il campo da ogni equivoco sul loro ruolo e le loro intenzioni. Evelina non era una staffetta partigiana, ma solo una madre premurosa, intenzionata a dare conforto al figlio, avvolgendolo con il suo incrollabile amore.

E Aimone, come prigioniero, era davvero anomalo. Quando i questurini gli davano il rancio, lui ringraziava con la consueta eleganza.

«Questo pensa d'essere al grand hotel...» scherzavano i gendarmi repubblichini che un po' si prendevano gioco delle sue maniere aristocratiche, divertendosi a immaginare come si sarebbe comportato se fosse stato costretto a sparare a qualcuno: «Mi scusi, caro amico, mi duole comunicarle che in questa sgradita circostanza sono costretto, mio malgrado, a toglierle la vita» ridacchiavano tra loro. «Se tutti i partigiani sono così, abbiamo vinto» mormoravano quei ragazzi che però iniziarono a guardarlo con simpatia, soprattutto quando, al terzo giorno, Aimone condivise con loro le delizie che riceveva nella cesta. Teneva per sé una fetta di torta, qualche biscotto, un po' di pane e la frutta più matura. Il resto lo offriva a quei ragazzi, sempliciotti e ignoranti, a cui il rancio non bastava mai. Smisero di prenderlo in giro, soprattutto quando, dopo una settimana, giunse l'ordine di allentare ulteriormente la disciplina.

«Aimone Canape può trascorrere le ore diurne nel cortile della caserma, sotto semplice sorveglianza. Deve essere riportato in cella solo al tramonto» ordinò il comandante. La Provvidenza aveva preso le sembianze del cardinale di Milano Schuster, che proprio in quei giorni si era recato in visita nel comasco e a cui i preti amici di Evelina avevano segnalato il caso di Aimone. E Schuster, come aveva fatto per tanti prigionieri, tra cui a Milano per Indro Montanelli, spese una parola anche per Aimone, ottenendo condizioni di detenzione meno dure.

Il mese di settembre, a Dongo, fu molto mite. Aimone trascorreva tutte le giornate nel cortile, che in realtà era un giardino con un muro di cinta alto tre metri e mezzo. Leggeva, passeggiava, faceva un po' di ginnastica e chiacchierava. Con sua madre e Regina e Granzella, ma anche con la moglie del comandante e sua sorella. Soprattutto la moglie del comandante, che era in dolce attesa; ma aveva uno sguardo particolare, intrigante.

Quello sguardo si posò su Aimone. Chissà se amava davvero il marito. Forse sì, forse era davvero una brava ragazza. Ma anche le brave ragazze, talvolta, perdono la testa.

La prima volta lo aveva visto dalla finestra. Aimone era bello, solare. Un cigno, eppure virile. Osservava le sue labbra, morbide e carnose. Avrebbe voluto baciarle, morderle. Ogni volta che lo guardava, il respiro si faceva affannoso e il suo sguardo si infiammava, ma quei sentimenti la mettevano a disagio. Portava in grembo una creatura, che aveva tanto desiderato e che già amava profondamente; come poteva lasciarsi prendere così? E suo marito meritava quell'affronto? Tentò di dimenticare il bel prigioniero ed evitò di recarsi in giardino. Stava nel suo appartamento, al primo piano della caserma, o usciva a passeggio per le strade di Dongo, cercando di pensare a tutto fuorché a lui. Ma per quanti sforzi facesse, non riusciva a dominare la mente. Al contrario: più ci provava e più lo desiderava. E sapere che era proprio lì sotto il suo appartamento e che passava molto tempo nel giardino, rendeva la tentazione irresistibile. Si affacciò una seconda e poi una terza volta. Sentì il cuore palpitare, scosso da un'emozione violenta, insopprimibile.

Cambiò improvvisamente le abitudini e iniziò a scendere ogni pomeriggio in giardino, con la sorella, che non si era accorta della sua infatuazione.

Aimone si presentò con un inchino e il baciamano.

«Buongiorno, sono la moglie del comandante» rispose lei, arrossendo un po'. Era una donna del popolo, nessuno l'aveva mai trattata con tale riguardo. E visto da vicino Aimone, che aveva la barba leggermente lunga, le appariva ancora più sensuale. I suoi occhi color nocciola con venature verdi ancora più luminosi. Erano sinceri, seducenti. Non immaginava che fossero anche occhi furbi.

Non era una donna di molte parole e raramente dovette sforzarsi di condurre la conversazione. Aimone era un chiacchierone, amava raccontare la sua vita. Lei ascoltava, rideva. Poi di notte lo sognava.

I giorni successivi si mise il rossetto e il rimmel, scelse gonne un po' più corte e camicette che esaltavano i suoi seni rigogliosi. Aimone parlava e lei si perdeva nei suoi occhi. Lei sorrideva sognante e Aimone capiva, ma sebbene lusingato da quelle attenzioni, si sentiva profondamente a disagio, perché un gentiluomo non corteggia una donna incinta.

«Il solo pensiero mi turbava» confida Aimone guardandomi negli occhi.

Il pranzo è finito, usciamo in giardino, mentre il suo cane, Kim, ci corre intorno. È un cucciolo, vuole giocare. L'erba è tagliata di fresco, cerco un piccolo sasso per lanciarglielo, ma non lo trovo. Nemmeno una pietruzza. Mi avvicino a un albero sicuro di trovare un rametto spezzato e invece nulla.

Aimone è rimasto quello di una volta: un perfezionista, rigoroso soprattutto con se stesso.

«Ma in quella circostanza, credo, sarebbe stato incauto anche sottrarmi. Quella donna era innamorata di me; pensai che se l'avessi rifiutata si sarebbe vendicata. E la vendetta di una donna infatuata può essere orribile, spietata. Se invece fossi stato al gioco, la mia vita in quel carcere sarebbe diventata ancora più agevole, perché lei era la moglie del capo e sapeva come blandirlo, ed era rispettata e temuta dai suoi sottoposti. Ho compiuto un atto moralmente spregevole, ma di cui non riesco a provar rimorso...»

Accadde la terza notte.

«Mio marito è in missione, dormirà fuori» le era sfuggito, chiacchierando con la sorella su una panchina sotto un albero, ma in presenza di Aimone.

«Non preoccuparti, ceneremo insieme. Sai che puoi contare su di me» rispose lei, che non aveva intuito nulla, nella sua soave ingenuità. Non si era accorta che sua sorella sebbene incinta era insolitamente sensuale, che il suo spirito era diventato leggero e giocoso, come quando suo marito l'aveva chiesta in sposa. Non vedeva nulla, la sorella, e la notte dormiva profondamente.

La moglie del comandante attese che il carabiniere di turno facesse l'ultimo giro di ronda, fuori dalle mura, poi dentro il giardino; infine il secondino diede un'occhiata all'interno della cella, individuando nella penombra la sagoma del detenuto, rannicchiato sul materasso lindo che gli aveva portato suo padre. Immobile, Aimone dormiva. Aimone sognava. Era tutto nella norma, il poliziotto salì al secondo piano e spense la luce, addormentandosi poco dopo.

Lei attese l'una del mattino. Tutto taceva nella caserma. Anche il lago era immobile, placido, argenteo. L'aria frizzante; una notte magica, una notte meravigliosa per l'amore. Prese il mazzo di chiavi di suo marito. Scese lentamente le scale. Infilò la chiave nella toppa, girò. *Clack, clack*. Aprì. Aveva una candela in mano. Aimone si svegliò.

«Che succede?» chiese, sbalestrato. Ma subito pensò, rabbrividendo: "Che vuole il questurino da me, in piena notte? Magari è un tedesco? Se scendono a quest'ora vogliono picchiarmi o trasferirmi...". Aveva gli occhi pieni di sonno, la mente confusa, il cuore spaventato. Vide la candela avvicinarsi a lui, ma non riusciva a distinguere il volto, né le fattezze di quel corpo che vagava per la sua cella. Appoggiò la schiena alla parete e si stropicciò le palpebre. La candela si avvicinò e il lume si alzò lentamente illuminando il volto di quel visitatore misterioso e silente. Era la moglie del comandante, sorrideva maliziosa.

«Cosa fate qui a quest'ora?» le sussurrò Aimone. Che però, già immaginava.

Lei gli chiuse delicatamente le labbra con la mano.

«Non fate rumore e seguitemi» gli mormorò all'orecchio, dandogli un bacio sulla guancia.

Aimone, confuso, per un attimo pensò di rimanere lì, ma non ebbe la prontezza di reagire; si alzò e la seguì. Lei richiuse delicatamente la porta della cella, dando un paio di mandate, *clack*, *clack*. Lo prese per mano e lo condusse al piano di sopra. Chiuse la porta a chiave, *clack*, *clack*.

Si avvicinò a lui, spense la candela, gli passò una mano nei capelli, lo strinse a sé. Gli baciò il collo, le guance, la bocca vellutata che tanto aveva desiderato. Accarezzò il suo corpo snello, lineare. Si sdraiò sul letto, si sbottonò la camicia, mostrando i suoi capezzoli turgidi di desiderio. Era successo. Aimone aveva lasciato che accadesse, non per amore ma per necessità, solo per necessità.

Perché così va la vita.

18

I timori di Semprini trovarono ben presto conferma. L'Alto Lario era sempre meno fascista e i partigiani, per quanto poco numerosi, sempre più determinati e audaci. Assaltarono mitra in pugno la pattuglia di soldati tedeschi a Colico, spogliandoli di tutto: soldi, armi, elmetti, divise e tanti, preziosi documenti.

«Fu la mia salvezza» sorride Aimone, appoggiando le mani alla ringhiera nel suo giardino. «Ho saputo, alla fine della guerra, che quelle carte contenevano anche il verbale del mio arresto, che era molto duro nei miei confronti. Mi ero illuso che l'intervento conclusivo, apparentemente conciliante, del comandante tedesco, fosse stato sufficiente a ridimensionare le accuse; e invece, non solo avevano raccontato nel dettaglio tutto quello che era successo in casa mia, ma lo avevano fatto limando le attenuanti e accentuando le aggravanti. Mi avevano descritto come un partigiano pericoloso che aveva aggredito ferocemente uno dei loro, quasi uccidendolo. Evidentemente si erano divisi le parti; il comandante recitava quella del buono, gli altri quella dei cattivi. E sollecitavano al comando generale una punizione esemplare. Quale, non l'ho mai saputo. Ma non era difficile immaginarla: mi avevano già messo al muro una volta, non aspettavano che di ripetersi. Il finale, però, sarebbe stato diverso...» Aimone tace e volge lo sguardo lontano, come se proiettasse l'immagine di se stesso steso a terra con la camicia sporca di sangue, il petto crivellato di proiettili, gli occhi sbarrati e pieni di un'angoscia bianca e vitrea, l'angoscia di chi vede la morte nella canna di un fucile puntata al proprio cuore. E invece i suoi occhi sono rimasti quelli di sempre, vivaci e intuitivi, e il suo spirito, leggero, frizzante, gradevole come la brezza che scende dai monti e accarezza il volto dei figli di Dongo, in riva al lago.

«I nazisti dovettero riscrivere i verbali, ma non si limitarono a copiarli; le scritte sui muri contro la sarta li avevano impressionati» continua, abbozzando un sorriso. «E Semprini conosceva la sua gente. Persuase i tedeschi a evitare le provocazioni, a non calcare la mano con i partigiani arrestati, a meno che non avessero indizi consistenti a loro carico. Catturare i pesci grossi, controllare quelli piccoli, questa divenne la linea. Nel nuovo verbale le accuse vennero sfumate, forse anche perché il mio comportamento nella prigione dei carabinieri e le premure dei miei familiari li avevano disorientati. Che razza di partigiano ero? E poi il mio nome non appariva in nessun altro verbale, nessuno mi aveva citato nemmeno come sospetto. Il pesce grosso divenne piccolo. Decisero che sarei stato più utile lì anziché nell'aldilà. Il nuovo verbale rifatto risultò molto più mite nei miei riguardi.»

Aimone salì una seconda notte nella camera da letto del comandante. *Clack*, *clack*. Lei lo riaccompagnò in cella poco prima dell'alba. *Clack*, *clack*. E le giornate di Aimone divennero sempre più piacevoli, nel giardino della caserma. Sua madre passava al mattino e alla sera, mentre nell'arco della giornata riceveva almeno altre due visite da parte di suo padre o di suo fratello Dorino, che tutti chiamavano Rino, o di una cugina oppure di una zia. La moglie del comandante seguiva tutto dalla finestra, poi scendeva, accompagnata come di consueto dalla sorella. Si sedevano su una panchina all'ombra. Salutavano Aimone, che rispondeva con cordiale riverenza, sorridendo, sempre, memore dei consigli di Frau Noll e Herr Klunz. E il sorriso non doveva sembrare di circostanza, ma caldo, pieno, entusiasta, autentico; soprattutto autentico, anche quando mancavano gli ingredienti affinché lo fosse davvero. Un'arte per sedurre, quella di Aimone, perché il suo sguardo era profondo, ma anche tanto astuto.

Le due dame sferruzzavano a maglia o a uncinetto, lui si avvicinava e iniziava a chiacchierare, in piedi, rispettando il regolamento. Era pur sempre un prigioniero e lei la moglie del carceriere capo. Spettava a lei proporgli, dopo un paio di minuti, di sedersi accanto a loro, sotto gli occhi dei carabinieri.

«Ma come vi vedo bene signora, questo pomeriggio...» esclamava Aimone, prodigo di complimenti. «Vostro figlio sarà molto fortunato ad avere una madre così aggraziata e gentile, e anche di poter contare su una zia così garbata e soave.» Oppure: «Immagino già la splendida creatura, chissà quanto farà felice tutta la famiglia e vostro marito...».

«Voi siete un ammaliatore...» rispondevano le due donne con compiaciuto imbarazzo. La presenza della sorella costituiva un alibi perfetto per i due amanti.

Anche la decima notte Aimone si svegliò di soprassalto, ma non udì *clack*, *clack* e non vide una donna in vestaglia vagare per la sua stanza con una candela in mano. Non sentì il suo profumo, né la fragranza della sua pelle, né i suoi sussurri d'amore. Aimone sentì le urla degli aguzzini: «Bastardo! Pensavi di farla franca?». E il tonfo di un calcio nella pancia di un uomo a terra, il crepitio di un pugno sulle dita di una mano che tenta di proteggere il volto. Udì il rumore aspro della violenza, l'aria riempirsi di un odore caldo e selvaggio, che Aimone conosceva ma si era sforzato di rimuovere, perché in fondo in quella caserma si sentiva al sicuro, come se bastasse un muro di cinta e la protezione di una donna innamorata a isolarlo da una realtà, che ora lo riagguantava, lo scuoteva. Era l'odore del sangue e a versarlo era un uomo, che gemeva, piangeva, si disperava, al di là del muro.

Aimone non era più solo in prigione. Spinse il tavolo contro la parete, salì sopra, si affacciò alla feritoia nel muro, tamburreggiando con le dita sulla grata. Iniziava ad albeggiare, e una timida, argentea luce filtrava nella caserma, mostrando la sagoma di un uomo raggomitolato su un materasso lercio, bucato, come quello che aveva accolto Aimone la prima notte.

«Pss... pss... Ehi, tu» sussurrò. «Guarda in alto. Mi chiamo Aimone. Tu chi sei? Da dove vieni?»

«Non sono di qua, sono un brianzolo, mi chiamo Gianni. Mi hanno catturato qui vicino» rispose il nuovo prigioniero, girando appena la testa.

«Sei un partigiano?» gli chiese Aimone.

«Sì, e tu perché sei qui?»

«Mi hanno catturato i tedeschi.»

«Sei uno dei nostri?»

«Sì» disse Aimone.

Ma lo era davvero? O non era piuttosto solo un ragazzo che, come tanti, si era nascosto per non tornare sotto le armi? Che cosa aveva fatto per combattere i fascisti? Bastava l'aggressione all'ufficiale nazista in difesa di sua madre per dirsi "resistente"? Tutte queste domande frullarono nella sua testa, eppure rispose sì, senza esitazioni, seguendo l'istinto, assecondando una premonizione, come era accaduto a sua madre quando aveva preferito Tonin allo spasimante facoltoso. Dentro di sé Aimone sapeva che sarebbe diventato partigiano.

«Sono chiuso qui dentro da dieci giorni, dimmi, che sta succedendo lì fuori? E perché non sei rimasto dalle tue parti?» continuò.

«I partigiani sono sempre più numerosi, la resistenza sempre più organizzata» spiegò Gianni appoggiando la schiena alla parete. Teneva la testa incassata e le braccia strette al suo corpo dolorante. Aimone vide in controluce il suo volto tumefatto. «I fascisti mi davano la caccia, non potevo più rimanere dalle mie parti; era troppo rischioso. Il Comitato di Liberazione Nazionale mi ha aiutato a organizzare la fuga. Dovevo unirmi ai compagni sui monti qui sopra. Mi hanno portato a Lecco, poi a Gera Lario, mi hanno lasciato alle porte di Dongo, ieri sera. Ho iniziato a camminare per i sentieri, ma una pattuglia dei carabinieri mi ha fermato. Ero armato, ma loro erano in cinque; non ho nemmeno tentato di scappare.»

«E poi?»

«Mi hanno disarmato, mi hanno portato qui. Mi hanno interrogato. Volevano sapere chi fossi, dove andassi, volevano i nomi degli altri partigiani. Mi hanno riempito di pugni, di calci, di schiaffi» rispose Gianni che parlando si mise a singhiozzare. «Ma io non ho detto nulla. E ora ho tanta paura. Mi tortureranno, mi ammazzeranno...»

«Non disperarti, anch'io quando sono stato catturato pensavo al peggio e invece finora non è andata male» lo rincuorò Aimone.

Gianni si calmò, il suo corpo smise di sussultare. Quella voce al di là della feritoia, la voce di uno sconosciuto, gli aveva ridato speranza.

«Quando concedono l'ora d'aria?»

«Io ce l'ho sempre, perché sono del paese. Posso uscire in giardino quando voglio durante il giorno. Vedi che non è poi così male, qui?»

Gianni sorrise. Sentirono dei rumori provenire dal corridoio.

«Devo lasciarti. Quando vuoi parlarmi, bussa due volte alla parete. Acqua in bocca e buona fortuna» sussurrò Aimone.

«Grazie e buona fortuna anche a te» rispose Gianni che si lasciò cadere sul materasso lercio. "Perlomeno non sono solo" disse tra sé e sé pensando con riconoscenza a quel giovane di cui non aveva visto nemmeno il volto, al di là della grata.

Aimone scese dal tavolo, lo rimise in mezzo alla stanza, si sdraiò e chiuse gli occhi, fingendo di dormire.

Alle nove del mattino chiese di essere portato in giardino, come sempre. Vide Gianni alle quattro del pomeriggio. Riconobbe il suo profilo, distinse i suoi lividi; lo salutò con lo sguardo battendo le ciglia e muovendo appena il capo. Osservò i suoi occhi: quelli di un uomo turbato, ma dall'animo gentile, dallo sguardo schietto. Un uomo dall'indole in apparenza mite, e fiera: camminava ben dritto, nonostante i colpi ricevuti.

«Buongiorno» azzardò Aimone seduto su una sedia in ferro battuto, rilassato e gioviale come sempre. «Evidentemente non sono più l'unico ospite di questa prigione...» disse alla moglie del comandante, fingendo sorpresa.

«È un partigiano, lo hanno arrestato ieri notte» rispose lei.

«Buongiorno» rispose l'altro un po' imbronciato e diffidente, continuando a camminare in lungo e in largo, senza più guardare Aimone, senza più rivolgergli la parola, seguito a vista da un secondino.

Gianni camminò lungo il muro di cinta e Aimone si accorse di quanto fosse alto, più di un metro e novanta, forse addirittura due metri, e di quanto sembrasse piccola, accanto a lui, la parete di mattoni della caserma. Tre metri e cinquanta il muro, due metri quell'uomo, la libertà distava appena un metro e mezzo sopra la sua testa.

Ebbe un flash, che diede forma a un'immagine nitida, quella di Gianni che scavalcava la parete. E l'immagine divenne un'idea. Improvvisa, come tutte le idee. Pazza, folle, irresistibile. Accanto a Gianni c'era un uomo, ancora senza volto, che gli faceva cavalletto con le mani scaraventandolo dall'altra parte. Quanto tempo sarebbe stato necessario? Dieci secondi? Trenta?

Aimone iniziò a osservare il giardino con spirito diverso.

A studiare quali fossero gli angoli più riparati e come si comportassero i due poliziotti che erano sempre di guardia. Erano due ragazzini, di nemmeno diciotto anni, sciocchi, annoiati e giocherelloni. Aimone pensò a tutto nei minimi dettagli, ma aveva bisogno di un complice fidato. Doveva dare una bocca, un naso, due occhi, soprattutto un'anima, all'uomo senza identità. Un'anima nobile, coraggiosa, altruista.

Suo padre? Non veniva così spesso, i fascisti sapevano che non era uno di loro e ormai non era più giovane. Ce l'avrebbe fatta ad alzare quel marcantonio di Gianni? No, non era la persona giusta. Suo fratello Dorino invece era giovane, robusto e veniva a trovarlo quasi ogni giorno. Ormai lo conoscevano tutti nella caserma: i secondini, il comandante, la sua signora e sua cognata. Un ragazzo mite e riservato. Insospettabile.

Dopo un paio di giorni, il suo proposito maturò.

«Rino, devi aiutarmi a far scappare il partigiano» disse sottovoce Aimone al fratello in visita, mentre passeggiavano in giardino.

«Ma sei matto?» rispose Dorino, sobbalzando.

«Ssst! Non farti notare, continua a camminare tranquillamente» lo apostrofò Aimone stringendogli il braccio.

«Ma non lo conosci nemmeno...» replicò Rino.

«Gli ho parlato ogni notte dalla grata. È un brianzolo e un bravo ragazzo. Io non so perché lo faccio, ma sento di doverlo aiutare. E in fretta. Continuano a interrogarlo e non è di Dongo. Non so fino a quando lo terranno qui.»

«Già aiutarlo, e come?»

«Ho un piano, ma non posso realizzarlo senza di te.»

Rino tacque, interdetto. Quell'idea gli sembrava insensata; aiutare uno sconosciuto, un partigiano, per di più. C'era già Aimone nei guai, non bastava? E se li avessero scoperti, che fine avrebbero fatto? "Non voglio finire dentro anch'io" pensò. Ma Aimone continuava a fissarlo. Il suo sguardo era consapevole, limpido, forte. Era lo sguardo di un uomo che sapeva di fare la cosa giusta. E Rino non riusciva a ignorarlo, nemmeno se chiudeva gli occhi, nemmeno se girava la testa dall'altra parte. Quello sguardo cercava di insinuarsi in un'anima sensibile. E la sua, lo era.

«D'accordo, Aimone, ti aiuterò» gli disse di getto. «Sì, Aimone, ti aiuterò» ripeté velocemente per cacciare via ogni dubbio, come se dicesse all'altra parte di sé, quella che aveva paura, quella che dubitava: sei arrivata troppo tardi, ormai mi sono impegnato.

«Grazie fratello mio... Sapevo di poter contare su di te» rispose entusiasta, seppure a toni bassi, Aimone.

Quella notte bussò alla parete. *Toc, toc.* Il brianzolo salì sul tavolo, si avvicinò alla feritoia, tese l'orecchio. Aimone era dall'altra parte.

«Gianni, preparati: domani torni in libertà» e gli spiegò il piano. Poi aggiunse: «Quando sarai dall'altra parte del muro di cinta, corri su per il bosco, vai verso Garzeno e cerca il Marzucchi, è il panettiere. Dì che ti manda Canape. È un amico fidato, ti aiuterà».

Aimone pranzò rapidamente e uscì in giardino alle tre del pomeriggio. Il sole picchiava forte. Spostò le sedie in una zona ombreggiata, si sedette contro la parete, disponendo le altre due di fronte a sé. La moglie del comandante e la sorella scesero mezz'ora dopo, lui le salutò con il consueto entusiasmo e le fece accomodare in modo che dessero le spalle al giardino, lui invece lo aveva di fronte. Una visione perfetta. Regista e vedetta, regista e palo. Per Gianni e per Rino. Le due donne sferruzzavano e ridevano. Ridevano e sferruzzavano. Arrivò suo fratello che le salutò, prese una sedia e si accomodò leggermente in disparte, un metro dietro di loro. Rino, il discreto, gentile, taciturno Rino, che ascoltava molto e parlava poco.

Alle quattro uscì Gianni, accompagnato dai due questurini, che si sedettero sui gradini, al sole. Gianni stirò il suo lungo corpo, poi iniziò a camminare, a capo chino, come aveva fatto il giorno prima, e tre giorni prima. Pareva un detenuto pigro, mansueto e ormai inoffensivo. Sì, certo, i carabinieri avevano il dovere di sorvegliarlo, ma faceva caldo, dentro invece l'aria era fresca e i commilitoni erano usciti in missione. La caserma era tutta per loro, ideale per concedersi un po' di svago, per scherzare, per giocare su e giù dalle scale, come ragazzini. In divisa, ma pur sempre ragazzini.

«Signora, abbiamo sete, rientriamo in caserma per qualche minuto a bere. Potete badare voi ai due detenuti?» chiesero alla moglie del comandante, come il giorno prima, come due giorni prima.

«Sì, sì» rispose lei distrattamente, senza nemmeno voltarsi, come il giorno prima, come due giorni prima, persa negli occhi di Aimone, che era loquace e brillante, più del giorno prima, più di due giorni prima.

I due militari bevvero un bicchiere d'acqua, poi iniziarono a giocare, rincorrendosi e ridendo ad alta voce, incuranti dei minuti che passavano.

Aimone diede un'occhiata a Rino, che, tacendo, senza muovere un sassolino si alzò. Agile e silenzioso. Le due donne continuavano a chiacchierare, spensierate. Suo fratello fece un passo indietro, poi un altro, poi un altro ancora; si avvicinò alla parete, fissò negli occhi Gianni senza dire nulla. Unì le mani, strinse forte le dita, volse verso l'alto i palmi e si chinò, divaricando le gambe. Gianni appoggiò il piede destro sulle mani di Rino, alzò le sue verso il cielo. Rino spinse con forza, con tutta la forza che aveva in corpo. Gianni si aggrappò alla parete, alzò la gamba sinistra, issò il corpo, richiamò la gamba destra. Si guardò attorno. Nessuno in vista. Si calò dall'altra parte, atterrando in piedi. Iniziò a camminare; Aimone aveva le orecchie tese e udì il tonfo del salto, distingueva i passi al di là del muro; capiva, mentre continuava, amabilmente, a distrarre le signore, che il brianzolo ce l'aveva fatta. Gianni, radendo i muri, seguì i vicoli che gli aveva indicato Aimone e che lo avrebbero portato rapidamente verso il bosco.

Rino tornò, verso Aimone, sedendosi sulla sedia in ferro battuto. Agile e silenzioso. Dopo due minuti tossicchiò, richiamando l'attenzione della signora in dolce attesa e di sua sorella che ridevano, e sferruzzavano; sferruzzavano e ridevano.

«Si è fatto tardi e nostra madre mi aspetta. Mi scuso, ma devo proprio andare.» Si alzò, strinse loro la mano, attraversò il cortile, salutò il piantone e corse a casa. "Ci sono riuscito! Il partigiano è libero" pensò, fiero di sé. Ma ora iniziava la parte più rischiosa. Il cuore gli batteva a destra, a sinistra, sotto, sopra. L'altra parte di sé, quella che aveva paura, quella che dubitava, si riaffacciava per trovare ascolto, comprimeva le sue certezze, scacciava il suo entusiasmo. Dorino rientrò a casa, abbracciò Evelina, che sapeva e approvava, si sedette in poltrona con la finestra aperta, pallido. "Quanto tempo passerà prima che i gendarmi vengano ad arrestarmi?" pensò quasi rassegnato.

Dopo qualche minuto i questurini si ricordarono che il loro compito era di sorvegliare i due detenuti. Uscirono in giardino. Aimone era seduto, ma l'altro dov'era? Corsero in mezzo al cortile, guardarono dietro l'albero.

«Signora, scusateci, ma dov'è il prigioniero?»

«Non lo so, era lì che passeggiava...» rispose lei, interdetta.

«Sì, sì, era lì» confermò la sorella. In cella non c'era, il piantone all'entrata non lo aveva visto.

«Il prigioniero è fuggito!» gridò rabbiosamente uno dei due.

L'altro corse su, al primo piano, spalancò la finestra, iniziò a perlustrare i dintorni con il binocolo. Vide quasi subito Gianni, correva su per il sentiero, verso il bosco, verso Garzeno.

«Fermati!» urlò. Prese la pistola e sparò. Ma era troppo distante. Sparò un altro colpo in aria. Gianni si voltò ansimante, ma anziché fermarsi accelerò. Non aveva fiato, le ossa erano doloranti per le botte ricevute, i muscoli induriti. Ma accelerava, spingeva, sempre più veloce, sempre più in alto. Come una lepre.

Se i gendarmi avessero avuto un'auto lo avrebbero ripreso facilmente, ma tutti i mezzi erano fuori con il comandante e i suoi uomini. Gli corsero dietro, ma dopo poco rinunciarono. Gianni rintracciò il Marzucchi, che gli diede da mangiare, lo nascose in un fienile e in piena notte lo portò verso Porlezza, regalandogli la salvezza, in Svizzera.

La moglie del comandante restò in cortile. Incredula e arrabbiata, con se stessa più che con i due giovani carabinieri. «Non capisco come sia potuto accadere» continuava a ripetere.

Aimone si mise le mani nei capelli, chinò il capo. «È tutta colpa mia» iniziò a piagnucolare.

«Come colpa tua, Aimone?!?» le chiese meravigliata, dandogli del "tu" visto che erano soli.

«Ma sì, vi ho fatto chiacchierare, ridevamo, scherzavamo e voi non avete fatto la guardia...»

«Ma no, non è colpa tua» esclamò.

«Sì, invece! Sì! Ora se la prenderanno con me. Mi accuseranno, mi processeranno, chissà che fine farò» si disperava Aimone, affranto e teatrale.

«Ma no, Aimone! Tu non c'entri, siamo responsabili più noi di te. Non devi temere nulla. Io ti conosco, io so che tu non c'entri» insisteva dolce, comprensiva, protettiva. Perché Aimone era il suo amore segreto.

Il comandante lo chiamò nel suo ufficio. Lo aveva incontrato una volta sola e, come tutti i mariti traditi, non sospettava nulla.

«Volete dirmi com'è successo?» chiese bruscamente.

«Non ne ho idea» rispose Aimone contrito. «Stavo parlando in giardino con la vostra signora e vostra cognata. Poi è arrivato mio fratello Rino a farmi visita.»

«Vostro fratello? E cosa faceva?» esclamò l'uomo in divisa.

«Niente, è rimasto con noi a chiacchierare. Chiedete alla vostra signora e a vostra cognata.»

«Ma voi non avete visto nulla?»

«Niente di niente» rispose Aimone con aria angelica, sollevando le spalle. «Perché, da dove è scappato il prigioniero?»

«Venite, ve lo faccio vedere.»

Scesero in giardino, il comandante camminò dritto verso il punto in cui Rino aveva aiutato Gianni.

«Vedete questa impronta? È sua. Si è arrampicato qui e ha scavalcato il muro.»

«Qui? E come ha fatto?» si meravigliò Aimone. «Mi spiace proprio di non poter esservi d'aiuto, ma non ho visto nulla» continuò, allargando le braccia.

Dorino restò fino a tarda sera seduto sulla sedia in cucina, in tensione. Poi cercò il sonno per scaricare l'ansia. Si addormentò libero, si risvegliò libero.

I carabinieri non bussarono mai alla sua porta. Aimone attese in cella. Dormì poco pure lui quella notte. Alle nove il secondino gli chiese se voleva uscire in giardino.

«Sì, con piacere» rispose. Venne la sorella, venne la moglie del comandante. Era sorridente, leggiadra, come sempre. «Mio marito non sospetta di te» sussurrò compiaciuta. Il comandante aveva scagionato Aimone, che aveva gli occhi belli. E furbi.

19

Luigi Buttera era una brava persona, che amava la vita tranquilla e detestava i conflitti. In paese gli avevano dato l'appellativo di "Gigi senza braccia" per via dell'avambraccio sinistro amputato, ma quando lo incontravano i donghesi lo salutavano con riverenza; perché quell'uomo dai modi riservati, oltre a poter vantare una laurea, era il podestà. Ovvero il sindaco, che ai tempi del fascismo non veniva eletto, ma nominato con regio decreto e rimaneva in carica cinque anni.

Quando arrivò in paese, non cercò per sé una villa, né un appartamento di lusso, ma una casa semplice, purché centrale, dove poter coltivare i passatempi di un intellettuale senza un braccio: scrivere, leggere i libri, ascoltare la musica e passeggiare qualche minuto in riva al lago, la sera, prima di cena.

Fu l'Arsilia, la zia di Aimone, a proporgli uno degli appartamentini che concedeva in affitto nella casa di famiglia, proprio dietro il Municipio e sopra il negozio di tessuti. Appartamenti piccoli e quindi ideali per uno scapolo, soprattutto se a gestirli era una signora sorridente e ossequiosa. Arsilia fu felice di accogliere un ospite così importante. Gli fece un buon prezzo, naturalmente, e in poche settimane il podestà divenne più di un semplice affittuario, quasi un amico di famiglia, invitato spesso al desco di casa. Sapeva rendersi gradevole e non faceva mai pesare il suo livello di istruzione, né la sua carica. E l'Arsilia fu davvero brava a coltivare quell'inattesa amicizia, capace di appagare, in parte, le sue ambizioni borghesi.

A pochi isolati da lì, Aimone proseguiva la sua prigionia, di nuovo solitaria dopo la fuga di Gianni. Seppe perseverare nel mostrarsi desolato per quell'evasione: era un buon attore, forse fin troppo. I tedeschi iniziarono a immaginarlo schierato dalla loro parte o comunque a escludere che fosse un nemico, tanto più che dal comando generale, dove nel frattempo era arrivato il nuovo verbale "ammorbidito", non giungeva alcun ordine per impartirgli una punizione esemplare. Certo, Aimone doveva pagare per l'aggressione all'ufficiale e per la sua latitanza; ma i tedeschi ritennero che qualche settimana di carcere potesse essere sufficiente. Inoltre, consideravano il rischio di una fuga quasi nullo.

"Se fosse stato davvero complice del partigiano Gianni sarebbe scappato con lui..." pensò il comandante dei tedeschi. E poi, al comando aveva sempre più bisogno di un buon interprete.

Dopo un mese permise ad Aimone qualche mezza giornata fuori dalla caserma, che il ragazzo avrebbe dovuto colmare lavorando. Già, ma dove?

Fu l'Arsilia a trovare la soluzione. Invitò il podestà a cena. Era una buona cuoca e quella sera, nonostante i razionamenti, diede il meglio di sé. Stappò una bottiglia di vino, quello buono. "Gigi senza braccia" apprezzò l'invito, il cibo delizioso, il vino e la premurosa ospitalità. Dopo aver servito il secondo, notando l'aria soddisfatta del suo ospite, l'Arsilia osò: «Signor podestà vorrei chiedervi qualcosa, ma...» e interruppe il discorso a metà, palesando una certa, strategica, timidezza. «No... nulla, scusatemi, lasciate perdere» si corresse chinando il capo e passando la mano nei capelli; ma ormai aveva attirato la curiosità del podestà, che infatti la incoraggiò.

«Ma ci mancherebbe, gentile amica... Non dovete aver timore a confidarvi con me. Che cosa vi tormenta?»

Era un uomo all'antica, il Buttera; un gentiluomo. L'Arsilia, rassicurata, riprese il discorso.

«Non so se osare, voi siete una persona così importante. Posso davvero?»

«Suvvia Arsilia, suvvia, certo che potete...»

«I tedeschi hanno deciso di concedere qualche ora di uscita a mio nipote, l'Aimone...»

«Lo so, me lo hanno riferito.»

«Dovrà lavorare da qualche parte...»

«So anche questo.»

«Mio nipote è tanto un bravo ragazzo ed è così diverso rispetto agli altri giovani della sua età: è gentile, educato, molto rispettoso. Secondo me è il più bravo di tutti» si slanciò Arsilia, accompagnando la sua frase con un sorriso ammiccante. Poi allungò un'occhiata furtiva alla tavola.

«Oh, che sbadata, stavo dimenticando il dolce...» Si alzò, andò in cucina e tornò portando su un piatto una torta di mele. Ne tagliò una fetta, abbondante, e la servì al suo ospite. Il podestà gradì anche il dessert. «È deliziosa, voi siete una cuoca eccezionale, gentile Arsilia» sospirò tra un boccone e l'altro. Ora sembrava davvero ben disposto. Arsilia capì che il momento era propizio.

«Ma... di cosa stavamo parlando?» chiese, fingendosi distratta.

«Di vostro nipote Aimone» rispose Gigi senza braccia.

«Ah, sì, certo, che smemorata. Signor podestà, io ve lo chiedo di cuore sapendo di parlare a un amico...»

Buttera la osservò incuriosito, invitandola con lo sguardo a completare la frase.

«Perché non lo prendete a lavorare con voi?» svuotò il sacco, finalmente, l'Arsilia.

«Con me?» rispose sorpreso.

«Sì, con voi. Quante volte mi avete detto d'essere molto

indaffarato e di aver bisogno di un aiuto... E proprio voi avete sottolineato che il paese dovrebbe premiare i giovani più meritevoli. Ora, mi domando: chi è più meritevole di un ragazzo che difende la madre anche a costo di mettere a rischio la vita? Aimone non si interessa di politica e dopo un mese passato in carcere vuole solo dimostrare di essere un bravo ragazzo e un buon cittadino.»

«Lasciatemi riflettere...» rispose il Buttera con scarsa convinzione.

L'Arsilia prese una bottiglia della miglior grappa e riempì generosamente un bicchierino, senza nemmeno chiedergli se lo gradiva. Ormai conosceva i suoi gusti e le sue debolezze.

«Credetemi, Aimone è un ragazzo d'oro, che merita la vostra fiducia. Dategli una possibilità, non ve ne pentirete» disse con voce angelica. E il Buttera accettò.

Non si rammaricò d'aver ceduto a quelle premurose attenzioni. Aimone era davvero come sua zia lo aveva descritto, educato e affidabile. Il podestà lo incaricò di occuparsi del censimento. Passava ore riordinando le carte, aggiornando gli schedari, prendendo scrupolosamente nota dei dati anagrafici delle famiglie di Dongo: quanti maschi, quante femmine, quanti anziani, quanti giovani.

Dopo qualche giorno i carabinieri permisero ad Aimone di pranzare a casa, ma durante le ore diurne doveva continuare a lavorare dal podestà. Sempre meglio che restare in caserma, anche perché le giornate diventavano sempre più freddine e il grembo della moglie del comandante, sempre più grande, sempre più imbarazzante. Non avrebbe potuto più trascorrere le giornate in giardino, né cedere alle attenzioni di quella donna.

Il lavoro in Municipio era ripetitivo, interrotto solo dalle visite dei soldati tedeschi; arrivavano per controllare che non fosse fuggito oppure per convocarlo nella loro caserma. Aimone doveva rispettare la parola data al loro comandante un mese prima e tenersi disponibile come interprete, interrompendo il lavoro dal podestà, e, senza sé e senza ma, seguirli subito fino al comando. Sapeva che lì avrebbe trovato un uomo, gettato a forza dentro una stanza, con i vestiti sporchi, la barba incolta, le mani grandi e callose, le unghie sporche di nero, l'aria contrita o smarrita o spaventata. Un contadino, vero. O un partigiano, vero, ma travestito da contadino. In ogni caso, un compaesano da aiutare. Aimone doveva tradurre dall'italiano al tedesco, ma soprattutto dal comasco delle valli, stretto, parlato rapidamente. I tedeschi, pure quelli che l'italiano un po' lo sapevano, del dialetto non capivano nulla e si innervosivano.

«Il prigioniero-deve-parlare-italiano» intimavano, ma Aimone allargava le braccia, sconsolato: «Questa è gente che vive sulle montagne, non è mai andata a scuola, e sa parlare solo così...».

Aiutò i tedeschi, ma ovviamente a modo suo. Traduceva minimizzando le testimonianze, omettendo dei dettagli, cambiando, là dove poteva, il senso di alcune frasi. Addolciva, attutiva, relativizzava. Faceva di tutto per salvare quei contadini e proteggere i partigiani travestiti da contadini e quelli sui monti: i partigiani senza volto, i suoi partigiani. Perché ormai Aimone si sentiva uno di loro. Non per scelta né per imposizione: la cosa era venuta da sé, come sempre capitava nella sua vita. Quando non cercava, Aimone otteneva.

Non aveva infatti propiziato lo stage in Germania, né l'amicizia di Elli, né la bella vita con l'aristocrazia tedesca, né l'amore di Irma, né la fine anticipata della leva. E quando si trovava nei guai accadeva sempre qualcosa capace di salvarlo.

Alla porta del suo destino bussava ora la Resistenza, che prese le sembianze di due operai venuti da fuori, impiegati alla Falck, fabbrica che proprio a Dongo produceva materiale bellico. Due sfollati come tanti, in cerca di un posto di lavoro, il Rossi e il Ricci.

Ma erano nomi di copertura, in realtà si chiamavano Claudio Pollice e Umberto Nocera, sottufficiali della Guardia di Finanza, disertori, inviati con documenti falsi dal Comitato di Liberazione Nazionale.

Due persone serie, taciturne; entrambi gran lavoratori. Non saltavano un turno in fabbrica, non parlavano mai di politica, conducevano la stessa vita degli altri operai. Lavorare, dormire, lavorare. Solo di tanto in tanto una puntata al bar della piazza, l'unico svago in tempi di guerra.

Fu lì che notarono un ragazzo che, contrariamente agli altri, non amava spettegolare, era cordiale con tutti ma non concedeva confidenze a nessuno, sembrava ben introdotto nella vita del paese ma si manteneva un po' in disparte.

Quel ragazzo più educato e più riservato degli altri era Aimone.

Furono la proprietaria del bar, Tina, e suo marito Paolo Nicolini, a presentarglielo una sera. «Piacere, Rossi.» «Piacere, Ricci.» «Piacere Canape.»

Aimone non diede troppa importanza a quelle strette di mano. Erano due nuovi operai, come tanti; di solito rimanevano poche settimane, poi ripartivano. E suo padre, il saggio Tonin, lo aveva sollecitato a stare molto attento alle frequentazioni in paese, soprattutto al bar, che era visitato da tanta brava gente, ma anche da spie fasciste e sarebbe bastata una parola sbagliata per finire nei guai, tanto più per uno come lui, in libertà vigilata.

Il Rossi e il Ricci, che il Comitato di Liberazione Nazionale aveva istruito a dovere, non forzarono i tempi. Continuarono a osservare Aimone, orecchiando le sue conversazioni; presero informazioni sulla famiglia, che aveva servito la patria ma non era fascista e su di lui. Appresero che l'8 settembre del 1943 aveva abbandonato la divisa, poi era stato arrestato e picchiato e che, nonostante facesse da interprete per i tedeschi e lavorasse nell'ufficio del podestà, non veniva considerato fascista, né amico dei nazisti. Lo giudicarono un ragazzo serio, come loro, e trovarono un pretesto per frequentarlo lontano dal bar.

«Aimone, tu conosci le più belle ragazze di Dongo. Perché una sera non ci porti con te?» chiese Ricci, strizzandogli l'occhio.

«Va bene, vi farò sapere quando» rispose Aimone con scarso entusiasmo. D'altro canto, perché mai avrebbe dovuto presentare quei due alle ragazze del paese? La concorrenza non piace a nessuno... E poi li conosceva così poco...

A ogni modo decise di essere gentile e disponibile; temeva che sottraendosi a quella richiesta innocente avrebbe provocato dicerie sul suo conto. Se le immaginava già: «Aimone Casanova, Aimone sciupafemmine se le vuol tenere tutte per sé...».

I pettegolezzi dei compaesani sapevano peraltro essere ingenerosi. Vero, Aimone piaceva alle ragazze, ma Dongo era un paese profondamente cattolico e quelle giovani tutt'altro che disinibite; si facevano corteggiare dai ragazzi e a quelli graditi concedevano qualche bacio, ma poi tutto finiva lì, perché c'era la guerra e perché a quell'epoca le ragazze dovevano giungere vergini al matrimonio o perlomeno provarci seriamente.

«Venite con me questo pomeriggio» disse Aimone ai due operai una domenica. E li portò in una casa dove alcune fanciulle si ritrovavano a ricamare. I due operai fecero come tutti; tentarono qualche approccio nella speranza di riaccompagnarle a casa o addirittura di strappare un appuntamento. Giochi di sguardi, giochi di parole, intensi quanto vani. Rossi andò in bianco. Ricci anche, ma con il cuore più lieto. Una ragazza era arrossita quando lui l'aveva fissata. La rivide la domenica successiva e lei accettò di parlargli. Era la Palmira e di domenica in domenica si innamorarono. Due storie, un destino unico: divennero marito e moglie, dopo la guerra.

Le ragazze in quei giorni tempestavano di domande Aimone. «Chi sono quei ragazzi che hai portato con te?» gli chiesero. «Non saranno mica partigiani...» osò qualcuna.

Aimone non sapeva e nemmeno sospettava. «Non ne ho idea, so solo che lavorano alla Falck e mi sembrano molto perbene» rispose con naturalezza, senza alimentare il sospetto, senza precipitarsi a smentire. Era la risposta giusta, ancora una volta per caso.

Non fu invece casuale la domanda che Ricci gli fece qualche giorno dopo.

«Aimone, ci aiuti a trovare una casa? Dovremo rimanere a Dongo ancora per qualche mese, e non possiamo più continuare a dormire in due in una stanza. Ci piacerebbe trovare un alloggio un po' più spazioso...»

«Ma con piacere!» rispose Aimone, che ormai aveva preso in simpatia quei ragazzi. E non fu difficile trovare una sistemazione.

«Ho scoperto una casa che, credo, faccia proprio per voi» annunciò il giorno dopo. Li portò a piedi in una frazione del paese, imboccando un sentiero, lungo i boschi, che terminava davanti a una casetta, semplice ma decorosa, con due camere da letto, un salotto, la cucina, il bagno nel cortile. Senza riscaldamento, ma con un camino che tirava benissimo e il bosco a portata di accetta per rifornirsi di legna.

«La proprietaria abita qui?» chiesero.

«No, abita giù in paese. Sarete soli, un po' isolati... può andar bene lo stesso?»

«Siamo qui per lavorare... e a me un po' di solitudine non mi ha mai spaventato» spiegò il Rossi.

«Neanche a me», intervenne il Ricci, con un sorriso.

«Bene, contenti voi...» disse Aimone, e aggiunse: «Dovrete pagare l'affitto in contanti ogni mese alla padrona».

«Ogni mese, in contanti» confermarono i due all'unisono.

Aimone rientrò a casa, raccontò l'episodio a suo padre, a sua madre e ai suoi fratelli, di fronte a una tazza di brodo bollente; ma non ne parlò a nessun altro. Dove abitassero quei due operai della Falck era affare loro, pensava, non l'argomento per una chiacchiera al bar. Mostrandosi discreto, Aimone aveva superato anche la seconda prova. Il duo Ricci e Rossi pensò che fosse giunto il momento per svelare le proprie intenzioni.

La domenica successiva lo invitarono a pranzo. «Sei stato molto gentile e vogliamo sdebitarci con te» disse il Ricci. Aimone accettò. Era una sera d'autunno. Camminò sul sentiero già coperto di foglie che scricchiolavano sotto i suoi passi. Canticchiava, strofinandosi le mani per vincere il freddo che iniziava a farsi sentire. Nella casetta il camino era acceso e Aimone restò qualche minuto accanto al fuoco, prima di accomodarsi a tavola, dove la cena, preparata da due uomini soli, risultò frugale: un piatto di pasta, un po' di formaggio, due mele come dessert e da bere vino rosso di imprecisata provenienza.

I padroni di casa limitarono al minimo i convenevoli, poi il Rossi si alzò, uscì, fece un giro intorno per controllare che fossero davvero soli. Rientrò in casa, diede un cenno all'amico e avvicinò la sedia a quella dell'ospite.

«Aimone, ti stiamo seguendo da tanto tempo e siamo sicuri della risposta che ci darai» disse il Ricci.

«Pensiamo di poterci fidare di te...» i due si scambiarono un'occhiata d'intesa e il Ricci proseguì. «Sai, il Comitato di Liberazione Nazionale è molto attivo da queste parti... tu capisci, vero?»

Aimone annuì e intervenne il Rossi.

«Noi non siamo due veri operai, ma partigiani in missione. Ci ha mandato proprio il CLN. Molti qui a Dongo sono già passati dalla nostra parte. Il nostro primo scopo è di sabotare la produzione di armi della Falck, il secondo è quello di creare una rete di appoggio nella popolazione civile a sostegno della Resistenza. Noi riteniamo che anche tu possa contribuire alla causa.»

Aimone guardò meglio il Ricci e dietro il suo sguardo scoprì una persona diversa, non più solo seria e pensierosa, ma forte, fiduciosa, sicura di sé. E, senza sapersi spiegare per quale ragione, non fu sorpreso da quella dichiarazione.

Due uomini stavano aprendo il loro cuore per metterlo nelle sue mani e lui avrebbe potuto prenderlo e offrirlo ai nazisti in cambio della propria libertà, se fosse stato un ragazzo meschino o semplicemente un tipo qualunque, che pensa prima a sé e dopo agli altri.

Aimone era ben consapevole di non essere un eroe e nemmeno un forte idealista; ma era il figlio di Tonin e di Evelina, genitori capaci di trasmettere la loro etica incrollabile. Conosceva il valore della responsabilità; aveva ricevuto tanto bene nel corso della vita, probabilmente era giunto il momento di fare altrettanto e di assecondare i progetti degli uomini seduti di fronte a lui. Due uomini che sognavano un'Italia migliore.

Aimone rimase assorto per un minuto o forse due. Taceva e pensava, taceva e sorrideva. Tutto fu chiaro nella sua mente; la Via era quella e andava percorsa fino in fondo, senza incertezze.

«Allora Aimone, cos'hai deciso?» lo interrogò Rossi.

«La vostra richiesta mi onora e mi commuove.» Aimone prese un respiro e aggiunse con tono solenne: «Potete contare su di me».

Da quel momento Rossi non fu più il Rossi, bensì Claudio e Ricci divenne l'Umberto. Aimone non chiese mai gradi, né qualifiche. Nelle settimane successive imparò ad aspettare i loro ordini, che applicava con solerzia. Non chiedeva mai quale fosse la finalità del compito che gli veniva assegnato, né se altre persone e quali fossero coinvolte. Questo piacque assai a Umberto e Claudio; si convinsero che il loro uomo non stava facendo il doppio gioco. Ipotizzarono che anche in caso di arresto non avrebbe potuto mettere a repentaglio l'intera rete.

Quando Aimone aveva bisogno di parlare con loro stendeva un accappatoio alla finestra. Claudia, che abitava vicino a lui e lavorava alla Falck, avvertiva i due capi e poi gli comunicava il luogo dell'incontro. Era il loro codice segreto. Gli inviti a cena di Umberto e Claudio divennero più frequenti, le missioni anche. Aimone, l'insospettabile Aimone che lavorava nell'ufficio del podestà, trasportava materiale clandestino, aiutava e copriva le azioni degli altri, mentre i due capi elaboravano la strategia nella speranza di provocare, un giorno, una rivolta armata.

«Fai le cose perbene, ma resta sott'acqua» gli aveva detto una sera Tonin, che era un uomo previdente e aveva intuito che suo figlio era diventato un partigiano. Ma non sempre bastava "restare sott'acqua" per evitare guai nell'Italia del 1944.

20

Non aveva più incontrato il comandante dei tedeschi da quella mattina. Aimone si accorse di non ricordarne il viso, né le caratteristiche fisiche. Che genere di uomo era? Alto? Basso? Moro? Biondo? E quanti anni aveva? Raramente gli era capitato di dimenticare l'aspetto di qualcuno, ma, per quanto si sforzasse, la sua memoria riusciva a mettere a fuoco solo un rigido berretto a visiera, da ufficiale, uno sguardo glaciale e una voce modulata, beffarda. Un comandante senza volto che lo aveva costretto ad accettare il compromesso peggiore della sua vita. Forse per questo non rammentava le sue sembianze: voleva rimuoverlo, cacciarlo via, chiudere quel capitolo, illudendosi che i nazisti si potessero accontentare della traduzione di qualche documento e del suo aiuto per portare a termine quegli interrogatori, che sempre e comunque Aimone avrebbe provveduto a banalizzare. Eppure, continuava a pensare a lui e a quella sua frase, pronunciata con tono sardonico, che gli rimbombava nella mente: "Io e lei faremo grandi cose...".

Quali cose? E perché? Che cosa aveva in mente, davvero, il comandante senza volto?

Se lo chiese anche quella notte, senza trovare risposta. Al mattino fece colazione, indossò una giacca, andò dal podestà a scartabellare, tornò a casa per il pranzo. Non immaginava che proprio quel giorno, iniziato in maniera così usuale, il comandante avrebbe deciso di rispondere finalmente ai suoi quesiti, riservandogli una sorpresa: una delle sue specialità.

Mandò un ufficiale a bussare a casa Canape nel primissimo pomeriggio. "Il solito interrogatorio" pensò Aimone che si alzò e lo seguì, meccanicamente. Entrò nel comando nazista, che ormai conosceva bene. La stanza degli interrogatori era in fondo a sinistra, ma il soldato svoltò a destra. «Mi segua, la prego» gli disse con inconsueta cortesia. Aprì la porta, ma Aimone non avvertì l'aria pesante mista al silenzio, carica dell'angoscia di un uomo, di un contadino, di un donghese in attesa di essere interrogato, a capo chino con le unghie nere, la faccia sporca e lo sguardo spaventato. Sentì l'improvviso e allegro brusio di una festa. Udì le loro voci, tutte maschili. Udì le loro risate, esagerate, alticce e le battute volgari, da camerata. Udì pronunciare i loro nomi: «Franz! Hans..., Jurgen». E, per un attimo, si illuse di essere tornato a Berlino in una di quelle birrerie frequentate dal popolo, fumose e chiassose, piene di gente allegra e alla buona, tutt'altro che restia ad abbandonarsi ai piaceri della vita. Solo per un attimo si vide proiettato indietro, in un contesto in cui si era sentito protetto.

«Non sono mai stato capace di provare vero rancore per i soldati tedeschi che incontravo in quell'epoca a Dongo. Avevo l'impressione di avere di fronte a me gli autisti di Elli, i fattori di Oberhof, i camerieri del Kaiserhof; insomma, la Germania del popolo che avevo imparato a conoscere da ragazzo, durante il mio soggiorno» ricorda Aimone facendomi sedere sulle poltroncine grigia e rosa, all'ombra del patio in un pomeriggio stranamente afoso. È l'ora della pennichella, ma non ha voglia di coricarsi. Rifiuta persino il caffè che Patrizia gli offre per la seconda volta. Chiede solo un bicchiere d'acqua e riprende: «Quei ragazzi mi sembravano persone normali; presi singolarmente non molto diversi, con ogni probabilità, dai tedeschi che conosciamo oggi e che passano le loro vacanze sul lago di Como o a Rimini. I capi invece mostravano uno zelo militante, leggevo nei loro occhi una consapevolezza che ancora oggi mi fa rabbrividire. Ma i soldati semplici... non riesco a odiarli nonostante quello che mi hanno fatto. Ancora oggi sono convinto che fossero ingenui, facilmente manipolati da un regime che spingeva il popolo al conformismo e oltre, in nome di un'ideologia aberrante e implacabile. Il dubbio non era permesso: dovevano credere ciecamente al Terzo Reich o finire in un campo di concentramento. Pochi ebbero il coraggio di ribellarsi. E in tempo di guerra, la patria non ammetteva eccezioni...».

Adagia il suo bicchiere sul tavolo e mi guarda fisso negli occhi: «Ironia vuole che il vero e peggiore aspetto della guerra nazista, io l'abbia conosciuto dopo, dall'Italia...».

Aimone venne introdotto nel salone chiassoso e si trovò in mezzo a una trentina di uomini in divisa, schierati a semicerchio. Sessanta occhi su di sé. Sessanta occhi gioviali. Sembrava che aspettassero proprio lui. Urlarono «*Heil Hitler!*» all'unisono con raggelante potenza, sbattendo i tacchi e alzando il braccio destro. Dopo quel saluto, il salone fu di nuovo riempito da un brusio cordiale, come per sottolineare l'arrivo di un amico o di un ospite familiare: non certo di colui che, solo poche settimane prima, avevano brutalmente messo al muro. Lo fecero accomodare sulla sedia più in vista, al centro alla sala.

«*Darf ich Ihnen etwas anbieten?*» gli chiese un soldatino biondo e gentile, indicando un tavolo colmo di alcolici. «*Bier? Ein Glas Wein oder Champagne?*»

«Champagne» rispose Aimone piacevolmente sorpreso.

"Che strana questa festa" pensò. "Celebrano una vittoria? Eppure al radiogiornale non hanno annunciato nulla di particolare. Che sia il compleanno del Führer? O forse qualche ricorrenza nazionale. Ma che c'entro io? Qui sono tutti tedeschi, non hanno bisogno di un interprete..."

Osservò gli ufficiali. Zelanti con il regime, compiaciuti con se stessi, fieri di quella divisa che li faceva sentire onnipotenti, autenticamente ariani e sprezzanti nei confronti del popolo italiano. Quante volte li aveva visti impartire ordini palesemente assurdi e crudeli? Eppure doveva stare al loro gioco, recitando la parte che gli avevano assegnato in quella strana ricorrenza.

"Chissà qual è, fra i presenti, il comandante senza volto..." mormorò tra sé e sé.

Il biondo? No. Il moro? Nemmeno. Forse il rossiccio... no, guardandolo meglio, era improbabile. Di colpo mise a fuoco una visiera e la riconobbe subito: era calata sulla testa di un uomo che, dal fondo della sala, si smarcava dalla folla e si avvicinava a lui. In quel momento riconobbe lo sguardo tagliente e spettrale. Distinse i gradi di ufficiale sulla giacca. Il volto bianco e informe della sua memoria iniziò a comporsi pezzo dopo pezzo, come accade in certi giochi per bambini. Ecco le sopracciglia, erano castane. Ecco le guance in carne e ben rasate, il naso dritto, le labbra piegate verso il basso, sottili e infide. Ecco due enormi orecchie, la fronte alta e accigliata. Non un uomo bello, ma nemmeno brutto; tutto sommato anonimo nell'aspetto, eppure cinicamente magnetico.

«Ho una buona notizia, per lei, signor Canape» disse con voce metallica.

«Ne sono molto lieto» rispose Aimone sforzandosi di sorridere per nascondere la tempesta che già agitava il suo cuore. Quell'uomo lo metteva profondamente a disagio. Emanava un'aura di negatività che nemmeno un ambiente festoso come quello riusciva ad attenuare.

«Lei è stato un detenuto esemplare. Non ha dato problemi e ci ha aiutato come interprete. Non c'è nessuna ragione di tenerla ancora in prigione. Mi congratulo con lei!»

«Grazie signor comandante.»

«Ho deciso che a partire da questa sera può tornare a dormire a casa. È contento?» gli chiese con apparente compiacenza.

«Certo e la ringrazio, signor comandante, questa è davvero una bella notizia» rispose Aimone, aprendosi in un sorriso che per un secondo, solo per un secondo, fu sincero perché cullato dalla speranza che l'incubo fosse finito. "A casa, finalmente per sempre a casa" pensò.

«Bene, allora ci vuole un brindisi» esclamò il comandante, facendo cenno a un soldato di versare altro champagne nel calice.

«Noi sappiamo di poter contare su di lei...» continuò, subdolamente, scandendo lentamente ogni parola e rafforzando, intenzionalmente, le ultime: "Contare su di lei...".

Aimone a quel punto sentì le onde emanate da quell'individuo, insinuanti e malvagie, avvolgergli l'anima e spegnere ogni entusiasmo, ogni fiducia, ogni illusione. Si chiese, nell'ansia crescente, cosa mai stesse tramando alle sue spalle e quale fosse il vero significato di quella messinscena. Ma non riusciva a darsi una risposta.

«Su, anche lei deve brindare, signor Canape...» lo incoraggiava il comandante.

Aimone, sebbene disorientato, trovò la forza di puntualizzare: «Brindare, sì, ma a cosa?».

«Alla vittoria, a lei che ci farà scoprire tutti i covi dei partigiani!»

«*Zum Wohl!*» urlarono gli ufficiali in coro. «Viva Aimone» gridò uno di loro.

Aimone rimase in piedi interdetto, sforzandosi di nascondere il suo smarrimento dietro un sorriso di circostanza e prodigandosi per mantenere un contegno, come gli aveva insegnato Frau Noll; ma un peso devastante iniziò a comprimergli il petto; gli sembrava d'aver inghiottito piombo fuso.

"Ecco cosa voleva il comandante senza volto" appuntò tra

sé e sé, sconcertato e solo, in mezzo a trenta nazisti. Che avrebbe potuto fare? Certo non scappare: era impossibile. Fingere un malore? Non ci avrebbero creduto. Aimone tentava di controllare il respiro affannoso e l'aritmia del suo cuore; in una manciata di secondi aveva provato a ipotizzare ogni via d'uscita a quell'assurda situazione.

Era, innegabilmente, in trappola; l'unica carta che poteva giocare rimaneva quella di negare, negare e ancora negare, con le parole e l'ausilio della sua bella faccia sorridente. Aveva imparato l'arte di far buon viso a cattivo gioco, sapeva sfruttare a proprio vantaggio la sua capacità d'essere ammaliante e credibile; tante volte questa sua dote lo aveva tolto da situazioni di imbarazzo e quello era il momento di dare il meglio.

«Non ho capito bene, signor comandante» rispose con aria sinceramente attonita, ma il comandante aveva già preparato l'affondo. Il suo volto si fece affilato, la sua voce sgradevole e perentoria.

«Tu adesso ci farai da guida e ci condurrai nelle basi segrete dei partigiani» disse, sporgendo la testa in avanti, come un cane ringhioso. La sua non era più una richiesta, bensì un ordine ed esigeva una risposta.

«Lo sanno tutti dove sono i partigiani! Sono sulle montagne! Ma chi le ha detto che io so dove si trovano i covi? Mi dica chi è stato e lo porti qui. Voglio vedere se quel tipo ha fegato per ripeterlo di fronte a me. Io non so proprio nulla. *Ich weiss n-i-c-h-t-s*, ha capito comandante?» urlò Aimone ostentando una coraggiosa indignazione.

Ma lo sguardo del comandante rimase chiaro e glaciale, quasi compiaciuto, come se conoscesse già il finale di quell'atto.

«È stato il Maffioli di Garzeno. È stato lui a dirmi che lei sa tutto» rispose, inclinando la testa, comprimendo il mento sul collo e irrigidendo la mascella muscolosa.

«Ah, il Maffioli, lo conosco, ma si vede che ha preso paura e avrà raccontato una sciocchezza pur di togliersi dai guai. Fandonie, sono solo fandonie. E poi signor comandante come potrei conoscere quei posti? Io sono sempre rimasto qui a Dongo» tentò di difendersi Aimone in un tedesco, che nella disperazione, tornò a essere purissimo, impeccabile. Ma ogni tentativo di svicolare sembrava vano. Il comandante infatti pareva impassibile: si avvicinò ad Aimone, così vicino che il giovane poté distinguere nella sua iride blu tante minuscole macchioline nere, e alzò ancor più in alto il calice.

«Alla salute! *Zum unserer Freundschaft!* Alla nostra amicizia! Allora, Canape, accetta la mia proposta?» gli alitò in volto.

Aimone doveva scegliere. Non poteva più star di qua, dalla parte dei partigiani, facendo finta di star di là, dalla parte dei tedeschi. Aveva detto sì una volta. Poteva dirlo una seconda? Sì, avrebbe potuto, certo. Ma se lo avesse fatto non avrebbe più potuto guardare suo padre negli occhi, né sua madre, né i suoi fratelli, né il Claudio né l'Umberto. Avrebbe dovuto rinnegare se stesso. A quale prezzo?

Aimone lasciò cadere la coppa di champagne per terra, che si ruppe, cospargendo il pavimento di mille frammenti. Lo champagne schizzò sui suoi pantaloni e su quelli del comandante.

«Non posso, io non so niente» disse con un filo di voce. Aveva scelto. Continuava a tremare, ma in cuor suo si sentiva leggero, in pace, in sintonia con la sua coscienza, fiero di essere un Canape, un donghese, un partigiano.

Il comandante posò il bicchiere, sollevò il sopracciglio destro tenendolo fermo ad angolo verso la tempia, inarcò la bocca verso il basso, in una smorfia infida, ottusa, di crudele disprezzo per quel giovane che si ostinava a non collaborare. Non disse nulla. Fece solo un cenno al sottufficiale, con l'indice della mano sinistra. Aimone non vide nulla, ma sentì. Un dolore acuto. Inaspettato, lancinante, che taglia in due il corpo, ma non sempre spezza l'anima. Quella storia era iniziata con un colpo di moschetto sulla schiena di sua madre, finiva con un altro colpo di moschetto su un'altra schiena. La sua. Il sottufficiale lo aveva alzato e lo aveva abbassato con tutta la forza che aveva in corpo, provando piacere, con lo zelo del sottoposto che cerca l'encomio del capo. Aimone crollò a terra e si trascinò a carponi sotto il tavolo, come aveva fatto quel giorno in camera sua. Il comandante girò i tacchi e si pulì, infastidito, i pantaloni sporchi di champagne.

«Pensateci voi» disse.

La festa era finita. E un'altra, atroce parte, toccava ad Aimone.

Due soldati lo sollevarono da terra. Lo spinsero contro la parete, bloccandogli le braccia. Il sottufficiale gli diede uno schiaffo potente, rompendogli un labbro.

«*Sagt mal!*» gli intimò. "Parla!"

«Non so nulla.»

«Parla!» ripeteva il soldato.

«Non so niente! Non so niente! Tutto questo non è giusto» si difendeva Aimone, che sentiva il sapore dolciastro del sangue permeare il palato, impastare la lingua, sporcargli i denti.

«*Du, Schwein!*», "Tu, porco", imprecò il sottufficiale. Chiuse le sue mani nodose e gli sferrò un pugno in pancia, proprio lì, alla bocca dello stomaco. Un pugno che spacca il respiro. E un altro schiaffo tra l'orecchio e la tempia, e un altro pugno sul fegato. Non riusciva a parlare, non riusciva a respirare, aveva la bocca piena di sangue, caldo, a fiotti. Il suo sangue.

«Per l'ultima volta, confessa» intimò il sottufficiale.

«Se volete vi porto in montagna, ma non so dove sono i partigiani. Se li trovate, bravi voi...» sussurrò. Né orgoglioso, né affranto. Incassò, rantolando, l'ultimo calcio. E si lasciò trascinare via, in uno sgabuzzino, senza luce, senz'acqua, senza sedie. Nel buio, dolorante, solo con se stesso. Aveva perso o forse aveva vinto. Non pensava al domani, non aveva paura. Perché aveva scelto ed era in pace. Non aveva tradito i compagni. E il verdetto gli apparve chiaro, luminoso.

Sì, aveva vinto.

Poco dopo qualcuno bussò alla porta di casa Canape. Evelina aprì, allegra, solare come sempre. Pensava fosse Aimone e invece era un uomo, un fascista, ma amico, che si guardò alle spalle con circospezione ed entrò, chiudendo frettolosamente la porta.

«Evelina, porto brutte notizie, i tedeschi hanno arrestato Aimone.»

«Un'altra volta! Ma perché, cos'è successo? Sembrava tranquillo quando era uscito...» gli chiese Evelina, quasi supplicandolo.

«Si è rifiutato di svelare i covi dei partigiani, ma questa volta la situazione è molto grave. Non rimarrà a Dongo. Stanotte lo porteranno al comando generale di Como. Vogliono spedirlo a Mauthausen, in Germania» gli raccontò l'amico.

«Cos'è Mauthausen?» chiese Evelina.

«Un campo di lavoro» rispose l'uomo voltando la testa, come se non volesse incrociare lo sguardo di quella donna che, con la coda dell'occhio, gli parve minuta, tenera e profondamente affranta.

«Ce l'hanno con lui, ma non lo considerano pericoloso. Non lo porteranno a Como usando la strada, bensì via lago, sul piroscafo, sotto scorta, ovviamente. Preparagli una borsa con dei vestiti, fatti trovare alle due del mattino sul pontile. Sali anche tu su quel piroscafo.»

«Sì, alle due sul battello, ho capito» mormorò Evelina.

«E fatti coraggio, mi raccomando» continuò quell'uomo, congedandosi sbrigativamente. Riaprì la porta, controllò che la via fosse deserta e s'incamminò a passi lunghi, quasi correndo.

Evelina ebbe appena il tempo di ringraziarlo, rimase in piedi sull'uscio, appoggiò la schiena alla parete, portò le mani al volto come per scoppiare a piangere, ma non una lacrima scese sulle sue gote. Raddrizzò la testa, guardò dritto davanti a sé. Recitò una preghiera, ripensò a quante volte aveva dovuto soffrire e lottare. Sentì una grande calma dentro di sé. Non poteva commiserarsi, né disperare. Doveva essere forte. Per se stessa, per Aimone, per Tonin. Perché Dio era dalla sua parte, perché Dio non poteva abbandonarla proprio quella notte. Perché Dio, e congiunse strette le mani al cuore, Dio esiste.

Salì nella camera di Aimone, prese una valigia, come quando, ragazzino, era partito per la Germania. Di nuovo, la Germania, che era sempre fredda, ma ormai non più amica. Prese dall'armadio i pullover più caldi e le calze e le canottiere di lana. Aggiunse i guanti e la sciarpa e il cappello. Vide appoggiato sulla scrivania il libro di Hitler e si ricordò della dedica: «Zu Erinnerung», «In ricordo». Ma quale ricordo? Il dittatore che aveva accolto suo figlio nel bunker, ora glielo portava via, in un campo lontano e misterioso, di lavoro, di fatica. Forse di morte.

Evelina non sapeva che cosa fosse davvero Mauthausen. In cuor suo si era sempre chiesta perché Mussolini se la fosse presa improvvisamente con gli ebrei, che in Italia non avevano mai dato fastidio a nessuno e che, a quanto si diceva, potevi distinguere solo perché non andavano a messa e i loro figli non frequentavano il catechismo. Lei non ne aveva mai conosciuti, ma per molti anni pensò che fossero amici del regime. Non erano ebrei il ministro delle Finanze Guido Jung e i senatori Achille Loria e Isaia Levi? Perché il Duce li estromise dalla società, varando le leggi razziali? Evelina era una donna semplice e di buon senso, poco interessata alla politica e non aveva mai capito la ragione di quel repentino cambiamento. Aveva saputo, però, che gli ebrei consegnati ai tedeschi non tornavano più in Italia, sparivano in quei campi dai nomi sinistri come Mauthausen, Dachau, Buchenwald. E ora il suo Aimone rischiava di fare la stessa fine. Intuiva che se fosse salito su quel treno non sarebbe più tornato.

«Salgo anch'io sul battello» le disse Tonin, non appena fu messo al corrente di quanto stava accadendo, con quei suoi modi schietti, rassicuranti, ma per una volta poco previdenti.

No, Tonin non poteva venire. I tedeschi stavano perdendo la guerra e, al pari dei fascisti, erano sempre più diffidenti. Finché rimaneva a Dongo poteva considerarsi al sicuro: tutti lo conoscevano e difficilmente il Semprini o gli altri repubblichini lo avrebbero infastidito senza motivo; ma se avesse lasciato l'Alto Lario quasi certamente sarebbe stato arrestato, come accadeva a tutti gli uomini, da quando, dopo l'8 settembre 1943, la Resistenza partigiana si era fatta più arcigna. Soltanto le donne del posto potevano circolare liberamente, perché i nazisti, in quel contesto, non le consideravano pericolose.

«Tonin, ascoltami. Andrò io e tua sorella mi accompagnerà» disse Evelina. E, di fronte alla determinata dolcezza di sua moglie, si rassegnò.

Aimone fu il primo a salire sul piroscafo, ammanettato, a testa bassa. Le sue labbra non erano più morbide e piene, ma gonfie e lacerate. I suoi capelli, di solito sempre curati, erano spettinati, il colletto della camicia era sporco di sangue, ma il suo sguardo sembrava colmo di serenità, come quel cielo sopra di loro, ancora stellato, che si rifletteva pacifico sul lago. Scorse subito sua madre, qualche metro dietro di lui, e le sorrise. Sembrava dirle: "Mamma, non preoccuparti. Ho fatto la cosa giusta, sii fiera di me". Evelina rispose muovendo impercettibilmente la testa, guardandolo con i suoi occhi belli e materni, che rispondevano: «Sì, figlio mio. Ti amo e sono fiera di te». Avrebbe voluto abbracciarlo, stringerlo e baciarlo, ma aveva imparato la lezione. Sapeva che qualunque gesto imprevisto avrebbe aggravato la posizione di suo figlio. Restò diligentemente in coda, scese nella sala interna. Aimone era seduto sulla panca, in fondo, tra due soldati, di fronte a un altro prigioniero; pure quello ammanettato, spettinato e con il volto tumefatto. Era giovane, giovanissimo, e aveva un aspetto curiosamente familiare. Evelina lo osservò bene.

«Oh, no» esclamò, portandosi la mano alla bocca. Quel giovane era Angelino, il figlio di sua sorella e di Egidio Mallone, il giovane rampollo che lei, da ragazza, aveva rifiutato preferendogli Tonin. Lo avevano arrestato a Gera Lario.

Un piroscafo, due cugini che si conoscevano appena, un solo destino.

Evelina si avvicinò, disse ai soldati che era la zia.
«Posso salutarlo?» chiese.
«Sì, signora» rispose il miliziano.
Lei lo abbracciò forte. Poi si volse dalla parte di Aimone: «E sono sua madre, signor soldato» disse, supplichevole. «Permettetemi di accompagnarlo fino a Como. Vi prometto: non darò problemi, non farò scenate. Voglio solo stare ancora qualche minuto con lui prima che venga incarcerato. Abbiate pietà di una povera madre.»

Il piroscafo spezzava le onde del lago in quella notte silente, mentre il riflesso argenteo della luna piena rischiarava i volti dei passeggeri. Volti inquieti o annoiati, come quelli dei militari impegnati in un'operazione di routine.

«La prego, sia gentile con noi. Che male può fare una madre?» intervenne in tedesco Aimone. Il soldato lo guardò con una punta di disprezzo. Alzò le sopracciglia, infastidito, sembrava che pensasse: "Un altro italiano mammone". Ma un mammone, non riesci a odiarlo.

«*Schön gut*» rispose, tenendo fermo lo sguardo sui due. «Ma niente storie o faccio scendere la signora alla prima fermata.»

«Non si preoccupi. Le sono molto grato, signor soldato» gli disse Aimone sfoggiando una parlantina da gran signore. Evelina si sedette di fianco a loro. Tirò fuori dalla borsa un fazzoletto, lo bagnò e delicatamente iniziò a pulire le ferite incrostate sul labbro, a togliere i grumi di sangue sulla barba già lunga, ad aggiustargli i capelli, con le mani. Le sue erano soffici, materne carezze.

Il battello arrivò a Como mentre la luce cristallina dell'alba iniziava a ringiovanire il cielo. Raggiunsero a piedi il comando dei tedeschi, che si trovava in centro, dietro piazza Sant'Agostino. Aimone e suo cugino ammanettati, Evelina e la zia qualche passo dietro.

«Aspettate qui» intimò il soldato facendoli sedere in una sala d'aspetto disadorna di fronte alla scrivania della segretaria, una ragazza tedesca con i capelli a caschetto, senza un filo di trucco. Passò un'ora. Non accadde nulla. Aimone si chinò in avanti, tossicchiò, per richiamare la sua attenzione.

«Scusatemi, ma che cosa stiamo aspettando?» chiese guardandola dolcemente negli occhi.

«Non sappiamo nulla. Dovete subire l'interrogatorio del comandante» rispose la ragazza che avvertì una vampata di calore salire dal collo, arrossare le guance, gli zigomi, la tempia. Aimone aveva fatto colpo su di lei e la ragazza, timida com'era, non riusciva a mascherare l'emozione. Inarcò le spalle, incassò la testa tuffandosi nella lettura di un documento, come una tartaruga che si rintana nel suo guscio. Poi alzò di nuovo il capo e incrociando lo sguardo di Aimone non riuscì a trattenere un sorriso tenero e compiaciuto.

Evelina aveva visto tutto. Chinò il capo verso Aimone e gli sussurrò all'orecchio: «Guarda che tu piaci a quella lì. Falle la corte! Salvati e salva anche tuo cugino!» poi lo fissò e Aimone per un attimo non riconobbe più sua madre, che ripeteva: «Dai retta a me, sono una femmina. Le conosco quelle come lei».

La donna retta, esemplare, devota, che gli aveva insegnato a mantenere un atteggiamento dignitoso in ogni circostanza e a rispettare i principi e una morale, ora gli parlava con l'ammiccante volgarità di un soldato in libera uscita.

«Mamma, ma cosa dici?» esclamò, con un tono che oscillava tra l'indignazione e la meraviglia. «E se anche volessi come potrei corteggiarla, qui davanti a tutti, ammanettato, in attesa di giudizio? Ti rendi conto di quel che mi stai chiedendo?»

No, Evelina non se ne rendeva conto. Era in trance: si era immaginata suo figlio che saliva su un treno, si sporgeva dal finestrino, la salutava con la mano e scompariva all'orizzonte, nel buio, per sempre. Avrebbe fatto qualunque cosa pur di impedire che quella visione si realizzasse. Aveva pensato di offrirsi prigioniera al suo posto, di corrompere il comandante, di gettarsi ai suoi piedi implorando la grazia. E, senza considerare che quella segretaria timida non aveva alcun potere, aveva pensato, per un attimo, per un fugace distratto attimo, che anche la bellezza di Aimone potesse diventare uno squallido strumento di baratto. Una notte d'amore in cambio della libertà.

Le parole e la sorpresa di Aimone la fecero rinvenire. «Oh, Dio, che cosa ti ho detto!» esclamò, poggiando sulla fronte le dita della mano destra. Si sentì improvvisamente stupida, inadeguata. Impallidì, ma subito dopo fu lei, e non la segretaria, ad arrossire. Non d'amore, ma di vergogna, rosa dal senso di colpa e dal timore che Dio potesse punirla per essere stata così debole, sebbene una volta, una sola volta.

In quel momento la porta in fondo alla sala si aprì e un soldato chiamò ad alta voce: «Aimone Canape!».

«Sono io» rispose Aimone che si alzò, con le manette ai polsi.

«Venite con me.»

Il soldato lo portò in un altro studio di fronte a un capitano, assorto nella lettura di un dossier. Aimone restò in piedi, a testa china, in silenzio. L'ufficiale rimase invece seduto sulla poltrona, poggiando i gomiti sulla scrivania, dove tutto era stato ordinato meticolosamente. Lesse il verbale inviato dal comando di Dongo, osservò con aria perplessa il prigioniero davanti a sé.

«Le accuse non mi sembrano così gravi da meritare Mauthausen...» mormorò.

Il volto di Aimone si illuminò.

«...ma la decisione spetta al comandante Albert Kesselring» riprese il capitano. E il volto di Aimone si rispense. Ma quel nome prese a rimbombargli insistentemente nella testa: "Kesselring, Kesselring. L'ho già sentito, ma dove?" e dopo poco venne distratto dal trambusto che proveniva dalla sala accanto.

La porta si aprì, il soldato si mise sull'attenti, il capitano si alzò solertemente.

«*Heil* Hitler!» urlarono i presenti. Aimone, intimorito, fece un passo indietro. Eccolo, finalmente, Kesselring, in divisa da generale con i gradi da feldmaresciallo e la croce di ferro al collo. Si tolse il berretto a visiera con l'aquila ad ali spiegate sopra la croce uncinata. Aimone osservò la fronte stempiata, il naso regolare, la bocca larga, gli occhi scuri e sorridenti, ben diversi da quelli chiari e sprezzanti dei capi nazisti. E sebbene fosse un generale, non seppe incutergli timore. Perché più guardava quel volto, più gli sembrava familiare.

Quel nome... Quel viso...

Quel viso... Quel nome...

Poi improvvisamente divenne tutto chiaro. "Ma io l'ho conosciuto in Germania, a casa di Elli!" gioì dentro di sé, mentre Kesselring continuava a parlare con i suoi uomini e non badava a lui.

"Ma ora come faccio a dirglielo?" pensò Aimone. Provò a intervenire: «*Bitte...*» tossicchiando, ma nessuno gli diede retta. Tutti seguivano con trepidante attenzione il generale che non era semplicemente il capo dell'ufficio di Como, ma il comandante di tutte le forze tedesche in Italia, decorato da Hitler in persona con la Croce di Ferro di Cavaliere.

Quell'uomo dall'aria gioviale eppure importante e molto potente, ignorò la poltrona prontamente offertagli da un soldato e restò in piedi, a gambe divaricate, accanto alla scrivania.

«Dunque, ditemi, cos'è successo?»

«Il comando di Dongo ha arrestato questo italiano. È un partigiano e rifiuta di svelare i nascondigli dei suoi compagni. Il comando chiede che venga mandato a Mauthausen, *Herr General*» rispose il capitano impettito.

«Ecco, questo è il rapporto» disse, allungandogli una cartelletta.

Kesselring sfogliò velocemente il suo dossier, poi finalmente guardò Aimone con aria perplessa.

«Che hai da dirmi sulle accuse che ti sono state fatte, che hai combinato?» chiese.

Ma Aimone non diede all'interprete il tempo di tradurre e replicò in tedesco.

«Nulla, non ho fatto nulla per meritare queste accuse signor generale e spero avrà la cortesia di ascoltare quello che è successo. Il comandante tedesco di Dongo mi ha chiesto di fare l'interprete e volentieri mi sono messo a sua disposizione. Ma io non sono un combattente e non posso svelare i nascondigli dei partigiani per una ragione molto semplice, che sono certo lei comprenderà: quei nascondigli io non li conosco.»

Il generale lo ascoltò con attenzione, non trattenendo lo stupore per quell'insolita conversazione: un partigiano sporco, con il volto tumefatto e la camicia macchiata di sangue parlava il tedesco dell'aristocrazia.

«Lei parla un tedesco davvero impeccabile.»

«*Danke, Herr General*» interloquì Aimone, chinando la testa in segno di rispetto.

«Ma dove l'ha imparato?»

«A Berlino, signor generale. E... qualche anno fa ho avuto già il piacere di fare la sua conoscenza.»

«Noi ci siamo già incontrati?» disse Kesserling divertito. «*Unglaublich...!*» "Incredibile."

«Sì, signor generale. A casa di Elli e di suo marito, *Herr* Steinlich, durante uno dei loro ricevimenti.»

«Elli?!»

«Non mi riconosce? Sono Aimone, il giovane ospite italiano della duchessa Elli Steinlich.»

Kesselring spalancò le palpebre. No, non lo aveva riconosciuto. Era davvero lui, "*Der Junge von Como-See*", il ragazzo del lago di Como? Lo ricordava come un giovanotto ancora acerbo, ordinato e impeccabile, con i capelli imbrillantinati, profumato, in frac... E aveva davanti a sé un uomo sofferente e trasandato, con la barba lunga. Ma il sorriso, in effetti, non era cambiato.

«Aimone!! Tu? Proprio tu? Non ti avrei mai riconosciuto in questo stato. Ma in che situazione ti sei messo? Elli mi uccide se viene a saperlo...» esclamò scoppiando in una risata. Sì, ora lo aveva definitivamente messo a fuoco.

«Generale, ho passato a Berlino il periodo più bello della mia vita, ma sono italiano, la mia casa è poco distante da qui. Quando ho finito il mio stage all'Hotel Kaiserhof sono tornato in Italia.»

«E cos'è successo?»

«Ho servito la mia patria e continuo ad amarla, come lei ama la sua. Dopo il proclama del maresciallo Badoglio, sono fuggito: l'hanno fatto tutti i miei camerati e da allora sono renitente alla leva. Ma non sono un partigiano. Le accuse contro di me sono false, totalmente false. Sono vittima di una cospirazione, forse dell'invidia. C'è qualcuno che mi vuole male» rispose Aimone con toni accorati.

«Capisco, capisco» rispose Kesselring, che chiuse il dossier con un colpo secco e si rivolse al capitano: «Gli dia un lasciapassare e lo faccia accompagnare. Questo ragazzo può tornare a casa sua».

«...e così Elli non mi ammazza più!» disse strizzando un occhio ad Aimone e facendo riecheggiare nella stanza un'altra risata.

«Non so come ringraziarla, signor generale.»

«Non devi ringraziarmi. Ti conosco e poi è mai possibile che un amico intimo di Elli possa essere un partigiano? *Unmöglich!* Impossibile» esclamò Kesselring, che si infilò in testa il berretto a visiera e gli porse la mano.

«Buona fortuna, Aimone» gli disse con tono aperto, e se ne andò.

«Togliete le manette al detenuto» ordinò il capitano. Il soldato ubbidì tenendo basso lo sguardo, quasi vergognandosi per aver etichettato come sciatto mammone italiano un amico del comandante Kesselring.

Evelina aspettava suo figlio nella sala d'entrata, tenendo le mani incrociate e la testa china. Pregava incessantemente, chiedeva scusa per la sua debolezza, invocava la Misericordia per Aimone. Temeva che lo avessero picchiato di nuovo o che avessero deciso di caricarlo subito sul treno e invece, quando la porta si riaprì, lo vide sbucare sorridente, con le mani finalmente liberate dalle manette. Lui allargò le braccia, lei corse verso di lui, sciogliendosi in un abbraccio.

«Mamma, mi hanno scagionato! Posso tornare a Dongo!» urlò festoso. «E ho anche trovato il modo di mettere una buona parola per Angelino» aggiunse, mentre Evelina rideva e piangeva, piangeva e rideva, in mezzo alla gente nel comando tedesco di Como, incurante dei loro sguardi e dell'invidia degli altri partigiani. Ringraziò Dio e pensò che da quel momento nessuno li avrebbe separati, mai più. Salirono sul traghetto per raggiungere Dongo.

Fu, quella, la prima volta che Aimone vide suo padre piangere di felicità. Si era recato al molo per accogliere Evelina. Lo vide da lontano, leggermente ricurvo, leggermente invecchiato, pronto a consolare quella donna dai capelli striati di grigio, che tanta forza e tanta felicità aveva portato nella sua vita. Mai una recriminazione, mai un litigio. Lei era lui. Lui era lei. Uniti, fusi, inscindibili. Evelina uscì per prima allo scoperto, lo salutò dalla prua facendo grandi gesti con la mano mentre la barca attraccava: e poi, alle sue spalle, sbucò Aimone, che improvvisò una corsa quasi infantile sulla passerella verso il molo. E poi di colpo si fermò. Si pulì la mano sui pantaloni, e la allungò a suo padre, ferma, tesa. Da uomo a uomo. Tonin gliela afferrò. Tremava: un tremolio appena percettibile, come quello di una foglia accarezzata dalla brezza del lago. Gliela strinse forte. Sorrise. Lo tirò a sé. Lo abbracciò, appoggiò la testa sulla sua spalla. Si ritrasse, lo guardò negli occhi e Aimone vide scendere su quel volto, segnato dalla vita, due lacrime. Non era riuscito a trattenere l'emozione. Due lacrime, di gioia. Da uomo a uomo.

21

Aimone era riuscito a scampare a Mauthausen, ma il comandante delle SS di Dongo non aveva digerito la decisione di Kesselring. Come ogni capetto, si sentiva sminuito di fronte ai suoi uomini e cercava un pretesto per ribadire la propria autorità. Si accorse che il generale aveva, sì, disposto il rientro del prigioniero a Dongo, ma non la sua definitiva assoluzione. E ne approfittò. Canape restava un italiano colpevole d'aver disobbedito all'ordine di un ufficiale tedesco e pertanto, in qualche modo, andava punito.

Lo convocò subito. «Non sei un partigiano? Bene, quindi devi iscriverti al partito fascista» gli disse perentorio, allungandogli una tessera sulla quale il nome AIMONE CANAPE era stampato in bella evidenza. «E se sei un fascista devi contribuire allo sforzo della patria» aggiunse, degustando l'evidente smarrimento di Aimone.

«Ma... come? Che dovrei fare?» chiese Aimone, disorientato: si era illuso, dopo quel fortuito incontro a Como, che i suoi guai fossero finiti.

«Presentati domani mattina alle otto in punto alle Acciaierie e Ferriere Lombarde Falck. Lavorerai lì, alla catena di montaggio.»

Il giovane sobbalzò. Guardò la tessera fascista: avrebbe voluto stracciarla in mille pezzettini, proprio lì, davanti agli occhi del tedesco senz'anima; ma intuì che quell'orrido individuo non aspettava altro, se non un pretesto, un appiglio qualsiasi, per fargliela pagare. Respirò profondamente e riuscì a trattenersi.

Sfoderò faticosamente una frase di consenso: «*Jawohl*, domani alle otto».

Tornò a casa, salì in camera, aprì il cassetto e vi schiaffò dentro la tessera, con un gesto di rabbia per lui inconsueto. Poi lo richiuse a chiave.

Non aprì più quel cassetto, sino alla fine della guerra. Altro che fascista: dentro di sé era ormai un partigiano convinto.

Il giorno dopo si presentò ai cancelli di quell'immensa fabbrica adagiata tra il centro di Dongo e i piedi della montagna, dove rivide tanti amici, tra cui il Ricci e il Rossi, che furono sorpresi di trovarlo lì come un operaio qualunque.

Ma suo padre aveva tanti amici fidati e di lunga data a Dongo; tra questi, uno dei dirigenti della Falck, l'ingegner Ventafrida, un uomo metodico, rassicurante e imperscrutabile.

I fascisti lo credevano uno dei loro; in realtà stava con gli altri, come peraltro il direttore generale della fabbrica, il Pradelli.

Grazie alla copertura di personaggi insospettabili di quel calibro, la Falck divenne segretamente uno dei poli della Resistenza dell'Alto Lario. La cinquantaduesima Brigata Garibaldi combatteva sui monti, mentre in paese nuclei leggeri, quasi invisibili, reclutavano, sabotavano, proteggevano i partigiani sfollati da altre parti d'Italia, fornendo loro una nuova identità e un lavoro, sovente proprio lì in fabbrica. Mandando Aimone alla Falck, i nazisti e i fascisti pensavano di punirlo; in realtà lo mettevano a stretto contatto con i suoi alleati partigiani.

L'ingegner Ventafrida osservò le mani senza calli di Aimone e l'elegante smarrimento con cui si muoveva tra i macchinari rumorosi, tappandosi le orecchie, sgusciando leggero e agile, ma all'evidenza frastornato, tra un nastro e l'altro.

Lo fece chiamare nel suo ufficio.

«Aimone, io credo che tu non sia fatto per passare ore laggiù» gli disse con tono quasi paterno. «Non posso mandare un ragazzo come te alla catena di montaggio. Dunque ho pensato a una soluzione alternativa. Tu lavorerai qui con me in studio. Ti userò come fattorino, dovrai aiutare le segretarie a riordinare le pratiche, a sistemare l'archivio. Mi rendo conto che non è una soluzione ideale, ma non posso proporti nulla di diverso.»

«Non si preoccupi, va benissimo così» rispose Aimone, che tanto con gli archivi ci sapeva fare: quante ore aveva passato nell'ufficio del podestà?

«Ma c'è un problema: ai tedeschi ho promesso che ti avrei fatto fare l'operaio. Pretendono che tu fabbrichi bombe e so che verranno qui a controllare» continuò l'ingegnere abbassando la voce, usando un tono tra il segreto e il solenne.

«E allora?» chiese Aimone.

«E allora non appena le SS arriveranno, tu devi essere pronto a precipitarti giù in fabbrica e inserirti nella catena di montaggio. Le guardie all'entrata ci avvertiranno schiacciando un pulsante che farà suonare la campanella nel mio ufficio. Da quel momento avrai non più di un minuto per scendere in sala macchine. Dovrai essere molto lesto. Mi raccomando, se ci scoprono finiamo nei guai tutti quanti.»

Aimone annuì, con un cenno della testa.

«Non tema, signor Ventafrida» lo rassicurò, convinto che sarebbe stato capace d'essere velocissimo e attento.

Per due giorni non accadde nulla; al terzo, il campanello suonò.

Aimone prese la tuta, sporca naturalmente, che il direttore aveva fatto appendere nell'armadio, la infilò dai piedi. Inciampicò, si rialzò, poi si precipitò giù per una scala che dall'ufficio conduceva direttamente alla catena di montaggio.

Un operaio gli passò una scatola di grasso. Aimone ci infilò le dita, mettendosene un po' in faccia, si spettinò, poi si piazzò davanti a una macchina e schiacciò un pulsante rosso. La macchina si mise a tremare e a ruggire, girando a pieni giri, come il suo cuore. La sua fronte si bagnò di sudore, come se fosse stato lì da ore. Il controllore, un fascista, si fermò alle sue spalle. «Ah, sei qui!» e rimase in silenzio per due minuti. Aimone sentiva la sua presenza, ma non si voltò. Continuava a tenere la destra sulla maniglia, mentre con la sinistra faceva scorrere sul nastro le capsule, come gli aveva insegnato l'ingegnere. Non sapeva nemmeno cosa stesse facendo, ma compiva quei gesti con estrema naturalezza. «Va bene» disse il fascista al caporeparto. Poi, con la coda dell'occhio lo vide allontanarsi.

Sia i tedeschi che i fascisti presero a passare un paio di volte alla settimana, sebbene a orari sempre diversi.

«Ah, sei qui a sfacchinare. Guarda come soffre, il damerino. Allora, come stai, tenero Aimone?» lo schernivano le SS.

Lui non reagiva mai, guardava davanti a sé, continuava a premere sulla leva e a far passare le capsule. Imperturbabile. Sapeva mentire, sapeva recitare, Aimone, che intanto obbediva agli ordini dei partigiani.

Otto capi per millecinquecento operai. E lui conosceva bene tutti e otto: Pradelli, Michele Buonafina, Viganò, Briz, Giuseppe Conti, Todeschi e Umberto Nocera, alias Ricci e Claudio Pollice, alias Rossi. Disseminava giornali e manifestini anti-nazisti nella fabbrica e nelle adiacenze di Dongo, aiutava a trasportare le casse con le armi e le munizioni, copriva i colleghi impegnati nelle operazioni di sabotaggio o in quelle per raggirare l'aeronautica tedesca, per la quale la Falck produceva tubi. Il Viganò e il Buonafina presentavano agli ufficiali della Luftwaffe campioni impeccabili, ma in produzione mandavano partite di qualità scadente, usando le parti pregiate per costruire caricatori di mitra a uso della cinquantaduesima Brigata che combatteva sui monti. Aimone era una semplice rotella di un meccanismo attivato da altri, ma affidabile, sicura, discreta. Faceva il suo dovere, con gioia, con convinzione; proprio lui, che in un tempo non lontano aveva vissuto con l'aristocrazia tedesca.

Conosceva anche Mario Allemagna, uno dei tanti che seppero arrangiarsi all'indomani dell'8 settembre del '43. Donghese, tenente dei carabinieri e di Dongo, disertò dopo il proclama di Badoglio ma poi fu reintegrato. Fedele servitore della Repubblica Sociale Italiana di giorno, resistente di notte, in contatto con Mario Bonfantini, il primo capo partigiano della zona. Fu l'Allemagna, nell'autunno del '43, a stendere la lista dei ragazzi di Dongo che avevano disertato la leva. Una copia di quell'elenco restò in casa sua, dimenticata in un cassetto e ben presto ricoperta da una polvere sottile, biancastra, che divenne grigia e infine nera.

Con il passare dei mesi il tenente divenne meno prudente. Quanti sfollati aveva aiutato? Decine, forse centinaia. Ma tra i tanti giovani desiderosi di unirsi alla cinquantaduesima Brigata Garibaldi, ce n'erano altri le cui intenzioni non erano altrettanto cristalline. I fascisti iniziarono a infiltrare delle spie tra gli sfollati, come i due toscani, Villani e Gorla.

Quando, nel dicembre 1944, arrivarono a Dongo, il Villani e il Gorla sembravano a tutti gli effetti due partigiani in rotta, ma ansiosi di riprendere le armi.

E come sempre, il gruppo di antifascisti locali si prodigò per aiutarli. Trovarono, per il primo, un lavoro alla Falck, e per l'altro un impiego come tuttofare nella giostra allestita alle porte di Dongo. I due si inserirono così nella vita del paese. Divennero amici del gerente del bar della piazza, Paolo Nicolini, e di sua moglie Tina.

Nicolini era un tipo simpatico, socievole, come deve essere un buon barista. E partigiano; ma chiacchierone, troppo chiacchierone. Si lasciò conquistare dalla simpatia dei due nuovi arrivati, facendosi scappare qualche confidenza di troppo.

«Vedi quello lì? È uno dei nostri» diceva al Villani.

«Puoi fidarti di quell'uomo...» sussurrava al Gorla, indicando qualcun altro fra gli avventori che entravano nel bar.

Mostrò così il Ricci, il Rossi, il Buonafina, il tenente Allemagna e gli altri capi.

Al sesto giorno i due simpatici toscani abbandonarono inaspettatamente il paese, consegnando ai repubblichini i nomi che cercavano da mesi. E la notte tra il 21 e il 22 dicembre scattarono gli arresti.

Le guardie fasciste irruppero a casa di Allemagna attorno alle quattro del mattino. Aprirono gli armadi, squartarono il materasso, rovesciarono i cassetti. Anche quel cassetto. Trovarono la lista. Soffiarono via la polvere, il foglio nero tornò bianco. Era un semplice elenco di ragazzi renitenti alla leva, ma senza data. I repubblichini lo scambiarono per la lista dei giovani partigiani. In tutto, compresi i capi, riuscirono a individuare quarantaquattro persone, fra cui Aimone Canape. Solo Taccagni la fece franca perché il suo nome era scritto male ed era un maestro di ginnastica, sempre vestito da fascista. Un insospettabile. Non osarono. Con gli altri sì. Osarono, l'inimmaginabile.

Li portarono a forza al comando della Brigata Nera di Menaggio. Aimone vide l'uscio aprirsi, sentì nelle narici la puzza di fogna e di vomito e di sangue. Puzza di umanità, puzza di morte. In un angolo c'era un buco per i bisogni, senz'acqua, senza carta, senza tenda. Un buco, incrostato di escrementi. E dalla parte opposta in alto un pertugio nel muro con le sbarre, ma senza finestre, troppo piccolo per spazzare via gli odori, troppo grande per impedire all'aria gelida del lago di una notte di dicembre di entrare. Si gelava quella notte. Ben presto Aimone si trovò con altri ventuno compagni. In ventidue in una cella da sei. Uomini e donne, giovani e vecchi, partigiani veri e semplici renitenti alla leva. Ma pur rimanendo compressi uno contro l'altro, il freddo non passava. Due fascisti presero Paolo Nicolini, ignorando la muta disperazione della sua Tina che tentò di allungare le braccia per trattenerlo: lo trascinarono via e lei ebbe appena il tempo di aprire la bocca: voleva dirgli ancora una volta "ti amo", ma non uscì nemmeno un suono. Rimase lì, come pietrificata, fino a quando non sentì la porta sbattere. Allora si lasciò cadere, a peso morto, sciogliendosi in un pianto disperato, tra le braccia degli altri partigiani.

«Non preoccuparti, Paolo è forte. Vedrai, resisterà» le sussurrò con dolcezza Aimone. Tina piangeva mormorando frasi incomprensibili, impasti di parole e lacrime, suppliche e imprecazioni. Poi improvvisamente alzò la testa e, con tono di sfida, gli chiese: «Ma che ne sai tu? Non ti hanno ancora interrogato...».

«Ma sì, sì che mi hanno già interrogato, non qui a Dongo. E più di una volta. Ti picchiano, ti insultano, ma non è insopportabile» spiegò Aimone, riuscendo a rassicurarla.

Dopo pochi minuti la porta si aprì, svelando il volto di due infermiere, vestite di bianco, che ad Aimone parvero serene, rassicuranti. Reggevano due bacinelle. "Acqua per noi prigionieri" pensò. Ma quelle donne non entrarono in cella, restarono sull'uscio. Abbassarono le vaschette, erano piene di sangue.

«Guarda cos'è rimasto del tuo amico. Ora laviamo il cervello anche a te» sghignazzò una delle due. Aveva occhi neri e profondi, eppure tempestosi, inquietanti, satanici. La Tina svenne, Aimone impallidì. L'infermiera aveva guardato proprio lui e, per una volta, non certo perché era bello.

Richiusero la porta, che si spalancò di nuovo, poco dopo. Due guardie fasciste alte e massicce, con il viso sudato, trascinarono dentro un essere con la testa gonfia, gli occhi blu, le labbra spaccate, le guance tumefatte, il petto tagliato, sanguinante. Non muoveva i piedi, né le mani, né le braccia. La testa penzolava come un sacco pieno di sassi. Era un uomo? Un incubo? Lo buttarono per terra, con disprezzo; la testa colpì il pavimento, producendo un rumore secco, di un ra-

mo che si spezza. Quel corpo, deforme, straziato rimase lì. Immobile. Forse vivo, forse morto. Aimone si avvicinò. Con un lembo della camicia, gli pulì gli occhi, gli lavò la faccia.
«Non è Nicolini, ma Michele...» disse.
«Michele chi?» chiesero gli altri.
«Michele Buonafina.» Uno dei capi.
Tutti tacquero.
"Ora ridurranno così anche me" pensò Aimone. E lo stesso pensarono Giancarlo, Fiovo, Virgilio, Sannio. Solo la Tina ebbe la forza di accennare un sospiro di sollievo, perché quell'uomo non era suo marito.
«Respira» disse Aimone, dopo essersi chinato su quel groviglio informe di carne e di sangue.
«È vivo, ma è svenuto» ripeté.
«Scotta, ha la febbre molto alta» sentenziò.
«Datemi dell'acqua» ordinò come se fosse un chirurgo in sala operatoria. Tese la mano, ma nessuno diede seguito alla sua richiesta, perché nella cella non c'era un rubinetto. Trovarono soltanto una brocca, vuota.
Aimone si alzò, si affacciò alla feritoia sulla porta. Il secondino era seduto in corridoio, aveva l'aria annoiata.
«Ascoltatemi, vi supplico» disse Aimone. «Voi sembrate una persona ragionevole e gentile... Vi prego, datemi retta.»
L'agente alzò la visiera e socchiuse l'occhio sonnacchioso.
«Che cosa vuoi? Comunista.»
«Io non sono comunista» obbiettò Aimone, ma timidamente, temendo di indispettirlo. Quella parola – "comunista" – risuonò nella sua mente. Aimone proveniva da una famiglia cattolica, moderata, borghese e non si era mai occupato di politica. Aveva attraversato il nazismo, senza sapere che cosa fosse davvero. Aveva servito il Duce, in piazzale Perrucchetti, senza mai domandarsi se condivideva le sue idee. Ed era diventato partigiano senza pensare che Italia avrebbe voluto dopo, repubblicana o monarchica, liberale o bolscevica. Ma suo padre e soprattutto sua madre crede-

vano in Dio, andavano a messa. Erano cattolici, dunque bianchi, democristiani, non rossi. E anche Aimone lo era, per osmosi, perché certe cose non si discutono nemmeno in famiglia. Si ereditano e, poi, si interiorizzano.

"Non sono comunista" ribadì Aimone tra sé e sé, ma non era certo quello il momento per discutere di politica con una guardia fascista. Doveva trovare il modo di aiutare il Buonafina.

«Uno dei detenuti sta molto male e ha bisogno di un po' d'acqua, potete darmene un po'? Per cortesia...» provò a insistere.

«Tutti noi abbiamo bisogno d'acqua...» rispose la guardia ridacchiando.

«Vi prego! Il mio amico ha la febbre a quaranta, mi basta uno straccio e un po' d'acqua fredda. Suvvia, ha già sofferto abbastanza.»

«Tutti noi soffriamo. La febbre passerà da sola...» rispose una voce cavernosa sotto il berretto.

«E se non passa?»

«Dov'è il problema? Un bastardo in meno» rispose sarcastico.

Aimone ammutolì.

Si girò verso i compagni allargando, sconsolato, le braccia, ma una voce da dietro sussurrò: «Ho un'idea, facciamo pipì nella brocca e mettiamola vicino alla finestra».

In quattro urinarono, poi appoggiarono la caraffa giallastra sullo stipite della finestra, fino a quando non divenne gelida, come quella notte che annunciava un Natale senza gioia per le famiglie dei prigionieri. Aimone e altri partigiani strapparono un lembo di camicia, lo inzupparono, lo strizzarono e lo posarono sulla fronte di Michele, delicatamente. Impacchi di pipì, ghiacciata, maleodorante, ma efficace. La febbre diminuì.

La notte si fece profonda, tutti tacquero, ma nessuno prese sonno. Aimone si chiese che fine avessero fatto Claudio e

Umberto; non sapeva che erano in un'altra cella, a pochi metri da lui, e che, in quanto capi, erano già stati torturati. Pensò alla sua famiglia e a Evelina, immaginando la sua pena.

La porta si aprì per la terza volta. Le guardie spinsero dentro il Nicolini: si reggeva ancora in piedi, ma il suo aspetto era devastato: aveva la faccia pesta e serrava tra i denti uno strofinaccio, nel quale soffocava grida di dolore. Con la mano sinistra reggeva il polso della destra che penzolava tre centimetri sotto l'avambraccio. Pareva staccato di netto, solo la pelle lo teneva collegato al corpo.

«E poi toccò a me» mi dice Aimone, con un filo di voce, infilando le braccia in un maglioncino di cotone e stringendosi le spalle, come di riflesso, ricordando quella notte gelida e atroce. Nemmeno Kim ha più voglia di giocare, se ne sta muto, accoccolato sul tappeto. Aimone mi guarda ma è come se davanti a lui ci fosse il vuoto e non io; mi appare in piena solitudine di fronte ai ricordi. Osservo il suo volto trasformarsi, la fronte aprirsi, il suo sguardo diventare fiero. Intravvedo le lacrime affacciarsi sulle ciglia e tornare rapidamente indietro. Colgo un suo sospiro, discreto.

Due miliziani lo ammanettarono e lo condussero in una stanza in fondo al corridoio. Sentì il sudore, freddo, bagnargli la camicia. Pareva che le pareti gli parlassero, raccontando l'orrore a cui avevano assistito, che il soffitto si piegasse modellandosi sul suo viso come per avvolgerlo in una maschera triste, e che le gelide piastrelle del pavimento fossero capaci di intuire la sofferenza che lo attendeva e per questo cercassero di sollevarsi per reggerlo, consolarlo o forse solo compatirlo.

«Dovrai aspettare qualche minuto. Prima dobbiamo finire con il tuo amico. Ma intanto tu guarda, ti farà bene» annunciò con perfidia un miliziano.

Aimone guardò quell'uomo sofferente, ma non lo riconobbe. Non lo aveva mai visto prima.

I fascisti tolsero dalla stufa di ghisa una piastra rovente, la appoggiarono per terra.

«Racconta tutto o ti facciamo salire qua sopra» urlò un miliziano, strattonando il partigiano senza nome, il quale raddrizzò il collo dolorante, allargò le spalle, alzò la testa tenendola ben eretta. Era alta, fiera e i suoi occhi brillavano. Sembrava un guerriero della Grecia antica, un guerriero mitologico, indomito di fronte al minotauro, incurante del proprio destino, persuaso che l'ideale per il quale aveva combattuto fosse più importante e più nobile della sua stessa vita. E morire non rappresentasse una punizione, ma un premio, il riconoscimento più alto.

«Mai» sibilò con voce ferma, sfidando con lo sguardo il carceriere, dalle mani grosse e nodose.

«Mai» ripeté quando costui immerse il mestolo nel paiolo, lo sollevò lentamente, lo avvicinò al viso del partigiano. L'olio bollente zampillava, danzava beffardo su e giù, a destra a sinistra. Qualche goccia cadde a terra, friggendo sul pavimento.

Aimone abbassò gli occhi, poi li rialzò. Erano colmi di angoscia. Fissò quelli della guardia in camicia nera accanto a sé, cercando solidarietà, invocando umana pietà, persuaso che nemmeno lui potesse rimanere insensibile di fronte a quella scena. Ma il carceriere non lo degnò della minima attenzione, pareva ipnotizzato. Aveva le narici frementi, le ciglia spalancate, la bocca inarcata verso l'alto in un sorriso bramoso.

Tre fascisti presero il partigiano, lo alzarono di peso e lo costrinsero ad appoggiarsi sulla piastra rovente. La pelle dei piedi rimase attaccata alla placca. Un urlo disumano di dolore riempì la stanza, ammantando il pavimento, le pareti, il soffitto e Aimone. L'uomo cadde a terra, con i piedi scuoiati e fumanti.

Il capo dei miliziani rise. «E ora voglio proprio vedere...» disse interrompendo la frase a metà. Lanciò un'occhiata eloquente ai tre uomini che agirono meccanicamente seguendo un copione che ormai conoscevano a memoria. Rialzarono di forza il prigioniero: uno, il più robusto, lo teneva sollevato agguantandolo da dietro, gli altri due gli bloccavano le braccia esanimi.

«Per l'ultima volta: chi sono i capi della Brigata Lario? Dove sono i vostri nascondigli? Quanti uomini avete?»

Il partigiano tentò di rialzare la testa, ma sembrava non avere più forze, riuscì a girarla, appena.

«Io non parlo. Io non tradisco i miei compagni» urlò con voce graffiata ma intrisa di dignità.

Il capo riafferrò il mestolo, immergendolo nuovamente nell'olio bollente. Uno dei carcerieri agguantò la mascella e con l'altra mano il naso, per obbligare il partigiano a tenere aperta la bocca, il quale però la spalancò spontaneamente, urlando: «Viva l'Italia! Viva la libertà!».

Poi prese la mano del suo aguzzino che reggeva il mestolo colmo d'olio zampillante, la avvicinò alle proprie labbra e bevve, d'un fiato. Aimone vide la sua testa ribaltarsi all'indietro, le braccia allungarsi verso il basso, gli occhi rimanere spalancati, fissando l'eternità.

«L'uomo senza nome in realtà si chiamava Enrico Caronti ed era il commissario del comando partigiano dell'Alto Lario, di fatto il numero due del Comitato di Liberazione Nazionale della zona» spiega Aimone. «Il giorno dopo i giornali fascisti scrissero che era stato ucciso con un colpo di fucile mentre tentava di fuggire dal carcere. In realtà è morto per le torture.» Solo dopo la guerra i partigiani scoprirono la verità, di cui Aimone è l'unico testimone oculare, oltre ai fascisti aguzzini.

Poi toccò a lui.

22

Il carceriere lo guardò con gli occhi ancora frementi per lo spettacolo di morte a cui aveva appena assistito.

«Spogliati» ordinò ad Aimone.

«Non ho capito bene...»

«Hai capito benissimo: devi spogliarti, completamente.»

Aimone si tolse la camicia strappata, i pantaloni, le calze, la canottiera, le mutande. Tremava non tanto per il freddo, quanto per il disagio di essere nudo di fronte a quegli uomini e alle due infermiere dallo sguardo affilato, che poco prima gli avevano mostrato la bacinella colma di sangue. Si sentiva umiliato, sminuito, impotente.

«Il tuo amico non ha parlato» gli disse il capo degli aguzzini. «Ma gli altri sì. Hanno cantato, eccome se hanno cantato. Conosciamo tutto di voi. E ora devi decidere: se collabori anche tu non ti succederà nulla e presto sarai libero, altrimenti...» Tacque il tempo necessario per accendersi una sigaretta. «...altrimenti ci penseremo noi a convincerti» aggiunse, suscitando un mormorio di approvazione dei suoi compari.

Aimone rimase in piedi, coprendosi le parti intime con le due mani. Sentì il cuore battere come un motorino e qualcosa di caldo correre lungo le braccia, le gambe, sotto le ascelle. Sudava o forse era solo paura. Sapeva di non essere un eroe, ma nemmeno un vigliacco e intuiva che quei miliziani mentivano: il Caronti non aveva parlato, ma nemmeno Michele Buonafina e neppure il Nicolini.

"Se i compagni stavano collaborando, perché tornavano in cella in fin di vita?" pensò in un fugace istante di lucidità. "Non era possibile" si rispose. "Nessuno doveva aver parlato: quindi, non sarò certo io a iniziare." E dal suo volto sparì l'espressione di disagio, come se qualcuno gli avesse rimesso i vestiti addosso.

«Credo che vi stiate sbagliando. Io non sono un partigiano, ma un semplice renitente alla leva» obbiettò Aimone, sforzandosi di trovare le parole appropriate.

«Ah sì? Eppure il tuo nome appare nella lista che un vostro compare, il tenente Allemagna, ci ha consegnato» obbiettò puntandogli in faccia un fascio di luce accecante.

«Lista? Quale lista?» chiese Aimone girando la testa verso quella persona di cui non riusciva più a scorgere il volto.

«Aimone Canape, ammetti di far parte del comando partigiano dell'Alto Lario?»

L'interrogatorio era iniziato, e le pareti parvero ritrarsi nel buio, inorridite e rassegnate.

«Io non so nulla! Io non conosco il comando dell'Alto Lario! Io non sono un partigiano!».

«Ho capito» disse l'uomo nero dietro il fascio di luce. «Legatelo al carrello.»

Presero Aimone, gli ammanettarono le mani, gli legarono le gambe a piedi uniti.

«Ma cosa fate?» urlò angosciato.

«Zitto, tu.»

Gli aguzzini afferrarono una sciarpa, gliela strinsero attorno al collo, poi due di loro iniziarono a tirare, uno da destra, l'altro da sinistra. Forte, sempre più forte. Aimone sentì i polmoni allargarsi poi stringersi, nel disperato tentativo di catturare un po' d'aria. Avvertì l'arrossarsi del volto e poi una vampata di fuoco salirgli fino alle tempie, gli occhi sporgersi fuori dalle orbite, la vista offuscarsi. Vide la stanza girare vorticosamente. Stava per perdere i sensi quando la presa si allentò e l'ossigeno si fece strada nella gola, irrorando i polmoni imploranti. La saliva gli andò di traverso. Tossì. Le pareti e i soffitti smisero di girare.

«Guarda queste dichiarazioni: le hanno firmate i tuoi compagni» gli disse il capo, con tono improvvisamente cortese. E gli mostrò alcuni fogli. Aimone riconobbe la firma di Giuseppe Conti, un partigiano.

Era vera? Era falsa? Aveva davvero tradito o gliela avevano estorta? Aimone vacillò.

"Forse dovrei collaborare, confessare tutto..." Ma, in un lampo, fece scorrere a mente le immagini dell'interrogatorio subìto dai tedeschi, ripensò alla composta ma ferrea dignità di Umberto e Claudio, e, soprattutto, rivide gli occhi del Caronti che si erano appena spenti, con ostinato eroismo, davanti ai suoi.

"Non potrei vivere con il rimorso di aver fatto del male a qualcuno. Voglio ricompensare l'amore di mia madre, essere fiero della stima di mio padre, meritare la fiducia dei miei compagni di lotta" concluse. E decise di non mollare.

«Non so di cosa stiate parlando, non conosco le persone che hanno firmato questi documenti» replicò, sforzandosi di apparire sincero.

«Ho capito, fai il furbo» sentenziò il comandante, ritraendosi nell'oscurità dietro la lampada.

Aimone non vide nemmeno la mano nodosa alzarsi, sentì solo il dolore sulla sua faccia. Un pugno lo colpì al fegato, un altro allo stomaco. Poi una sberla tagliente atterrò sulla sua nuca, un calcio poderoso spostò il suo busto da destra, uno da sinistra e altri schiaffi, altri pugni, altri calci. Avrebbe voluto difendersi, proteggere la faccia e lo stomaco, ma le mani e i piedi erano legati, riusciva a malapena a muovere la testa a destra e a sinistra; il suo corpo sussultò, smise di combattere, si rassegnò a quella violenza gratuita e subdola.

«Allora Canape, dove sono i partigiani?» domandò il capo interrompendo per un attimo il pestaggio.

«Non lo so, non so niente» rispose Aimone, supplichevole, ma irremovibile.

«Continuate» fu la risposta.

Ma non arrivarono colpi. Un miliziano diede una spinta al carrello, facendo finire i piedi del prigioniero sulla stufa rovente. Aimone colse l'odore nauseabondo della carne bruciata. Era la sua carne. Sentì acute e convulse scariche elettriche al cervello, era il suo cervello. Per tre volte i suoi piedi finirono contro la stufa.

«Parla! Parla!» urlava l'aguzzino, alitando tutto il suo odio.

Aimone urlò, pianse. Ebbe l'impressione che la mente si fosse isolata dal corpo e che, fluttuando verso l'alto, potesse guardarlo dal soffitto mentre piagnucolando ripeteva: «Non so niente, non so niente. Vi supplico, basta! Basta!». Poi la mente rientrò di nuovo nel corpo e non seppe più ricordare. Aimone era svenuto. Lo riportarono nella stanza, gettandolo per terra come un sacco dell'immondizia. Quando rinvenne si accorse che Buonafina non era lì.

«Dov'è Michele?» chiese con un filo di voce.

«Lo hanno portato via» rispose la Tina. «Subito dopo di te, per un altro interrogatorio.»

In quella cella il Buonafina non tornò più. Aimone lo rivide solo nel maggio del 1945, vivo, miracolosamente vivo.

Dopo qualche giorno i quarantaquattro partigiani, o presunti tali, furono trasferiti nel carcere di San Donnino, a Como. Fu qui che Aimone scoprì di non essere l'unico Canape incarcerato. I fascisti avevano catturato anche suo fratello Dorino.

A Como le celle erano meno affollate, ma le giornate non meno dolorose. Specialmente all'alba, alle cinque del mattino. La porta si spalancava di colpo. Aimone vedeva la figura del secondino in controluce senza mai riuscire a distinguerne il volto.

«Canape Aimone, vieni con noi» gridava.

E Aimone si alzava, a testa bassa, camminava per il lungo corridoio e man mano che si avvicinava verso quella sala, i passi si facevano sempre più pesanti. Sapeva che lo avrebbero fatto sedere su una sedia di legno, bloccandogli polsi e caviglie con dei morsi di acciaio, e che una guardia alle sue spalle gli avrebbe infilato un cerchio metallico intorno alla testa.

«Confessa!» urlava l'aguzzino anche quel giorno.

«Non so nulla. Nulla.» La voce di Aimone, sebbene filtrata dal dolore, rimaneva ferma. Il cerchio si serrava sempre più comprimendo fronte e nuca e lui si rassegnava alla sofferenza.

«Fuori i nomi!» sbraitava il carceriere, girando una seconda mandata al cerchio.

«Parla!» E un terzo giro.

Più Aimone taceva, più gli aguzzini serravano, più il dolore aumentava; all'inizio prepotente, poi acuto, lancinante; poi straziante. Alla quarta mandata Aimone andava in confusione, alla quinta iniziava a delirare, alla sesta pensava che il cervello stesse per scoppiare e che i frammenti di ossa e di materia grigia si sarebbero sparpagliati sul pavimento, come quelli di una granata esplosa. Alla settima sveniva.

I miliziani lo riportavano in cella, lo abbandonavano sul pagliericcio bagnato, per un giorno, talvolta per due. Lasciavano che si riprendesse, per poi ricominciare, in un rito ormai fine a se stesso. Loro torturavano, Aimone taceva.

La sua bellezza sfiorì. Gli occhi si infossarono dentro le orbite, le guance si incavarono, come le tempie, la fronte era incisa da una lunga striscia orizzontale di pelle tagliata e incrostata di sangue raggrumato. Perse l'uso della parola, riuscendo a malapena a pronunciare il proprio nome. Era brutto, smagrito e sofferente, ma non aveva ceduto, era stato coerente. Guardò la sua immagine riflessa nel vetro e sorrise: suo padre e sua madre sarebbero stati orgogliosi di lui.

Solo a gennaio la situazione migliorò, grazie a Enrico Falck, che fu arrestato e rinchiuso a San Donnino. Il padrone delle Ferriere era un partigiano, ma comunque una personalità altolocata. Né i fascisti, né i tedeschi osarono mettergli il cerchio intorno alla testa, né bruciargli i piedi sulla stufa; anzi, gli concessero qualche privilegio. Riceveva vestiti, viveri, medicine, coperte, tabacco, che poi faceva distribuire ai partigiani arrestati e, con la compiacenza di qualche secondino intimorito dalla sua persona o forse opportunamente omaggiato, dava conforto ai più disperati. Aimone lo sentì parlare con un giovane partigiano nella cella accanto alla sua. Quel giovane mormorava: «Non ce la faccio più, non ce la faccio più».

«Non devi mollare» rispose Falck.

«Guardate come mi hanno ridotto. Mia madre piange, la mia famiglia soffre e io non so se uscirò vivo da qui. Basta! Accada quel che accada. Vogliono che mi arruoli con le truppe nazifasciste? E che sia.»

«Sbagli» gli disse Falck.

«E perché mai?»

«Perché nessuna guerra è stata mai vinta senza sofferenza. Chiediti piuttosto di chi sia la responsabilità di quanto sta avvenendo.»

Il giovane rifletté per qualche secondo, poi rispose: «Di Mussolini».

«Tra qualche anno ti sposerai e diventerai padre: desideri questa Italia o un'altra Italia? Che cosa ti ha dato il fascismo? Orgoglio nazionale e il bagliore di un benessere. Ma a che prezzo? Non siamo liberi, siamo in guerra, abbiamo pianto tutti padri, nonni e figli. Non c'è democrazia, non c'è speranza e oggi siamo di nuovo poveri.»

Il giovane tacque.

«Te lo chiedo nuovamente: è questo che vuoi?»

Il giovane rimase in silenzio.

«Sei ancora in tempo: alzati e chiedi la camicia nera oppure pensa ai tanti che combattono come te, che soffrono come te. E se ti può essere d'aiuto, pensa a me: ero un industriale, ricco e famoso. Oggi sono in prigione. Non so cosa mi accadrà uscendo di qui, se l'azienda sarà ancora di proprietà della mia famiglia o se verrà nazionalizzata. Forse in questo momento è già stata espropriata, ma non rinnego nulla: perché l'ideale a cui credo è più importante della mia fabbrica e della mia persona. Non ho dubbi, non ho rimorsi. E tu?»

Aimone vide Falck soccorrere i partigiani sanguinanti dopo gli interrogatori e poi ottenere dalla direzione che venissero ricoverati in infermeria. Sempre sereno, fiducioso, sorridente. Grazie al suo intervento le torture cessarono. Le guance di Aimone ripresero colore e consistenza, il suo cervello a funzionare. Era tornato ad assomigliare a se stesso.

Fu sua madre a propiziare la liberazione dei suoi due figli, perché era una donna molto devota, che conosceva quel vescovo originario di Dongo, amico del cardinal Schuster, il quale, nonostante il cognome, era italiano, ma stimato e temuto dai tedeschi. Unì le sue supliche a quelle delle altre famiglie del paese e insieme riuscirono a ottenere che i prigionieri di cui non era stata provata la colpevolezza venissero rilasciati. I primi uscirono il 3 febbraio 1945; Aimone, Dorino e altri lasciarono il carcere di San Donnino due giorni dopo, gli ultimi il 27 marzo. Rimasero dentro solo il Michelino, il Britz, Giuseppe Conti (che non aveva tradito) e Arno Bosisio fino alla fine di aprile, quando l'Italia cambiò per sempre.

23

Aimone, rientrato a Dongo, riprese le forze e i ritmi precedenti al suo arresto. Continuò a lavorare alla Falck, con il Ricci e il Rossi, portando armi e documenti ai capi partigiani, distribuendo volantini in paese. Gioiva seguendo, via radio, i successi progressivi degli Alleati. Più gli angloamericani avanzavano verso nord, più i partigiani trovavano l'ardire di compiere azioni pericolose, talvolta spregiudicate, violente, come il 17 aprile 1945 sui monti di Garzeno, sopra Dongo, quando il distaccamento Gramsci catturò e giustiziò alcuni militi delle Brigate Nere. Il 22 scattò la rappresaglia dei fascisti di Dongo: le camicie nere avevano ricevuto rinforzi da Como e da altri paesi della zona. Rastrellarono i monti per due giorni e due notti fino a quando scovarono quattro partigiani: due di Dongo, il Maffioli e il Paracchini, due comaschi, il Brenna e il Conti. Li seviziarono, poi li uccisero, abbandonando sui prati i loro corpi trucidati.

Maffioli non era sposato, Paracchini, che abitava a pochi metri dallo stabilimento Falck, sì. Aveva moglie e quattro figli. E ora erano soli, senza nemmeno un corpo da piangere. La notizia rotolò a valle fino in paese, passando di bocca in bocca, in un clima che divenne improvvisamente cupo. Aimone conosceva sia il Paracchini sia il Maffioli e le torture subite in carcere avevano avuto su di lui l'effetto opposto a quello auspicato dai fascisti. Anziché intimidirlo, lo avevano reso più coraggioso e partecipe.

«Perché non fanno un funerale?» chiese a monsignor Bellesini.

«I fascisti non lo permettono. Hanno dato ordine di lasciare i corpi lassù a Garzeno. Temono disordini.»

«Ma non è giusto, almeno per i familiari.»

«Certo che non è giusto, ma...»

«E allora bisogna rimediare, padre. Dobbiamo andare su a prendere i corpi» lo interruppe Aimone.

«Non fare sciocchezze. I fascisti sono tesi e infuriati, sparano a vista.»

«Questa non è una sciocchezza, ma un gesto di umana pietà. Organizzerò una spedizione per recuperare i corpi. Non si preoccupi per me, padre.»

«Che Dio ti assista» mormorò monsignor Bellesini.

Aimone uscì e per la prima volta da quando aveva lasciato San Donnino, si sorprese a respirare l'aria frizzante di primavera, i profumi dei prati di nuovo esultanti dopo il lungo letargo invernale; osservò il cielo terso riflesso nel lago. Pensò a quanto fosse bello quel posto, e generosa e nobile la natura al cospetto dell'insensata crudeltà degli uomini. Poi radunò alcuni compagni fidati, sul piazzale della Falck, in un angolo riparato, dove nessuno avrebbe potuto sentirli.

«I fascisti hanno abbandonato i corpi di Paracchini e di Maffioli su a Garzeno. Io dico che è nostro dovere recuperarli e portarli a casa per dargli una degna sepoltura. Io vado, chi viene con me?» chiese.

Si alzarono tante mani, tra cui quella di padre Accursio Ferrari, un frate cappuccino. Un operaio prese le portantine della Falck e il gruppo si mise in marcia. Raggiunsero la cima del monte, dove, nel frattempo, gli abitanti, impietositi, avevano portato i cadaveri nella camera mortuaria. Un vecchio aveva visto tutto.

«Tre li hanno uccisi a colpi di fucile; il quarto, il Maffioli, è riuscito a scappare, ma lo hanno riagguantato poco dopo. Due miliziani lo hanno bloccato, il terzo è sopraggiunto con una scure in mano e lo ha colpito con violenza al collo. Lo ha sgozzato, e ha continuato a colpirlo fino a quando la testa si è ribaltata indietro, semidecapitata, ballonzolante, mentre il sangue scendeva a fiotti.»

Aimone osservò il volto giallastro di Maffioli e quell'enorme squarcio nella gola.

"Come faccio a presentarlo con la testa mozzata ai suoi familiari?" pensò.

Si precipitò fuori, i campi erano pieni di margherite. Ne raccolse un mazzo, li intrecciò in fretta formando un collare, che mise attorno al collo del suo compaesano trucidato e sparse altre margherite sul petto, per coprire le macchie di sangue sulla blusa. Appena in tempo. Il padre, la madre e i fratelli del Maffioli entrarono nella camera mortuaria. Aimone restò in fondo al lettino, a testa bassa e mani conserte, premendo leggermente la testa del caduto, in un gesto apparentemente solo di affettuoso cordoglio, ma che in realtà serviva a celare quell'oltraggio, impedendo che lo squarcio si riaprisse. I parenti piansero, si disperarono, abbracciarono il loro caro, ma non si accorsero che la testa era semitranciata.

Aimone e i suoi compagni adagiarono i quattro corpi sulle portantine e formarono un corteo guidato da padre Accursio con il crocifisso in mano. Iniziarono a scendere verso il lago, percorrendo non la strada principale, ma i sentieri nei boschi e man mano ricoprivano quei corpi con i fiori dei campi, bianchi, gialli, viola, rossi.

Arrivati alle porte del paese imboccarono la via che terminava proprio sul piazzale della Falck. Ma ad attenderli, schierata, c'era la Brigata Nera. Quando il corteo funebre fu vicino alla fabbrica, i fascisti uscirono con le armi in pugno.

«Via tutti! Subito!» urlarono, sparando i primi colpi in aria. Il corteo rallentò, ma non si fermò.

«Lasciate i corpi a terra» gridò uno dei capi della Brigata Nera. Aimone e gli altri si fermarono, ma non fecero nemmeno in tempo ad abbassare le barelle. Sentirono i proiettili sibilare, sempre più vicini. Dovettero lasciar cadere le lettighe. E iniziarono a scappare. I fascisti sparavano con le pistole e con i mitra, mentre la gente si disperse sul piazzale come una mandria impazzita. Alcune donne persero gli zoccoli e si misero a correre a piedi nudi, c'era chi saltava negli orti, chi bussava furiosamente alle porte delle case circostanti per farsi aprire, chi corse a perdifiato fino a raggiungere le frazioni vicine e chi si ammassava nella portineria della Falck.

Poi gli spari cessarono. La Brigata Nera impose il coprifuoco e iniziò a dar la caccia a chi aveva partecipato a quella processione.

«Aimone, qualcuno ha parlato. Credo che loro già sappiano che sei stato tu a organizzare la spedizione di Garzeno e ora ti braccheranno» lo avvertirono i fratelli Negri. «Scappa Aimone, scappa!»

Già, ma dove? A casa certo no. Tutte le vie di fuga erano presidiate dai fascisti. Filò veloce su per i vicoli, di nuovo verso la Falck, da qualche ora in sciopero. Trovò alcuni operai fermi di fronte ai cancelli chiusi; li conosceva bene, pensava di potersi fidare di loro. D'altronde non aveva scelta.

«Aiutatemi, mi vogliono catturare» li implorò.

Gli operai si guardarono furtivamente in giro cercando di identificare un possibile nascondiglio. Tacquero, scuotendo la testa. Rimasero in silenzio per dieci interminabili secondi. Poi uno di loro ebbe un'intuizione.

«Infilati in quel tubo di cemento» gli disse, indicandoglielo con il dito.

«Là dentro?!» rispose Aimone meravigliato. Quel tubo era strettissimo. «Sono un uomo, non un bambino. E lì dentro un adulto non riuscirebbe mai a entrare...»

«Ma va là che ci passi. Lì saresti al sicuro. Sei magro e agile, dai, prova. Ti aiutiamo noi.»

Aimone si chinò, allungò le braccia in avanti, unendo i palmi delle mani. Si infilò. Ci entrava, per un pelo, ma ci entrava. Gli operai lo presero per i piedi e lo spinsero a forza dentro. Aimone sfregò le spalle, la pancia, i fianchi, il viso e i capelli. Se fosse stato appena più in carne non sarebbe passato. Gli operai lo spinsero fino a quando anche le scarpe furono dentro, poi si sedettero su quel tubo riprendendo a chiacchierare. I miliziani arrivarono poco dopo. Aimone, avvolto in quella camicia di cemento grezzo, sentiva tutto.

«Avete visto il Canape?» chiesero ansimando.

«Il Canape? Sì, è andato verso la Scannagatta, correva come una lepre. Ma che ha combinato?» risposero gli operai.

Aimone sentì i battiti esplodere nelle tempie, ebbe l'impressione che fossero così impetuosi da rimbombare e che i fascisti potessero sentire il suo cuore impazzito dal di fuori. Trattenne il fiato.

Udì il rumore degli stivali allontanarsi a passo di corsa, verso la Scannagatta. I fascisti avevano abboccato. Poi due colpi di ferro sul tubo lo fecero sobbalzare. Picchiò con la testa sul cemento.

«Aimone, sono andati via. Puoi uscire.»

«E come faccio? Non riesco a muovere neanche un dito. Sono incastrato.»

«E allora ti lasciamo lì.» Risero gli operai, rise Aimone.

Lo abbrancarono per i piedi e cominciarono a tirare lentamente, centimetro per centimetro, finché non fu fuori, sporco e graffiato, ma salvo. Ancora una volta. Scappò, verso casa, dove i fascisti nel frattempo erano già passati.

Era il 26 aprile. Non sapeva, Aimone, che i partigiani stavano scendendo dalle montagne. I repubblichini li videro con i binocoli. Erano tanti e ben armati, molto più di loro. La Brigata Nera aveva appena saputo che Mussolini aveva lasciato Milano.

Tutto stava finendo.

Improvvisamente i fascisti si accorsero di avere un'altra

priorità: salvarsi. Si precipitarono verso il lago, nei pressi del crotto Romitaggio. Sfondarono la porta della casa del Granzella, che possedeva una barca a motore. Gli puntarono una pistola alla testa.

«Ora tu ci porti dall'altra parte del lago» gli intimarono.

Granzella dovette obbedire. Salirono tutti e presero il largo.

Dongo era libera; anzi no. Perché restavano i tedeschi, che non avevano ricevuto disposizioni dai superiori e quindi erano rimasti. Un gruppo di partigiani circondò il comando nazista. A loro si era unito Aimone, che urlò in tedesco, con quanto fiato aveva in gola: «I partigiani hanno conquistato Dongo, uscite con le mani alzate».

Quella guarnigione era giunta da poco in paese, scarna e ormai demotivata. Non tentò nemmeno di resistere; si arrese docilmente. I partigiani sequestrarono le armi e gli archivi, aprirono il loro magazzino, dove trovarono alcuni mitra, molte divise e una quantità considerevole di elmetti. Quello era il deposito per tutti i reparti tedeschi dell'Alto Lario. Aimone uscì tenendo sotto braccio alcuni di quei caschi di ferro bombati; i ragazzini di Dongo si avvicinarono, iniziarono a toccarli. I loro occhi luccicavano, bramosi. Il più audace chiese: «Posso provarne uno?». Aimone sorrise e glielo diede. A quel punto tante piccole mani si protesero verso Aimone e si alzarono molte voci eccitate e imploranti: «Anch'io! anch'io!». Altri ragazzini si precipitarono lì, ognuno voleva un elmetto.

"In fondo, perché no? Ce n'erano così tanti. E poi i partigiani non li avrebbero mai indossati in combattimento" pensò Aimone, guardando i suoi compagni, che allargarono le braccia, divertiti. Iniziarono a distribuire gli elmetti: dieci, venti, cinquanta. Ridevano osservando quelle testoline sparire sotto quei caschetti d'acciaio troppo grandi per loro, e correre via brandendo quell'inatteso trofeo. Fu, quello di Aimone e degli altri partigiani del gruppo, un gesto innocente; non potevano immaginare che, da lì a poche ore, si sarebbe rivelato cruciale.

24

I partigiani di Dongo iniziarono a spostarsi in massa verso Musso, quelli di Musso procedettero verso Dongo e così, dai due poli, venendosi incontro, batterono assieme la zona. Non più di due chilometri, in realtà, separavano e separano tuttora i due paesi, e comunque, in quel 26 aprile, i due gruppi di partigiani non incontrarono alcuna resistenza: gli ultimi repubblichini sembravano svaniti come d'incanto.

Li avevano cercati lungo i sentieri, frugando tra i cespugli, attenti a ogni rumore, esplorando con il cannocchiale le alture che conoscevano bene, in un improvviso ribaltamento di ruoli: loro erano diventati i cacciatori, i fascisti le prede: ma evidentemente scaltre, leste o, forse, solo fortunate. Sì, sembravano davvero sparite. Si annunciava una notte tranquilla, la prima dopo molto tempo, una notte di pace, una notte di speranza.

Aimone si buttò sul letto a peso morto, come fanno i ragazzini dopo una frenetica giornata trascorsa a correre e giocare. Si sentiva le ossa rotte, i muscoli irrigiditi, aveva i capelli sporchi di terriccio e il viso segnato dai graffietti che si era procurato strisciando nel tubo. Ripensò alla testa mozzata del Maffioli, rivide il volto affilato di Paracchini, immaginò il dolore di sua moglie, dei suoi figli e pianse. Si sentiva svuotato eppure sollevato, forse persino felice, perché per la prima volta dall'8 settembre del '43 poté addormentarsi senza temere di doversi svegliare di soprassalto per sfuggire ai fascisti o ai nazisti, cullato dalla consapevolezza che non avrebbe mai più sentito le urla strazianti dei compagni torturati e che l'indomani avrebbe potuto ricominciare una vita normale e, forse, gioiosamente prevedibile.

I partigiani, per qualche ora, quella notte, smisero di pattugliare la strada stretta e tortuosa lungo il lago. Improvvisarono un posto di blocco tra i due paesi, subito prima della grande curva che conduceva a Dongo, ma senza barricate, né massi; si limitarono a ostruire la strada mettendo di traverso un tronco d'albero, nemmeno levigato, che da giorni giaceva sul ciglio della strada in attesa di essere alzato e piantato e quindi di finire i suoi giorni come un banalissimo palo della luce. Era storto, ondulato e dalla circonferenza tutt'altro che imponente. Ne sollevarono un'estremità appoggiandola sul muretto, senza nemmeno legarla. Un palo, solo un palo di ciliegio, grezzo e sbilenco, bloccava la strada appena fuori Musso.

Eppure quel palo avrebbe incrociato il destino del Duce, che la sera del 26 si trovava a una manciata di chilometri di distanza, a Menaggio, all'insaputa della Brigata Garibaldi.

Il giorno prima, a Milano, Mussolini aveva accettato, su sollecitazione del cardinale Schuster, di incontrare il generale Raffaele Cadorna, comandante del Corpo dei volontari della libertà, e l'avvocato Achille Marazza del Comitato di Liberazione Nazionale. Il Duce si presentò indossando l'uniforme di caporale della milizia, stropicciata, sgualcita come se ci avesse dormito dentro più notti, gli stivaloni scalcagnati. Strinse la mano ai presenti e Marazza ebbe l'impressione di toccare una cosa molle e inerte; aveva davanti a sé un uomo grasso, di un adipe malaticcio, con una faccia gialla, solcata da pieghe su cui sembrava passassero ombre oscure. Benito si sentiva solo e amareggiato. Aveva appena scoperto di essere stato ingannato dalle SS, che avevano trattato la resa senza avvertirlo, e temeva che i partigiani gli stessero riservando un trattamento analogo. A chi doveva credere? A Cadorna, che all'Arcivescovado gli aveva garantito la consegna agli angloamericani o a Sandro Pertini, segretario del Partito socialista per l'Alta Italia, che invece, d'accordo con i comunisti, proclamava di volerlo portare davanti a un tribunale del popolo?

Nel dubbio, il Duce decise di interrompere la trattativa e di lasciare Milano in fretta assieme ai gerarchi più fedeli, accompagnato da un manipolo di fascisti armati e, naturalmente, insieme alla scorta imposta da Hitler, che da mesi lo seguiva dappertutto: un autocarro di soldati tedeschi agli ordini dell'ufficiale delle SS Fritz Birzer, a cui Mussolini non tentò nemmeno di rinunciare, nonostante l'amarezza del tradimento appena scoperto. Salì su un'Alfa Romeo 2500, tenendo sulle ginocchia una valigetta in pelle, piena di documenti. Claretta Petacci prese posto su un'altra auto con il fratello Marcello, la moglie Zita Ritossa e i loro due figlioletti; su una terza vettura il capo della guardia presidenziale Mario Nudi, con il "tesoro" della Repubblica Sociale Italiana prelevato a Gargnano: denaro, tanto denaro, anche in valuta straniera, l'oro della patria avanzato nei forzieri e molti preziosi.

Mussolini fece una prima tappa a Como, dove fu raggiunto, alla spicciolata, da altri ministri, in borghese. Il ministro Pavolini aveva annunciato l'imminente arrivo di migliaia di camicie nere da tutta la Lombardia per difendere il regime. Attesero per tutta la notte, ma non si presentò nessuno.

Il 26 all'alba il Duce si trasferì a Menaggio e da qui tentò di raggiungere la Svizzera, passando da Porlezza, ma la staffetta fu intercettata dai partigiani prima del confine e l'operazione fallì. Rientrato a Menaggio nel pomeriggio, i suoi ministri lo convinsero che bisognava puntare sulla Valtellina dove, secondo alcune indiscrezioni, il generale Onorio Onori era riuscito a stabilire una linea difensiva. Era vero? No, era falso, ma Mussolini non era più in grado di verificare alcunché. Appariva sempre più pallido, curvo, sfatto, prigioniero della paura, sua e dei suoi collaboratori, del panico, che oscura la mente. Non dormiva da due giorni, i suoi occhi erano gonfi e cerchiati di nero, il suo spirito sempre più apatico, inerte, prigioniero della ragnatela che avvolge l'anima e la spinge negli abissi. Poi di tanto in tanto si rianimava, pareva scosso da lampi improvvisi. Si arrabbiava, impartiva ordini imperiosi, prometteva battaglia, in uno slancio di euforia nervosa, quasi isterica.

«Partiamo subito per la Valtellina!» ordinò verso sera, ma Birzer eccepì che i suoi uomini erano spossati e pretese qualche ora di riposo, fino al mattino successivo. E Mussolini, che in altri tempi non avrebbe accettato obiezioni, acconsentì. I suoi non erano che effimeri sussulti, poi ricadeva nel grande vuoto nero dentro a se stesso. Rimase con i suoi ministri fino alle tre del mattino. Era presente, eppure assente. Dormì solo un'ora, quella notte. Fu svegliato dal metodico ma rumoroso rullio di una trentina di autocarri, che giunsero a Menaggio in ripiegamento dal milanese. Era una colonna della FLAK, la contraerea tedesca, composta da centosessanta soldati guidati del tenente Fallmeyer e provvista di un lasciapassare, firmato dal capitano Joseph Voetterl, capo delle SS di frontiera di Cernobbio, e da Mario Buzzi, commissario politico della prima Divisione alpina, che garantiva ai soldati della Wehrmacht in fuga l'incolumità fino al confine.

Quando il Duce vide quella colonna sterminata a cui si era aggiunto un autoblindo italiano con un manipolo di camicie nere, riprese vigore. Pensò che la fortuna era tornata dalla sua parte, che quei duecento soldati tedeschi lo avrebbero protetto al prezzo della vita.

Nell'euforia decise di cambiarsi. Indossò l'uniforme grigio-verde, il soprabito d'ordinanza, il berretto di comandante supremo della Milizia volontaria con il nastrino rosso, simbolo dello squadrista. Lo fecero salire sull'autoblindo italiano mentre Claretta continuò il viaggio con il fratello su una decappottabile. Altre sette auto si accodarono alla colonna, che divenne ancor più lunga.

Partirono, persuasi che la strada fosse ancora sotto il controllo dei repubblichini, ma il 26 aprile era cambiato tutto. I fascisti non sapevano che la Brigata Garibaldi aveva conquistato Dongo ma nello stesso tempo i partigiani di Dongo non sapevano che il Duce era a Menaggio; al CLN nessuno aveva pensato, voluto, o forse potuto avvertirli. Ignaro lui, ignari loro. Per questo i partigiani avevano pensato che un palo, sbilenco, messo di traverso sulla strada fosse più che sufficiente per presidiare, durante la notte, la fragile libertà appena riconquistata.

Il convoglio avanzò con insopportabile lentezza lungo quelle stradine strette e tortuose. Pioviginava. L'auto di un ministro si ruppe e furono costretti a fermarsi per ripararla. Anche una seconda vettura si fermò. Erano partiti alle 5.30, arrivarono a Musso alle 6.25. Un'ora per percorrere una decina di chilometri, durante i quali, però, non avevano subito alcun attacco. Perché quella notte era stata considerata tranquilla e finalmente i partigiani dormivano sopra le proprie fatiche.

I mezzi di testa superarono Musso e a bassa velocità imboccarono il rettilineo che portava all'ultima curva prima di Dongo. Quando i fari dell'auto in testa al corteo illuminarono l'albero di traverso, la colonna rallentò. Sarebbe bastato il colpo del paraurti di un autoblindo per farlo cadere, o un paio di soldati per rimuoverlo e accostarlo di nuovo sul ciglio della strada; eppure, i tedeschi si fermarono, spegnendo i motori.

Quanti partigiani erano rimasti nascosti, quella notte, a presidiare i boschi? Cinquanta? Macché. Trenta? No. Venti? Nemmeno. Forse dieci o, chissà, forse solo un paio. Partì infatti qualche colpo di fucile da una casupola sulla montagna, i tedeschi risposero con raffiche di mitra. La sparatoria durò cinque minuti, poi più nulla. I soldati della temutissima

Wehrmacht rimasero immobili, di fronte a quel tronco misterioso e inquietante, come il silenzio dei monti.

Perché i partigiani lo avevano piazzato lì? si chiese il comandante nazista, convinto, con logica tipicamente tedesca, che tutto dovesse avere una ragione. Gli italiani volevano costringere il convoglio a rallentare? O, al contrario, si trattava di una messinscena per indurli a pensare che le difese dei resistenti erano esigue allo scopo di coglierli di sorpresa poco più avanti? Dove sarebbe scattato l'agguato? Subito dopo la curva? Oppure a Dongo? E se era stato raggiunto un accordo per permettere loro di arrivare al confine, perché bloccare la strada? Qualunque scenario elaborassero, i militari non riuscivano a trovare una spiegazione plausibile all'albero di ciliegio che bloccava il loro cammino. Scelsero di non far nulla, confidando in un contatto con i partigiani. Attesero per oltre un'ora.

La colonna era lunga oltre un chilometro e finiva dentro il paese di Musso. Il parroco Enea Menetti stava celebrando la prima messa del mattino, quando udì il frastuono degli autoblindo e poi il vociare dei tedeschi. Deposti i paramenti in sacrestia, scese in strada, avendo cura di mettere ben in evidenza, sul petto, la croce, che tante volte lo aveva salvato nei momenti di pericolo. Risalì frettolosamente per qualche metro verso casa sua affiancando, a testa bassa, quell'inatteso serpentone metallico grigio-verde, ma quando fu all'altezza del cimitero, una sentinella tedesca lo chiamò: «Sig-nore! Sig-nore!». Il soldato era in piedi di fronte al cancello del camposanto. Don Enea si avvicinò e il tedesco, parlando un italiano stentato, si presentò: «*Guten Tag*, io pastore protestante». E gli porse la mano.

Iniziò tra i due sacerdoti un dialogo cortese e zoppicante.

«Esserci partigiani qui?» chiese il tedesco.

«Sì, ce ne sono, sui monti circostanti» riferì don Enea. «Ieri sono scesi nei paesi. La Brigata Nera è fuggita. Voi dove siete diretti e che intenzioni avete?»

«Noi andare... verso Germania.»

«Ma i partigiani non vi lasceranno passare. I passi dell'Aprica e del Tonale sono ben presidiati. Vi conviene arrendervi.»

«*Nein, unmöglich*, impossibile. Noi vogliamo solo passare, *nicht* sparare» spiegò il pastore con molta calma e poi chiese: «Quanti paesi dopo Musso?».

«Cinque, il primo a due chilometri da qui è Dongo.»

«Capisco. Io parlo male italiano, io no capire bene, parlare noi... in latino?»

«Ma certo!» esclamò don Enea e iniziò un colloquio surreale tra due sacerdoti cristiani, ma schierati su fronti opposti, nella lingua dell'Antica Roma.

«Anche Dongo è caduta in mano ai partigiani?» domandò il pastore.

«Sì, ieri sera, i fascisti sono scappati in barca e venti soldati tedeschi sono stati catturati» osservò don Menetti, che rispondeva serafico alle numerose eppur banali domande.

«Ci sono tanti partigiani a Dongo?»

«Non ne ho idea, in quel paese abitano circa tremila persone.»

Il cappellano tedesco sobbalzò, sgranando gli occhi azzurri. Chiese concitato una conferma.

«Tremila?»

«Sì, circa tremila» confermò don Enea, che vide il suo interlocutore impallidire, interrompere bruscamente la conversazione e allontanarsi rapidamente dirigendosi verso uno degli autoblindo. Il parroco di Musso non riuscì a spiegarsi la ragione di quell'improvviso turbamento. Che cosa aveva detto di così straordinario? Che Dongo aveva tremila abitanti come peraltro la maggior parte dei paesi sul quel ramo del lago di Como? Non poteva immaginare che quel pastore tedesco aveva studiato il latino, ma non così bene e sicuramente aveva dimenticato alcune regole grammaticali e il significato di molte parole. Di certo, come don Enea seppe in seguito, il sacerdote protestante, traducendo, aveva confuso il numero degli abitanti con quello dei partigiani. E corse a riferirlo a Fallmeyer, il quale pensò che su quei monti, nascosti tra gli alberi e nelle case del borgo, tremila uomini armati erano pronti a far fuoco. Pensò anche che il convoglio era troppo grande per tentare un dietrofront, e quella stradina troppo stretta per permettergli di predisporre una difesa efficace. E i suoi uomini, troppo stanchi e demotivati per affrontare una battaglia dalla quale pochi sarebbero usciti vivi.

Il Reich stava crollando e l'unica ambizione sua e dei suoi soldati era di tornare a casa, salvi, al più presto.

Nella mente di Fallmeyer divenne tutto chiaro: quell'albero rappresentava un avvertimento, l'ultima chance per scongiurare una trappola micidiale, che invece esisteva solo nella sua immaginazione. I partigiani della Brigata Garibaldi erano molto meno di mille, spossati, denutriti e male armati. Ai tedeschi sarebbero forse bastati dei colpi di artiglieria per aprirsi un varco.

Ma il destino decide altrimenti. Crea equivoci, coincidenze e talvolta premonizioni. Esistono luoghi che portano fortuna, che emanano un'energia magnetica, positiva. E altri che dicono male, poli negativi del fato e della memoria.

A Benito quel paesino sul Lago di Como non era mai piaciuto. Già il nome: Musso, come il suo, Mussolini, ma troncato nel finale. Proprio lì, nei primi anni del secolo, quando era un giornalista socialista, aveva avuto un incidente sulla sua Bianchi Torpedo, detta "Bianchina". Di quel giorno, il Duce ricordò non la magia dei raggi di sole riflessi sull'acqua, né l'incanto dei monti dipinti di verde, ma una curva all'uscita di Musso, il rumore dei freni schiacciati a fondo, la testa che oscilla violentemente avanti e indietro, le mani dell'autista disperatamente avvinghiate al volante. L'auto era uscita di strada e stava per finire nelle acque del lago, riuscì a fermarsi all'ultimo istante. Benito se la cavò con un grande spavento, ma scaramantico, disse: «Non dobbiamo mai più passare per questo paese. Porta iella!». E fu di parola. Durante il Ventennio visitò tante città e molti luoghi, ma Musso mai.

E ora si trovava di nuovo lì, a dispetto della sua volontà, perché un partigiano aveva deciso di bloccare la strada con un tronco, perché il comandante nazista aveva avuto paura, perché un pastore della Wehrmacht aveva equivocato le frasi in latino pronunciate da un prete italiano e perché Aimone...

Già, Aimone dormiva profondamente quando uno dei capi partigiani, Arno Bosisio, allertato della presenza della colonna da un partigiano di vedetta sul monte, bussò alla porta di casa Canape di buon mattino. Evelina, ancora in camicia da notte, spettinata, chiese a Tonin, che si era appena svegliato e aveva indossato al volo camicia e pantaloni, di aprire la porta. Conosceva bene Arno, che, peraltro, era appena stato nominato responsabile della Sicurezza, dalle neocostituite autorità partigiane.

«Che cosa vuoi a quest'ora?» lo apostrofò col suo fare brusco e diffidente.

«Cerco l'Aimone» rispose l'altro intimidito.

«E perché? Sta dormendo» replicò Tonin sospettoso.

«Una colonna di soldati nazisti è ferma lungo la strada, subito dopo il curvone.»

«E cosa c'entra mio figlio?»

«Abbiamo bisogno di un interprete e Aimone è l'unico in paese che sappia parlare tedesco. Dovrebbe venire con noi.»

«Aspettami qui» bofonchiò Tonin, che si voltò, salì le scale, aprì la porta della camera di suo figlio e lo svegliò scuotendogli energicamente le spalle.

«Sveglia, Aimone!»

«Che succede?» chiese alzandosi di soprassalto.

«Non agitarti Aimone, l'Arno ha bisogno di te, devi fare da interprete a dei tedeschi che sono fermi dietro il monte» spiegò sbrigativamente Tonin, che, senza aggiungere altro, uscì, ma scendendo le scale rallentò il passo, roso da un dubbio improvviso. Non riusciva a essere sereno, si sentiva tormentato da un presagio o, forse, solo da una paura. Aveva già perso un figlio e non voleva che qualcosa accadesse ad Aimone, dopo tutto quello che avevano vissuto e con la guerra ormai agli sgoccioli.

«E se poi lo ammazzano mio figlio?» disse con durezza a Bosisio, piantandosi di fronte a lui a gambe divaricate, con la fronte corrugata.

«E perché dovrebbero? Deve fare solo l'interprete» rispose Arno, ma quella spiegazione era troppo generica per rassicurare un uomo cauto e navigato come Tonin.

«Mio figlio viene solo a una condizione: che tu vada con lui.»

«Ma certo Tonin!» esclamò il Bosisio, come se fosse un'ovvietà.

«E dovete portare due ostaggi con voi: un fascista di Dongo, il figlio dell'onorevole Romanini, e il comandante della guarnigione tedesca, che avete catturato ieri.»

«Va bene, va bene!»

«E anche altri partigiani. Dovete essere in tanti» insisteva Tonin, implacabile e scuro in volto. Non si fidava delle promesse del partigiano, che continuava a ripetere: «Non dubitare! Hai la mia parola d'onore!». Voleva che fosse il suo sguardo a convincerlo, cercava nei suoi occhi la luce di un uomo sincero. La trovò e, per una volta, si sbagliò.

Arno e Aimone uscirono, attraversarono la piazza, camminarono rapidamente fino alla curva, mentre intorno a loro il paese si svegliava. Arno, nascondendosi tra gli alberi, osservò la strada: vide gli autoblindo e decine di soldati tedeschi. Tornò indietro, con passo lento e pesante, lo sguardo puntato a terra. Confabulò con gli altri partigiani. Poi chiamò Aimone.

«I compagni ritengono che sia rischioso mandare subito

una grande delegazione da loro. Potrebbero insospettirsi e iniziare a sparare oppure approfittare dell'occasione per catturarci e ricattare i partigiani» disse tenendo il capo abbassato, le spalle afflosciate mentre con la mano sinistra giocherellava con un nastrino di cuoio.

«E allora?» chiese Aimone.

«Allora, devi andare tu da solo con gli ostaggi» sussurrò alzando appena lo sguardo.

«Ma non è quello che avevi promesso a mio padre...»

«Lo so, ma se lui fosse qui, sarebbe d'accordo con noi. E poi non sono stato io a prendere la decisione, sono stati i compagni» replicò Arno, mostrando gli altri capi partigiani.

«Non mi sembra giusto...» tentò di obiettare Aimone.

«Ragiona, Aimone, ragiona. Io cosa vengo a fare? Solo tu parli tedesco, solo tu puoi dialogare con loro. Vedi che cosa vogliono. E poi torna a riferirmi. Io sto qui, ti aspetto, poi semmai torno con te. Dai, non fare lo sciocco. Fallo per noi, per il tuo paese.»

E Aimone accettò, perché era un bravo ragazzo ed era un Canape, dunque un uomo di parola. Lui.

Alle sette e mezza tutta Dongo si era riversata in strada. E i più eccitati erano i ragazzini, sebbene nessuno badasse a loro, come sempre, né alla loro allegria, che così tanto strideva con l'umore inquieto di cui era permeato il paese. Giocavano alla guerra e si percepiva nei loro occhi una frenesia particolare. Era la prima volta che potevano simulare una battaglia indossando un elmetto vero. I buoni da una parte, i cattivi dall'altra; o almeno, di solito era così. Ma quel giorno non dovettero immaginare un nemico. Si trovava a poche centinaia di metri da loro. Bastava salire sul monte per fingere d'accerchiarlo. Corsero a perdifiato, su per i sentieri che si arrampicano verso il promontorio che divide Dongo da Musso, fino alla chiesetta di Sant'Eufemia. Lì, tra le siepi, i partigiani avevano piantato alcuni manichini con in cima un foulard colorato e un berretto, ricorrendo a un trucco della Prima guerra mondiale, vecchio e ormai patetico. I partigiani di guardia non badarono ai bimbi e agli adolescenti che strisciavano tra le frasche; erano concentrati su ciò che accadeva sotto di loro, alzando la testa per vedere meglio quel serpentone grigio-verde e i soldati nazisti che si muovevano da un blindato all'altro. I bambini bisbigliavano, ridevano, correvano dalle siepi ai cespugli, si accovacciavano sotto gli alberi, come avevano letto nei libri, come avevano sentito raccontare dai vecchi del paese quando evocavano le gesta della Grande Guerra. Giocavano, con un elmetto vero in testa, e un fucile di legno in mano.

Aimone girò l'angolo. Indossava solo un paio di pantaloni e una camicia bianca per dimostrare di non essere armato. Lesse la paura negli occhi chiari del prigioniero tedesco e l'ansia in quelli scuri e un tempo fieri del Romanini.

«Ora andiamo» disse con voce strozzata, sistemando il primo alla sua destra, verso il lato della montagna, e il secondo alla sua sinistra, dalla parte del lago. Camminava tenendo le mani a mezz'aria, con le palme spalancate in un gesto che non era di resa, ma di pace. Man mano che si avvicinava riusciva a distinguere la fisionomia di chi lo aspettava. Notò un autoblindo con un cannoncino puntato verso di loro, i soldati tedeschi con le mani appoggiate sui revolver e i mitra, pronti a impugnarli al primo contrattempo e una suora o perlomeno qualcuno che indossava la tonaca da religiosa. Avanzava lentamente, un passo dopo l'altro. Fece appena in tempo a scorgere un uomo, che fulmineamente alzò la mitraglietta, protese il braccio sinistro in avanti, chinò la testa guardando nel mirino e con la destra premette il grilletto. Aimone sentì il crepitio e i proiettili sibilare vicino al suo orecchio, al suo busto, alle sue gambe. Com'è strano l'istinto. In quel momento, normalmente avrebbe dovuto chinarsi o gettarsi per terra o scappare in qualunque direzione. L'ostaggio tedesco filò su per il bosco, quello fascista si buttò verso la riva del lago. Aimone, invece, rimase in piedi, assolutamente immobile. Chiuse gli occhi e curiosamente provò dentro di sé una grande calma; quando li riaprì si accorse di essere ancora vivo. Aveva sentito svolazzare la camicia bianca. Abbassò lo sguardo. Un foro bruciacchiato e fumante adornava la manica sinistra, appena sotto l'ascella, a una spanna dal cuore. Se si fosse mosso quel proiettile lo avrebbe centrato e invece lo aveva solo sfiorato. La morte lo aveva accarezzato, lo aveva blandito, aveva giocato con la sua anima; poi aveva desistito lasciandolo lì in piedi, immobile, protetto da un magico scudo invisibile o forse, più semplicemente, da un incredibile destino.

A spargli non era stato un soldato tedesco, ma il ministro Pavolini, in uno scatto di rabbia, subito represso dal comandante tedesco, che lo redarguì a voce alta, abbassando con un gesto energico la canna del mitra, che però rimase nelle mani del gerarca fascista.

Aimone osservò la scena da lontano. Ora era solo, fermo in mezzo alla strada, pallido come la luna velata d'una notte d'inverno e tremava. Udì, forte e lontano, un grido in tedesco.

«*Komm Sie hier!*» qualcuno lo invitava ad avvicinarsi.

Aimone percorse qualche metro, lentamente. Si fermò, mise la mano in tasca per estrarre il fazzoletto bianco, ma Pavolini pensò che stesse estraendo una pistola e, urlando frasi sconnesse, alzò il mitra e fece partire un'altra raffica, questa volta senza mirare. Aimone si bloccò, sentì il cuore fermarsi e poi rimbombare nella testa, mentre il sangue affluiva alla nuca e congestionava le tempie. Il comandante diede un colpo all'arma, dal basso verso l'alto, e quegli spari si persero nel vuoto, nel cielo, nel bosco, nel lago. Spari di un uomo che aveva perso tutto, l'orgoglio, la dignità, il pudore. Spari di disperazione, di follia.

«Mi scuso. Le assicuro che non accadrà più» urlò il comandante al Canape, mentre i soldati tedeschi agguantavano Pavolini, gli strappavano la mitraglietta e lo portavano via.

Quel gesto rassicurò Aimone, ma non del tutto. «Troviamoci a metà strada» replicò. «Voi fate tre passi e io ne farò altri tre.»

Il tedesco chiamò accanto a sé un soldato. Mossero tre passi e si fermarono, Aimone fece altrettanto. Proseguirono così, lentamente, fino a quando non si trovarono faccia a faccia. Il comandante salutò sbattendo i tacchi, poi tese la mano. Aimone gliela strinse vigorosamente.

«*Es Freud mich sehr*» disse, presentandosi come tenente Flamminger.

«Molto piacere» rispose Aimone nel suo consueto, fluente tedesco.

L'uomo della Wehrmacht parlò per primo. «C'era un accordo per permettere il passaggio delle truppe tedesche, perché avete sbarrato la strada? Che cosa volete da noi?»

«Non dovrei essere io a dirlo. Sono qui in veste di interprete; ero venuto con due ostaggi, ma i vostri spari li hanno fatti scappare. Mi hanno mandato i capi dei partigiani di Dongo: sono loro a voler sapere per quale ragione intendete transitare dal nostro paese» replicò il giovane Canape.

«Siamo soldati tedeschi e abbiamo ricevuto l'ordine del Führer di raggiungere la Germania.»

«Lo capisco e riferirò. Ma non posso dirvi: passate.»

«Perché?» gli chiese il comandante.

Già *perché*?

Aimone sorride nel suo soggiorno. È stufo di star seduto. Si alza, mi mostra l'ultimo suo acquisto d'antiquariato, una bella lampada in art déco. Poi si avvicina alla grande vetrata. Il sole non brucia più, si adagia dietro le cime delle montagne, illuminando di riflessi rossastri le nuvole dense e capricciose che annunciano un temporale serale. Mi indica il promontorio all'entrata di Dongo, oggi bucato da una galleria a due corsie, mentre la vecchia strada è chiusa al traffico. Il curvone che separava i tedeschi dai partigiani si può percorrere solo a piedi. È poco più grande di un sentiero, una stradina di campagna così stretta che ti chiedi come potesse una colonna di autoblindo passare da lì.

«Arno e gli altri non mi avevano dato disposizioni particolari. Mi dissero semplicemente: vai, senti cosa vogliono e torna indietro. Ancora oggi non ho idea per quale ragione pronunciai quella frase. Non volevo mentire, né ingannarli, mi lasciai guidare semplicemente dall'istinto, elaborando all'istante una strategia a cui in realtà non avevo pensato. Mi uscì così, spontaneamente.»

«Non posso garantire per la vostra sicurezza» spiegò con calma. «Voi qui non vedete nulla, ma passata la curva i partigiani stanno minando i ponti per non farvi passare.»

Flamminger si lisciò il mento e lanciò un'occhiata inquieta al suo attendente, che prese un binocolo e si mise a osservare le colline circostanti, a sinistra, poi a destra, alzò la testa verso la chiesetta di Sant'Eufemia.

«E quelli là sopra chi sono?»

«Là sopra dove?»

«Guardi lei stesso.» E gli passò il cannocchiale.

Aimone riconobbe i partigiani e i manichini improvvisati, che però da lontano sembravano veri. E vide delle ombre aggirarsi nel boschetto, altre muoversi con l'elmetto da una siepe all'altra nei giardini del Merlo, davanti a un castello del 1200, dove le scolaresche, in tempi di pace, celebravano l'apertura e la chiusura dell'anno scolastico. Tante ombre, feline. Ombre con l'elmetto che sbucavano tra le frasche e si abbassavano improvvisamente, per poi ricomparire qualche metro più avanti. Sembrava che quel bosco pullulasse di soldati, ma erano ragazzini di undici, tredici, quindici anni e giocavano a nascondino, seppur con il cuore in gola, perché il rumore delle due raffiche li aveva indotti ad essere ancora più guardinghi, rendendo straordinariamente verosimile il loro gioco di guerra.

Aimone avrebbe voluto chiamarli, salutarli con la mano. Nella sua mente rivedeva i loro volti estasiati quando, la sera prima, aveva distribuito gli elmetti trovati nel comando delle SS. Avrebbe voluto ridere, ma non lasciò trapelare nulla del suo stato d'animo. Rimase impassibile, abbassò il binocolo e lo riconsegnò all'attendente.

«Lo vede anche lei, sono partigiani armati» disse con tono sicuro.

Il comandante si innervosì.

«Mi dica quanti uomini armati ci sono a Dongo, per favore» chiese.

«So che le montagne sono piene di partigiani e che molti di loro sono scesi in paese, ma non ho idea di quanti siano di preciso» rispose Aimone mostrandosi sincero.

«Due-tre mila?» insinuò il tenente, pensando a quanto il suo cappellano militare gli aveva riferito dopo il fortuito colloquio con don Enea.

«Nooo, non credo così tanti. Sono divisi in molti piccoli gruppi...»

«Ma non può darmi una stima? Mille, millecinquecento?» insisteva Flamminger.

«Troppi» rispose Aimone dando l'impressione di frugare nella memoria.

«Milleduecento?»

«Al massimo. Direi mille... forse, credo» aggiunse allargando le braccia e guardandolo con l'aria interrogativa. Ripensò ad Arno e in cuor suo lo maledì per averlo mandato allo sbaraglio, senza spiegargli cosa dire e cosa no. Si sentiva solo, abbandonato a se stesso, eppure insolitamente determinato, dopo qualche minuto quasi rinfrancato dalla presenza del comandante, che era alto, magro, con i capelli biondi tagliati corti e il pallido viso incrinato da giovani, sottilissime rughe e, nello sguardo, una sorprendente, rassegnata, mestizia. Per un attimo pensò che se si fossero conosciuti in altre circostanze avrebbero potuto persino diventare amici.

Il tedesco prese dalla giacca una scatola di ottone, piatta, la aprì e gli offrì una sigaretta con il bocchino dorato.

«Si serva, la prego.»

«La ringrazio, ma sono un partigiano e non sono abituato a fumare sigarette di lusso» replicò Aimone, con una punta di orgoglio.

Flamminger richiuse la scatola con un colpo secco, abbozzando un sorriso. Provava a sua volta simpatia per Aimone, ma pensava che stesse barando, perché nessuno dice tutta la verità in tempo di pace, figurarsi in guerra. "Se afferma che sono mille, significa che in realtà sono tremila" rifletté tra sé e sé. E invece si sbagliava, non poteva immaginare che, nel suo candore, Aimone non aveva mentito.

«Mi permetta di consultare il mio superiore» disse il tenente, che ritornò alla colonna. Aimone lo vide confabulare con Fallmeyer. Dopo pochi minuti ritornò.

«D'accordo, siamo disposti a trattare» annunciò, abbassando gli occhi.

«Riferirò al mio comandante» reagì Aimone compiaciuto.

«E come si chiama il vostro capo?»

«Pedro, si trova a poca distanza da qui ed è stato avvertito della vostra presenza.»

«Pedro...» mormorò il tedesco.

«Credo non ci sia altro da aggiungere. Ora tornerò indietro e mi auguro che nessuno mi spari alle spalle» annunciò il giovane Canape.

«Ha la mia parola» assicurò il tedesco con slancio in apparenza genuino.

Aimone si voltò e cominciò a camminare, con le orecchie tese all'indietro come un cane quando fiuta il pericolo, temendo di sentire il rumore di uno sparo e il dolore del proiettile che penetra nella schiena e perfora i polmoni. Ma udì solo il sommesso fruscio della brezza lacustre e poi appena girata la curva, la voce giuliva di Arno.

«Allora, che cosa ti hanno detto?» esordì ostentando una cordialità esagerata.

«Sei un disgraziato, mi hai lasciato solo! A momenti mi fanno fuori per colpa tua» urlò Aimone, alzando i pugni, come se volesse avventarsi contro di lui. Trascorse qualche minuto prima che riuscisse a ritrovare la calma. Si appoggiò al muretto, bevve un sorso d'acqua da una borraccia, mentre gli altri compagni si stringevano attorno a lui.

«Sono rimasti impressionati dal numero di partigiani che c'erano sulle montagne» continuò.

«Dove, quali?» chiese Arno sorpreso.

«Su alla chiesetta di Sant'Eufemia, hanno scambiato i ragazzini con l'elmetto per veri combattenti.»

«Mica gli hai detto la verità?»

«Non sono *mica* stupido» disse Aimone, svelando un sorriso maliziosamente compiaciuto. «Avverti Pedro che i tedeschi vogliono negoziare la resa.»

25

Non bisognava perdere tempo: di lì a poco sarebbe arrivato il tenente Fallmeyer, a capo della colonna diretta a Chiavenna, oltrepassando il fatidico tronco di ciliegio, per trattare con i capi partigiani della Bassa Valtellina. Doveva continuare a credere che il paese fosse presidiato da tremila partigiani agguerriti e che i ponti fossero minati. La gente di Dongo scese tutta in strada. Uomini e donne, vecchi e bambini si legarono al collo dei fazzoletti rossi. I partigiani veri si schierarono sul lungolago, ben in vista, alcuni di loro accovacciati dietro a sacchi di sabbia che parevano essere lì da giorni e invece erano freschi di cantina; altri in piedi a gambe larghe imbracciando orgogliosamente fucili o mitra. Alle loro spalle, sulla piazza, nei vicoli o alle finestre delle case prospicienti il lago, un brulicare di fazzoletti rossi sotto cappelli o cappellacci teatrali quanto inutili, se non per celare volti rosei degli adolescenti o rugati degli anziani o morbidi e lisci di signore e signorine.

Fallmeyer passò a bordo di una camionetta, accompagnato da Pedro, alias Pierluigi Bellini delle Stelle, comandante della cinquantaduesima Brigata Garibaldi, e da Pietro ovvero Michele Moretti. Il capitano della FLAK nemmeno dubitò. Vide tanti uomini armati che lo scrutavano con lo sguardo duro e fiero dei combattenti avvezzi alla guerra, determinati a difendere il proprio paese. Pensò che il prete non aveva mentito e si rallegrò di essere riuscito a non farsi ingannare da Aimone. Scambiò quello che era falso per vero e, prigioniero di quell'illusione, accettò la resa. I capi partigiani consentivano ai soldati della Wehrmacht di proseguire fino al confine, ma pretendevano che gli italiani infiltrati nella colonna, di cui non conoscevano l'identità, si consegnassero ai partigiani.

Fallmeyer tornò dopo sei ore e subito si appartò con Birzer. «Io voglio rispettare l'accordo, ma tu cosa intendi fare con Mussolini?» gli chiese sbrigativamente.

«Ho bisogno di riflettere per qualche minuto» rispose la guardia tedesca del Duce, che si allontanò di pochi passi. Rimase solo con se stesso, cercando nell'esuberante bellezza del lago l'ispirazione per prendere la decisione giusta. A Hitler aveva promesso che avrebbe difeso il Duce armi in pugno, anche a costo della propria vita. Ma che ne era del Terzo Reich? Le notizie provenienti da Berlino erano di ora in ora sempre più drammatiche. Notizie di bombardamenti, di devastazione, di morte. I russi avevano sfondato le ultime linee di resistenza e, quartiere dopo quartiere, stavano conquistando la capitale, assediavano il centro e il bunker, dal quale il Führer, attorniato da Goebbels e dagli ultimi fedelissimi, impartiva furiosamente ordini che nessuno eseguiva più. Birzer si chiese se fosse giusto rispettare la parola data, come un vero ufficiale delle SS, anche a costo di sacrificare se stesso e i propri uomini, o se invece non fosse il momento di arrendersi al buon senso, accettando la sconfitta della Germania nazista e delle sue folli ambizioni.

Scelse di tornare a essere un uomo, ma tentando di salvare le apparenze, rifugiandosi nella furbizia anziché nella rettitudine, più all'italiana che alla tedesca.

«Voglio proporre al Duce d'indossare un'uniforme della FLAK e di prendere posto su uno degli autocarri della retroguardia, facendo finta di essere un soldato» disse a Fallmeyer, dopo averlo raggiunto. «Bisogna che veda che faccio tutto il possibile per salvarlo» aggiunse con la voce sottile, velata dall'imbarazzo e dal timore di essere redarguito dal compagno d'armi, che invece accolse quei propositi con frettolosa indifferenza. «Fai come credi» rispose e si congedò da lui, sbattendo i tacchi.

Birzer si rivolse a Mussolini, come di consueto, in tedesco. Il Duce tradusse ai gerarchi attorno a lui e alla sua amante. «Dice che io potrei tentare di passare travestito da militare della Wehrmacht.» Aveva due cerchi lividi intorno agli occhi e le palpebre rosse d'insonnia, lo sguardo abulico. «Duce, andate, andate! Dovete salvarvi!» urlò Claretta, scuotendolo dal torpore. Quel sotterfugio era disonorevole, ma ineludibile e l'entusiasmo lo spinse a superare rapidamente il disagio e i blandissimi dubbi. «Accetto, ma voi avete il dovere di difendermi» intimò fissando gli occhi chiari di Birzer, che lestamente rispose: «*Jawohl*, non dubiti, Duce».

Un caporalmaggiore gli consegnò un elmetto e un cappotto. Mussolini se li infilò: quel casco troppo grande, calato fino agli occhi, rendeva il suo volto ancora più pallido e smunto, mentre il soprabito militare con le spalline bordate d'argento era così ampio da toccare terra e le maniche così lunghe da coprirgli le dita. Sembrava un povero vecchio, goffo, quasi ridicolo. Nulla era rimasto della sua antica superbia.

Il Duce salì sull'autocarro della Wehrmacht, lasciando al proprio destino i gerarchi, a cui né Birzer né Fallmeyer offrirono scappatoie. Dovevano restare o fuggire.

Pavolini tentò di raggiungere il lago. Scavalcò il muretto, ma riuscì a percorrere solo poche centinaia di metri. Fu fermato da un colpo di fucile, che gli impallinò il braccio. Altri cercarono di tornare verso Menaggio o di trovare differenti vie di fuga. Girarono le auto, infilandosi nelle stradine che da Musso si diramano verso i monti, ma vennero arrestati dai partigiani, che confiscarono le borse colme di documenti, di banconote e di monete e li arrestarono. Alcuni gerarchi bussarono alle case nei dintorni, affidando a degli sconosciuti i loro beni, accontentandosi di una stretta di mano e di una promessa. Ma quei pochi che riuscirono a tornare, mesi dopo, non recuperarono nulla, come era accaduto ad Aimone in piazzale Perrucchetti. Una parte dell'oro di Mussolini e dei suoi gerarchi sparì così; non a Dongo, bensì a Musso.

Il sole già reclinava verso occidente quando Pedro, allertato dalla presenza di imprecisate personalità fasciste, diede ordine ai suoi uomini di prepararsi a perquisire gli autoblindo e ad Arno Bosisio di andare a cercare Aimone: sarebbe stato lui a interrogare i passeggeri, ricorrendo a uno stratagemma per individuare gli italiani infiltrati. «Dovrai salire su ogni autoblindo e rivolgerti a ogni passeggero in tedesco. Coloro che risponderanno potranno passare, gli altri dovranno scendere» gli disse il Bosisio, con tono ammiccante e un portamento improvvisamente fiero, quasi sprezzante. Aimone pensò a quanto fosse diverso rispetto all'uomo pavido che poche ore prima lo aveva lasciato solo davanti ai tedeschi e a quello, un po' ruffiano, che lo aveva accolto dietro l'angolo, avido di notizie. Avrebbe voluto rinfacciargli la sua vigliaccheria, mostrargli il foro nella camicia bianca che ancora indossava, ma si trattenne, per non apparire lui, un Canape, meschino in frangenti come quelli e davanti a Pedro, per di più.

«Ci stai, Aimone?» gli chiese Arno.

«Ci sto, sai che puoi contare su di me» rispose Aimone, senza riuscire a nascondere una punta di irritazione. L'interprete diventava inquisitore.

Prese posizione con un manipolo di partigiani all'inizio del paese, all'altezza della farmacia. Per prima arrivò un'auto di lusso, scoperta, con a bordo un signore ben vestito, due donne eleganti e altrettanti bambini. L'uomo gli allungò nervosamente un passaporto diplomatico spagnolo a nome di Don Juan Muñoz y Castillo, e altri due intestati a quelli che presentò come sua moglie e sua sorella. Aimone lo aprì, ma non ebbe nemmeno il tempo di sfogliarlo. «Lo riconosco, è un gerarca fascista» urlò qualcuno alle sue spalle. Altri si unirono: «Sì, è un gerarca!» ma quel signore continuava a parlare in spagnolo, spezzato di tanto in tanto da qualche parola italiana. Marcello Petacci negò, ostinatamente. Mostrò altri due passaporti, ma la gente intorno continuava a urlare, finché due partigiani non lo trascinarono fuori dall'auto e lo portarono in Municipio per interrogarlo, altri accompagnarono la moglie Zita Ritossa, i figli e Claretta, ancora in incognito, nella hall dell'albergo, a pochi metri da lì. La voce si sparse in un baleno. Dongo vibrò di eccitazione.

Giunse il secondo mezzo, un blindato. Aimone salì a bordo e senza indugiare, ignorando gli sguardi insistenti dei sei soldati puntati su di sé, iniziò l'interrogatorio.

«Lei da dove viene?» chiese rivolgendosi all'ultimo militare, seduto in fondo all'autoblindo, con la schiena ben eretta e le tozze mani appoggiate sulle ginocchia.

«Amburgo.»

«E lei?»

«Dresda» rispose il secondo, con una voce stridula, un po' da uomo un po' da bambino, come quella di un adolescente. Era giovanissimo, bello e angosciato. Avrà avuto diciotto anni.

«E lei?»

«Lipsia.»

Pose domande a caso, sulla loro famiglia, le loro città; tutti risposero senza esitazione. Sì, erano tedeschi.

«*Gut, Sie konnen gehen*» disse, ma, scendendo dal predellino, udì un lamento, timido, velato, ma più che un lamento pareva una supplica.

«Abbiamo sete, abbiamo fame...» mormorò uno dei sei soldati. Aimone si fermò.

«*Bitte?*» chiese. Silenzio, poi dal fondo vide sporgersi il volto efebo del giovane che, schiarendo la voce, ripeté: «*Wir haben Durst und Hunger...*», "Abbiamo sete e fame...".

Aimone non disse nulla e scese ma si sentiva turbato. Non in colpa, ma quasi in obbligo di aiutarli. Si rivolse a Pedro, toscano sfollato in Lombardia, che sembrava D'Artagnan con il pizzo, i baffetti e i lucenti capelli neri pettinati all'indietro. Aveva venticinque anni, ma il temperamento del capo e l'equilibrio di un uomo maturo.

«Cosa possiamo fare?» gli chiese Aimone.

Pedro restò assorto per qualche secondo, poi disse: «Comportarci da esseri umani e confidare nel buon cuore dei donghesi». E i donghesi risposero, distribuendo qualche pezzo di pane e tanti secchi d'acqua sui camion che man mano arrivavano in paese.

Aimone salì sul terzo blindato, poi sul quarto e vi trovò cinque uomini. E una donna, che indossava scarpe alla moda, un bel soprabito; stava seduta con grazia, stringendo delicatamente le ginocchia e tenendo le lunghe e curate mani incrociate sulle cosce, nella posa tipica delle ragazze di buona famiglia. Ma non era bionda e i suoi occhi non erano azzurri, bensì neri, come i suoi capelli, raccolti a coda di cavallo. Il suo naso delicatamente aquilino e la sua bocca piccola e discreta. Tutto nel suo aspetto indicava origini mediterranee.

«Tirala giù, quella è italiana!» urlò un partigiano da fuori.

La signora tremava, le sue lunghe dita iniziarono a stringersi e i polpastrelli ad arrossarsi. Fissò Aimone con lo sguardo implorante, poi il soldato di fronte a sé, poi di nuovo Aimone. Era bella e impaurita.

«Se sei così sicuro e sai così bene il tedesco perché non vieni tu a fare l'interrogatorio?» rispose Aimone polemicamente. Il partigiano borbottò un'imprecazione, prese una sigaretta e la portò alle labbra allontanandosi di qualche metro.

«*Sind Sie Deutsch?*» le chiese Aimone abbozzando quasi

un inchino come d'obbligo per un gentiluomo di fronte a una dama.

«Sì» rispose lei, in italiano. Aimone sobbalzò, si voltò e si accorse che i suoi compagni non l'avevano sentita. Sarebbe stato suo dovere denunciarla, farla scendere, ma qualcosa dentro di sé lo bloccava, una sensazione intima e ineludibile. Per quanto si sforzasse non riusciva a ignorare gli insegnamenti di sua madre, le sue continue sollecitazioni alla tolleranza e alla generosità. Quante volte l'aveva vista perdonare e senza mai pentirsene. Capì che ancora una volta si sarebbe comportato come avrebbe voluto Evelina. E poi quello sguardo struggente... Come un cacciatore davanti a un animale in trappola avrebbe potuto premere il grilletto e denunciarla, invece decise di sollevare il dito.

Ripeté la domanda, guardandola dritta negli occhi, come rimproverandola per quell'errore così ingenuo.

«*Sind sie Deutsch?*»

«*Ja*» rispose lei con la "aa" lunga e doppia, poco tedesca, e la voce tremula.

Vide i suoi occhi velarsi di lacrime e le braccia allargarsi in un gesto elegante. La donna slacciò la cintura e sbottonò rapidamente i quattro bottoni del soprabito, poi lo spalancò, tenendo i due lembi nelle mani e con il volto sofferente sussurrò: «Abbia pietà della creatura che porto in grembo».

Aimone osservò la pancia rotonda, il volto già materno di quella giovane. "Com'è possibile far del male a una donna in dolce attesa? Com'è possibile negare a un bambino che ancora deve nascere il diritto perlomeno di sperare? E se la consegno ai partigiani che fine farà?" pensò. E capì che Evelina aveva avuto ancora una volta ragione. Non considerò nemmeno per un secondo il rischio che correva. Le fece cenno di chiudere il soprabito.

«*Sie mussen nach Deutschland ingehen?*», "Deve andare in Germania?", chiese in tedesco alzando la voce, affinché, questa volta, tutti lo udissero.

«*Ja*» rispose lei con un tono finalmente acceso e convincente.

«*Schön Gut*» esclamò Aimone, che si mise a interrogare rapidamente i soldati. Dopo una manciata di secondi fu interrotto dalle sollecitazioni dei suoi compagni.

«Aimone, sbrigati! Dobbiamo controllare altre decine di mezzi... Dai, non perdere tempo!»

«Qui sono tutti tedeschi!» esclamò, appoggiando i piedi sul predellino. Guardò per l'ultima volta quella donna, lei rispose con un sorriso dolce e fragile come un bocciolo di rosa e, muovendo appena le labbra, mormorò: «Grazie signore, che Dio la benedica».

Aimone scese e urlò: «Tutto a posto, il mezzo può andare» dando una manata sulla carrozzeria.

Si avvicinò al blindato successivo, salì, riprese a interrogare. Poi a un altro, a un altro ancora. Smascherò alcuni italiani, lasciò passare molti tedeschi dal viso gotico triangolare e spigoloso, volti familiari che tante volte aveva incrociato in passato, ma che ora non riconosceva più. I loro occhi freddi e chiari non trasmettevano più l'arroganza e il disprezzo del conquistatore, ma la rassegnazione e la paura del vinto, che ha un solo desiderio nel cuore: tornare a casa al più presto.

Aimone era in piedi su un camion telato quando udì delle grida concitate e vicine. «È il Duce!» E in dialetto: «*L'è il crapùn!*». Saltò giù e si avvicinò all'autoblindo appena dietro al suo. Vide il calzolaio di Dongo, Peppino Negri, che tutti chiamavano «Zoccolin», un operaio, Pietro Maffia, e il partigiano Bill. Si unì a loro, camminando verso la piazza; il volto del Duce era terreo, al posto degli occhi due macchie bianche e profonde.

«Secondo la versione più nota, Mussolini tentò di sfuggire alla cattura facendo finta di essere un soldato tedesco ubriaco» racconta Aimone, accendendo le luci del salotto. È sera, le luci riflesse brillano sul lago, il vento ha smesso di soffiare. Il temporale si è fermato a Gera Lario, ma fa troppo fresco per tornare in veranda, restiamo seduti sul divano giallo. «Ma non andò esattamente così. Il Negri e il Maffia mi dissero che su quel camion c'erano due panche, una da sette-otto posti, l'altra un po' più corta. Lo spazio vuoto era per Mussolini.» Evidentemente Birzer non si era limitato a fornirgli un travestimento, ma aveva escogitato un sotterfugio. «Il Duce non era seduto sulla panca appoggiato alla parete, bensì a carponi, sulle ginocchia e con le braccia tese. Un soldato era seduto su di lui e si era tolto il soprabito lasciandolo riverso in modo da coprirlo interamente. Era un buon trucco e avrebbe potuto funzionare; solo togliendo il soprabito avrebbero potuto scoprire il Duce. Ma il lago di Como non gli era propizio. Quando, pochi minuti prima, a Musso, aveva indossato l'elmetto, si era scordato di chiuderlo con il laccio.

Un errore sciocco, eppur fatale. Mentre aspettava l'ispezione – in ginocchio, nascosto sotto il soprabito e con il sedere di un militare tedesco poggiato sulla sua schiena – Benito mosse la testa e il casco si sfilò, cadde sul pavimento producendo un rumore alto, di ferraglia sbattuta. Rotolò in mezzo al camion. Il Negri e il Maffia, che stavano aspettando Aimone per iniziare l'interrogatorio, si allarmarono. «Di chi è quell'elmetto?» urlarono. Nessuno rispose. Osservarono i soldati, tutti indossavano il casco d'ordinanza. Innervositi, li fecero scendere, compreso il soldato in fondo e iniziarono a perquisire il camion. Scostando il soprabito di quel soldato trovarono un uomo accovacciato, rapato a zero e gli occhiali neri calati sul naso. Sembrava assopito.

«Si alzi» gli dissero, lui rimase immobile. Chiamarono Bill, il braccio destro di Pedro. «Vieni c'è una persona sospetta.» Bill si avvicinò, fu in quel momento che un soldato tedesco intervenne: «Lo lasci stare, è solo un camerata ubriaco». Ma Bill non lasciò perdere, nel frattempo era giunta la notizia che Mussolini era stato visto a Menaggio. E quell'uomo aveva il cranio pelato. E sebbene fosse vestito da soldato della Wehrmacht, indossava pantaloni da militare fascista, alla cavallerizza con la banda nera, il filetto d'oro dei gerarchi e un paio di stivali, anche questi neri.

Bill gli toccò la schiena chiamandolo «camerata». Non si mosse. Poi «Eccellenza», nulla. Infine osò: «Cavalier Benito Mussolini», la schiena ebbe un sussulto. «Si alzi» urlò. E il Duce si levò. Aveva un mitra tra le gambe, non tentò nemmeno di prenderlo. Era smagrito, aveva la mascella pronunciata, lo sguardo severo, il viso squadrato. «Non c'è nessuno qui a difendermi?» disse. Birzer non mantenne la parola, né i suoi soldati, che, anzi, aiutarono i partigiani ad abbassare la scaletta del camion e a liberarsi al più presto del loro ingombrante ospite. No, il 27 aprile 1945, a Dongo, nessuno era disposto a sacrificarsi per lui. A quel punto il Duce si lasciò condurre fuori.

«Ciò è quanto mi raccontarono Negri e Maffia e ancora oggi sono convinto che sia la verità» ripete Aimone e nei suoi occhi leggo lo sguardo di un uomo schietto.

Mussolini era cereo, il suo sguardo fisso e assente, di tanto in tanto ravvivato da improvvisi lampi di orgoglio e di speranza. «So che in questo bel paese non mi faranno alcun male» disse con un filo di voce.

«Le do la mia garanzia che nessuno le torcerà un capello fino a quando rimarrà sotto la mia custodia» lo rassicurò Bill.

Iniziarono a camminare fendendo la folla. La gente ripeteva: «Il Duce, ma è proprio il Duce». «Sì è il Duce», quella parola risuonava in tutta la piazza: «Il Duce, il Duce, il Duce...», ripetuta dieci, cento, mille volte, talvolta simultaneamente, senza rabbia, al punto che quel mormorio di stupore a tratti sembrò un'invocazione, come quelle che il Duce nel Ventennio aveva ascoltato in ogni piazza d'Italia. Ma era un'illusione. Benché composta, quella piazza non gli era amica e, sebbene in circostanze impreviste, era lì per celebrare la sua caduta.

Più di un donghese avrebbe avuto tante ragioni per avventarsi su di lui, insultarlo e schernirlo. Quanti compaesani erano stati uccisi dai fascisti? Quanti torturati? E perché tanti giovani erano scomparsi combattendo guerre insensate, rincorrendo l'utopia di un nuovo impero dopo quello romano? Eppure nessuno lo fischiò, né lo strattonò, né gli sputò. Nessuno tentò di prenderlo a schiaffi, né invocò il linciaggio.

I donghesi tennero con lui e i suoi ministri un comportamento irreprensibile. Forse erano semplicemente intimiditi dalla sua figura, forse temevano che le Brigate Nere potessero tornare e vendicarsi o forse il merito fu dei loro capi, come Pedro e Giuseppe Rubini, che era stato nominato sindaco la sera prima e aveva impartito indicazioni perentorie: «Tutti i fascisti vanno arrestati e processati, non fucilati, né torturati». Rubini voleva giustizia, non vendetta, voleva che Dongo desse prova di grande civiltà. Con tutti gli uomini in camicia nera, anche con Mussolini e i suoi ultimi seguaci.

E così fu, con un solo gesto violento: quando un partigiano comunista strappò dal collo di Claretta una collana con degli amuleti in avorio e la distribuì ai presenti. Null'altro. Il Duce passò incolume tra due ali di folla, come la cinquantina di italiani scoperti tra i soldati tedeschi. Entrò in Municipio, lo portarono in una grande stanza disadorna, al pianterreno.

«Puoi entrare anche tu» disse Rubini, prima di chiudere la porta, rivolgendosi ad Aimone, che aveva seguito Mussolini passo dopo passo. Il Duce si tolse il cappotto della Wehrmacht, rimanendo in camicia nera ed esclamò: «Ne ho abbastanza di cose tedesche, mi hanno tradito per la seconda volta!». Si sedette su una sedia di legno al tavolo, con le spalle alla parete. Teneva la schiena ben eretta. Bill e gli altri partigiani lo tempestavano di domande, talvolta semplici, talvolta grossolane: «Dov'è Vittorio?».

«Non lo so» replicò il Duce.

«Dov'è Graziani?»

«Non ne sono sicuro, ma credo si trovi a Como; mi ha tradito all'ultimo momento e si è rifiutato di accompagnarmi.»

«Duce, dov'era diretto? Perché si nascondeva in un camion?»

Mussolini rispondeva a tutti, distrattamente prima, poi con brio, rinfrancato dalla deferenza con cui veniva trattato. Improvvisamente chiese di restare solo con il sindaco. Non volle al suo fianco nessuno.

Aimone uscì sulla piazza. Pedro non gli chiese di continuare l'interrogatorio sui blindati. Non ce n'era più bisogno. I partigiani avevano scoperto i ministri, le loro mogli e soldi, tanti soldi, nascosti nelle auto. Valigie colme di banconote, italiane e straniere, sacchi pieni di anelli e cimeli d'oro, pietre preziose, che vennero portati in Municipio. Era l'oro di Dongo, tranne i sacchi già spariti a Musso, dove nel dopoguerra contadini e operai iniziarono a costruire condomini e a permettersi un tenore di vita inspiegabilmente agiato.

Il giorno aveva ormai perso la sua freschezza e declinava dolcemente dietro i monti, tingendo di riflessi purpurei il cielo, ma Aimone era troppo eccitato per tornare subito a casa, restò in giro ancora per un po'. Si fermò al bar della Tina, incontrò, commuovendosi, Claudio e Umberto, camminò sul lungolago, tornò di fronte alla farmacia, dove era stato scoperto il Duce, finché non fu davvero l'ora di rientrare per cena. Decise di passare per il vicolo accanto all'hotel, dove, guardando dalla finestra, vide Zita Ritossa seduta in un angolo della hall. Era bella e inquieta, stringeva a sé i due figli, fissando il vuoto con lo sguardo chiaro e malinconico. La sua pelle era bianca, le sue mani fini e delicate, dalle unghie curate e trasparenti. Teneva accanto a sé un valigione. Nessuno sembrava badare a lei, tranne un partigiano che Aimone non conosceva, forse uno sfollato o un lariano di un paese vicino, il quale si avvicinò alla donna e, senza dirle nulla, le strappò la borsetta con violenza. La Ritossa tentò di resistere, inutilmente.

Aimone da fuori gridò: «Che cosa fai? Fermati!», ma quell'uomo non lo sentì o, forse, non volle sentirlo; allora corse lungo il perimetro dell'albergo per raggiungere l'ingresso e si precipitò dentro la sala.

«Ti ho detto di fermarti! Non ti vergogni?» urlò.

«È una fascista e va punita. Per vent'anni hanno rubato tanto e ora tutto deve tornare al popolo» rispose l'altro degnandolo appena di uno sguardo.

«Ricordati che noi siamo dei partigiani!» tentò di persuaderlo Aimone.

Il brigante lo ignorò. Prese le banconote dal portafoglio della signora, svuotò la borsetta sul tavolo e poi la buttò in un angolo. Le sue grosse mani dalle nocche nodose si avventarono sul valigione, iniziò a frugare, tirando fuori una stuoia di pelliccia, gioielli e alcuni vestiti di lusso.

«Ne ho diritto, perché dovrei smettere?» ridacchiò sprezzante.

«Perché noi non siamo dei ladri» rispose Aimone, che, d'istinto afferrò il bastone da passeggio infilato nel portaombrelli e lo colpì sui polsi. Il partigiano urlò di dolore e lasciò cadere il maltolto.

"Ora mi massacra" pensò Aimone. L'uomo lo guardò con disprezzo, si alzò di scatto ma anziché avventarsi contro di lui si bloccò, forse accorgendosi che tutti nell'hotel si erano fermati a osservare la scena. Davanti a loro non osò vendicarsi, né continuare la razzia. Fece due passi indietro e se andò, senza dire nulla.

«Portate la signora in camera» disse Aimone, che quasi non si accorse del «grazie» sussurrato dalla Ritossa. Uscì e correndo giunse finalmente a casa, da Tonin e da sua madre. Era affamato. Da quante ore non metteva qualcosa sotto i denti? Si sedette al tavolo della cucina e iniziò a raccontare la giornata. Mostrò alla madre la manica di camicia bucata poco sotto l'ascella, raccontò delle trattative, degli interrogatori, del Duce. Aveva appena infilzato la forchetta nel piatto di pasta fumante, quando qualcuno bussò insistentemente alla porta. Era il cameriere dell'albergo.

«Aimone, venite, credo ci sia bisogno di voi...»

«Perché? Che cosa succede?»

«La signora che avete soccorso poco fa sta urlando. Ho sentito le grida dal corridoio, provenivano dalla sua camera.»

«Urlando?»

«Il veterinario è dentro la sua stanza...» rispose abbassando lo sguardo, senza finire la frase.

Aimone si precipitò fuori, raggiunse l'hotel, che era a un isolato da casa sua, salì di corsa le scale dell'albergo. Nessuno aveva osato intervenire in difesa della donna: il veterinario, che era un medico, era riverito come un'autorità. Solo il cameriere aveva dimostrato presenza di spirito allertando l'unica persona che, a suo giudizio, avrebbe potuto far qualcosa. Dal ballatoio, Aimone sentì la Ritossa disperarsi e implorare aiuto. Tacque per un attimo, poi riprese di nuovo a gridare: «No, no... Fermatevi... Vi prego!».

Aimone tentò di aprire la porta, era chiusa a chiave. Bussò energicamente.

«Aprite subito!»

Il trambusto cessò.

«Signora, che cosa succede?»

Tutto tacque, in quella stanza. Era un silenzio carico di paura e di imbarazzi.

«Aprite!» ripeté.

«Non posso» rispose lei con la voce tremante.

«E perché non potete, signora?»

Ancora silenzio. Poi udì nuovamente la voce della donna; tentava di rassicurarlo: «Va tutto bene, non vi preoccupate», ma il suo tono era sempre più flebile e lacrimoso.

Aimone decise di intervenire. Fece tre passi indietro e diede una spallata poderosa, sentì il rumore del legno che si spaccava, la porta cedette. Zita Ritossa era rannicchiata in un angolo, stringeva a sé la camicetta strappata, le calze erano lacerate, aveva perso le scarpe. I suoi due bambini la guardavano, piangendo.

«Signora, che cosa c'è? State poco bene?» chiese Aimone.

Lei mosse le labbra, ma dalla sua bocca non uscì alcun suono. Un urlo muto, di disperazione. Ansimava, mentre i suoi begl'occhi si riempivano di lacrime.

«Quello lì...» sussurrò indicando l'angolo opposto.

Aimone si voltò, vide il veterinario che si stava chiudendo i pantaloni.

«È tutto un equivoco, non è successo niente. La signora ha avuto un mancamento e sono venuto a visitarla... Va tutto bene, è tutto a posto...» tentò di giustificarsi.

Ma lei lo guardava impietrita, mentre le lacrime sgorgavano sulle sue guance. «Quello lì ha cercato di violentarmi» sibilò, vergognandosi di quelle parole, sentendosi sporca, indegna.

Aimone si avventò su di lui lo prese per il bavero, spingendolo fuori dalla stanza. Il veterinario inciampò sui gradini, cadde. Si rialzò, iniziò a correre giù dalle scale.

«Fermatelo! Arrestatelo!» urlò Aimone, Ma quell'uomo era troppo veloce o troppo temuto, riuscì a raggiungere l'uscita e a sparire per i vicoli del paese. Non era di lì e a Dongo non sarebbe più tornato.

Nemmeno il Duce tornò più a Dongo. Aimone lo aveva rivisto per la seconda volta alle 18.30. Pedro aveva deciso di portarlo alla caserma della Guardia di Finanza di Germasino, un paesino a quattrocento metri di altezza, dove sarebbe stato più facile difendere il prestigioso prigioniero da eventuali attacchi fascisti nel tentativo di liberarlo.

Vide Mussolini, con lo sguardo perso nel vuoto, salire su un'auto di piccola cilindrata, accompagnato da Pedro e Buffelli, un brigadiere della Guardia di Finanza, passato con i partigiani. Aimone salì sulla seconda vettura con altri partigiani fino alla caserma. Era convinto che il Duce sarebbe stato portato a Como e da qui a Milano per essere processato, perché lo aveva promesso il sindaco Rubini, perché questo era l'ultimo ordine ricevuto dal Comitato di Liberazione Nazionale. Ma poi arrivò il colonnello Valerio e la storia cambiò.

26

Aimone tornò a Dongo in serata, salì le scale di pietra del Municipio, entrò nella Sala d'Oro, dove erano rinchiusi i gerarchi al seguito di Mussolini e si sorprese ad ammirare, ancora una volta, la bellezza di quella stanza, di epoca napoleonica, in stile neoclassico, voluta all'inizio dell'Ottocento dai Manzi, una famiglia nobile di Dongo, come un inno sfarzoso alla gioia, alla bellezza della vita.

Era miracolosamente intatta: una cascata di stucchi e rilievi dorati, che incorniciavano affreschi ispirati alla mitologia greca e alla musica, addolciva le pareti. Aimone sbirciò le luci della piazza dai tre balconcini alti e stretti di quel palazzo, austero fuori e ricco dentro. Anche i tendaggi di raso erano dorati.

Osservò il ballatoio di legno intarsiato dove l'orchestra per un secolo aveva allietato le feste e i tè danzanti della nobiltà del posto, fino a quando, all'inizio del Novecento, l'ultima dei Manzi, Giuseppina, rimasta senza eredi, donò il palazzo al Comune.

Ma era forse l'unico, lì dentro, capace di notare quei dettagli e cogliere lo stridente contrasto tra la soave, armonica musicalità di quella sala e il tormentato stato d'animo dei cinquanta gerarchi intercettati sui convogli tedeschi. Cupi, spenti, seduti in fila uno accanto all'altro in attesa di cosa? Prigionieri nel lusso, loro malgrado. Eppure grati agli abitanti di Dongo, per il trattamento ricevuto e per le continue rassicurazioni. I gerarchi sentivano di poter credere al sindaco che aveva deciso di trasferirli a Milano, incolumi, per essere sottoposti a un giusto processo. Ma la loro ansia era diventata tangibile, tanto quanto gli stucchi dorati.

Aimone era, tra i partigiani, colui che più si prodigava nel diffondere il messaggio del primo cittadino ed era uno dei pochi, tra i partigiani presenti in quella sala, a sapersi rivolgere nei modi dovuti a quelle personalità altolocate, che, sebbene prigioniere, andavano trattate con rispetto, come, in quelle ore, gli consigliava sua madre, quel tenero fiore dal gambo d'acciaio capace, come pochi, di applicare le virtù più autentiche della carità cristiana. Aimone avrebbe potuto compatire, disprezzare, persino umiliare i fascisti, ma si lasciò guidare dall'istinto preferendo mostrare l'atteggiamento che gli era più congeniale, quello del padrone di casa, anzi del maître d'hotel, azzimato e cortese.

Aleggiava da un gerarca all'altro, elargendo a ognuno una parola di conforto, finché uno particolarmente accigliato lo trattenne per un braccio. «Sono il ministro della Cultura popolare Fernando Mezzasoma» si dichiarò, con fare solenne.

«Onorato» rispose Aimone.

«Vi prego, restate con me per qualche minuto» gli disse, con un accento quasi supplichevole. Aveva la fronte bianca e umida, solcata da rughe profonde. Sulle sue pallide labbra fiorì un sorriso insicuro e malinconico.

«Mi sembra di avervi già conosciuto. Non frequentate forse l'università a Roma?» continuò ricorrendo a un tono improvvisamente deciso.

«No, signor ministro, io non sono studente e non sono mai stato a Roma.»

«Non è possibile, vi ho già visto nella capitale. Suvvia, a me potete dirlo, non ci ascolta nessuno: eravate iscritto alla Gioventù Universitaria Fascista di Roma...» insistette.

«Le assicuro, si sbaglia...» sussurrò Aimone, ma Mezzasoma ignorò l'obiezione.

«...e frequentavate i circoli sportivi. Quelli come voi li riconosco. Ragazzo; si vede che venite da una buona famiglia e a Roma tutte le buone famiglie sono rimaste fasciste» insisteva il ministro con toni sempre più confidenziali, ammiccanti, eppure velati d'ansia; come se bastassero quelle parole a ottenere la sua complicità.

Aimone, invece, si irrigidì. «Si sbaglia, io sono di Dongo, non sono un fascista, ma un partigiano e la mia famiglia ha sempre vissuto qui. E credo proprio di dover andare» rispose indispettito.

Si sollevò sulle punte delle scarpe e slanciò il busto nel gesto di alzarsi, ma sentì di nuovo la mano del ministro afferrare il suo braccio e tirarlo giù, questa volta energicamente, quasi strattonandolo. «Mi scuso se sono stato inopportuno, ma vi prego state ancora qui con me, mi fa bene parlare con voi. Se sapeste che momento sto passando...» mormorò con la voce carica d'ansia.

"E se sapesse che cosa ho passato io" pensò Aimone che avrebbe voluto raccontargli degli arresti, delle torture, dei pestaggi subiti dai repubblichini, ma gli occhi di quell'uomo lo dissuasero. Erano occhi disperati, tormentati, supplichevoli, eppure diversi da quelli degli altri gerarchi, che temevano di finire la propria vita in un carcere e di essere malmenati. Mezzasoma dava l'impressione di essere preoccupato per qualcun altro più che per se stesso, come se il suo destino personale non fosse così importante.

«Siete sposato?» chiese ad Aimone, di nuovo accovacciato, ma non gli diede nemmeno il tempo di rispondere. «Io sì, e mia moglie era con me fino a poche ore fa. Quando i partigiani hanno iniziato a interrogarci ci siamo separati, per precauzione. Non l'ho più vista e non so che fine abbia fatto.»

«Ero io che interrogavo i passeggeri della colonna» lo interruppe Aimone con irruenta, giovanile spontaneità.

«Voi? Ma allora potete aiutarmi, forse voi sapete...» gli disse il ministro. Un lampo illuminò il suo viso, spianando le rughe della fronte, il suo sguardo si riempì di palpitante speranza.

«Dov'era nascosta la sua signora?» lo incalzò Aimone.

«In uno dei primi autocarri.»

«Aveva un soprabito, i capelli neri a coda di cavallo ed... era in dolce attesa, la sua signora?»

«Sììì» rispose il gerarca eccitato. Avrebbe voluto urlare la propria gioia, e invece doveva sussurrarla per non destare sospetti. «E cos'è accaduto?»

«Stia tranquillo, l'ho lasciata passare, assieme ai soldati» rispose Aimone, che gli raccontò ogni dettaglio.

Mezzasoma ascoltò in silenzio, assaporando ogni parola come se fosse nettare divino. «Non mi state ingannando, vero? Posso fidarmi della vostra parola?» lo sollecitò afferrandogli entrambe le mani. Aimone le sentì tremare, sentì il suo cuore palpitare, vide le lacrime affacciarsi sulle ciglia di quell'uomo, che predicava la virilità, l'orgoglio, il dominio della mente sui sentimenti, come ogni vero fascista, e che davanti a lui si scioglieva, come un ragazzino innamorato.

«No, non la sto ingannando. Ma la prego, si contenga o mi metterà nei guai con i miei compagni.»

«Certo, scusatemi» rispose il fascista, riprendendo un contegno consono al suo rango, che, sebbene decaduto, era pur sempre quello di un ministro.

«Voi mi avete ridato la vita, la speranza... Posso farvi un regalo?» Mezzasoma non attese nemmeno la risposta, si sfilò rapidamente l'orologio d'oro e glielo porse sul palmo della mano aperta. «Vi prego di accettare questo mio umile pensiero, in segno della mia riconoscenza» mormorò.

Ma Aimone si ritrasse. Quel ministro gli offriva una mancia per aver salvato una donna incinta e senza colpa? Ma per chi lo aveva preso? Sentiva offesa la propria dignità di gentiluomo.

«Non se lo permetta, mai» sibilò con voce irritata. «Non ho bisogno della sua carità. Lo tenga il suo orologio, può esserle utile. Si prospettano tempi duri per tutti, soprattutto per lei. Lo venda quando sarà il momento.»

«Vi prego di credermi, non volevo mancarvi di rispetto...» replicò l'altro, contrito, agitando le mani e di nuovo accigliato, smanioso di non perdere la fiducia del giovane che continuava a osservarlo con composta ma evidente fierezza.

«Non posso accettare. Ho la mia dignità» ribadì Aimone.

Mezzasoma fece cenno più volte di sì con la testa. Tacque per qualche istante, infilò l'orologio al polso sinistro serrando i laccetti. Era d'oro, svizzero, di gran marca.

«E io rispetto la vostra dignità, anzi la ammiro. Vi siete comportato da gran signore e la reazione vi rende onore, svelando un animo nobile» continuò calibrando bene le parole nel tentativo di recuperare il rapporto. Vide affacciarsi sul volto di Aimone un timido e compiaciuto sorriso, che incoraggiò Mezzasoma a proseguire. «Ma devo chiedervi un ultimo favore» disse avvicinando il capo con fare guardingo, come se dovesse confidare un segreto.

«L'ascolto» lo incoraggiò Aimone, incuriosito.

«Avrei bisogno di carta e penna.»

«Tutto qui?»

«Sì, carta e penna» ribadì il ministro, appoggiando la schiena alla poltroncina di raso.

«Se si accontenta di così poco... Vado a casa e torno qui.»

Aimone si alzò e uscì. La notte era densa e stranamente viscida, senza il chiarore della luna, né lo scintillio delle stelle. Respirò l'aria fresca che soffiava dalle montagne e camminando verso via Aureggi si accorse per la prima volta di essere stanco e affamato. La tensione diminuiva e una gran debolezza stava prendendo il sopravvento. Salì in camera, avrebbe voluto buttarsi sul letto e dormire, ma aveva promesso a Mezzasoma che sarebbe tornato da lui. E Aimone manteneva sempre le promesse. Prese alcuni fogli e una penna, li infilò in una saccoccia, ridiscese le scale, ma anziché continuare per il corridoio fino al portoncino d'entrata, aprì la porta che conduceva in cantina. Così, d'istinto. E si fiondò giù, saltando i gradini a tre a tre. Su uno scaffale vide ben allineate le stecche di sigarette che sua madre centellinava, barattandole con una tanica d'olio o un sacco di riso, non appena la credenza della cucina si svuotava. Ne afferrò due, controllò che nessuno fosse sceso nel frattempo, le infilò nella tasca e risalì rapidamente. Accostò lentamente la porta e in punta di piedi sgattaiolò fuori.

«Quando mio padre lo scoprì, si arrabbiò moltissimo e al mattino mi diede due sganassoni» ricorda Aimone sorseggiando una tisana. «Ma ancora oggi non ho rimorsi. Io e la mia famiglia ce la cavammo, molti dei gerarchi, invece, no. Quelle sigarette furono la loro ultima gioia.»

«Ecco la carta ed ecco la penna» disse Aimone dopo aver raggiunto Mezzasoma nella Sala d'Oro.

«Grazie, siete proprio gentile. Io non so che fine farò. Mi processeranno, passerò molto tempo in galera, forse morirò...» sussurrò serrando i lineamenti in un'espressione di sofferente, stranita e immensa solitudine.

«Non dica così, nessuno la ucciderà» tentò di rincuorarlo Aimone.

«Devo guardare in faccia alla realtà, devo pensare al futuro di mia moglie e di mio figlio che già sgambetta nel suo ventre» disse il ministro, che si coprì il volto con le mani, rimanendo immobile per una ventina di secondi. Quando le scostò apparvero i suoi occhi arrossati.

«Non mi avete nemmeno detto il vostro nome...» gli chiese con la voce incrinata.

«Aimone Canape.»

«E siete sposato?»

«No, non sono nemmeno fidanzato.»

«Vi do un consiglio: non sposatevi mai per interesse, solo, sempre per amore.»

«Non lo dimenticherò» rispose Aimone, che ormai lottava con il sonno: lentamente il torpore aveva conquistato il suo corpo e ora assediava la sua mente. «Si è fatto tardi. È notte fonda e sono molto stanco. Credo sia davvero giunta l'ora di rientrare.»

«Aspettate, non lasciatemi» lo supplicò Mezzasoma, afferrandolo per la terza volta. «Io questa notte scriverò una lettera e domani mattina ve la consegnerò.»

«Una lettera? A me?» rispose Aimone con lo sguardo inquieto.

«Vi indicherò un indirizzo, a Milano, dove ho depositato i miei averi e molti documenti segreti. È tutto quello che mi rimane.»

«Ma io cosa devo fare?» chiese il giovane Canape sempre più allarmato.

«Non dovete far altro che consegnare la lettera all'indirizzo che vi dirò. Chi la riceve saprà che cosa fare.»

«Ma signor ministro... Sono molto grato della fiducia che ripone in me, ma ci conosciamo appena, non so se sono davvero la persona giusta...» replicò Aimone spaventato da quella richiesta insolita, che temeva compromettente, rivolta proprio a lui, un partigiano.

«Non chiamarmi più "signore". Tu mi hai donato la vita» rispose Mezzasoma con un tono cordiale ma perentorio, passando improvvisamente dal "voi" – formula di cortesia imposta dal fascismo che Aimone non volle appositamente usare in quel colloquio – al "tu". Il ministro fece un lungo respiro e fissò il giovane, con determinazione, dritto negli occhi. «Non ho dubbi; tu sei la persona giusta.»

Aimone non trovò le frasi adatte a replicare. Si sentiva confuso, stordito. Ed era sfinito. Fece cenno di sì con il capo, più che altro per sottrarsi a quella situazione imprevista; gli strinse la mano e uscì rapidamente, in preda a un presagio indefinito, oscuro, inquietante.

27

Walter Audisio aveva trentasei anni, ma ne dimostrava almeno dieci di più. Il suo volto era largo e squadrato, segnato dalle rughe, di una durezza che nemmeno i baffetti neri e curati riuscivano a ingentilire. Neri come i suoi occhi che parevano due fessure lunghe, strette, attraversate da lampi di alterigia. Il suo sguardo rifletteva l'indole di un moralista ideologizzato, che credeva nel comunismo con un fideismo laico, eppure assoluto, fanatico, e dunque duro, spietato, intollerante, permeato da una brutalità che quel particolare momento storico, giustificava e, anzi, incoraggiava.

Arrivò a Dongo nel primo pomeriggio, con i suoi uomini, a bordo di due camion fiammanti. Si presentò, urlando, come colonnello Valerio e disse di essere stato inviato dal Comitato di Liberazione Nazionale dell'Alta Italia e dal Corpo Volontari della Libertà. Indossava una divisa color cachi, elegantissima, che sembrava confezionata da un atelier di moda e imbracciava un mitra lucidissimo, nuovo di zecca. Se ne stava in piedi a gambe divaricate nel centro della piazza, attorniato dai partigiani venuti da Milano, belli ed eleganti come lui e quel drappello, alla gente di Dongo, parve provenire da un altro pianeta e appartenere a un'altra razza, tanto erano diversi dai loro partigiani, segnati dalla resistenza sulla montagna nell'animo e nell'aspetto. I combattenti di Dongo indossavano pantaloni sgualciti, camicie lise, spesso sporche, e i fucili erano mal assortiti, vecchi e cigolanti; nulla a che vedere con la pattuglia lucente, comparsa all'insaputa di tutti.

«Voglio vedere subito il vostro capo» gridò il colonnello Valerio. Qualcuno corse da Pedro per avvertirlo di quanto stava avvenendo. Pochi istanti dopo giunse Aimone.

«Che cosa sta succedendo?» chiese.

«Sono arrivati i partigiani da Milano, dicono di essere stati mandati dal Comitato di Liberazione Nazionale e che da questo momento in avanti comandano loro. Hanno chiesto dov'è Mussolini» rispose un compagno.

«Ma chi è il loro capo? Siamo sicuri? A noi non ha detto nulla nessuno...» obbiettò a voce alta, d'istinto, senza immaginare che quelle parole potessero offendere qualcuno.

Ma Walter Audisio era lì, a due passi da lui e aveva sentito tutto. «Sono io il comandante» si annunciò imperiosamente, voltandosi di scatto con la bocca piegata all'ingiù e il labbro inferiore sporgente in una smorfia che pareva di disprezzo. «E tu chi sei, sbarbatello?»

«Aimone Canape e sono un partigiano come te» gli rispose con inusuale grinta, che irritò non poco l'uomo con il basco nero.

«Ah, sì?» sibilò l'altro. «Bene, ma ora qui comandiamo noi. E ora togliti di torno o ti buco la pancia» gli disse guardandolo dritto negli occhi e puntandogli il mitra sulla bocca dello stomaco.

Aimone sentì la canna sulla pelle, e, subito dopo, il cuore pulsare imperiosamente nelle tempie. Impallidì, spaventato dall'evidente stato di esaltazione di quell'uomo. Indietreggiò con animo sgomento e alzò d'impulso le mani. Ebbe l'impressione che Valerio provasse piacere nel vederlo in quelle condizioni di palese e ingiustificata sottomissione. Lo udì strillare: «E questo vale anche per voi», rivolto agli uomini di Dongo, ruotando il busto di centottanta gradi da destra a sinistra e da sinistra a destra, con il mitra ben saldo nelle mani.

In quel momento si avvicinò un partigiano. «Pedro ti aspetta nel suo ufficio» disse con imbarazzata cortesia, ma il colonnello si mise a strepitare: «Ma come si permette! Sono un ufficiale del Comando generale di Milano. Questa è mancanza di rispetto, deve essere il vostro capo a venire da me!».

Il partigiano sparì di nuovo e l'uomo venuto da Milano rimase in mezzo alla piazza, attorniato dai suoi compagni, con l'atteggiamento sprezzante di un padrone d'altri tempi, altero e ingiusto.

"Questo più che un partigiano mi sembra un brigante" pensò Aimone e come lui tutti i donghesi, sconcertati da tanta protervia. Qualcuno iniziò a chiedersi chi fossero davvero quegli uomini. «Sembrano fascisti della Decima Mas travestiti da partigiani» sussurrò uno dei presenti. Tutti sapevano che la Decima Mas era la più crudele e violenta delle unità della Marina, un crogiuolo di fanatici pronti a tutto per Mussolini. «E potrebbero essere venuti qui a liberare il Duce» aggiunse un altro. Il sospetto si diffuse rapidamente, in una situazione sempre più assurda, che pochi parevano disposti a tollerare, ma che nessuno osò contrastare in assenza di Pedro.

E Pedro arrivò, con il volto corrucciato, sotto scorta. Valerio lo accolse sgarbatamente, andando subito al punto. Gli mostrò i documenti, l'ordine scritto del Comitato insurrezionale e un lasciapassare in inglese dal Comando alleato che lo autorizzava a circolare liberamente nella zona dell'Alto Lario. Pedro, che era un gentiluomo e aveva il senso del dovere, tentò di interloquire, sollevando alcune obiezioni. Inutilmente, quello gli dava sulla voce. Avrebbe voluto resistere, ma non trovava validi motivi, tanto più che il fidatissimo capitano Neri (uno dei grandi capi locali) aveva riconosciuto tra i nuovi venuti un suo amico, il partigiano Guido, rendendo inverosimile l'ipotesi di una messinscena repubblichina. E poi quel documento in inglese...

"Se è così, anche gli americani sono d'accordo" pensò.

Non era vero: avevano dato disposizioni di catturare vivo il Duce, ma lui non poteva saperlo e acconsentì.

«Da questo momento comando io» proclamò Valerio, avviandosi con passo energico verso il Municipio. Riprese a strillare: «E ora tutti fuori di qui!». Non solo aveva reclamato il potere, ma pretendeva di accantonare i partigiani di Dongo, nonostante fossero stati loro a smascherare i gerarchi fascisti e a catturare Mussolini senza sparare nemmeno un colpo. Quel colonnello misterioso e insolente pretendeva di esautorarli, trasformandoli in docili spettatori, in un copione a loro sconosciuto e in cui non avevano più alcun ruolo. Ebbero un sussulto d'orgoglio. D'impulso, all'unisono, senza pronunciare una parola, imbracciarono i fucili, disponendosi intorno a Valerio e ai suoi uomini. Decine di donghesi armati circondarono i nuovi venuti, che non erano più di una ventina. Un silenzio denso e greve avvolse la piazza. Tutti guardarono Pedro, che sentì il cuore pesante, la mente ondeggiare. Toccava ancora una volta a lui decidere. Sarebbe bastato un cenno del capo per far partire raffiche mortali. L'istinto gli diceva che i sentimenti di offesa dei suoi uomini erano giustificati, che un atteggiamento così arrogante non poteva essere accettato a cuor leggero, che i valori dei partigiani che avevano combattuto la dittatura erano altri e che, forse, quegli uomini erano davvero fascisti mascherati. Ma la ragione gli parlava altrimenti: legalmente non aveva alcun valido motivo per opporsi al colonnello. E la ragione prevalse. Bastò uno sguardo, sofferto ma perentorio, per sedare la rivolta I fucili si abbassarono.

Valerio scrollò le spalle, per nulla impressionato dal pericolo corso ed entrò imperiosamente in Municipio. Si fece consegnare la lista dei prigionieri e, con fare concitato, iniziò a leggere i nomi, sentenziando ad alta voce: «Benito Mussolini. A morte!».

«Claretta Petacci. A morte!»

«Ma come? Vuoi fucilare anche una donna? Non ha colpa alcuna» tentò di dissuaderlo Pedro, ma l'altro rispose con tono alterato e insieme beffardo: «Non la condanno io, è già condannata».

Pedro ammutolì, avvilito. Valerio, sempre più eccitato, scelse a capriccio un'altra quindicina di persone.

«Alessandro Pavolini. A morte!»

«Paolo Porta. A morte!»

«Fernando Mezzasoma. A morte!»

Quando ebbe terminato, gli dissero che tra gli arrestati c'era un uomo di cui non erano riusciti a stabilire con certezza l'identità. Sosteneva di essere un console spagnolo, ma nessuno gli credeva.

«Portatemelo qui» intimò e quando lo ebbe davanti esclamò trionfante: «Questo è Vittorio, il figlio del Duce!» schernendo i partigiani che non lo avevano riconosciuto. Gli diede due schiaffi, lo costrinse ad alzare le mani. Poi lo spinse contro un muro e gli puntò una pistola alla fronte. Stava per premere il grilletto, quando improvvisamente ebbe un ripensamento. «Toglietemelo dai piedi e fucilatelo voi. Subito!»

Il mandato fu affidato a un drappello di partigiani del posto, tra cui Dorino, il fratello di Aimone. Spinsero il detenuto fino al cimitero, lo misero con le mani legate di fronte a una delle due fosse che il giorno prima erano state scavate per Maffioli e Paracchini, i due partigiani uccisi a Garzeno, e che erano ancora vuote. Si schierarono di fronte a lui, puntando le armi. «Parla o finisci lì dentro» gli intimarono.

L'uomo che fino a quel momento aveva taciuto, urlò d'un fiato, tremando: «È vero, non sono spagnolo, mi chiamo Marcello Petacci». Poi chiuse gli occhi aspettando la raffica fatale, che non arrivò. Quella confessione, per quanto stringata, cambiava tutto, perché Valerio aveva dato ordine di fucilare il figlio di Mussolini, non il fratello della sua amante. E il plotone era formato da ragazzi perbene, impauriti, ben lieti di trovare il pretesto per sottrarsi a una situazione tanto imbarazzante. Dovevano chiedere disposizioni ai capi, dunque riaccompagnarono Petacci in Municipio, chiudendolo in una stanza a pianterreno, lontano dagli altri gerarchi.

Cercarono Valerio, ma non lo trovarono; era già partito, lasciando i suoi uomini di guardia. Tornò a metà pomeriggio, ancora più eccitato, ancora più tronfio. Aveva appena eliminato il Duce e Claretta; ora voleva portare a compimento il suo atroce, sanguinario piano. Il sindaco tentò di dissuaderlo, ma il comandante non gli prestò ascolto, e Rubini, disgustato, si dimise. Nonostante fosse in carica da poche ore, non poteva avallare un'esecuzione sommaria nel suo paese.

«È giunto il momento. Portateli fuori» ordinò Valerio.

I ministri non sapevano, i ministri non immaginavano. Seguirono senza fare storie, pensando di essere caricati su un camion e portati a Milano.

Uscì per primo Alessandro Pavolini, il segretario nazionale del Partito fascista, che il giorno prima aveva cercato di uccidere Aimone mentre si avvicinava alla colonna ferma tra Musso e Dongo. Alle sue spalle Vito Casalinuovo, l'attendente del Duce, poi via via gli altri e Mezzasoma, che scrutava ansiosamente a destra e a manca. Cercava Aimone, lo individuò in mezzo alla folla. Abbassò lo sguardo verso la tasca della giacca, poi fissò il suo giovane amico, riabbassò lo sguardo e lo fissò di nuovo, sgranando gli occhi, muovendo impercettibilmente le labbra, come se tentasse di parlargli.

Aimone mosse il capo su e giù, come per dirgli: "Sì, ho capito che la lettera è nella tasca", ma si trovava in mezzo alla folla, che premeva, chiudendo ogni passaggio. E anche se fosse riuscito a farsi largo e si fosse avvicinato e avesse avuto l'ardire di frugare nelle tasche prendendo quel foglio, che cosa sarebbe successo? Non aveva dimenticato il sinistro bagliore dello sguardo di Valerio, né quella gelida canna sulla pancia. Glielo avrebbero strappato via, nella migliore delle ipotesi o più probabilmente lo avrebbero scambiato per un collaborazionista, mettendolo al muro assieme ai gerarchi. Si sentiva dolorosamente impotente. Restò lì, attonito. Vide Mezzasoma allontanarsi, come gli altri ministri. Gli ultimi due, Romano e Liverani, avevano l'aria trasognata, furono gli ultimi a capire.

Aimone si strofina gli occhi. È stanco, emozionato. Kim si accuccia ai suoi piedi, come se sentisse la sua pena. Poi si alza di scatto. «Vieni, andiamo giù in paese, voglio mostrarti tutto.» Tento di dissuaderlo. «È ormai tardi» gli dico. Ma non c'è nulla da fare, è determinato.

Saliamo in auto, scendiamo un paio di tornanti. Aimone tace, tenta di ricomporsi, non vuole che la commozione abbia il sopravvento. Desidera rimanere lucido per ricordare con precisione, senza esagerare nulla, né caricare di suggestioni retoriche il suo racconto. «Quando avrò finito di raccontare capirai» dice, abbozzando un sorriso. Parcheggiamo di fronte al negozio di suo fratello. Camminiamo per qualche decina di metri e arriviamo in piazza. «Ecco è accaduto tutto qui.» Indica il Municipio, poi il muretto lungo il lago, separati da poche decine di metri. La vita da una parte, la morte dall'altra. E un solo giudice: il colonnello Valerio.

I capi sapevano che cosa stava per accadere, ma la maggior parte dei partigiani no. Gli uomini mandati dal CLN si radunarono in fondo, a pochi metri dal lago, imbracciarono i mitra, alcuni si schierarono di fronte ai gerarchi, formando il plotone di esecuzione, gli altri si disposero verso la piazza, continuando a tenere i mitra alzati ad altezza d'uomo. E quel gesto riaccese la diffidenza della gente del posto, mai sopita, nonostante le rassicurazioni di Pedro. Molti continuavano a sospettare che quel colonnello sprezzante fosse un fascista travestito e che all'ultimo momento avrebbe dato ordine ai suoi uomini di sparare verso la folla, anziché sui gerarchi. E Valerio, a sua volta, non si fidava di quei montanari trasandati e maldisposti; temeva, dopo le accorate rimostranze di Rubini, che volessero impedirgli l'esecuzione.

Dongo rimase immobile, glaciale, in un silenzio rotto solo dal pigro, sommesso dondolio delle onde del lago in una giornata senza vento, incantevole e spaventosa. I donghesi puntarono di nuovo le armi sui compagni venuti da Milano, che ricambiarono con accentuata aggressività. In mezzo diciassette gerarchi, tremanti. I due gruppi restarono così, i mitra degli uni contro i mitra degli altri, impugnati da mani sudate e ansiose. Poi si udì la voce forte e urtante di Valerio. «Procedete con l'esecuzione» e i suoi uomini allinearono i gerarchi contro il muretto sul lungolago, con la faccia in avanti, insensibili alla loro angoscia, ai loro occhi terrorizzati e imploranti.

Improvvisamente si udirono delle urla provenienti dal Municipio. Era Marcello Petacci, trascinato a forza da due partigiani. Il fatto di non essere Vittorio Mussolini non aveva impietosito Valerio, che aveva confermato la condanna capitale. Doveva morire, accanto agli altri ministri, ma quando fu a pochi metri, questi cominciarono a insultarlo.

«Portatelo via!» urlò uno.

«Non vogliamo che il sangue di un traditore scorra assieme al nostro!» gridò un altro.

«Vigliacco!» si unirono gli altri.

Non avevano mai sopportato la famiglia Petacci, erano persuasi che fosse stata Claretta a rovinare il Duce e non avendo visto Marcello nella Sala d'Oro si erano convinti che avesse confessato, che fosse passato dall'altra parte.

«Non sono un traditore!» urlò Petacci, spalancando le sue esangui labbra. E nella foga di confutare quell'accusa infamante, diede due energici strattoni, sorprendendo i partigiani, che, ipnotizzati da quella scena, avevano allentato la presa. Si scoprì libero e si mise a correre. Imboccò un vicoletto, passando proprio davanti ad Aimone, che si lanciò al suo inseguimento.

«Prendilo! Prendilo!» urlavano i partigiani. Ma Petacci scappava con l'impeto di un puledro sfuggito al mattatoio, imboccò un secondo vicolo, poi un terzo, pensò di sbucare nel bosco, sulle pendici della montagna, e invece si era mosso a "U". Si ritrovò nei pressi della piazza, a una manciata di metri dall'albergo di Dongo. Imprecò, rallentando la corsa quel tanto da permettere ad Aimone di raggiungerlo, di agguantarlo per la camicia. Ma Marcello, come impazzito, si divincolò un'altra volta, lasciando un lembo di tessuto strappato nelle mani del suo inseguitore. E riprese a correre, incurante dell'uomo che lo attendeva in fondo al vicolo, con un cappellaccio in testa e una saccoccia a tracolla. Era un partigiano di Gazzeno, il Pinetto. Petacci tentò di spingerlo via, ma questi infilò la mano nella borsa ed estrasse un falcetto, che alzò d'impeto e altrettanto fulmineamente abbassò. Petacci notò solo il bagliore della lama, poi una fitta lancinante sulla schiena, provò un dolore acuto che gli tolse il fiato e le sue gambe vacillarono. Cadde a faccia in giù con il falcetto piantato nel dorso. Il sangue zampillò, copioso.

Una donna vide tutto dalla finestra della sua camera d'albergo: era Zita Ritossa, che si ritrasse impietosita, ma non addolorata. Non aveva riconosciuto suo marito; pensò che si trattasse di un uomo in fuga e recitò una preghiera per lui.

Sebbene ferito, Marcello si rialzò. Alcuni partigiani lo presero per le spalle e lo trascinarono in piazza. Barcollando, raddrizzò la schiena per affrontare a testa alta il plotone di esecuzione, in un impeto che a tutti parve di orgoglio, tipicamente fascista. Ma quando fu a pochi metri dai gerarchi, che questa volta ammutolirono vedendolo sanguinante, richiamò a sé le ultime forze; si divincolò e saltò la ringhiera, buttandosi nel lago. Non tentò nemmeno di nuotare, fu raggiunto subito da una raffica di mitra, che gli trafisse la schiena e le braccia. Smise di agitarsi, le braccia si allargarono, il capo reclinato restò immobile. E l'acqua verdastra del porticciolo si tinse di rosso.

L'accaduto rese i partigiani di Valerio ancor più nervosi. Intimarono ai gerarchi di voltarsi, per fucilarli alle spalle, come si faceva con i traditori. Presero per la seconda volta la mira, ma distolsero subito lo sguardo dal mirino, perché un prete si era frapposto tra loro e i condannati. Era padre Accursio, in un impeto di fede, di umana solidarietà. Teneva il crocifisso stretto nelle mani, alzato verso il cielo. Il suo voleva essere un ultimo disperato tentativo di impedire uno scempio. «Mi oppongo, in nome di Cristo» urlò maestoso, a gambe larghe, la testa ben eretta.

«Non potete fucilare questi uomini di fronte alla popolazione del paese» proclamò. «Ci sono dei bambini, delle donne...» non riuscì nemmeno a concludere la frase. Valerio aveva fatto cenno ai suoi uomini di sparare, incurante di quell'imprevisto.

Due partigiani donghesi si buttarono su padre Accursio, trascinandolo di qualche metro. Un attimo dopo si udì un crepitio d'armi da fuoco disordinato, disarmonico, poi una seconda raffica. I gerarchi si accasciarono al suolo, chi a faccia in giù, chi di fianco, chi di spalle. Sui loro volti era rimasta impressa una bianca fiamma di paura. Qualcuno di loro gemeva. I giustizieri si avvicinarono e spararono il colpo di grazia.

Padre Accursio, che era rimasto inginocchiato, voltò la testa verso la piazza, chiuse gli occhi, li riaprì. Si alzò lentamente, sollevò il crocifisso con la mano sinistra e con la destra impartì la benedizione: «Vi assolvo in extremis, nel nome del Padre, del Figlio e dello Spirito Santo. Amen». La sua voce tremava.

Quasi nessuno sentì le sue parole. La piazza rimbombò di dieci, cento, mille spari, come fuochi d'artificio. La folla sparava in aria, ma senza esultanza, in un gesto liberatorio più che di gioia. Nessuno applaudì l'esecuzione sommaria. Qualcuno vomitò, altri svennero, i bambini scapparono via piangendo. Dal monte si alzò una brezza triste e dolente.

Aimone rimase in piedi, inebetito dalla puzza di sparo, di sangue e di morte, mentre la folla sciamava via. Vide i giustizieri avvicinarsi ai cadaveri, girarli, perquisirli sbrigativamente, eccitati, sprezzanti, bramosi. Uno di loro alzò il braccio inerme di Mezzasoma, gli slacciò il cinturino e con un gesto furtivo si infilò l'orologio d'oro nella tasca dei pantaloni.

Aimone si passa la mano sulla fronte e sorride. «Per un attimo pensai: "Che stupido sono stato a dar retta al mio orgoglio. Avrei dovuto accettarlo!". Ma solo per un attimo. Poi provai un grande sollievo, capii che i princìpi erano più importanti di un orologio d'oro, perché nessuna ricchezza può comprarti la pace dell'anima».

«E la lettera?» gli chiedo.

«Non mi fu permesso di avvicinarmi. Caricarono il corpo di Mezzasoma e degli altri gerarchi su un camion che partì verso piazzale Loreto a Milano. La lettera rimase lì, in quella tasca. Non ho mai saputo se qualcuno l'abbia trovata, né che cosa contenesse e nemmeno quale sia stato il destino della sua signora e della creatura che portava in grembo.»

28

Valerio e i suoi uomini lasciarono Dongo, fulminei come erano arrivati. Il sole perdeva la sua giovinezza, a poco a poco, arrendendosi a un cielo grigio, che nemmeno gli ultimi riflessi riuscivano a ingentilire. Il buio inghiottì rapidamente gli alberi e i monti e il lago. La gente rientrò a casa cercando di smaltire le emozioni della giornata, ritrovandosi in famiglia.

Tutti si dimenticarono di Zita Ritossa vedova Petacci. Ma non Aimone. Dentro di sé provava un sentimento struggente e indecifrabile per quella donna, che non scaturiva solamente dal senso di colpa per averla scoperta nell'auto e per aver dovuto braccare suo marito. Casualmente l'aveva protetta una prima volta sfidando un vile ladro; su esortazione del cameriere una seconda, salvandola dalle morbose attenzioni del veterinario; e ora si sentiva umanamente turbato dalla sua fragilità, dalla sua vulnerabilità. Quanti drammi le erano stati riservati dal destino in un solo giorno? Le acque del lago avevano facilmente disperso il sangue di suo marito, ma il peso immane del dolore sarebbe rimasto saldo e immobile dentro il cuore della donna che lo aveva amato.

"Cosa le sarebbe accaduto ora" si domandava Aimone. Sulla carta, poteva considerarsi una donna libera. Ma in concreto, era una persona a rischio. Di vendette, di ritorsioni, forse anche di arresto.

Volle vederla.

In compagnia di Umberto, entrò in albergo, salì rapidamente le scale, bussò. Udì dietro la porta una voce flebile, cigolante e lamentosa. Sentì la chiave girare nella serratura. La porta si aprì, lentamente. Il volto di Zita era velato di lacrime, appannato dal dolore per la morte di Marcello, eppure lottava per mantenere lo sguardo altero. Si sistemò rapidamente i capelli con un gesto delicato della mano e si voltò asciugandosi elegantemente le gote, tossicchiò con garbo per schiarire la voce tentando di recuperare, per quanto possibile, il contegno abituale da grande signora.

Umberto rimase in piedi, un po' goffo, vagamente imbarazzato. Aimone chinò la testa in segno di rispetto e di cordoglio.

«Sono dispiaciuto per vostro marito» le disse.

La Ritossa rispose con un semplice cenno del capo, ricacciando in gola la commozione. Seguì un lungo silenzio, poi mormorò ai figli, abbozzando un pallido sorriso: «Benvenuto e Ferdinando, andate a giocare nell'altra stanza». Si sedette sulla poltroncina, il viso immobile, gli occhi fissi, puntati verso un punto lontano, forse l'infinito.

«E ora che accadrà, a me e ai miei figli?» aggiunse, visibilmente confusa, sembrava parlare a se stessa, anziché ai due partigiani.

«Ci sarà pure qualcuno in grado di aiutarvi...» azzardò Aimone, avvicinandosi.

Ma Zita scosse la testa.

«Forse potrei rimanere qui, sul Lago di Como...» farfugliò.

Aimone, perplesso, guardò Umberto che scosse il capo.

«Quale futuro può prospettarsi in un paese piccolo come questo?» interloquì.

«E dopo quel che è successo...» intervenne Umberto. «...non è consigliabile che una Petacci rimanga qua, sarebbe troppo pericoloso. Bisogna trovare un'altra soluzione.

Avrete pure un'amica di cui vi fidate e che è disposta ad aiutarvi...»

Lei tacque. Continuò a guardare davanti a sé, muta; anzi, no. Muoveva impercettibilmente le labbra, come se stesse scorrendo mentalmente la lista degli amici e dei conoscenti, tentando di immaginare che fine avessero fatto e, soprattutto, sperando di individuarne uno che non fosse compromesso con il regime.

«No, no, no» ripeteva sconsolata. «Ma forse...» e il suo volto addolorato si illuminò.

«Forse?» la incoraggiò Aimone. «Signora, siamo qui per aiutarvi...»

«Forse sì, a Bergamo» esclamò con impeto quasi trionfante.

«A Bergamo?!» esclamò Umberto. «E come si fa ad arrivare fino a lì? È troppo lontano e le strade sono infestate da fascisti allo sbando o bloccate dai partigiani. È un viaggio troppo rischioso per chiunque non sia della zona.»

La luce sul volto della Ritossa si spense. Aimone diede voce ai suoi pensieri.

«...però è possibile portarvi fino a Como; lì, i vostri amici potrebbero venirvi a prendere. E comunque, in una città è più facile passare inosservati che a Dongo...»

Zita lo guardò sorpresa: ancora una volta quel giovane veniva in suo soccorso. Sorrise, timidamente, ma sorrise.

«Mi raccomando, si vesta nel modo più semplice possibile» le suggerì Umberto. «Deve sembrare una donna del posto.»

Si ritrovarono il mattino successivo. Zita indossava un foulard alla contadina, una gonna anonima, una camicia di buon cotone, ma nascosta da uno scialle grigio, e i suoi due piccoli se ne stavano accanto a lei, rannicchiati e silenti, sul sedile posteriore dell'auto che Umberto si era fatto prestare. Per cinque volte vennero fermati ai posti di blocco, ma bastava che Aimone e il suo compagno si dichiarassero come i partigiani che avevano catturato Mussolini e i gerarchi per rimuovere qualunque sospetto. Erano considerati degli eroi e tali si sentirono, tanta era l'ammirazione attorno a loro. Nessuno badò a quella madre emaciata e triste. Per cinque volte passarono senza problemi.

Entrarono a Como e improvvisamente si accorsero di aver trascurato un aspetto fondamentale: dove avrebbero nascosto la Ritossa e i suoi figli? Umberto non era di lì e non poteva certo chiedere aiuto ai capi del CLN.

Aimone conosceva una sola persona di cui poteva davvero fidarsi: Vittoria.

Entrò al Petit Hotel Agnello e la vide subito.

La passione era svanita, ma non la complicità che solo due persone che si sono volute davvero bene possono condividere. Continuavano a piacersi, a stimarsi, sapevano che una parte di ognuno sarebbe appartenuta per sempre all'altro, nel ricordo di quel primo, intenso, rimpianto amore.

Si avvicinò al suo viso, le prese la mano per un istante: «Vittoria, sono successe tante cose... vorrei parlartene e poi... ho un segreto da confidarti...».

Aimone, con grande intensità, cercò di riassumere in parole le due giornate più drammatiche e straordinarie della sua vita, trasmettendo a Vittoria la sua emozione, il suo orrore, il suo sconcerto. Le disse di non aver avuto il coraggio di confessare alla Ritossa che l'uomo colpito con il falcetto, quello che lei aveva scorto ma non riconosciuto dalla finestra, era il marito, né che era stato lui, proprio a lui, a rincorrerlo. Quell'ammissione accentuò il disagio che tormentava la sua anima.

«E ora, qui a Como, solo tu puoi aiutarmi...» disse, guardandola languidamente.

Vittoria ebbe un tremito. Si portò le mani al volto. «Per l'amor di Dio, Aimone! Nascondere la signora Petacci di questi tempi!» esclamò.

«Ma non possiamo abbandonarla! Sì, è una fascista, è la

moglie di un gerarca ma che importa? È una donna perbene, che ha appena perso il marito, non ha fatto male a nessuno. Questa non è una questione politica; si tratta solo di aiutare un essere umano. Ti prego, Vittoria...»

«Non so, non so» rispose lei, turbata.

«E ha due bambini piccoli, adorabili. Guardali, sono lì all'entrata...» insistette Aimone.

Vittoria si sporse, vide i due frugoletti stretti alla gonna della madre. Osservò le loro manine, i loro sguardi puri e smarriti, le loro soffici chiome.

«Tu mi prendi per il cuore» mormorò, abbassando lo sguardo. Sospirò, allargò le braccia e con lo sguardo complice disse: «D'accordo, ti darò una mano, ma non posso ospitarli in albergo. I partigiani continuano a controllare le camere. Cercano i repubblichini in fuga, la scoprirebbero subito...».

«E allora?» chiese Aimone allarmato.

«Ho un'idea, aspettami qui».

Vittoria uscì per strada, girò dietro l'angolo e imboccò l'entrata secondaria di quello stesso stabile, che conduceva all'unico appartamento privato, all'ultimo piano. Qui viveva, da sola, una signora anziana. Tornò dopo pochi minuti, accigliata.

«Le ho chiesto se è disposta a ospitare una donna fascista in fuga con due bambini. Mi ha detto di sì, ma a una condizione: dobbiamo ricompensarla, almeno con dei viveri... È vecchia, sola, non tocca cibo da due giorni e non sa come procurarsene... e nemmeno io, Aimone, posso aiutarti, in tempi brevi. I pochi viveri che abbiamo in cucina sono razionati e controllati dalla mia famiglia...»

«Troverò il modo per portarle qualcosa!» rispose Aimone d'impulso.

Già, ma dove cercare pane o riso o pasta? L'Italia, nell'euforia della liberazione, era paralizzata, i negozi chiusi, i trasporti fermi. Ogni famiglia tirava avanti usando le scorte accumulate nei mesi precedenti e per questo gli abitanti di città erano di gran lunga svantaggiati rispetto a chi viveva in campagna.

Aimone capì subito che cosa doveva fare. Salì in gran fretta sull'auto, assieme a Umberto, e rientrò lesto a Dongo, attraversando di nuovo i cinque posti di blocco.

Fu Evelina ad accoglierlo a casa, come sempre.

«Dove sei finito, figlio mio? Ero in pensiero» gli disse con un tono d'amorevole rimprovero. Aimone si sedette al tavolo della cucina, ma rimanendo in tensione, come se avesse fretta di ripartire. Lei ne approfittò per accarezzargli il volto e baciargli i capelli, rinverdendo i gesti di anni addietro, quando era ancora un bambino. Le bastava un'occhiata per cogliere il suo stato d'animo.

«Qualcosa ti turba, te lo leggo negli occhi.»

Aimone le sorrise, fingendosi sorpreso.

«E ora hai bisogno di me...» continuò lei.

«Sì, mamma, ho bisogno di te» ammise lui.

«Dai, conta su» lo esortò, esprimendosi sbrigativamente in dialetto. E Aimone le raccontò di Zita, di Como, di Vittoria e di quell'ultima imprevista necessità: per salvare la Ritossa e i suoi figli doveva tornare in città portando dei viveri.

«Figlio mio, tu mi fai morire!» esclamò Evelina. «Basta ficcarti nei guai!» lo redarguì.

«Ma mamma... tu che cosa avresti fatto al posto mio?»

«Io penso che tu abbia già aiutato abbastanza quella donna» rispose lei energicamente.

«Mamma, rispondi alla mia domanda: tu cosa avresti fatto al mio posto?»

Evelina scosse la testa tentando di immaginare una risposta adeguata. Non la trovò. Aimone la conosceva quanto lei conosceva lui e sapeva che sua madre, per quanto si sforzasse di calarsi nelle vesti della persona egoista e inflessibile, non riusciva mai a sopire le ragioni del cuore, né quelle della carità che l'avevano guidata per tutta la vita. In negozio aveva aiutato tanti compaesani in quegli anni di guerra, senza mai rifiutare loro una fornitura, fidandosi di promesse di pagamento sovente formulate a voce e non sempre rispettate. Eppure, non mostrò mai nemmeno un cenno di risentimento per aver aiutato i più poveri tra i poveri. Avrebbe potuto condannare una giovane donna e i suoi due bambini?

Si voltò verso la finestra per celare il suo imbarazzo. «Diavolo di un Aimone!» esclamò. «E va bene, ti aiuterò a salvare la vedova Petacci.»

«Sapevo che la mia mammina non mi avrebbe deluso...» rispose lui, compiaciuto e suadente.

«Taci, taci, va là. Vediamo... posso darti quattro chili di riso, mezzo sacco di farina, una forma di formaggio, del latte, un po' di zucchero e un salame. Basteranno?»

«Basteranno mamma, basteranno» rispose Aimone.

«Ma bisogna distrarre tuo padre, che è su in camera da letto. Sai come è fatto: se lo viene a sapere... Ci penso io. Tu prendi una valigia, scendi in cantina, carica la roba ed esci di corsa.» Aimone si alzò di scatto, fece due passi, poi si fermò e tornò indietro. Afferrò delicatamente con le due mani il volto di sua madre e la baciò sulla fronte, sussurrando «grazie». Semplicemente «grazie».

Umberto si mise al volante; riuscirono a rientrare a Como prima del calar del sole. Tutto andò come sperato, la signora accettò il cibo e convinse Vittoria a telefonare agli amici bergamaschi della Ritossa, che promisero di venirla a prendere entro pochi giorni. La missione di Aimone finì quella sera stessa. «Signora Ritossa, ora è tempo di stare tranquilla. Ormai, il peggio è passato» le disse amabilmente.

Lei lo ringraziò: «Potrò mai sdebitarmi?».

«Non avete nessun debito con me» rispose Aimone, che sfoggiò uno dei suoi aristocratici, leggiadri inchini, le baciò la mano. Dopo quattro giorni Vittoria gli telefonò, avvertendolo che la loro ospite era infine partita.

Ma sarebbe arrivata a Bergamo incolume?

Aimone sorride. «Per settimane non seppi nulla. Poi un giorno accadde un fatto strano. Il postino mi recapitò una cartolina anonima, grigia, senza foto, e con un indirizzo alquanto approssimativo:

Per Aimone Canape
Dongo
Lago di Como

Non riportava la data, né il mittente, né il luogo di invio. La girai. Lessi le uniche due frasi: "Tutto perfetto. Riconoscente per tutta la vita". E in basso, vergata con mano leggera, una sigla: Z.R. Non capii subito il senso di quel messaggio, che mi apparve misterioso e comunque, trascurabile. Ero giovane e in una nuova Italia, repubblicana, dovevo pensare al mio futuro e non volevo più farmi imprigionare dal ricordo del carcere, delle torture, dei dolori, di quella drammatica primavera del '45 e nemmeno della moglie di Marcello Petacci, a cui non pensavo più da tempo. Improvvisamente, una sera, sdraiato sul mio letto, realizzai: Z.R. stava per Zita Ritossa. E una lacrima scese sul mio viso con un candore fanciullesco che pensavo di aver smarrito. Era il passato che tornava, che mi riagguantava. Ancora una volta.»

Anche ai primi di maggio del 1945 il passato era ricomparso nella vita di Aimone.
Furono giorni difficili quelli per Dongo: la popolazione che si era compattata dinnanzi a un evento improvviso, tanto grande da cambiare la storia dell'intero paese, e che aveva in poche ore sfoderato coraggio, solidarietà, coerenza, ne uscì provata, confusa, disgregata. Ovunque ci fu gloria per i vincitori e umiliazioni per i vinti. I partigiani catturavano le donne repubblichine e le rapavano a zero. Accadde anche a Dongo, in un clima dove, oltre alle motivazioni politiche, en-

trarono in gioco vendette o rivalse personali. Le donne tacciate d'esser state fasciste vennero prese a calci, rasate a zero e abbandonate in uno stanzone della caserma, immenso e tetro. A piedi scalzi, con i vestiti sgualciti, sporche, terrorizzate.

Aimone non sarebbe mai tornato in quel posto, e in quel momento, se sua madre non lo avesse pregato di accompagnarlo per visitare due lontane cugine che, contrariamente ai Canape, erano state fasciste convinte e, per quella che ora appariva come una disgrazia, amanti di due gerarchi.

Evelina avrebbe potuto far finta di nulla, voltare la testa dall'altra parte; pensare, come tanti, che in fondo, per quanto sue parenti, quelle donne se l'erano cercata; ma non sarebbe stata più se stessa, non avrebbe più potuto sostenere il proprio sguardo davanti allo specchio ogni mattina. Evelina Quadroni in Canape non riuscì a reprimere l'impulso di portare un po' di conforto a quelle poverette.

Lei e Aimone entrarono nello stanzone e subito furono investiti da una puzza fetida. Puzza di marcio, di urina, di umanità dolente. Videro decine di donne, parevano tutte uguali. Ombre nere con la nuca bianca, pelata. Ombre allungate su una branda. Ombre sedute a terra. Ombre appiattite alle pareti. Tutte spaventate, lacrimose, ferite nella propria intimità. Due si staccarono dal fondo e, come fluttuando, arrivarono fino a loro. Erano smagrite, avevano gli occhi cerchiati di nero e le tempie tempestate da tante bianche, precoci rughe. Le loro mani sporche e spettrali agguantarono quelle di Aimone ed Evelina, allungandosi fino alle spalle, che strinsero in un abbraccio intenso ma breve. Poi quelle mani ridiscesero lungo i loro corpi. Le due cugine si inginocchiarono, baciarono i palmi, le dita, i polsi di madre e figlio e poi, prostrate, con la bocca impastata di lamenti e di lacrime, proseguirono a baciare le loro ginocchia, i loro polpacci. Imploranti, come ipnotizzate dal dolore, senza più dignità.

Evelina le afferrò, tentando di sollevarle: «Basta, suvvia, vi prego!». Aimone imitò sua madre, ma incrociando lo sguardo di una delle due, improvvisamente, la riconobbe. Quando venne arrestato la prima volta e messo al muro dai tedeschi sulla piazza di Dongo, una sua parente aveva interrotto l'esecuzione urlando dal balcone: «Aimone! Nooo!». Era una cugina di suo padre: la stessa donna che ora sospirava in ginocchio davanti a lui, svuotata, senza peso, più simile a un sacco di stracci che a una persona. Non l'aveva più rivista da allora, non aveva mai potuto ringraziarla.

Il destino gli stava indicando il momento per farlo.

Il suo abbraccio divenne più intenso. Sollevò quella donna, l'aiutò a pulirsi il vestito lacero e impolverato. Ma riguardandola in piedi, quell'atteggiamento cedevole lo urtò.

«Smettetela di umiliarvi così!» esclamò. Le due donne si raddrizzarono di colpo, scosse, si allontanarono di un passo, rimanendo immobili, a capo chino. «Siamo pur sempre parenti e certo io non lo dimentico» disse, non lasciando a sua madre il tempo di intervenire. «E non dimentico chi ha avuto il coraggio di difendermi. Ma avete tradito i vostri uomini per andare con dei fascisti e con i tedeschi e questo non è bene, soprattutto per voi, perché in realtà, così facendo avete tradito voi stesse per prime. Ma non è giusto che per questo paghino i vostri figli, né che la vostra vita venga distrutta e per sempre. Avete in fin dei conti il diritto di rimediare ai vostri errori.» Non aveva mai parlato con tanta autorevolezza e si meravigliò di se stesso. Evelina fece una leggera torsione del collo per guardar meglio suo figlio in viso, socchiuse le labbra per far uscire quell'alito di sorpresa e poi lanciò un'occhiata d'approvazione ad Aimone, che, con più dolcezza, aggiunse: «Prometto che farò il possibile per aiutarvi...».

Madre e figlio si divincolarono dalle due ombre, ma non da quell'odore nauseabondo che, anche fuori dalla caserma, continuava ad ammorbare i loro abiti e le loro narici. Evelina rientrò a casa, Aimone invece si incamminò verso il Municipio ma quel fetore pareva seguirlo. Si rivolse al sindaco, parlò con i capi partigiani. Dovette insistere e, dopo qualche ora, ottenne quel che voleva: le due cugine furono rilasciate al tramonto. Libere, riconoscenti. Solo allora quell'odore acido e insistente svanì.

Il mattino seguente si alzò un vento forte, tedioso, il cielo era grigio e pesante come una lastra di cemento, la voce del bosco aumentava e diminuiva con l'intensità delle folate portando il fruscio delle foglie e i profumi degli alberi in fiore. La piazza di Dongo si animò di urla e di risate, che però non erano gioiose, bensì di scherno e così rumorose da insinuarsi nelle finestre spalancate al numero sette di via Aureggi. Evelina e Aimone, incuriositi da quel baccano, scesero per strada, facendosi largo tra la gente.

Videro una di quelle donne dai vestiti sgualciti e i capelli rasati a zero in mezzo alla folla. Un uomo si avvicinò e le sferrò un calcio, facendola incespicare; una donna le sputò addosso, urlando: «Puttana fascista!». Si udì alle spalle un'altra voce: «A morte!». La donna veniva costretta a girare attorno al monumento della piazza mentre molti imprecavano, la insultavano, sputavano. L'ombra nera si dibatteva, cercando disperatamente un pertugio nella folla, che invece si chiudeva, respingendola e stringendo sempre più il cerchio. Un ragazzo la spinse con forza, lei cascò a terra, strisciò per qualche metro, provò a rialzarsi ma il suo sguardo cadde addosso a Evelina. La madre di Aimone trasalì: riconobbe Rina, la sarta dei Pollini, che un tragico pomeriggio aveva denunciato suo figlio. Sentì le dita di quella donna avvinghiarsi al tessuto della sua gonna, come se quel lembo rappresentasse l'appiglio per la vita; lei, che negli occhi aveva il pallore angosciante di un'anima morente.

Evelina non la cacciò via, rimase ferma, incapace sia di muoversi sia di parlare, le braccia abbandonate lungo i fianchi, come in un dipinto di Delacroix. La folla si placò, dalle urla passò ai mormorii via via più tenui.

Si alzò una voce cavernosa; sembrava provenire dalle viscere della terra o dagli abissi del lago. Era l'ombra che parlava. «Le chiedo perdono signora Evelina per il male che ho fatto a lei e ad Aimone.» Evelina fermò con un cenno della mano il partigiano che stava per strappare via Rina e lei supplicò disperata: «Abbia pietà di me! La scongiuro, Evelina, mi aiuti! Mi salvi!». «Abbia pietà di me...» ripeté abbassando il capo e il tono della voce, lasciando scorrere calde lacrime sul suo smunto viso.

Evelina la aiutò ad alzarsi, la fissò a lungo. Com'era diversa, la Rina. Aveva perso quell'aria maliziosa e insinuante che tutti ben conoscevano a Dongo; era seminuda, sfatta, afflitta e implorante.

«È giusto che si soffra un po' per uno...» disse, e per un attimo Aimone pensò che sua madre volesse vendicarsi.

«Allora possiamo metterla al muro» urlò un uomo che aveva afferrato la sarta per un braccio.

«No, qui non si uccide nessuno!» lo interruppe Evelina. «Perdono questa donna, ma a una condizione...»

«Quale?» le chiese il partigiano.

«Deve lasciare questo paese e non tornare mai più. Capito? Via di qui! Subito!»

La sarta si alzò di slancio. Avrebbe voluto abbracciare Evelina, ma non osò. Si limitò a mormorare: «Grazie, mille volte grazie». Poi iniziò goffamente a correre verso la strada regina e la folla, come d'incanto, si aprì. Nessuno la spinse, nessuno la insultò. L'ombra nera si dileguò.

Aimone tace, mi porta di fronte alla casa dei suoi genitori, dove oggi abita un altro Aimone Canape, suo nipote. Guarda l'ingresso. La porta si apre, la strada si cosparge dell'aroma di biscotti fragranti appena sfornati, quei biscottini che placano i tormenti dell'anima. Evelina sorridente ci invita a entrare. Aimone mi presenta: mamma, questo è l'uomo che racconterà la mia storia. A quel punto mi scuoto dal torpore e la porta torna a essere come prima, chiusa, con Aimone davanti, muto.

«È ora di rientrare» mi dice con la voce velata di tristezza.

«Sì è ora di rientrare» rispondo. L'aria è fresca, gradevole.

Camminiamo lenti, in silenzio, per qualche metro ancora, poi Aimone si ferma improvvisamente, riprende animo e il filo del discorso: «Dovevamo ricambiare i torti subiti? Avremmo potuto, ma poi? Se avessimo ceduto saremmo diventati uguali ai fascisti. Il male non scaccia il male, lo propaga, lo amplifica, lo abbruttisce. Le tragedie devono servire a migliorare, non a peggiorare. Era questa la lezione di mia madre.

Non l'ho mai dimenticata».

29

L'alba è splendida sul lago di Como, affettuosa e delicata. La luce si svela, illuminando la casa, poi, penetrando dolcemente, anche i quadri, i divani e il volto di un uomo che ha superato gli ottantasette anni. Solo ora mi rendo conto che se mio padre Silvio fosse in vita oggi avrebbe la sua età e questa coincidenza me lo rende ancora più caro. Ci conosciamo da un paio d'anni e, nonostante il salto di generazione, la nostra è diventata una grande amicizia. Io parlo poco e ascolto molto, ma ogni volta riesce a sorprendermi svelandomi episodi della sua lunga, imprevedibile vita.

La profezia di Cecchin, lo zio d'America, si è avverata, nonostante tutto. Nel maggio del 1945, Aimone trovò lavoro in un hotel sul lago di Como, cominciando una carriera ricca di soddisfazioni. È diventato un grande albergatore, arrivando a possedere due hotel, negli anni del boom economico. Uno a Madesimo, che diede però in gestione, e l'altro a Livigno, dove ha vissuto per oltre venticinque anni, che invece diresse in prima persona. Una piccola struttura, di appena centoventi letti, nel centro del paese, ma ricercatissima dall'alta borghesia del Nord Italia, che vi trovava un'atmosfera particolare, unica, irripetibile, di un'altra epoca, di un altro mondo, quello del castello di Oberhof e del Kaiserhof di Berlino, impreziosita dalla cordialità, tutta italiana, del padrone di casa, maestro nell'arte del servire.

Quando parla della sua carriera professionale il suo volto si accende, ma se gli chiedo di aprirsi sulla vita privata si incupisce.

«Aimone, ma non ti eri sposato?» gli chiedo bevendo il caffè sulla veranda.

«Sì... sì...» mormora. Poi tace, sperando che il silenzio mi induca a cambiare argomento, ma continuo a fissarlo e allora lui si sente costretto ad aprirsi, narrandomi in poche frasi il suo matrimonio.

«Armanda era una ballerina d'avanspettacolo. Bella, affascinante, un tipino irresistibile. Me ne innamorai e ci sposammo. Avevo talmente fiducia in lei che le diedi la firma sul mio conto in banca. Sapevo che le piaceva giocare d'azzardo, ma pensavo fosse uno sfizio innocente. E invece... Quando mio padre si ammalò, io trascorsi lunghi periodi al suo capezzale, lontano da casa. Armanda andava ogni notte al casinò di Campione d'Italia. Mi svuotò il conto, prosciugando tutti i miei risparmi. Divorziammo e ricominciai da zero, senza chiedere aiuto a nessuno.»

Vittoria, Irma, Armanda. Tre grandi storie, tre grandi delusioni.

Da allora non si è più innamorato.

Poi ricomincia a parlare della sua infanzia e di quando, da adulto, ha fatto il giro del mondo, ma gli anni che lo hanno più segnato sono quelli dal 1938 al 1945 e, frequentemente, il discorso torna a quell'epoca.

«Ma sei sicuro che la mia storia interesserà?» mi chiede a un certo punto. Rimango sorpreso da quella domanda e dal fatto che Aimone non si renda conto di quanto incredibile sia stato il suo destino nei suoi primi ventitré anni, meno di un terzo della sua vita.

Una storia vera, che solo dopo molte insistenze, ha accettato di raccontarmi.

«Dopo la guerra volevo chiudere, dentro di me, quel periodo di grandi emozioni e di enorme sofferenza. Non desideravo altro che un'esistenza normale, ma sapevo che, per ottenerla, avrei dovuto seguire l'insegnamento di papà Tonin, quando mi disse: "Fai le cose perbene, ma resta sott'acqua". E a quell'insegnamento sono rimasto fedele.»

È una bella giornata, ci spostiamo in giardino.

«Dopo la caduta del fascismo avrei potuto far valere le mie benemerenze di resistente, ma non l'ho fatto» continua. «Volevo una vita normale e ho scelto l'anonimato, anche correndo il rischio che il mio ruolo venisse eclissato. Tante volte mi sono arrabbiato leggendo i racconti dei miei amici partigiani, che rievocando i fatti dell'aprile del '45 non mi citavano nemmeno, ma ho resistito alla tentazione di protestare, sapendo che nell'acceso clima politico del dopoguerra sarei stato con ogni probabilità frainteso o strumentalizzato, rimanendo invischiato in polemiche più grandi di me. Avrei dovuto spiegare il mio agiato soggiorno nella Germania nazista e raccontare delle donne fasciste che ho salvato. Chi mi avrebbe capito? Ho sempre cercato di interpretare la Resistenza a modo mio.» Partigiano e gentiluomo.

Aimone si alza, sale in camera. Torna poco dopo, reggendo un cassetto pieno di foto e di ritagli, che da anni non guardava più. Li riordiniamo assieme e rimango sbalordito. Ritroviamo il biglietto ferroviario da Chiasso a Oberhof intestato a suo nome, le foto del castello in Turingia, dell'Hotel Kaiserhof, del suo soggiorno in Germania. Tra queste una a cui è molto affezionato, scattata a Berlino nello studio fotografico Preuzel, che negli anni Trenta si trovava in Leipziger Strasse. Diciassettenne, è elegantissimo, in smoking, appoggia la mano sinistra sulla gamba destra con morbida eleganza, mentre il suo sguardo limpido e sensuale cattura l'obbiettivo, in una posa da perfetto aristocratico.

Saltano fuori anche le tessere da partigiano, l'elenco dei quarantaquattro torturati con il suo nome, altre foto risalenti ai giorni successivi alla Liberazione, in cui appare con i compagni di lotta. Mi parla di Wilma Conti, che nel 1945 aveva quindici anni e come lui ha vissuto le drammatiche giornate di fine aprile a Dongo. Oggi presiede la locale Associazione partigiani. L'ho incontrata e ha confermato il ruolo svolto da Aimone.

Anche le circostanze storiche da lui citate a memoria sono risultate congruenti.

Mi pareva strano che Berlino fosse stata bombardata già nel 1940. Ricordavo, infatti, che gli angloamericani avevano colpito la capitale del Terzo Reich solo verso la fine della Seconda Guerra Mondiale e invece fu violata per la prima volta dall'aviazione militare britannica nell'estate di quell'anno, quale ritorsione agli attacchi della Luftwaffe su Londra. L'ho guardato perplesso quando mi ha raccontato del rifugio di Hitler, ma aveva ragione lui: il Führer nei primi anni Quaranta usava non il superbunker nel quale si suicidò, bensì quello adiacente al Kaiserhof. Un dettaglio, questo, conosciuto solo dagli storici specializzati sul Terzo Reich.

Siamo soli nella sua bella casa, appena sopra Dongo. Aimone continua a svelarmi episodi e aneddoti. Si entusiasma, di tanto in tanto si arrabbia, ma gli passa subito; si commuove pensando al bene che ha ricevuto e a quello che si è sforzato di restituire.

Il sole mi abbaglia, costringendomi a chiudere gli occhi. Lui continua a parlare e a me sembra di udire una voce diversa, giovane. La voce del ragazzo del lago che ancora vive dentro di sé.

Ringraziamenti

L'amico indispensabile a cui è dedicato il libro è Emilio Zuccoli. Medico esemplare e uomo votato al Bene, mi presentò Aimone qualche anno fa e da allora si è prodigato affinché raccogliessi le sue memorie. Senza Emilio non avrei mai potuto scrivere *Il ragazzo del lago* e gliene sono molto riconoscente.

Giovanna Lilia Vergani è la madrina di questo libro. Quando le raccontai la storia ne rimase affascinata e, da allora, non se n'è più staccata. Letta la prima bozza, ha individuato, a colpo sicuro, i passaggi in cui la narrazione era troppo lenta o frettolosa, lo stile eccessivamente prolisso o sbrigativo. Poi si è prodigata in un lavoro di editing minuzioso e raffinato, rivelando uno straordinario talento nelle vesti di consulente letteraria. Grazie davvero, Giovanna!

Wilma Conti ne1945 aveva quindici anni. Figlia di uno dei capi partigiani, fu testimone, come Aimone, dei fatti del 27 e 28 aprile. Oggi è una bella signora, presiede l'Associazione partigiani di Dongo e dedica il suo tempo alla ricostruzione e alla memoria di quelle giornate. Mi ha assistito con molta cortesia e sollecitudine, permettendomi di verificare il racconto di Aimone e di narrare circostanze storiche sconosciute o dimenticate, come la testimonianza del parroco di Musso o l'incidente d'auto del Duce, rivelato anni fa in un volume di Antonio Spinosa. Il suo apporto è stato prezioso e assai apprezzato.

Patrizia Chiaroni è l'assistente personale di Aimone e negli ultimi quindici anni ha reso la sua vita gradevole e serena. Ha fatto di tutto per agevolare il mio lavoro.

Infine voglio ringraziare di cuore la mia famiglia. I miei figli – Leonardo, Nastasia e Clorinda – hanno accettato senza lamentarsi che, anche in vacanza, trascorressi molte ore al computer, incoraggiandomi affettuosamente. Mia moglie Christine è stata, ancora una volta, al mio fianco, con entusiasmo, gioia e infinito amore. È, da sempre, il mio incrollabile pilastro.

Se vuoi vedere le foto di Aimone, i documenti che lo riguardano, consultare la bibliografia o semplicemente lasciare un messaggio, visita il sito: www.ilragazzodellago.ning.com.

PIEMME **BESTSELLER**

1. Michael Connelly, *Lame di luce*
2. Jennifer Weiner, *Buonanotte baby*
3. Ian Caldwell - Dustin Thomason, *Il codice del quattro*
4. Suad, *Bruciata viva*
6. Kate Mosse, *I codici del labirinto*
7. Jack Whyte, *Io Lancillotto. Il cavaliere di Artù*
8. Candace Bushnell, *Lipstick Jungle*
9. Greg Iles, *Il progetto Trinity*
10. Guido Cervo, *La legione invincibile*
11. Anna Guglielmi, *Il linguaggio segreto del corpo*
12. Carol O'Connell, *La giuria deve morire*
13. Lauren Weisberger, *Al diavolo piace Dolce*
14. Michael Connelly, *Il poeta*
15. Lou Marinoff, *Platone è meglio del Prozac*
16. Lolly Winston, *Cioccolata per due*
17. Anthony De Mello, *Messaggio per un'aquila che si crede un pollo*
18. Fernando S. Llobera, *Il circolo di Cambridge*
19. Yann Martel, *Vita di Pi*
20. Sherry Argov, *Falli soffrire*
21. Michael Connelly, *La bionda di cemento*
22. Isabelle Filliozat, *Le emozioni dei bambini*
23. Robert Crais, *Il mercante di corpi*
24. Gordon Russell, *Il grande gladiatore*
25. Joanna Briscoe, *Vieni a letto con me*
26. Hernán Huarache Mamani, *Negli occhi dello sciamano*
27. Michael Connelly, *La memoria del topo*
28. Lauren Weisberger, *Il diavolo veste Prada*
29. Conn Iggulden, *Le porte di Roma*
30. Candace Robb, *La taverna delle ombre*
31. Graham Hancock, *Il mistero del sacro Graal*
32. Guido Cervo, *L'onore di Roma*
33. Alberto Ongaro, *La taverna del Doge Loredan*
34. Robert Eisenman - Michael Wise, *Manoscritti segreti di Qumran*
35. Dennis Lehane, *La casa buia. Gone Baby Gone*
36. Anthony Flacco, *La danzatrice bambina*
37. Valeria Montaldi, *Il mercante di lana*
38. Michael Connelly, *Musica dura*
39. Amanda Eyre Ward, *Non voltarti*
40. Jack Whyte, *Io Lancillotto. Il marchio di Merlino*
41. Emily Giffin, *Piccole confusioni di letto*
42. Trudi Birger, *Ho sognato la cioccolata per anni*

43. Corine Sombrun, *Il canto della sciamana*
44. Marcia Grad Powers, *La principessa che credeva nelle favole*
45. Andreas Beck, *La fine dei Templari*
46. Michael Crane, *La setta di Lazzaro*
47. Zecharia Sitchin, *L'altra Genesi*
48. Michael Connelly, *Ghiaccio nero*
49. Patrick Fogli, *L'ultima estate di innocenza*
50. Jennifer Weiner, *Brava a letto*
51. David Anthony Durham, *Annibale*
52. Gilles Paris, *Autobiografia di una zucchina*
53. Leila, *Murata viva*
54. Mohsin Hamid, *Nero Pakistan*
55. Michael Connelly, *Il buio oltre la notte*
56. Dalila Di Lazzaro, *Il mio cielo. La mia lotta contro il dolore*
57. Joseph Thornborn, *Il quarto segreto*
58. Lou Marinoff, *Le pillole di Aristotele*
59. Leah Stewart, *Caffè con panna*
60. Guido Cervo, *Il legato romano*
61. Antonio Socci, *Mistero Medjugorje*
62. Polly Williams, *Vita bassa e tacchi a spillo*
63. Marco Bettini, *Pentito. Una storia di mafia*
64. Claudio Paglieri, *Domenica nera*
65. David Camus, *Il cavaliere della Vera Croce*
66. Tiziana Merani, *Devo comprare un mastino*
67. Steve Nakamoto, *Gli uomini sono pesci*
68. Donya al-Nahi, *Nessuno avrà i miei figli*
69. Michael Connelly, *Debito di sangue*
70. Susan Jane Gilman, *Ragazze non troppo perbene*
71. Lionel Shriver, *Dobbiamo parlare di Kevin*
72. Eric Giacometti - Jacques Ravenne, *Il rituale dell'ombra*
73. Candace Bushnell, *New York Sexy*
74. Greg Iles, *La regola del buio*
75. Jack Whyte, *Io Lancillotto. Il destino di Camelot*
76. Diaryatou, *La schiava bambina*
77. Robert Eisenman, *Giacomo il fratello di Gesù*
78. Michael Connelly, *Utente sconosciuto*
79. Conn Iggulden, *Il soldato di Roma*
80. Siba Shakib, *Afghanistan dove Dio viene solo per piangere*
81. Robert Crais, *La prova*
82. Debra Dean, *Le madonne dell'Ermitage*
83. Hyok Kang, *La rondine fuggita dal paradiso*
84. Massimo Polidoro, *Etica criminale. Fatti della banda Vallanzasca*
85. Isabelle Filliozat, *Fidati di te. Migliora l'autostima per essere a tuo agio sempre*
86. Valeria Montaldi, *Il signore del falco*
87. Hernán Huarache Mamani, *La profezia della curandera*

88. Michael Connelly, *Il ragno*
89. Anosh Irani, *Il bambino con i petali in tasca*
90. Marco Salvador, *Il longobardo*
91. Elizabeth Buchan, *La rivincita della donna matura*
92. Candace Robb, *Il saio nero*
93. Guido Cervo, *Il segno di Attila*
94. Carol O'Connell, *La bambina di casa Winter*
95. Alberto Ongaro, *Il ponte della solita ora*
96. J.R. Moehringer, *Il bar delle grandi speranze*
97. Michael Connelly, *L'ombra del coyote*
98. Ugo Barbàra, *Il corruttore*
99. Harold G. Moore - Joseph L. Galloway, *Eravamo giovani in Vietnam*
100. Carla Maria Russo, *La sposa normanna*
101. Vauro Senesi, *Kualid che non riusciva a sognare*
102. Jennifer Weiner, *A letto con Maggie*
103. Jack Whyte, *Io Lancillotto. Il sogno di Ginevra*
104. Jacqueline Pascarl, *La principessa schiava*
105. Toby Young, *Un alieno a Vanity Fair*
106. Thomas Healy, *Ti presento Martin*
107. Guido Cervo, *Le mura di Adrianopoli*
108. James D. Tabor, *La dinastia di Gesù*
109. Emily Giffin, *A prova di baby*
110. Kathleen McGowan, *Il vangelo di Maria Maddalena*
111. Aline Baldinger-Achour, *Le grandi religioni spiegate ai miei figli*
112. Robert Crais, *L.A. killer*
113. Gianni Palagonia, *Il silenzio*
114. Jonathan Kwitny, *L'uomo del secolo*
115. Clare Sambrook, *Harry non ha paura*
116. Patrick Fogli, *Lentamente prima di morire*
117. Michael Connelly, *La città delle ossa*
118. Franco Scaglia, *L'oro di Mosè*
119. Joseph Thornborn, *L'ultima rivelazione*
120. Zecharia Sitchin, *Spedizioni nell'altro passato*
121. Lolly Winston, *Felicità senza zucchero*
122. Jack Whyte, *Saint-Clair. I custodi del codice*
123. Michel Benoît, *Il tredicesimo apostolo*
124. Conn Iggulden, *Cesare padrone di Roma*
125. Dinaw Mengestu, *Le cose che porta il cielo*
126. George Pelecanos, *Il giardiniere notturno*
127. Amy Scheibe, *A spasso con Jennifer*
128. Gordon Russell, *La notte del gladiatore*
129. Hamida Ghafour, *Il paese di polvere e di vento*
130. Laura Fitzgerald, *Colazione da Starbucks*
131. Bob Berkowitz, *La nuda verità*
132. Tony Sloane, *Legionario*

133. Justine, *Ho deciso di non mangiare più*
134. Conn Iggulden, *La caduta dell'aquila*
135. Andrew Crofts, *Il fabbricante di sogni*
136. Alexandra Ripley, *Rossella*
137. Claudio Paglieri, *Il vicolo delle cause perse*
138. Susan Jane Gilman, *Non volevo il vestito bianco*
139. Deborah Rodriguez, *La parrucchiera di Kabul*
140. Jim Dwyer - Kevin Flynn, *102 minuti*
141. Michael Connelly, *Vuoto di luna*
142. Els Quaegebeur, *Io sono l'altra*
143. Harry Bernstein, *Il muro invisibile*
144. Ariana Franklin, *La signora dell'arte della morte*
145. Lesley Downer, *L'ultima concubina*
146. Dalila Di Lazzaro, *L'angelo della mia vita*
147. Daoud Hari, *Il traduttore del silenzio*
148. Richard Maun, *Il mio capo è un bastardo*
149. Jack Whyte, *La pietra del cielo*
150. Khaled Hosseini, *Il cacciatore di aquiloni*
151. Candace Robb, *La mano del traditore*
152. Siba Shakib, *La bambina che non esisteva*
153. Carol O'Connell, *Susan a faccia in giù nella neve*
154. Dalia Sofer, *La città delle rose*
155. Jo Nesbø, *Il pettirosso*
156. Pascal Khoo Thwe, *Il ragazzo che parlava col vento*
157. Carlo Maria Martini, *Le tenebre e la luce*
158. Jennifer Weiner, *Letto a tre piazze*
159. Guido Cervo, *Il centurione di Augusto*
160. Kate Jacobs, *Le amiche del venerdì sera*
161. Michael Connelly, *Il poeta è tornato*
162. Anthony De Mello, *Istruzioni di volo per aquile e polli*
163. Syrie James, *Il diario perduto di Jane Austen*
164. Zecharia Sitchin, *Il giorno degli dei*
165. Jacqueline Pascarl, *Solo per i miei figli*
166. Khalil Gibran, *Quando l'amore chiama, seguilo*
167. Randa Jarrar, *La collezionista di storie*
168. Jack Whyte, *La spada che canta*
169. Candace Bushnell, *Bionde a pezzi*
170. Malika Bellaribi, *La bambina con i sandali bianchi*
171. Alfredo Colitto, *Cuore di ferro*
172. Jennifer Weiner, *Certe ragazze*
173. Emma La Spina, *Il suono di mille silenzi*
174. Polly Williams, *Le brave ragazze combinano guai*
175. Carla Maria Russo, *L'amante del Doge*
176. Christel Martin, *Madre di diecimila figli*
177. Vittorio Messori - Andrea Tornielli, *Perché credo*

178. Conn Iggulden, *Il figlio della steppa*
179. Mark Kurzem, *Il bambino senza nome*
180. Laurie Notaro, *Il club delle poche ma buone*
181. Rebecca Stott, *Il codice di Newton*
182. Alan Drew, *Nei giardini d'acqua*
183. Sara Yalda, *Il paese delle stelle nascoste*
184. Thierry Cohen, *Non lasciarmi andare*
185. Cody McFadyen, *L'ombra*
186. Sarah Bilston, *Letto & biscotti*
187. Saverio Gaeta, *Medjugorje. È tutto vero*
188. Marco Polillo, *Testimone invisibile*
189. James A. Levine, *Il quaderno azzurro*
190. Dennis Lehane, *Mystic River. La morte non dimentica*
191. Neil Sheehan, *Vietnam. Una sporca bugia*
192. Titania Hardie, *Il labirinto della rosa*
193. Pam Cope, *Il paese dei bambini che sorridono*
194. Nicholas Drayson, *Guida agli uccelli dell'Africa orientale*
195. Ariana Franklin, *La rosa e il serpente*
196. Lauren Weisberger, *Un anello da Tiffany*
197. Guido Cervo, *L'aquila sul Nilo*
198. Michael Connelly, *La ragazza di polvere*
199. Emily Giffin, *Amore e ritorno*
200. Khaled Hosseini, *Mille splendidi soli*
201. Imogen Lloyd Webber, *La meravigliosa vita delle single*
202. Kate Mosse, *L'ottavo arcano*
203. Patrick Fogli, *Il tempo infranto*
204. Zecharia Sitchin, *La Bibbia degli dei*
205. Luca Castellitto, *Il sogno del bambino stregone*
206. Marisa de los Santos, *L'estate dei nostri segreti*
207. Jo Nesbø, *Nemesi*
208. Roberto Cipresso - Giovanni Negri, *Vinosofia*
209. Jack Whyte, *Il leone dei Templari*
210. Greg Iles, *Il sorriso dei demoni*
211. Pino Aprile, *Elogio dell'imbecille*
212. Ondine Khayat, *Le stanze di lavanda*
213. Hernán Huarache Mamani, *La donna della luce*
214. Vittorino Andreoli, *Preti*
215. Candace Robb, *I delitti della cattedrale*
216. Kris Carr, *Ho il cancro, vado a comprarmi un rossetto*
217. Gerry Stergiopoulos, *Trattali male*
218. Saverio Gaeta - Andrea Tornielli, *Padre Pio. L'ultimo sospetto*
219. Julie Buxbaum, *Vorrei che fosse amore*
220. Dacre Stoker - Ian Holt, *Undead. Gli immortali*
221. Zecharia Sitchin, *Il codice del cosmo*
222. Vauro Senesi, *Il mago del vento*

223. Franco Scaglia, *Il viaggio di Gesù*
224. Garth Stein, *L'arte di correre sotto la pioggia*
225. Olivier Bleys, *Il mercante di tulipani*
226. Carlo Maria Martini, *Il coraggio della passione*
227. Chuck Hogan, *The Town. Il principe dei ladri*
228. Harry Bernstein, *Il sogno infinito*
229. Candace Bushnell, *One Fifth Avenue*
230. Michael Connelly, *Avvocato di difesa*
231. Nicola Legrottaglie, *Ho fatto una promessa*
232. Hanan al-Shaykh, *La sposa ribelle*
233. Ben Kane, *La legione dimenticata*
234. Greg Dawson, *La pianista bambina*
235. Michael Connelly, *Cronaca nera*
236. Kate Jacobs, *Le sorprese del venerdì sera*
237. Rita Charbonnier, *La sorella di Mozart*
238. Giampaolo Perna, *Ansia. Come uscire dalla gabbia e riprendersi la vita*
239. Jack Whyte, *La stirpe dell'aquila*
240. Alfredo Colitto, *I discepoli del fuoco*
241. Laura Fitzgerald, *Con gli uomini ho chiuso*
242. Marcia Grad Powers, *Il cavaliere che aveva un peso sul cuore*
243. Zecharia Sitchin, *Il pianeta degli dei*
244. Kaoutar Haik, *La principessa delle Ramblas*
245. Zecharia Sitchin, *Le astronavi del Sinai*
246. Francesca Morò, *Puoi trovare di meglio*
247. Marcello Foa, *Il ragazzo del lago*
248. Lesley Downer, *Geisha*
249. Michael Connelly, *Il cerchio del lupo*
250. Jennifer Weiner, *L'altra storia di noi*
251. Dennis Lehane, *L'isola della paura. Shutter Island*
252. Nojoud Ali, *Io, Nojoud, dieci anni, divorziata*
253. Jo Nesbø, *La stella del diavolo*
254. Zoë Ferraris, *Gli occhi del deserto*
255. Carol O'Connell, *La donna che leggeva la morte*
256. Marino Parodi, *Sono ancora con te. Testimonianze dall'aldilà*
257. Linwood Barclay, *Senza dirsi addio*
258. Andrea Busfield, *Il bambino che corre nel vento*
259. Brian Freeman, *La danza delle falene*

Per l'elenco completo
e per maggiori informazioni,
visita il sito: www.piemmebestseller.it

Stampa: Mondadori Printing Spa - Stabilimento NSM - Cles (TN)

Questo libro non è vendibile
se sprovvisto del presente tagliando
PROVA D'ACQUISTO
Piemme Bestseller
IL RAGAZZO DEL LAGO
566-1937-9